NF文庫
ノンフィクション

サムライ索敵機 敵空母見ゆ！

予科練パイロット3300時間の死闘

安永 弘

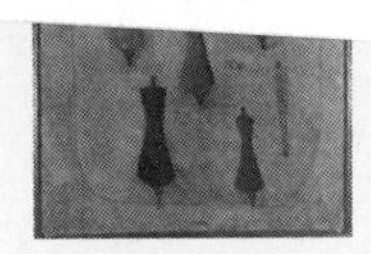

潮書房光人新社

サムライ索敵機　敵空母見ゆ！——目次

第一章　雛鷲のころ——若き飛行兵たち

第二章　重巡羽黒水偵隊——開戦前夜の連合艦隊

第三章　重巡妙高水偵隊――南太平洋転戦記

第四章　重巡筑摩水偵隊——落日の連合艦隊

第五章　最後の艦隊偵察隊——新鋭偵察機彩雲の死闘

写真提供／著者・戸高一成・雑誌「丸」編集部

サムライ索敵機　敵空母見ゆ！

——予科練パイロット３３００時間の死闘

第一章　雛鷲のころ——若き飛行兵たち

鹿島航空隊

昭和十四年六月、第二期甲種予科練習生を卒業した中から水上機操縦専修を命ぜられた私を含む三十名は鹿島航空隊に配属された。

鹿島航空隊（鹿島空）は、波静かで平和な湖、霞ヶ浦の西岸の一隅にあり、陸上飛行場を持たないので面積も狭く、横須賀航空隊（横空）、霞ヶ浦航空隊（霞空）に比べると本部、兵舎、烹炊所なども数分の一くらいしかないと思われた。

航空隊付定員分隊の兵員の数も少なく、全体にのんびりした空気があった。前任地横空、霞空で大いに幅をきかせた交叉した砲身二つの高等科砲術学校出身のマークを付けた兵科下士官がここにはいない。帝国海軍の軍紀厳正の源泉は俺たちだ、との自負心高い彼らがいなくて、代わりに鳥の羽根と錨のマークを付け、少し変形した帽子の飛行科下士官がここの主役と見えた。

霞空からトラック二台に分乗して鹿島空に着いた水上機操縦練習生班三十名は、指示された兵舎の二階の一画に荷物を置き、整列し、期長熊沢が教員室と札のかかった中央部の部屋に一同到着の報告に行った。

我々は緊張し、コチコチになり、顔青ざめる思いで次に来るべき局面を待った。

「貴様たちマゴマゴしやがって」と、いきなり改心棒でなぐられても不思議はない新入りの練習生と教員との初対面であった。

霞ヶ浦で、

「飛練に行ったらこんなもんじゃないぞ、気の荒い搭乗員の若い教員から半殺しの目にあわされるぞ。今のうちに楽(らく)しとけ」

と卒業前、教員方に散々言われてきたのである。

数人の左腕に赤い布の輪を巻いた下士官教員が現われた。中にひどいガニ股で歩く二空曹と、爪楊子をくわえた一空曹が、恐い顔で歩いてきて我々を睨みつけた。

「こりゃいかん、トラックから降りてここに来るまでの間に、俺たち何かヘマをやったのだ。で、これから整列してブンなぐられるのだ。ヤレヤレ」と我々は覚悟し、待ちうけた。

一番後から急ぎ足でスタスタと歩いてきた三十をいくつか過ぎて見える善行章三本の一空曹が中央、我々の前に立ち止まると、すぐに、

「俺が先任教員だ。お前たち今日は忙しいぞ、グズグズしよったら間尺に合わんぞ。とにかく昼飯を喰わにゃいかん。パッパッと荷物を片付け掃除して飯の用意をしろ、あとは飯を喰

第２期甲種飛行練習生の卒業写真。前から２、３列は教官・教員、４列目左から５人目が著者。卒業生28名中、終戦まで生き残ったもの６名。後方の機体は九三式水上中間練習機

ってからだ。よし、かかれ！」

　と言いすて、帰りかけてくるっと向きを変え、

「お前たちも忙しいが、俺の方がもっと忙しいぞ。期長来い、俺の手伝いをしろ」と熊沢を呼び、さっさと教員室に引き揚げてしまった。

　我々は一秒を惜しみ急いで事業服に着替え、衣嚢（いのう）を整理し掃除を始めた。が、その頃教員はすでに教員室にみな帰ってしまい、勝手のわからぬ我々は大いに困ったが、みなで知恵を出しあい、走り回って昼飯になった。

　手取り足取りで教員つききりの予科練とは違うのだ、と三浦が言い、そうだそうだとみな同意したが、敵の正体はまだまだ分からず、不気味であった。

　各食卓に練習生十人余り、上座に教員三、四人が着座した。とたんに先任教員が、

「練習生は教員のツラを拝んどけ、名札をつけているから名前は分かるだろう」

と言い、座に座り「いただきまーす」と言ってまず食べ始めた。

これはまた何たる簡略であろうか。「気を付け」「敬礼」の号令に始まり、姿勢を正して班長の着席を待ち、その後、席について食べ始めたこれまでに比べると、省略もいいところである。

だいたい教員の紹介がないのが、大変な驚きである。「教員のツラを拝んどけ」で終わってしまい、物々しい儀式の一切はまったく何もない。

先任教員に次いで、うちの班長も教員方も「いただきまーす」と言って、無言のまま食べ始め、班長は食べながら「喰わんか、お前たちも」と箸を振って指図した。

我々も「いただきまーす」と唱えて食べたかったが、

「いやいやまだ油断ならん。これくらいで気を許し、迂闊に教員の真似などしてはいかん」

と慎重に、そして神妙に食事を始めた。

突然教員が立ち上がり、「貴様たち、昨日今日海軍に入りやがったくせに、教員の真似して『いただきまーす』とは何事か。だいたいいたるんどる。よーし今日は徹底的に気合を入れてやる」といった事態がたったいま起こっても、不思議は少しもないのである。

さらに驚いたことには、練習生の食卓にも各一個ずつ卵がついているのだ。

的野一空曹が卵をヒョイと叩きつけて二つに割り、中の黄身だけほおばり、白身には口をつけぬままおかずの皿に放り出してしまった。何たる贅沢！

我々が各自一個の半熟卵に異様な興味を示すのを見てとった班長は、

「何だ、何も不思議なことはありやせん、搭乗員が喰う航空食だ。このごろ主計兵のヤツ茹で方が足らんのだ。どうしてもっと固く茹でんのかねえ」と言う。「ハイッ！」と我々は訳もなく恐縮し、嬉しさをかくしきれず卵の殻を丁寧にむいて食べた。

搭乗員用の航空食だそうだ。ウム、俺も搭乗員ってことになる。

先任教員は食べ終わると「みな、食べながら聞け」と立ち上がり、練習生が箸を置き姿勢を正すのを見ると、「アー、お前たち、喰うのを止めるな。喰いながら聞け」とたしなめ、午後の作業を説明し命令を与え、サッサと教員室に帰って行った。

私は先任教員はなぜ一場の訓示を与えないのだろう、海軍では新入りの練習生に気合を入れるのは欠くべからざる儀式の一つになっているはずなのに、と不思議であった。「オイ、喰うのを止めるな」と先任教員が軽い声で言うのも、私がこれまでに覚えた海軍知識の中にはないものであった。

教員がみな教員室へ引き揚げたあと、我々は首を集め、「オイ、何だか調子が変だぜ、こりゃ嵐の前の静けさだ。今に歩けなくなるくらいひっぱたかれるのじゃなかろうか。用心せにゃいかんぞ」と戒めあい、心を引き締めることにした。

夕食後、パリッとした紺の制服、金ボタン、左右の腕の色鮮やかな飛行機と羽根のマーク、貫禄ある真紅の三本並んだ善行章の先任教員が廊下に現われ、「俺は外出するからな、おとなしくしとけ」と声をかけた。我々は椅子から跳び上がって起立し、上半身を傾け、室内脱帽の敬礼を送った。

よせよせ、座っとけ、という風に手で我々を抑え、少し笑顔になって何か言いたそうであったが、言わないままニヤリとして出て行った。

彼は何を言わんとしたのであろうか。おとなしくしておったら、お土産買ってきてやるぞ、とでも言いたかったのでは、と思いたくなる顔つきであった。

先任教員はいい人だ。隙（すき）を見つけてぶんなぐってやろうなんて考えるお人ではない。心温かい立派な人だ、と私は確信した。

事業服を一種軍装に着替え、二つのテーブルにみな集まり、何もかも我々を取り巻く周りの環境がえらく変わったことを交々話し合う。変化の最大の基は、我々練習生の指導者が、高等砲術科出身兵科下士官から、飛行機乗りの下士官にとって変わったことである。

幾年も幾年もの砲術科の激しく厳格な訓練の積み重ねの結果出来上がった頑丈で鍛錬された体軀と気魄に満ち、優等生の矜持高い予科練の兵科教員に比べ、ここの搭乗員教員は肩を丸めたまま「いただきまーす」と唱えて飯をパクつくという一事で分かるように、軍紀厳正とはいささかへだたりのある存在である。が、どうしてどうしてその格式張らぬ気易さ、ルーズ放漫とも見える気取らぬ態度物腰の陰に、我々練習生を威圧屈服させる何物かを持っているのであり、これが今宵我々が持っている漠然たる不安、不気味の源泉であるのだ。

「だが、先任教員は出来たお人だぜ」と橋本が言い、我々は顔を見合わせて賛意を表する。誰の目にもそう映るのだ。

「俺のいうことをきかぬやつは半殺しにしてでもきかせるぞ」というのが今まで我々が朝夕接した教員であるが、先任教員小野唯男一空曹には毛ほどにもそれはない。「お前たちが一生懸命やろうと思っていることはよく分かる。そう力まないでいい。分からぬことは俺が教えてやる」と言外に言いきかせるといった様子であった。

かくして小野先任教員は我々の人気投票第一位にまつり上げられ、我々もえらく良い先任教員に出会ったものだと、かなり前途を楽観する気になってきたのである。

この辺りで急に食欲の虫が頭をもたげ、橋本、等力といったヤツが「熊沢、お前、酒保に行っていいか聞いてこい」と期長に要求する。少し困った顔の熊沢に「行かんがいいよ。こちらから請求することではない。許可を申し渡されてからでよい。行くな行くな」と良識派がいう。「ウン、そうだ」というヤツがいて、橋本、等力が引き下がる。

「手紙でも書こうじゃないか」ということになり、それぞれ便箋、封筒を出したところへ、赤地に白線二本の腕章をつけた当直の平野一空曹が現われた。

一瞬の間に我々は姿勢を正し平野教員に注目する。さて何事か？

「まあ楽にしろ」と両手で制し、「酒保はどこか知ってるか」と尋ね、こんなことに目端のきく伊藤旭が「ハイ」と答える。

「そうか目は早いんだな、よーし。酒はいかんよ。暴飲暴食はしないことだ。おなかこわしたら飛行機に乗れないよ。金のない者がいるか」とみなの顔を眺め渡し、「みな金持だろうな」とおだやかに笑って教員室に帰って行った。温厚几帳面なお人と私は思った。思慮の深そうな人柄に見え、先任教員とはまた異なったタイプの操縦員と見た。

酒保では丸いテーブルにアンパン、ピーナツ、ラムネ、ヨーカンを積み重ね食べ始めたが、平野教員の暴飲暴食の戒めがテーブルを覆い、みな遠慮して早々に引き揚げた。

寝る時間がきて、鉄を組み合わせたビームとビームの間に吊床を吊るのは霞空と同じだが、当直教員は吊床訓練を我々にさせる意図はまったくなく、

「ロープのエンドをちゃんとはさんだか。下を通るヤツが触ってゆるむようではだめだよ。ハンモックから落ちてどうかしたら飛行機に乗れないよ」

と、点検して回った。

ハハァ、と私は心の中でうなった。腹をこわしても、けがをしても飛べなくなる。ここの生活はすべて飛行機に乗るためにあるのだ。よーく分かりました、平野教員。

翌日、教員、練習生総員集合して分隊長の短い訓示があり、午後飛行服、飛行靴などをもらう。

土曜、日曜をはさみ、月曜日から飛ぶそうである。「何だかトントンと早く進むのだなあ、ここの予定表は」というヤツがおり、私も同感であった。一週間くらい座学、飛行機の取り扱いの勉強をやって、慣れたところで飛ぶのかと思っていたのに、週末を休むとすぐ飛行訓練開始という。大きい不安と少しの嬉しい期待とが交錯した。

土曜の朝、先任教員の座学があり、練習機の構造、性能、出発時の手順、動作、飛行コー

ス、区域、風、天候などを教えてもらい、十一時過ぎ、飛行服、飛行靴をつけ、格納庫前の滑走台に総員整列する。

小兵の私は、最小型の飛行服であるのに袖口を五センチほども端折り、ズボンは靴の中で歩くにつれ、のびてきてかかとの下にのび出す始末であった。

当直教員松本三空曹が「慣熟のため格納庫を回ってこい。どうしても靴の具合が悪い者は申し出よ。対策を講ずる。よーし、走ってこい、カカレ！」と号令をかけた。

熊沢が先頭の左、引率の位置につき走り出した。当直教員は出発点に立って我々を見ている様子だ。うしろを振り向く訳にはいかない。

こういう場合、うしろを振り返ると、「前を見て走れ！　振り返るとは何事だ」とたちまちぶんなぐられることになっていたのだ。

二百メートルほど走って右に曲がる。格納庫の陰になって教員からは見えない。見えない所をゆっくり走るというのは失敗のもとになる。我々一人一人が充分その辺りは了解し、わきまえている。なるべく速く走ろう。油断はならん。

本部前の広い通りに出ると、土曜の昼食前、外出の用意をしている定員分隊の大勢と会うことになる。みな何となくニヤニヤして、「あッ、やってやがる」といった風情で眺めている。

「そうだ、諸君、この走りをよく見ておきたまえ。我々が甲飛二期生だ。粒選りの精兵ぞろいだ。今に我が祖国と帝国海軍の期待に応え、太平洋にはばたくのだ」

流れる汗を手の甲でふき、呼吸をきらして我々は走る。誇り高き一団となって。

単独飛行

飛行作業は雨が降って一日延び、火曜から始まった。津村と私は魚住（一曹、操練、熊本県出身）教員に教わることになった。善行章三本の一空曹、三十歳のいくつか上に見え、背丈はかなり高く、中肉、面長のハンサムな顔は陽に焼けて、肌粗く、赤黒い。海の男というにピッタリだ。

緊張し、直立不動の固い姿勢で前に立った私たちを見た教員は破顔一笑、「いや、これはまたえらくかわいい坊やが来たものだ」と私たちを眺め渡し、上機嫌である。私は教員の眼尻に出来た二、三本の皺を見ながら、つり込まれて一緒に笑顔になりたいのを耐え、生真面目な顔のまま姿勢を崩さなかった。

「俺が一番歳が多いのだ。だから他の教員は受け持ちは三人だが、俺は二人。くたぶれてるからだよ。俺は徴兵で海兵団に入り、二等機関兵から操縦に行った。つまり歳が多いことが分かるだろう。大酒のみであちこちに行ってはヘマをやるもんだから、進級は小野さんより一年おそいのだ。が今度は、小野さん、シャレたことをしてくれた。俺はお前たち、気に入ったぞ」と大変ざっくばらんである。

そしてこの教員も恐いところがまったくない。どこかで一線を画し、「お前たち、余り図に乗ると一発喰らわしてやるぞ」と滲み出る威圧感を古い下士官は持っているものだが、我が魚住教員にはまったくその匂いのかけらもない。先任教員と違った型の、これまた立派な先輩操縦員である。

「よーし、二人とも顔色がよくなったぞ。さっきのように青い顔したままではいい操縦が出来ない。のびのびした気持で操縦桿を握る。これが魚住流だ。二人とも、魚住流免許皆伝にしてやる。まず津村からだ」とこんな具合でピリピリと張りつめた初対面、初飛行の我々を和ませ、緊張を緩め、警戒心がなくなったところで同乗飛行は始まった。

空中でも激しい叱咤の声とはまったく反対の穏やかな声で、「ホーラ、右に滑ってるだろう。ボールを真ん中に置いとかんと。そうそう、も少し右脚を踏んで。ウン、よかろうよかろう」

と終始落ち着いた教え方であった。なるほどこれが魚住流だ。

練習生の覚え方が悪いと、教員は自席の操縦桿を引っこ抜き、練習生をぶんなぐるそうだ、とは幾度か聞いた話であるが、こうして飛んでみると、みんながそうではないことが分かる。

少し操縦の仕方が悪いからといって、頭をポカンとなぐられれば冷静さを失くして、もっと悪くなるに違いない。右旋回に入り、エンジンカウリングの上縁近くを水平線が右から左へ一定の速さで流れ、安定した旋回をしながらこんなことを考える余裕があった。

着水して滑走台に上がり、練習機から降りてからも魚住教員は機嫌がよく、操縦についての注意を細かくしてもらい、私たちはすっかり嬉しくなってしまった。

二、三日経つと、我々の居住区から中央廊下を越した向こう側に住む四十七期操縦練習生くれた。

の諸氏とも仲が良くなり、先住の練習生に対するしかるべき礼を払う我々に、何かと教えて

日曜日に外出して酒を飲むと、必ず月曜日の操縦は乱れ、下手クソになり、教員から「貴様、外出して女郎買いに行きやがったな」と怒鳴られるという。映画を観に行っても次の日は着水時の高度判定が狂う、と二等水兵の練習生が真顔で言う。そんなら煙草だって悪い訳だ。外出して煙草をやろうか、と言っていた我々は、顔を見合わせて頭を振った。

木曜日の夕食後、格納庫で映画があることになり、我々にも当直教員から許可があった。橋本、等力を首魁とする豪傑組は、そうクヨクヨするな、と言いすてて出かけたが、私も含めた弱気連は居住区の食卓に上に寝ころがったり、手紙を書いたりした。何としてでも上達したいのだ。

四十七期と我々とで約六十数名、士官舎に兵学校出の操縦学生十数名。これだけの練習生を飛行機で飛ばすため、鹿島航空隊の全機能は働いているのだ。数百人の隊員は、ただただ我々の操縦訓練を支えるためだけに働いているということも分かり、俺たちはえらく大事にされてるんだなあと、水兵服に着替えて酒保に行く途中も密かな誇りを楽しむことができた。

単独飛行は、第一日、第二日と、上達の早い順に許され、津村と私は仲良く第三日目になって許可された。魚住教員のいつもの席は空席で、計器盤がまる見えである。ふと気が付くと前席は操縦桿だけがピクピク動き、まるで生きた蛇のようで気持悪い。

中間練習機に移る前に、竹内分隊士が私たちに同乗されることになった。魚住教員は、

「いいか、竹内分隊士はお年寄りだから、急激な操舵を嫌われるのだ。上昇でも旋回でも何でもごく静かに丁寧にやれ。旋回の角度も浅くゆっくりまわるのだぞ」と注意してくれた。注意を受けた通りに、慎重な操縦に専念し、まあまあの出来で最後の着水コースに入るため、エンジンを絞ってゆるやかな降下旋回に入る。定着点の小さい赤い布を付けたブイを、前方においてやおら左のポケットからキャラメルを一つ取って口に入れ、はぎとった包み紙の小片をポケットに戻す。こうすると、不思議に判定高度十五メートルから先の動作がうまくゆき、失速寸前の極限まで殺した低速力でフロート後端からポンと水面に着くのだ。単独飛行以後の私の、心を落ち着けるまじないであった。

ところが今日は、左ポケットに残っていた数枚の包み紙の小片を飛行手袋にくっつけたまま、ポケットから座席内に放り出してしまった。後席内の渦巻く気流に乗って、紙切れは一瞬のうちに前席との仕切りの下へ消えてしまった。

私は着水操作に没頭し、定着ブイの右側に気持よい着水をした。まずはまあまあだろう、と、分隊士に叱られなかったのを喜び、滑走台に帰る。

解散の寸前に、先任教員が、「竹内分隊士の飛行服にキャラメルの包み紙が飛んできてくっついたそうだ。いつ、だれが食べたか分からないが、誰か心当たりあるか」ということになった。

分隊士は、私のポケットから摑みだしたとは思わないで、機体のどこか隅っこから風に乗ってとびだしてきたのだろう、と考えておられるらしい。同乗した生真面目な新米練習生が操縦しながらキャラメルを喰う、など思いもかけないことであったのであろうか。男らしく罰を受けよう。

一瞬間だけ躊躇して私は手を上げ、「私が食べました」と申し立てた。先任教員は眉を上げ驚いた顔で私を見たが、「みな、待っとけよ」と言い残し、指揮所に入った。普段と少しも変わらぬ顔を私の眼に残して。

そして、一メートル四角くらいな黒板に、

「私は飛行訓練中キャラメルを食べました。キャラメル大好きです」

と白墨で書かれたのを私は両手で捧げ持ち、隊内を行進する罰直を与えられ、指揮所を出た。

総員大罰直を覚悟しておった同期生の面々は、私が捧持する黒板の字を読み、こらえきれずに吹き出し、遂に大爆笑となった。

私はすっかり面目を失し、格納庫で整備の兵たちを笑わせ、本部から隊門に歩調をとって行進する。「何だ、何だ」と古い兵隊が寄って来て、「今度はキャラメルか。お前、甘党だな、安永練習生」と飛行服の名札を読む。

誰も彼も、私の黒板を見て楽しくなるのだ。

昼飯運搬中の小汚い三等兵が、初めは遠慮しているが、最後はやはり笑い出す。他人の失敗はこれほど嬉しいものであろうか。

著しく自尊心を傷つけられた私がショゲ返って反省したのはもちろんだが、同期のみなも「格納庫十周の大駆足より、こっちの方がこたえるぞ」と自戒自粛した。

最初の不時着

昭和十五年五月二十五日、等力、西村、私の三人は練習生教程最後の館山航空隊での九四水偵操縦実習を終え、最初の任地、鎮海航空隊に向け心明るく転任の旅に出た。未知への旅立ち……と思いながら。

対馬海峡の北岸、鎮海駅頭に降り立った金ボタンも新しい制服の我々は、見慣れた内地の街とはひどく様変わりな街の様子にまるで外国に来たようだ、と新しい生活への期待に胸をふくらませた。

一見していかにも計画して造られた市街地は、駅正面に幅五十メートルはありそうな広い道路が南へ向かって直線で延び、新緑鮮やかな桜の樹々が両側に並んで繁茂し、午後の明るい陽光を吸収して生き生きと、えらく元気が良さそうだ。

「霞ヶ浦航空隊の桜よりズンと景気いいじゃあないか」と我々は顔を見合わせ、この「仮の宿」をすぐに好きになった。

駅前の広場からこの大通りを中心に右と左に放射線型に幅十五メートルほどの道が通じ、そこにものびのびと枝を伸ばした若い桜の木が並び、低い家並みを圧しているさまは、この街の主人公は繁茂する桜の樹々だ、と思うほどだ。

狭い駅頭は我が物顔の海軍兵士たちに占領されたかのようで、一般地方の人々は肩を落とし影薄く見える。が、よく見ると真新しい紺色の良質服地で出来た制服着用の兵士たちが総じて若く体格が良いので活発な動作、若々しい声などが目立ち、地味で質素な服装の労働者風の朝鮮の人々が眼につき難いだけのことであった。

キチンと折り目の付いた朝鮮服と細い植物を編んで作られた帽子を頭にのせた、古式豊かな立派なお爺さんと、連れの老婦人に荷物を動かして道を明けた我ら三人は、「ヘエーッ、なかなかな貫禄だ」と顔を見合わせた。私は、やっぱりここは外国だ。この誇り高げなご老人と俺とは明らかに異民族だ、と思った。

人々が聞きとれない話を声高にしながら桜の道へと離れて行くのも私の若い旅心をそそった。

鎮海航空隊は街の外れから千メートル余り海峡に突き出た岬の鼻先にあり、隊に行く道の大部分は海沿いで人家も人影もない。

隊門、本部、兵舎群とみな新しく清潔で、搭乗員居住区もゆったりと広く、初めての任地は暮らし良さそうであった。心の中の密かな思いは、これは植民地統治のため造られた軍施設なのだろう、ということであった。

先任搭乗員の前島一空曹は真紅の善行章三本を飾った紺の外出着に着替えながら、

「お前たち、三人一緒にそろって上陸したいだろう、バラバラでは可哀そうだ。三人とも明日上陸の舷にするから、今日は鎮海の街の話を皆から聞いとけ」

と一同に紹介してくれた。

数名の一等航空兵を加え、三十人余りと思われる搭乗員は約半数が上陸し、残った人々が新参の若い我々に好意的友情をもって、いろいろと教えてくれた。二人の甲一期生、瀬戸口、松尾両二空曹は俺たちが出しゃばるまでもなかろうと、むしろ遠かった。

当航空隊の主力機種でもあり、日本海軍の主力水偵でもある九四式水偵（三座）の訓練主目標は、日本海軍伝統の艦隊夜戦の折にその眼となり触角となって働き、我が夜襲部隊に勝利をもたらすものである。そのため夜間飛行の練度をあげるのだと聞かされる。

館山航空隊の実習でもそう教わった。早速夜間離着水も始まり、毎日二時間以上を飛ぶ。練習生時代のこま切れ的飛行と違って飛びごたえがあるので、飛びたい盛りの我ら三人は大満足だ。


六月末には我々三人交代の航法訓練が行なわれた。

一人が偵察員なみに航法図板、計算盤などを持って偵察席に着座し、進出距離九十浬の三角コースを飛び、帰隊して指揮所前に着水、座席を交代して出発する。これを繰り返して三人各々が洋上航法を経験するのである。

回を重ね三回目の操縦席に等力、偵察席で航法を私が、バラスト代わりの電信席に西村が着いた。

海峡上の第一変針点を右折し第二コースに入り「偏流を測る」と教科書通りやっていると、高度五百メートルでうすい雲に入る。それからは天気が急に悪くなり、第二コースを中断して帰隊のコースに入るが、高度を百メートルに下げても霰（あられ）と小雨の混じり合った海上は視界五百メートルほどで状況は非常に悪い。前方に突然、高さ二～三百メートルの小島か陸地が現われたら到底これを避ける余裕はないほどの悪状況である。

まだコース上に島も陸地もないはずだから、と高度百メートルで粘るが、たぶん隊まであと三十浬くらいの地点で視界がもっと悪化したので反転。コースを引き返した。

隊へ帰るのをやめて霧の薄い所を飛ぶうち、どこか砂浜の静かな海面に降りて天気回復を待とう、と三人で話が決まる。

対馬海峡に一旦出て島のない海面を西に飛べば島と衝突することはない。が、隊と離れ過ぎるし不時着する砂浜もなく、燃料も不充分だ。もっと陸地に近くコースを引いて西へ行こう。霧と雨は西へ飛ぶほど薄くなるんだ、と高度五十メートルに下げ速力八十ノットに落として霧の中を西へ進む。

五分も経たぬうち、霧の中から突然黒い影が飛び出す。西村と私が同時に「右だ!」と叫ぶ。操縦席の等力も左は巨大な黒い壁が飛び込んでくる、と右へ翼を傾け一瞬の差で島の岸壁をかわす。「危ない! 高度を上げろ」言うまでもなく等力がエンジンを増速し上昇に移る。

高度を五百メートルに上げ、この高さならこの辺の島に衝突する心配はない、と偵察席の私は海図を見て保証するが、視界四～五百メートル。直下付近の海だけが見えあとは何も見えないガスの中だ。

飛べども飛べども視界は良くならず、百メートルくらいしか見えなくなったりする。

「こりゃあいかん、どこまで飛んでもこの霧は晴れんぞ。今度山が飛びだしたら避けきれんぞ。陸地に衝突して土にメリ込んで死ぬより落下傘で降りよう。まずお前たちのどちらか先に飛び降りろ」と操縦席の等力が言う。このぶんだと天候回復の見込みはないからそれがいい。

霧の中、雨の中と視界の悪いところを飛んでいて海岸の山や丘に衝突して死んだ話は多い。

「じゃあ、ヤス、お前先に飛び降りろ」

と西村が言う。

海面にひょろ長い小島がチラリと現われた一瞬私もその気になり、偵察席で腰を浮かせ周りを見回す。左右の空中は霧かガスか、何も見えないが、眼下の海は波静かで風もほとんどない。五時間や六時間は泳げる。霧の中から漁船が出てくる可能性もあり、小島だって近くにあるかも知れない。うん、下は良し。

ところが、右側、座席の少し後方に電信器の発電機のプロペラが布張りの機体の外でブンブン回っている。直径十五センチほどだが、飛び出すと必ず落

戦前、日本海軍の主力水偵だった九四式水上偵察機。写真の機体は空冷エンジンの二号型で鎮海航空隊の所属機。後方は九五式水上偵察機

下傘はこいつに引っ懸かりそうだ。

落下傘降下はまったく未経験でもあり、急に恐くなって、この小プロペラを理由に「俺は止めた」と宣言する。もともと、他の二人もあまり本気で落下傘降下をやろうと思った訳ではないらしく、では何か他の手を考えよう、と決まる。

偵察席の私は、「少し陸地に寄せる」と二人に伝えコースを右に転じ、高度三百メートルに下げる。海軍では操、偵、双方が同列同階級であれば偵察員が機長になる習慣だ。少し陸地に近寄り海面に降りよう。あとエンジンを切って漂流するんだ。午後になったら霧もあがるかも知れんし、何とかなる。だが、これは背水の陣だ。

三分ほどで幸い霧がスーッと薄くなった時、右下に弧を描く砂浜が見えた。すかさず等力が左に回り、「風ほとんどない」と自分で叫び、風向など気にしないで着水した。砂浜の沖五百メートルの海上である。

無人の砂浜にフロートを乗り上げ、等力が「お前たち、番をしとけ、俺が電話を探して連絡してくる」と、すばしこく霧の中に歩き去る。状況報告は等力のはまり役だ。西村と私はフロート支柱を縛ったロープを持って砂浜に寝る。とても良い気持だ。

統営という海水浴場だそうだ。島ではない。隊の西、陸続きで約七〜八十浬だという。午後四時すぎ、霧ははれて我々は離水し、無事帰隊した。

七月に入り、報國号献納式が仁川港外であり、七機が式典に参加することになった。

仁川近郊の人々が募金して九四水偵一機を海軍に寄附するのだ。

仁川港に飛行機があるのかと思ったが、格納庫内の割合に新しく見える一機の番号を消し、「報國二二号」と改めて書き、それを中心に飛んで行って献納式のあと当方が引き取る、という形式だそうだ。

等力と私が参加し、仁川上空で編隊飛行、低空飛行、煙幕展張などを行なったあと着水した海岸で神式の儀式があり、河口近くの広場に整列した我々の各機長が、盛装した姿優しい少女たちから花束をもらう。

私は仁川の海風に吹きとばされ切れ切れに聞こえる日本式神主さんの祝詞と、胸高く紐を飾った朝鮮少女たちとの組み合わせを、若い感性で、力にまかせた国家の横暴ではないか、と思い、ついでに鎮海の街だってそうだ、街の造りが植民地的だ、などと思う。しかし、この思いが義憤となって胸の中で熱くなる、と言う訳ではない。この地に主権を持つのが我が帝国であり、俺はその帝国海軍の選ばれた新進搭乗員なのだ、との日頃から心に持つ「密やかな誇り」を噛み締める。青春とは、これほど「誇り」を必要とするものなのだろうか。

帰隊して数日後、「鎮空十九号様」と書いた薄い水色の封書が隊に来て、指揮所は急に色めき立った。

鎮空十九号とはライフジャケットの背面に白いエナメルで書かれたジャケットの番号であ

る。発信者の少女は、広場に参集した制服の女学生であり、凛々しく海風に頬を赤らめた青年搭乗員の一人を見染め、名前が分からないのでライフジャケットの番号を宛名として可愛らしく立派な恋文を書いたのである。内地では起こり得ない事件だ。この地の人は、みなこのように情熱に満ちあふれているのだろうか？

飛行服には左肩から何センチか下がった袖に軍服と同じ赤い円形の等級マークを付け、左胸に記名するので、各自自分の飛行服を持っているが、ライフジャケットは指揮所の棚に格納してあり、飛行前、良さそうなのを取って身に着ける。つまり共有である。

指揮所にはたちまち「十九号着用者」があふれ、俺だ、俺だ、と恋文をもらうなど縁のなさそうなご仁まで騒ぎだした。

等力と私は若年の新入りなので棄権したが、返事を書く、と主張する人物が何人もいて、腕角力で順位を決める、とか、籤引きしようとか、みな大いにこれを楽しんだ。

陣内一空が「先崎兵曹、私じゃないでしょうか、私の顔ばかり見ていた女学生がいました。解散して飛行機の方に歩いてゆく時振り返ったらニコリと笑いました。先崎兵曹、気が付かれなかったですか」と真面目な顔で言う。

陣内一空は先崎兵曹のペア電信員として仁川に飛んでいる。広場の整列も機長先崎兵曹のすぐ後だ。陣内一空は海兵団出身であり、少年電信兵出身の一等兵より何歳か年長である。実直、誠実で、口から出まかせを言う型の人物ではない。先崎兵曹も「お前、本気で言ってるのだろうなあ」と言うから私と同じく陣内一空を実直、真面目、と認めているのだ。

「俺も気が付かん訳じゃなかったが、右前方の制服女学生の組だろう。陣内、あれは俺の方を見てたのだ、お前じゃない。俺、この俺だよ」ということになった。

陣内一空は沈黙し、周りの我々は少し気の毒だったが抑え切れず大拍手して大いに笑った。

先任一空曹、妻帯、最年長の川西、前島両兵曹の間で、

「問題の少女を隊に招待してうぬぼれ野郎どもの首実検させよう。スカ喰ったやつらの馬鹿ヅラが見ものだ」

と話が決まった。

一・六メートル弱のチビである私は、飛行服がダブついて、カッコ悪く、（袖口を三センチほど折り曲げて着ている）まったくその気はなかったが、長身一メートル七十九センチ、面長優男型の等力は、

「ヤス、ひょっとしたら俺かも知れんぞ、若さが武器だ」

と囁く。

等力のヤツ、私だけにしておけばよいのに佐々木中尉（予備学生出身、練習航空隊で共に操縦を習った仲間で歳も何歳か上であり、我々にとって親しい兄貴分としての付き合いがある）と彼の仲間の所にゆき同じ冗談を言ったらしく、長身温厚な榊原中尉に、

「等力兵曹、投票で決めるようになったらねえ、俺たち三人はお前に投票する。何と言ったってお前のように知的でハンサムなヤツは他にはいないからな」

と、おだてられることになった。

土曜日の飛行作業が終わり、打ち合わせ通り十二時を少し過ぎた頃に、富裕らしい中年の父親、小学校五年生くらいの弟と三人連れで、恋文の少女は衛兵に案内され指揮所にやって来た。

外出舷の搭乗員は制服に着替え、外出しない者どもは事業服、そして数人は仁川の服装そのままで相まみえるのがファインプレイだ、と言い、飛行服姿で指揮所に整列し、珍しい客人を迎えた。

少女は小柄で、女学校一年生くらいに見え、勇敢な恋文を書く人物とは思えない。

私は思春期の異性への憧れを書き、あのような「十九号様」手紙になったのだ、と判断した。「恋しい恋しい貴男様」調の恋文とは違うのだ。

少女は熱心に我々を一人ずつ見上げ、真剣に閲兵を始めた。

我々は等級先任順に並んだ訳では決してないが、自ずと一空曹が列の右端、一等兵は列の左端、と習性に従った。

彼女は一等兵集団後列にあった大利一空を見つけ、「コンニチワ」と爽やかな声を出した。

意外や、ミスター「十九号」は大利一等航空兵であった。

少年通信兵出身、二十歳、面長浅黒、容貌整い髪眉(かみまゆ)濃く、眼の大きい彼は体格も立派で、考えてみると極めて妥当な人選である。

我々は指揮所の長テーブルに昼食を運び込み、珍客の三人を交えてガヤガヤと、でも少し改まって土曜日昼の食事をした。

少女のお父さんも上機嫌で、この子（少年）の下の娘があんなに来たがっていたのに連れて来れば良かった、などと我々のもてなしを喜んでくれた。

一度やってみたかったのです

七月中旬、指揮所から五百メートルほど沖に標的を浮かべて錨を降ろし、潜爆訓練と競技が行なわれた。

降下角度約三十度で目標に緩降下爆撃をやり、一キログラムの黄燐爆弾を投下する。海面で燐が飛び交って緑白色の煙を発し、弾着の位置を示す。あと二十度も角度を深く突っ込めば照準もやり易く弾着も格段によくなるのだが、九四水偵は急降下爆撃機ではなく、それ以上の深角度降下をやれば、引き起こし時の応力に機体と翼が耐え切れず、空中分解を起こす。

九四水偵搭乗員はそれぞれ命中精度を上げようと降下角度を深め、欲張って超低空まで降下して無理な引き起こし操作をやり主翼、尾翼がガタガタと異様な振動を起こし、サテは空中分解か！　と肝を冷やした覚えがあるらしく、古参操縦員諸氏も浅い角度で降下し慎重に引き起こす。「らしい」とは、口にすれば、いかにも弾着を良くするためガツガツしている、と悪口言われるのを避けるため、当人が黙っているからだ。

降下角度は浅くとも、名操縦士の手にかかると、直径三メートルほどの標的に命中することもよくある。

館山航空隊でこのやり方を教育されたが、私はうまくゆかず、前後方向に十メートル、十五メートルと誤差が出る。私は教科書よりグーンと低高度まで降下し、標的が前方遮風板一杯に大きくなったところで引き起こして投下すれば爆弾命中精度はずっと良くなるはずだ。機体の引き起こしは海面上二〜三メートルの低高度になるだろうが、さして危険が増す訳ではない、と館山でこれを一度やり、森詮三郎先任教員に、「お前、こんなことやってたら、そのうち必ず海に突っ込むぞ。生命あっての物種だぞ」とこわい顔で注意を受けたので、よーしそんなら実施部隊に出たらいっちょうやってみよう、と心に決めていた。

鎮海でも、他の操縦員はだいたい三百メートルで引き起こし開始、機体は高度百メートルくらいで水平に起きる程度の緩降下、そして緩やかな引き起こしをそれぞれ繰り返す。

例によって西村、等力と私の三人が同乗し、一人二発ずつ爆弾を落とす。一人済めば着水して座席交代。三度交代すれば三人とも全部終了だ。

私が操縦、西村が偵察席で高度計を読む番である。

風を正しく後方から受けて降下に移る。

「高度三百」と西村が読む。私は知らぬ振りで降下を続ける。「オイ、高度二百五十だ。引き起こせ！」と西村が叫ぶ。まだまだ。

「オイッ！　高度二百だッ、起こせ、起こせ、起こせえッ！」と彼が怒鳴る。

「オイ、ヤス、どうする気だ！」と言い終わった時、私は操縦桿を思い切り腹にひき寄せた。グーッとGがかかり、身体が座席に沈み込む。不吉な振動が起こる一瞬前の状態で機体は白く塗った板の間から燐煙(りんえん)があがった。

水平に起きる。海面上約二十メートル。投下して右上昇旋回で振り向けば、標的の右端近く、白く塗った板の間から燐煙があがった。

指揮所で佐々木中尉が「お前の突っ込み方は異常だよ。あんなに低く降りてたら、そのうち必ずやるぞ。無茶するのはやめろ」と友情的注意をくれた。「ハア、一度やってみたかったのです」と私はニヤニヤした。『ヤキモチではありませんか、分隊士』と心の中で呟(つぶや)きながら。これは相手が予備士官であったからの会話である。兵学校出身中尉では、こうはいかない。

予備中尉のクラスと我々三人は練習部操縦教程をほとんど同時に終えて、飛行時数、飛行経験もおおよそ同じ。大学卒業後予備学生になった彼らは二十五、六、七歳。我々は二十、二十一歳。年齢と数年の学問をしたかしないかの違いである。中尉方が同じ操縦員として競争意識を持つとして不思議はない。

潜爆の成績は操縦能力の一つのバロメーターだ。中尉方が同じ操縦員として競争意識を持つとして不思議はない。

これから二年、三年と艦隊で訓練を受け、話に聞く日本海軍の一流搭乗員になる道を共に歩くとすれば、若く柔軟な俺たちと、すでに小父さん族に近い彼らとどちらがお役に立つか見ものだ、などと生意気に考えたりする。

指揮官、広田大尉はデッキチェアーに脚を組んだまま、「潜爆訓練終わり」を報告する私に黙って軽い答礼をするだけで、いいとも悪いとも口にしない。

たぶん潜爆など、余興のようなもので、我々の主目標は、彼我主力艦隊の洋上遭遇戦で、索敵、触接の難作業をこなし、我が艦隊を勝利に導くことにある、とお考えなのだろう。

桜の馬場の騎馬婦人

西村、等力が転出し、酒席で放歌高唱し男らしく振る舞う、といった芸当の出来ない私は日曜日の上陸もおおむね単独行動であった。大通りから西へ四〜五百メートル入ると桜の馬場という小さい円形の広場があり、歓楽の巷から離れているからであろう、海軍兵士の姿もなく、静かであった。むしろ陸軍の駐屯地に近いらしいが、さりとて陸軍の兵隊が通る訳でもない。

夏の盛りを過ぎた桜の木々が円く広場を包囲して生い繁り、出口とも言うべき二つの道路が北西と南西方に通じ、そのいずれも道の両側は桜並木が緑濃く繁茂して、道路は仄暗く見えた。

暦では九月末だが、青く高く爽やかな秋空の土曜日の午後、私は昼寝用の石の台に持参の狭いゴザを広げ（指揮所に昼寝用ゴザとして、二、三枚あり、誰かが畳屋に注文した品という。持ち主はすでにいない）、黄葉前の色艶を落とした桜の葉の下で長く寝る。内地の墓地にある御影石様の石材で長さ約一メートル三十センチ。膝から下、靴までは台の外で下に垂れる。腰掛け用だから多少の不都合は致し方ない。

分厚い緑の葉の層で弧状にふちどられた青空は澄んで美しく、あれが俺の仕事場だ、などと考え、どんなもんだい、お前さんたち、真似できんだろう、と独り言を言い、威張った気になる。最も幸福な一つの時間だ。

水、木、金と連続して夜間飛行があり、今日の午前は三時間の洋上航法通信訓練に飛ぶ。密度濃厚な訓練飛行だ。

今日の課業の終わりに、「猛訓練をみなよくやり通した。今日と明日、外出して浩然の気を養ってこい。来週はまたやるぞ」と分隊長は訓示し、疲労をどこかで流し去り、清新の気をもって来週も無事故でやれ、の意味と私は受け取った。

酒を飲む遊びの好きなヤツはそこへ。そして俺はここで。癒すべき疲労が蓄積していると は思わないが、独りで自由な時間を楽しむ。

カッカッカッ、と規則正しいが複雑な質の初めて聞く音がしてきた。爽やかな音だ。毎日、飛行機中心に暮らしている私には極めて異質の音だ。起き直って音の発生源を探す。

騎馬の婦人が右側の緑濃い道から広場へ馬を乗り入れたところだ。

これは驚き。流石は朝鮮。内地では私などが一生かかってでもお眼にかかることはあるまい。馬に乗った天女だ。

天女の姿勢が動き、変わったと思ったら、馬は向きを変え、広場の桜並木の内側を駆けだした。馬は見るからに得意気な顔をして、足さばき鋭く円を描いて走り、私の前を鬣を波うたせ、駆けぬけた。

蹄が砂利混じりの土をパッパッと蹴るのがいかにもリズミカルで見た眼にも小気味良い。こまやかな茶色の肌は汗ばみ、前後の脚付け根の長い筋肉が滑らかにすばしこく動くのを、何と綺麗な動物だ、と見とれた。

チラリと見上げた天女は眉がなくて眼が細く、色の白い女の人だ。町中で会えば、「おばさん」と呼びかけるほどのお年の女性と見えた。もっとも馬上の女性をオバサンと呼ぶことはできない。夫人だ、と思った。

二周目、接近する彼女が正面から見え、眉が極端に薄く小さくて額の広く高い人であることが分かった。朝鮮貴族の夫人だ。機上から見下ろした広い屋敷と重複させれば、しかるべき理由はないが、感じとしてピッタリだ。内地から渡って来た日本人ではない。たぶんお化粧のやり方も違うのだろう。しかし、朝鮮の上流夫人と決めたのは、こちらに来て幾度か聞いた無毛の女性の話からである。

出口の道の辺りから馬が反転し、右から走って来た。あいつ、俺を目がけて走ってくる、と私は見てとり、大きく生き生きした立派な眼玉を負けずニラミつけた。

急ブレーキをかけたように砂利を踏み砕く音を立てて、馬は停止し、夫人は姿良く降り立った。

彼女が馬を曳き、まっすぐ私に向かって歩き始めると、私はさあ大椿事勃発だ、この俺が貴族夫人から声をかけられることになった、と思った。私は立ち上がり帽子がないのを少し気にしつつ、背すじを伸ばして待つ。日本語で行なわれるはずだ。私が朝鮮語を解すると見る人がある訳はない。海軍下士官の制服を着ているのだから。

ニコヤかな顔が接近し、私が二十歳の若者であることを認めた様子で、「海軍の学生さん？」と声をかけてきた。ハテ、私は我が耳の機能を疑った。こんな流暢な日本語である訳ない。しかも自信に満ちた日本上流社会の声だ。待ちうけていた予想がまったく狂った私は狼狽して返事の声が出なくなった。

続いて「航空隊でしょ？」と、この言葉こそこれまで繰り返して耳に入った言葉だ。あなたは飛行機乗りでしょう、の代わりに、だれもが「航空隊でしょう」と言うのだ。聞き慣れたこの一節で私は混乱から脱し、「ハイ」と返事して、当て外れだ、と心でつぶやいた。

問われるままに、五月末に練習生教程を終え、最初の任地として鎮海空に来たこと、酒を飲めないので仲間から外れて昼寝のためここに来たこと、馬には大いに興味あることなどを答えた。

飛行機は良く言うことをききますが、馬は私なんかナメてかかり、命令通り動かないと思います、と言うと大いに喜ばれ、「パイロットらしいこと、言うワネ」と段々子供扱いになってきた。

俺を、こう気易く子供扱いするところは怪しい。内地ではいかに上流夫人と言っても、私が海軍の若いパイロット、と分かると紳士扱いをしてくれるものだ。言葉は流暢だが、考え方はやはり朝鮮式か？

「アノー、朝鮮の方ですか」と率直に質問すると、言下に「ノーッ！」と答えた。しかし、大いに興がり、「面白いことを言うワネ、馬の話をしてあげるから遊びにいらっしゃい」と言われる。

大きい家のたぶん贅沢（ぜいたく）な家具の間で、小さくなって恐縮しながらコーヒーをご馳走になる、なんていうのは真っ平ごめんだ。ここで俺独り自由に振る舞うんだ。

ご好意は大いに謝し、ここで昼寝します、と辞退し、切石式腰掛けの下に落ちた帽子を拾って頭にのせ、柔らかい艦内式挙手の礼をもって馬に跨（また）がった夫人を見送る。

それにしても内地を離れると色んなことに出会うものだ。

十月に入り一週間余り経った小雨模様の午後、格納庫で信号科の下士官から艦で揚げる旗旒信号の講義を聞き終わったところへ分隊長が現われ、

「陸軍から乗馬の練習をしたいヤツがいたら教える、と言って来たそうだ。馬に乗りたいヤツ、手を上げろ」

と言う。『搭乗員と士官の中から希望者があれば』の制限付きとのこと。私は桜広場で会った夫人が主催される乗馬訓練と言ってよさそうだ、などと思った。

ともあれ私はやってみたいので手を上げた。後が続かぬから私一人だ。

青年士官の方は決まらず、あとで申し出ると言う。

分隊長が帰った後、「佐々木中尉、乗馬、行かれませんか」と尋ねる。彼は「手を上げた

のがお前一人だから、たぶんお前がそう言って挑戦してくるだろうと思ってたよ」と言って、仲間の中尉二人を振り返った。

「三人揃ってやるか」と言った人がいたが、急にまとまりそうではない。一流大学出の彼らは、その中、軽井沢辺りを馬で闊歩するご自分を考えたり兵学校出身士官とは異なった見識があるに違いない。

雉群あそぶ岬の道よ、さよなら

翌日も小雨が降ったり止んだりで飛行作業は中止となり、我々は指揮所大掃除を始めた。先崎一空曹（乙五期、偵）が指揮者で、隅々からゴミを集めて指揮所の前に山のように積み、昼前、火を点けた。

古参一空曹たちはまったく姿を現わさず、若い先崎兵曹が細い鉄棒で火を見ながら、指揮所の周りのゴミを集めてこい、とか、滑り（滑走台のこと）の波打ち際のゴミも持ってこい、と指図した。

大きいゴミがだいたい燃え終わり、小さい紙クズ木クズ、金クズ類を皆で中央の焚火に投じている時、突然パーン！　と音がした。竹を節が付いたまま燃やすと音を立てて竹が割れるが、あの調子だ。気にも留めないのだが、先崎兵曹が「アイタッタ」と言って座り込んだ。ハテナ？　と、我々がのぞき込もうと動き始めた時、「みんな離れろ、火から離れろ。危ないぞ。機銃の弾丸だ」と言い、座ったまま手を大きく振った。みな瞬時に事態をのみ込み、パッと火を離れ、先崎兵曹を助けて走った。

指揮所の陰から彼を担架で運び、火に水をかけて消し、念入りに残ったゴミを調べ機銃弾を探すが、他には無い。

操縦員用固定機銃は九四水偵にはないから、電信席の七・七ミリ旋回機銃の弾丸だ。射撃訓練の際のミスだ。

偵察員の先任者でもある前島一空曹はまず先崎兵曹の傷が軽くて良かった、と言い、弾丸を扱う時の心構えについて我々の反省をうながす短い説話で一件は終わった。

指揮所の窓という窓をすべて開け放ち、新緑の薫風吹き交う中で破った紙箱から真新しいピカピカの弾丸をテーブル上にブチまけ、一発ずつ手に取って弾倉につめる作業を若い偵察員たちが始めた。俺も封を切ったばかり新品ピカピカの弾丸を触ってみたい、とテーブルに座って仲間入りしたことがあった。作業は見た目ほど楽しくはなく、私はすぐ飽きてしまう。

弾体に赤、青、黄のインクを塗り、九十五発入りとかの弾倉の五十発ずつ塡める。装塡した弾倉を色別に積み上げる。

二百メートルの曳索に吹き流しを付け、射手を乗せた機を後上方から速力をつけて追い、百メートルの間隔を置いて横を航過する。吹き流しが斜めに射手の前を追い越す時、射つのだ。命中した弾丸は染色した弾体の色を痕跡として残す。投下した吹き流しを調べれば、赤五発、黄二発、青なし、白なしなどと成績が分かる仕掛けである。

吹き流しを操縦すると、降下角度、速力も、そして百メートルに決められた間隔も毎回同じという訳にはいかず、速力が速すぎたり、百メートルが遠すぎてほとんど二百メートルに近かったりで、条件がバラつくので、射手の技量が正確に弾痕となって表われる訳ではない。したがって成績そのものはあまり重要視されない。しかし、経験のために訓練が始まったら、毎日機銃を撃つ。射撃機と吹き流しが反航して瞬時にすれ違うのを撃って終了する。五十発入り弾倉に残弾が何発か残ることがあるが、色別にまとめてまた装塡する。それを費消して持ち帰りテーブルに置く。話に聞く陸軍歩兵部隊の弾丸管理の厳正さとはほど遠いやり方だ。

つまり後日、指揮所の紙屑とともに残弾を燃やしてしまう機会は大いにある。

温厚な先崎兵曹は二日目には食卓に帰ってきた。ニヤニヤして、

「大利のように女学生に好かれるヤツが弾丸にも好かれそうなものだがなあ。看護の先任下士が女のウラミがこもった弾丸にしちゃあ、急所を外れたねえ、なんて言うんだ。まあ、俺がお前たちの身代わりになった、と思えば腹も立たんよ」

と、冗談を言った。

我々若輩搭乗員で真鍮製で、龍の彫りものを金銀色で彩った煙草ケースに「弾丸にも好かれる先崎兵曹へ」とエナメルで書いてもらい、お見舞いとして贈る。先崎兵曹は「シャレた文句を考えたもんだ。お前たち、頭のいいヤツが揃ってるからなあ」とニコニコして受け取

ってくれた。おだやかな心温かい先輩である。

陸軍の乗馬訓練も、機銃弾暴発の件で申し込みまでいかぬうちに、私に軍艦羽黒転勤の命令が来た。

さらに未知への出発だ、と私は心が熱くなり、多感な青春初期を、重要な時期を過ごした鎮海との別離の哀しさに気付くこともなく十月半ばのある朝、冬の季節風の吹き初めと思われる冷たい北西風を右舷前方から受け、鎮海湾のシブキを真正面から受けて走る内火艇甲板に立ち、私に良かった心温かい人々、私の青春の小冒険に舞台を貸してくれた小さく平和な鎮海航空隊に、別離の帽子をうち振った。

コスモスに埋もれ、雉が群れ遊ぶ海沿いの正門前道路が小さくなった時、「再びここに舞い戻ることはない」と思った。これから艦隊の熟練搭乗員になる俺がこんな二流航空隊に来ることがあるもんか、との若い私流儀の傲慢さからだ。

岬が小さくなり、海沿いの道を見るのに双眼鏡が欲しくなるほど離れた頃に、ようやく桜並木に埋まった鎮海の街に、もう一度逢ってみたい人々があることに気が付いた。不帰の客と言われる月日と共に、始まったばかりの青春を持つ私が出会った人たちと今別れて再び会うことはないんだ、と思うと少し悲しくなった。

だいたい、感傷派の俺が別れの悲しさに気が付かないなんて！　艦隊とはそれほど胸躍るところなのだろうか。

私は軍帽が海風に飛ばされぬよう左手で抑え、右手で内火艇操舵室上のハンドレールをしっかり握って身体を固定し、艇の揺れとシブキに耐えつつ、未知の佐世保軍港と軍艦羽黒に思いを馳せた。

第二章　重巡羽黒水偵隊——開戦前夜の連合艦隊

重巡羽黒・那智

昭和十五年十月、鎮海地区各部隊から内地への転勤者四十名余りを乗せた五百トンほどの小型特務艇は、まだ暗い早朝、南北に細長い佐世保湾の入口、向後崎を通過し、ゆっくり北上して佐世保軍港に入港した。

朝の雲がほとんど全天を覆い、「初秋の朝日を浴びて入港」と言う訳にはいかなかったが、薄い朝靄(もや)を突き破って金剛型高速戦艦が二隻、聳(そび)え立つ高い檣楼(しょうろう)を誇示し、横浜などの商港とはまったく趣の異なった港である。

ここ佐世保軍港も穏やかな眠りから覚めたばかりの気配で、たとえ戦艦金剛で戦いのラッパが吹かれるとしても、この青い靄を伝ってくればのどかな食事ラッパになりそうだ。

「あれが上陸波止場だ」と空母加賀に転勤するという機関科の若い三機曹が教えてくれた。

なるほど、それらしい小さな建物、波止場、そして小艇の群れ。昨夜上陸した乗組員たちが帰艦する時間らしく、ウロウロしているランチ。

内火艇は波止場に接岸する順番待ちなのだ。ピカピカの真鍮製煙突を持つシャレた形の水雷艇が霧の海を走る、戦艦に帰るのだ。甲板に立つ影は兵、下士官の一般乗員だろう。焦点を合わせて注視すると霧の底の海には右に左に走り回る小艇が数え切れないほどだ。朝の上陸波止場は生気溌剌としている。

左舷を向いた彼が、

「あんたの艦はそこにいるじゃないか」と私を見る。

左に見える緑濃い低山の陸地は急な傾斜で海に落ち、岸からすぐの近さに碇泊する二隻の重巡を霧の中に包みこんでしまい、私の注意をひかなかったのだ。重巡の灰色塗装は保護色だから見えなかった、と軍港に不馴れな私は屁理屈を付けた。

雲と霧に阻まれながら、東からの光は二隻の妙高型重巡の上部構造物を照らし、艦橋、煙突、主砲塔が大きく見え、低い乾舷を持つ船体に比べ、上部構造物はやや不釣合に、重々しく大きく見えた。

先年、英国王室の戴冠式に参加した姉妹艦足柄をポーツマス軍港で見た外国人たちは「ハングリー・ウルフ」と呼び、巡洋艦の異端者と見たそうである。

二隻とも飛行甲板に飛行機はなく、飛行科は留守らしい。

私の幼時、父は出光商会に仲仕として働き、ブリキ缶に入った石油を漁船に積み込む仕事をしていた。家も港のすぐ近くで、私の遊び場は港の木材置場、波止場、栈橋などであった。ある年の冬、博多湾を圧して多数の軍艦が錨泊し、私の主要な遊び場、浮栈橋は沖の艦隊からやって来た小舟艇と水兵たちに占領されてしまった。

栈橋先端の常夜灯が点く電柱に抱きつき、かろうじて自分の城を確保した私は、朝から日暮れるまでの終日を押し寄せ、また、引き揚げるボートと水兵たちの群れの中で過ごした。

ここ佐世保で軍港施設の一部である波止場に好奇心と夢の心を持つ少年が立ち入りを許される訳はないが、艦隊の乗組員にとって、今も上陸波止場は、ロマンのある物語の場であるに違いない。

波止場の活気と喧騒は、一昨年の乗艦実習ですでに経験済みで、今まごつくことはない。「ハグロ」と鉄板を切り抜いたランプシェードを操舵室上部につけた羽黒内火艇（艇首両舷にも艦名がある）が着き、私は衣嚢を担（かつ）いで軽く乗艇し、艇指揮の少尉に敬礼する。彼は私の両腕を飾る鳥の羽根と飛行機のマークをチラッと見て、チャンとした答礼を返す。

波を切る艇首の彼方に浮かぶ二隻の重巡は、重々しく、辺りの海面を圧した灰色の巨体は、どう見ても「おじさん」風だ。中年の壮漢。そして頼り甲斐がありそうだ。

搭乗員室ドアは高級木製

艦橋右舷の露天甲板からラッタルを降りると、船独得の匂いと似ているが微妙に違う。これは軍艦独得のものだ。

ラッタルを降りたデッキは上甲板で、士官室も、艦長室も、そして搭乗員室も、このデッキにある。匂いはたぶん鉄とペンキと油の匂いの混合気であろう。商船の三等船室のスエた臭いはここにはない。

一昨年戦艦日向に体験乗艦して以来、すっかり好きになった匂いだ。帝国海軍一流パイロットは艦隊に集まる、と言われる言葉に憧(あこが)れるあまり、この異様な匂いまで好きになったのだ。

上甲板右舷通路を後部へ向け歩く。通路右側の壁は分厚い鉄板で、その向こうは主機関の領域だ。素手で叩いてみるが、音はせず、手が痛い。

二つめくらいの防止区画を過ぎると、左に搭乗員室があった。入口ドアが鉄でなくシャレた塗装の木製ドアであるのに驚く。これでも軍艦か？　と。士官個室（たぶん艦長室も）と同じ構造のドアだ。薄い茶色、透明な塗料で塗られ、木の材質だって上等そうだ。航空隊の士官室、司令室、などのドアよりズーッと高級な造りだ。ヘエーッ！　海軍ホテルだ、俺は当分ここに泊まるのか。と、意気がってドアをノックする。爽やかな、意外に高い音がした。

テーブルに、煙管服を着た若い整備兵が一人いて、パッと私に敬礼する。

「飛行機も整備員、搭乗員もみな佐世保航空隊に滞在中です。午後の便で帰隊します」と言う。搭乗員用の手編みセーターを取りに帰ってきました。高度を上げると寒いので、搭乗員用の手編みセーターはトックリ首、紺色で良質の毛糸らしくフカフカして温かそうだ。初めて見るものなので艦隊だけの貸与品らしい。早速私の分も頼む。

テーブルは十人用くらいの中型、椅子の代わりに連なった箱があり、各自一個ずつを使用する収納庫である。チェストと呼ぶ。

外舷側に舷窓が開け放ってあるので、左からは雲が、右からは青い空が小さく見える。私の眼高より四十センチは高く、首を出してみると、外は室内気温より数度は低い秋風だ。そして強い潮の匂い。海面上約三メートル。艦首から艦尾までのおよそ中央らしい。航海中の縦揺れ、つまりピッチングの最も少ない所、が当ててあることが分かる。

内舷側には、三段ベッド三列が並び、臙脂（えんじ）色の絹織物らしい分厚い布がベッドにたれて、豪勢だ。中央と右列の最上段が空いている、と言うので右列の梯子を伝って上ってみる。夜汽車のベッドより幅が広く、天井も十センチは高い。たぶん一等寝台車と同じクラスと感じた。

軍服を事業服に着替え、空いたチェストに日常用の軍服、煙管服、下着類、上蓋にカメラ、日記帳、英和辞書などを入れて、テーブルに付く。何となく艦隊搭乗員の気分になる。

前途に越えるべき多少の障害物があろうと、二十歳、青春の生命を懸けて飛ぶのだ。日本海軍の一流搭乗員になる夢も近くなった。

前部ベッドに向かい合った鉄扉を開けると写真室だ。現像装置、引き伸ばし機、小テーブル、他薬品類も揃い、チャンとしたものだ。まるで俺のためにある？　まさか。とにかく楽しい。

佐世保航空隊は、艦隊が入港すると搭載水偵はすべてここに派遣され、在泊各艦の飛行甲板は空家になり、整備員もいなくなる。空母搭載の艦上機群は大挙大村航空隊に移る。佐世保軍港の東部を画し、北から南へ突き出た岬の最南端に位置し、北方を除く三方向の海面すべてが離着水に使用出来て大変地の利を得た航空隊だなあ、と新参入、若僧の操縦員は観察する。偉くなったようで楽しい。

格納庫前の海に続く広場に、一眼で艦隊所属と分かる水上機群がゴチャゴチャ集まっている。胴体、フロートに赤い帯のマークを派手に塗りたくっている。

著者が初の艦隊勤務で乗り組んだ重巡羽黒。当時は九四式・九五式水偵を搭載していた。手前の九五式水偵は同じ五戦隊の重巡那智搭載機

羽黒飛行科先任下士官萩原一整曹

整備員も搭乗員もみな白い事業服か煙管服を着用し、搭乗員は飛行靴をはいているので区別がつく。時おり、紺色の軍服で飛行靴をはいた下士官が見えるのは、善行章三本を付けた古参搭乗員であることは、前任地の鎮海航空隊と変わらない風景だ。

羽黒先任搭乗員川崎一空曹も作業衣を着用しない軍服組の一人で、ガッチリした肩、粗い皮膚、迫った濃い眉、と海の男らしい風貌で、口を開くと声にも気迫がある。

これは手剛そう、とオッカナびっくりの私に至極気さくに、「本艦の搭乗員室に寄って来たか。そうか。舷窓は閉めて来ただろうな。そうか、よし」と歯切れの良い口調で機嫌よかったが、気力充実の熟練搭乗員に見えて、私は緊張した。

羽黒飛行科の先任下士官は萩原一整曹。事業服を着ているので分からないが、おそらく善行章四本を軍服右腕に飾っているに違いない。えらく長身で、日に焼けて大変色黒く、一見して四十歳以上と思ったが、彼の前に立ち質問に答えているうち、意外に血色も良くて頬に赤味がさし、笑うと頑丈な歯が光り、思ったよりずーっと若いことが分かった。

彼は三座水偵の操縦員としての私がひどく若いのが意外らしく、大西、吉田の両一整が通りかかったのを呼び止め、「九四の操縦員だ。どうだ」と二人の老一等兵（私から見ると）の意見をきいた。

「こんなパリパリの若い交代が乗ってくるのですから、俺たち年寄りは降ろしてもらわんといかんですなあ」と大西一整は言い、飛行長にそう言って下さい、と真顔で頼んだ。先任下士が期待した返事ではないな、と私はニヤニヤした。

吉田一整は私をジーッ、と見つめてニコニコし、善行章のない私の右腕の三空曹マークをチラリと見たりした。

一見して思慮、分別に富む人物、と私が思った顎の張った平たい顔の人が大西さん。面長男前で、色白だが肌にブツブツが多く、温厚型ながらひと癖(くせ)あり気なお人が吉田さん。と私は即刻この両老一等兵を「さん」付けで呼び、先住の先輩乗組員として、また、おだやかな人柄に敬意を表することにした。

大西一整は文書係、吉田一整はカタパルト射手。新参生意気な自称名操縦士の私はこの二人には大いに世話になり、一年後開戦少し前、カタパルト上の私を吉田兵曹（十六年五月任官）が誤発射し、生命からがらになるほどの仲になった。長身、長顔の萩原先任下士は作業帽にアイロンをかけて型を整え、チョイと斜めに頭にのせており、作業帽の被り方に関しては私と同好の士であることもすぐ分かった。だいたいチビの私は長身、大男とはこれまでの例で相性が良いのだ。先任搭乗員からは威圧感を受けるが、この人からそれはない。

「では宜しくお願いします、ノッポの先任下士官どの」と心の中で言った。

機長、吉尾寅男中尉

明くる朝、格納庫前の課業始めの整列に吉尾中尉が現われた。吉尾中尉のクラス二十人ほどが霞ヶ浦飛行学生教程を終え（海兵出は、中尉になって初めて飛行機に触れ、操縦偵察の飛行術の教練を受ける。教程終了後、戦闘機、艦爆、二座水偵には操縦員として、大型機、艦攻、三座水偵では偵察員に配置されることが多かった）トラックの荷台に乗って隊を離れるのを偶然見送った私に、走り去るトラックの上から、何か大声で叫んだのがこの吉尾中尉であった。四月の終わり頃、つまり半年前の出来事だ。私はトラックを追って走りながら二度目の彼の大声を一生懸命に聞いたが、不明瞭であった。「頑張れよ、また会うぞ！」であろう、と直感し、嬉しかった。

痩型長身（たぶん一メートル七十五センチくらい）、浅黒、切れ長の眼と秀でた眉、整った顔は余り笑わず、陽気で我々下士官練習生にも気易く言葉をかけるタイプの人が多い飛行学生の中では数の少ない厳格型士官であった。

「飛行士」として新着任士官紹介の行事が終わると新飛行士は私を呼び、「お前の方が早かったな」と言う。そう言うからには事前に知っていたのだ。「お前、俺の操縦員だ。いいか」と言う。いいも悪いも無い、これは命令だ。

「ハイッ」と大声で返事をして、我々の「ペア」は決まった。飛行士ほどではないが、長身、面長で色が白い。この手、腕の長い少しヒョウキンな山本一空も私とペアになったお陰で二ヵ月後の霜凍る深夜左眉が半分むしり取られ唇がハれて上と下にひどく腫れ上がり、首切場に置かれた生首のごとく変形し二週間も飯が喰えなくなるのだが、この事故はもっと後の話だ。

電信員は山本一等航空兵、少年電信兵出身で十八歳。

「艦隊ッ」と衛兵を威圧する

佐世保航空隊で一週間も九四水偵で訓練に飛ぶと、周囲の様子はだいたい分かる。

羽黒と那智は、同じ戦隊であり、食事、飛行作業、寝る所、とすべて一緒である。

佐世保航空隊は最初から艦隊飛行機群を収容するよう出来ているらしく、我々が居住する兵舎も、飛行機格納庫、作業場も充分広く、食事もキチンと間に合い、お客さん的待遇を受け気楽である。

午後の作業が終わると、我々は居住区に引き揚げて夕食になる。搭乗員室には三等整備兵が一人割り当ててあり、新参とはいっても三等下士官の私が烹炊所まで食事を運びに出かけることはない。

艦隊の各艦飛行長（大尉、みな三十歳以上、私には〝おじさん〟に見える）、飛行士（若い中尉）たちは佐世保の街でよく親睦に集まる会があるらしく、我々の食事時間帯に連れ立って外出するようだ。航空隊の内火艇かランチがポンド（小船着場）から軍港の波止場へ「士官送り」として出る。

午後の飛行作業終了がおそくなった時、指揮所でどうかすると、脱いだ飛行服を若い兵にまかせて、「誰か俺の靴下を知らんか、今朝持って来たのだぞ」などと大声で怒鳴る飛行長がいたりする。アレ、また始まった、と我々は知らぬ顔だが一等兵の搭乗員が、「飛行長、どんな色のですか?」などと尋ね、二、三人で捜索を開始する。艦隊の指揮官方は気取らないのだ。

姿勢正しく、端正な面持ちをいつも崩すことなく、熱心にそして厳格に身を持している我が機長吉尾中尉も、短靴にはき換え、脱いだ飛行靴を所定の位置に置く私に、

「お前、今夜はどうするのだ、上陸するのか」

「ハイ、します」

と答えると、

「お前、まだ酒はあまり飲まんのだろう」

「ハイ」

「そうか、じゃーな」

と私の敬礼にニヤリとして指揮所を出て行く。彼のニヤッとする笑顔は稀少価値を持つものであり、また懐かしく忘れ難い良い笑顔なので、しばらく私は心楽しい。

指揮官たちがこんな風だから、我々もこれに倣(なら)うことになる。


艦隊、陸上航空隊を問わず、海軍下士官の外出、上陸は一日おきであり、兵は四日に一回と決まっていて厳正に守られる。

佐世保航空隊に寄寓する我々は、あくまで羽黒飛行長山県大尉に指揮統率されるのであるから、航空隊の規則に縛られないところが出来てくる。夕食後、我々搭乗員室一同は紺色上質羅紗の制服を着て（兵は水兵服）隊伍を組み、隊門衛兵所前を通る。

引率者である先任搭乗員が、「艦隊ッ」と衛兵に向かって怒鳴れば衛兵伍長は姿勢を正しパッと敬礼する。先任搭乗員がそれに応え、我々は堂々と隊外に出る。実際は隊門よりポンドの傍に設けられた仮設衛兵所を通り、佐世保港行きランチに乗る方が断然多い。

これは一日おきの定められた上陸ではなく毎日である。つまり毎晩、上陸をするのだ。先任搭乗員川崎一空曹は剃りあとに強そうな髭が沢山生えてきたあごをなでながら、

「なあに、今日は正規の上陸。明日は本艦に帰艦するため航空隊を出るんだ。その次は正規の上陸……、どうだ分かったか」

と新入りの私に教えてくれた。何と艦隊は融通のきくところであることか！　もっとも軍港を一旦出港すればあと一、二ヵ月、土曜日曜はなく、鋼鉄の住まいと海と風があるだけの暮らしになるのではあるが。

十二試新型試作機

羽黒乗組になって二週間ほど経った十月中旬、吉尾中尉、山本、私のペア三人は呉航空廠に新型機を引き取りに行くことになった。一ヵ月の予定だ。跳び上がって喜ぶ。

「明日呉へ行く特務艦があるから便乗するよう手続きして来た。俺は汽車で行く。いいか」

いいか、と言うのは途中海に落っこちたりせずちゃんと呉に着いて航空廠で俺のところに顔を出せ、ということであろう。「ハイッ」と返事し、俺も汽車に乗りたいなあ、と切に思う。山本一空は「安永兵曹、そう気を落とすことないですよ。船に便乗しても汽車に乗る旅費はキチンとくれます。旅費はまるもうけ、特務艦で寝てる間に、ちゃーんと呉に着くんだ」とえらく現実的である。俺のペアの電信員は、俺より年は若いが、シッカリしてやがる、と私は頼もしく思う。

秋雨煙る佐世保港を出て玄界灘に回るらしいコースだが、舷側の細い白波と後尾のウエーキ（航跡）が示す時速八ノットか九ノットの低速航行に私はウンザリしてこの戦闘用ではない貨物船風特務艦にまったく興味が湧かない。

山本一空の通信学校での教員だった中年の下士官が通信室に来いというので、私も山本一空についてゆき、隣りの小室で昼寝することにする。無線機の修理調整をする作業室だ。

夕方近く関門海峡にさしかかる。海上はかなりな西風と雨でデッキは寒く時雨の中、ホンの二年数ヵ月前まで朝夕見馴れた小倉門司の山々を見ても陰気臭いと思うだけだ。突然、俺、こんなボロ船に乗ってるのを見られたら恥だ、と思い、部屋に帰る。誰も見るヤツなどいはしないのに。

一万トン重巡の搭乗員室住まいは、ここの乗組員から見ると一種の花形的存在のようだ。二人は、地味で人目に付かぬ仕事をする人々もたくさんいるのだ、そしてそのお陰で俺たちが衆目を集めて飛んで回れるのだ、などと考え、飛行士はこんな反省をさせるためにこの船に乗せたのではないだろうか、と思ったりする。

結局、呉軍港の上陸波止場着は土曜の昼食後になった。肌寒い時雨模様の波止場は、佐世保と変わらぬ喧騒と活気と水兵たちの男の匂いで、ムンムンしている。ひっきりなしに発着する小艇の艇員と波止場上の兵たちとの間で交わされる大声、叫び声が佐世保と違い関西調なのが、気にかかる。航空廠は広にあり、電車で四、五十分という。

軍港内を探せば内火艇の便もあるらしいが、私は電車に乗りたかった。

我々四人の先任者、那智の操縦員古屋一空曹は経歴の長い熟練操縦員だが、年齢もかなり私より多く温厚で口が重い型の人で新入りの私に好意的だ。「私は電車に乗ってみたいです。ねえ、電車にしましょう」とせがみ倒して、チンチン電車の窓の下の長いベンチ型椅子に一列に並んで着座することになった。

街は水兵服と詰め襟下士官服の氾濫だが、車に乗る者はごく少ない。向かい側、前部に座った二等水兵二人が立って古屋兵曹に敬礼した。

向かい側椅子の一般乗客たちは、みな我々に注目し、観察し、海軍の若い飛行機乗りたちだ、と好意の眼をもって当方を見ている、と私は直感する。右と左の腕にある深紅の、飛行機と鷲の羽根様のマークはこの電車の最も端の隅からでも充分識別出来る大きさと華やかさを持っている。

私一人ではなく仲間のみなが注目を集めている。と自覚していることは、各々の顔が、ヨソ行きの晴れがましさ、をわざと抑え込んでいる、と見えるところから、一目瞭然である。

三十歳に近く一見鈍重そうな人柄、口数少ない古屋一空曹はそ知らぬ顔で窓外を見ている。十八歳、少年の山本一空は、真似しようとしてもそうはいかない。色白の頰が少し紅潮し、大きい眼が光っているようだ。

山本一空が大きい声で「今夜はどこに泊まるのですか、古屋兵曹?」と左から問いかける。黙っていられなくなったに違いない。

「お前たち、集会所に泊まればいいじゃないか。安永兵曹、俺が前に下宿していた所があるから連れて行こう」「ハア」ということになった。少年電信員の二人から見れば古屋一空曹は近寄り難く、いささか煙たいに違いないが、私には操縦員同志の共通感と、年齢、階級の違いを越えた親しみを持つ要素がある。彼もまた同じらしく、今夜の行動を共にしよう、とのおさそいである。

「飛行士は航空廠で待っているでしょうか？」と私は隣りの古屋兵曹に尋ねる。さして大声を出す必要はない。そして今最も気になることである。

「本部の黒板に、月曜、朝八時集合せよとか書いてあった、と当直将校が俺たちに、そう言うだろう。土曜の午後だからな」と彼は艦隊のしきたりはこんなもんだ、と私に教える。そうだろうか、私は身を持すこと厳正な飛行士が、部下たちの到着を待たず呉の街へ出掛けてしまうとは思えなかった。が、まあ着けば分かることだ。

「月曜の昼飯はどうなりますか、古屋兵曹？」と那智の電信員島田一空が、一番左の端から大声で尋ねる。

「弁当の係は俺たちと決まっているんだ、山本」と私同様新乗組山本一空に先輩が教える(そうだ、弁当係は常に彼らの職掌で、これから数年後太平洋戦争が終わるまで、時間になると後席からスッぱい海苔巻きが配られる習慣が続く)。

「月曜の朝、各自持参だ。集会所で日曜日に申し込んでおけ。いいか」「ハアーイ」と古屋兵曹は、私と彼の分は旧下宿のおばさんに頼むつもりだ。

古屋兵曹がニコリと笑い私に顔を寄せ、

「今度のヤツはなあ、風防が付いてると思うんだ。九四は無いがネ。九七艦攻をも少し流線型にしてフロートが付いているんだ。今頃の季節に高度を上げたって、そう寒くないんだ」と言い、頭上の網棚を見上げた。

我々の飛行服、防寒セーター、マフラー、飛行靴と商売道具を収めた緑色の落下傘バッグが四個そこにある。吹きさらしの九四水偵座席では、今時分高度三千メートルになると、セーターを着込んでいても、耐え難い寒さになる。あるいは新型機ではセーターはいらないかも知れない。「へエー、凄いですねえ」と私はたちまち夢心地だ。

これから乗る新型水偵……、と「操縦員の心」になった私は他のことをすべて忘れて新型機操縦の夢を見た。

広航空廠の髪を編んだ少女

航空廠本部に当直将校はいなくて、作業衣の職員が、「第二格納庫に吉尾中尉はおられます」と若い工員を案内に付けてくれ、我々はキョロキョロしながら万事航空隊と模様の違う廠内を歩いた。

薄い灰色(あるいはカーキ色というか)の作業衣の工員と、あちこちですれ違い、交差する。みなゆっくり歩き、忙しくはなさそうだ。ポケットに手を入れて背を丸めて歩いている若い工員を見て、我々は顔を見合わせる。

我々の航空隊内ならば、たちまちナグリ倒される歩き方だ。

我々に挙手の敬礼をする工員が時たま現われる。ハテ？

「やあ、いらっしゃい」との挨拶であろう、と思い、私も敬礼する。

つまり敬礼を交換する訳であるが、なかなか気持よい。さりとて会う工員に片っ端から私が敬礼する、というのはいかにも場違いで変かな、などと考えていると前から歩いて来た三人の女性たちが立ち止まって端に寄り、我々の通過を待つ様子である。一人、髪を二つに分け左右に組んだ少女が見える。男性工員と少し違う薄いカーキ色の服だ。

私は緊張し、図体の大きい古屋兵曹の陰を歩く。近付いて彼女らの顔を見たいと思うが、眼がそちらへ動かない。どんな女性だろうか、と思いつつ通り過ぎた。その時、「今日は、お世話になります」と突然陽気な声が後ろで飛びだした。ハッ、と振り返ると二人の電信員は、たった今終わったばかりの挙手の礼から右手を下に形よくおろし、前傾した上半身をニコニコ顔で真っすぐ起こしたところであった。意表を衝く敬礼の挨拶に一かたまりにくっつき合った三人の女性たちも軽い喜びと羞恥を表わしている風だった。

すばしこくしかも巧みに一瞬の機会を掴まえ、実にシャレた挨拶をしたものだ。いかにも艦隊搭乗員らしいじゃないか、と私はすっかり驚いた。身を寄せ合って防御する如き彼女らを一瞥しただけで姿勢を旧に戻した私は、ハテ真ん中の、編んだ髪を分けて左右の肩に垂らした少女は俺を見つめて御辞儀したではないか、と眼に残った映像を思い返し、ウーム、これは一大事、としばらく気もそぞろとなった。

吉尾中尉ニヤリと笑う

格納庫には、ピカピカ光るジュラルミンの地肌そのままの低翼単葉、双浮舟の一見して新型水偵と分かる機が一機だけ陳列するように飾ってあった。

私は新水偵の各部を見る前に、偵察席内に士官制帽を見つけ、その独得の型、古び方からうちの飛行士とすぐに分かり、「飛行士ッ」と大声で呼びかけた。

頭をあげた吉尾中尉は我々を見下ろし、敬礼している私を見て「オー来たか」とニヤリとした。これは正しく私の予想通りだ。

私は「飛行士ッ」と呼びかける時、顔をあげた吉尾中尉は俺を見つけてうれしそうに笑うぞ、と確信に近い思いを持っていたのだ。ピカピカのまだ「十二試水偵」と尾部に記された試作新型機に「俺の愛機」として乗り込んだ機長。そこに到着した部下のペアたち。道具だては揃っているんだ。これで彼がニッコリしなかったら彼の人間性を俺は疑う。

「予定通り着いたな。よーし。明日朝十時、ここに来い」と命じ、土曜午後の外出を許可してくれた。

明日は日曜日だが昼頃工場から一機飛んで来るそうである。どこの工場か知らないが、たぶん、艦隊が急がせているのだろう。工員二人が扉を閉めると言うので、私は新ピカの滑らかなフロート表面をなで、主翼下面とフロートを結ぶ鋼鉄の張線をゆすってみて新試作機と別れた。

日曜日の朝の航空廠は、稼働している工場があるらしく、工員たちと時々会う。航空隊でも朝は挨拶の時間だ。間近に顔を見て、プイと横向いて通りすぎるのは気がひける。そうだ、昨日の山本一空たちのように、気軽に挨拶すればよいのだ、相手が女性でなくても。

本部前から格納庫への道で、急ぎ足の中年工員に、「お早うございます」と、声と一緒に右手を帽子の縁に上げ敬礼をした。「アッ、お早うございます」と工員氏はあわてて丁寧に礼をして通りすぎる。すこぶる気分が良い。

格納庫は四人ほどの工員が大きい鉄の扉を押して開けつつあった。我々は、口々にお早うございますを連発して、共に鉄の扉に取り付いた。そうだ、この調子で工員諸氏と仲良く、気持よくやらなくては。

十二試水偵は、フロート後端に小さい舵が左右各一個装備してあり、フットバーで方向舵と一緒に作動する。

今までの水上機で、強い追い風、横風を受けての水上滑走は、いかにもやり難く、鹿島航空隊の中練教程（水上機）で、我が級（クラス）は何機か小破、中破させたのである。

左横から六メートルほどの風が吹き、滑走台へ帰投する練習機（水中舵はない）は、ともすれば機首を左へ振り風へ向かって立つ傾向がある。そうはさせじ、と操縦員はエンジンを吹かせ回転をあげ、方向舵を一ぱい右に踏み込んで直進させる。方向舵に当たるプロペラが発した風圧と、左横からの風力とバランスのよいところで機は直進する。エンジン回転があがれば機の速力は増し、浮舟前部で白波を蹴たてて走ることになる。

このまま滑走台に飛び込めば、直進して斜めに水中に入るコンクリート傾斜部に躍りあがり、フロート底部を破ってしまう。滑走台で待機する整備員を跳ね飛ばし死傷者だって出るに違いない。つまり、滑走台には静かに速力を落として帰着しなくてはいけないのだ。

この水上機の泣きどころは、小さい水中舵が付いて一挙に解決となった。

新型機の大事なところは仮想敵国製

名古屋愛知時計工場で出来た、という十二試水偵は、五十歳くらいのテストパイロットの操縦で航空廠滑走台に十一時近い頃、静かにソッと接岸した。着水地点も遥かに遠く、慎重というより臆病的操縦と見えた。

なぜ愛知時計という聞いたこともない時計会社が新型水偵を造るのだろう。工員に尋ねても無駄と、飛行士に率直に質問した。

「以前は計器類を造ってたそうだ。海軍が応援して拡張し、飛行機製造会社になったのだ。今社名変更の準備中だとさ」とのこと。

飛行機の製造能力を倍にしても、三倍にしてでもまだ追いつかんそうだ、と言い、飛行士は口を結び、ジッと遠くを見る眼の色になった。何を考えているのだろう。飛行機製造能力と我が民族興亡との関わりを考えているのだろうか。

彼が何を考えていようと、私は今眼の前にキラキラ輝く全ジュラルミン製試作機の操縦席に座ること以外に思い望むことは何もなかった。

海面から滑りを牽引車で引き揚げ格納庫前作業場に止まった新水偵操縦席からサッと柔軟な二メートルほどの紐が主翼付根の前縁に投げられ、カーキ色の作業服にライフジャケットを付けた操縦員は後ろ向きになって浮舟前脚中央部のステップを伝い地上に降り立った。

新水偵は双浮舟を下から支える台を付けた運搬車にのっている。九四水偵と同じだ。運搬車の端に脚をかけると右手先がちょうど革紐に届く。そーっと摑まえ軽く反動をつけてヒョイと私は浮舟の上に跳び上がった。

右足を前脚中央部から前方に向け十二、三センチの長さで水兵に出ている丈夫な鋼鉄の踏み棒にかけて、もう一度軽いモーションで右手の紐を引き主翼上にヒラリと立つ。両手、両足を使って這(は)い上がる他の飛行機に比べるととてもシャレた軽妙な仕掛けだ。革紐の感触が良い。女の手を握るみたいだ、と叫びたいのを我慢して振り返り、周りを見渡す。

先任、熟練操縦員古屋一空曹は動かず、二メートルほどの距離をおいて飛行士とテストパイロットとの会話に注意を向けている風だ。私の方を見ていない。

こりゃあいかん。先回りしすぎた。私は再び革紐を片手にスルリと地上に降り、飛行士のうしろに立つ。

テストパイロット、飛行士の順で主翼に上がり、ドン尻の順番で私はヒラリ、と風を起こして主翼上に跳び上がった。

右手を座席右側に降ろせばフラップ作動桿があり、油圧でフラップが下がるのが掌に伝わってくる。

左手はおなじみのスロットルレバー、内側にプロペラ角度を変えるピッチ変更把柄がある。ジュラルミン製新型プロペラはハミルトン式というそうだ。「アメリカ製でしょうか」と私は質問し、ついでに「その会社から買うのでしょうか？　真似して造るのでしょうか」と尋ねる。こんな初歩的質問は俺の役目だ。

テスパイ氏は「大事な所はあちらから。プロペラはうちで造るそうです」といって笑う。苦笑いだ。飛行士も古屋先任一空曹も難しい顔のまま無言。何と、新型機の一番大切な個所は仮想敵国製だ。

月曜日は終日航空廠の技師さんたちが交代で、エンジン、機体、各座席、電信機などの説明講習をしてくれた。電信席と偵察席の間に円型のループアンテナがあり、クルシー帰投装置という新装備と聞く。

洋上で機位を失し帰る方向が分からない時、艦から電波を出してもらい、その電波を掴まえ、電波発信源へ誘導する装置であり、アメリカ、クルシー社製とのこと。日本海軍は鷹揚なものだ。仮想敵国の製造元社名をそのまま兵器の名称にするのだから。

艦隊の洋上揚収で風が強く波浪高い場合、三番四番のタンク（各容量三百八十リットル入り）にはガソリンを空中で放出し機体重量を軽くして着水する、という新装置がある。燃料タンク外側は主翼表面を構成し、インテグラル構造といい最新式だそうだ。

操縦席下に六十キロ爆弾四個を格納する弾倉があり、偵察席でその扉を開閉出来る。爆弾収納庫は日本海軍の他の機種には付いていない。艦攻、艦爆、中攻、すべて爆弾は胴体下部にムキ出しだ。

複葉の九四水偵は主翼付根部分が狭く、下方視界が広いのだが、低翼単葉の新型機は広い主翼に視野をさえぎられ、下方の見え具合はかなり悪い。主翼中央部にある偵察席からは特に悪い。夜間飛行で海上の船を見つけるのは難しそうだ、が何とか馴れるに違いない。

操縦員の仕事外だが、クルシー帰投装置に私は大いに興味があった。

太平洋上での航法通信訓練から大湊へ帰るべき水偵が急に霧が出て視界が閉ざされ、北海道と本州の間の津軽海峡を西へ飛び抜け日本海に入り、

「我、機位不明、視界五十メートル」

の電報を繰り返して発信し、陸上無線室では電報の発信音がだんだん弱くなるので、日本海を西へ日本列島から遠ざかりつつ飛んでいるのだろう、と判断し、その機は反転せよ、と電文を発し誘導したが、ついに連絡が絶えた、との悲惨な話を何回か聞いたことがあった。

雨か霧で視界が悪い日、本州側、北海道側のどの半島にも引っ懸からず、海の上を日本海へ抜ける可能性は、地図を見ても確かにあり、自分で航法をやらない操縦員には胆(きも)の縮む出来事である。飛んでも飛んでも陸地にブチ当たらず燃料が切れて海に落ちる、というのは操縦

員の悪夢なのだ。

この帰投装置で救かるに違いない。私は心を抑え切れず「飛行士、クルシーの操作法を教えて下さい」と頼む。吉尾中尉は「お前の領分じゃないだろう」とやや素っ気なかったが、たぶん私がエラく熱心な顔をしていたのだろう。「そうか、いっちょうやってみるか」と山本一空に、どこかの電波を摑まえるよう命じ、アンテナを右に左に回して、小さい計器の指針の動きを試した。結局、地上ではうまくいかないらしく、上空に上がって試すことになる。

「お前、そう心配するな」と飛行士はニヤリとした。

「ハイッ」厳格で自他ともに厳しく兵、下士官の畏怖の的である吉尾中尉も、ペアの私にとっては頼もしく心温かい機長である。

浮舟に皺が寄り、張線切れる

十二試水偵の操縦は快適、心躍るものであった。会社のテストパイロットは緑がかったカーキ色の作業服を着て肩の肉が薄く余り風采（ふうさい）もあがらぬ年配の人だが、古屋一空曹と私を「あなた方は現役の方ですから」と一歩を譲り、フラップと可変ピッチプロペラのことを我々の質問に応じて説明してくれた。

フラップを限度一杯に降ろしスーッと高度を落としながら機首をあげて着水すれば、鳥が着地する姿勢にそっくりと思い、だから「鳥人」と言うんだ、などと独りで納得する。

離水して高度百メートルを越せばプロペラピッチを落としフラップを収め風防を閉める。

その瞬間一切の空間はシーン、と静かになり、深い森の中の静寂と同じ空気になる。

これこそ近代的飛行機だ。これまでの吹きさらしの座席など、旧式の見本だ、と私は新試作機に惚れ込んだ。テスパイ氏は「お二人とも、初めての操縦とは思われない」とかお上手を言い、では、と汽車で帰ることになった。バンドで丸めたライフジャケットを持つだけの軽装なので古屋兵曹が「そのまま帰られますか」と尋ねる。ハア、出張も出勤もこの菜葉服です、と言いニコニコして歩き去った。

俺たちも五十になったら彼のようにシャレッ気が無くなるだろうか。枯木のようじゃないか、と数え年二十一歳、おシャレな私は一瞬彼の人生を思いやり、気の毒と思った。

金曜日、前の晩からの強い季節風が収まらず、離水して呉港外に出ると海面は小さい波頭に覆われ、西から東へ細い、風の縞が辺り一面にできている。西風、たぶん十メートルだろう。

風上側に大きい島が横に拡がり、風の強い割に波浪は小さい。南へ、四国側に二十浬ほど飛ぶとさえぎる島がなくなり波が大きくなったのが高度五百メートルの操縦席から分かる。「貨物船の右に着水しろ。すぐ上がって二、三回繰り返せ」と飛行士の命令を聞いてすぐエンジンを絞る。

千トンほどの小型貨物船が強風に真正面から逆らって十ノットくらいで西航する。そいつを左前方に見て高度五メートルくらいに下がる。内海なのでうねりがなく、ほとんど同じ高さの波がずーっと続く。たぶん、波高は一メートルより少し低い、強風に波頭が崩れて白い泡が立ち、浮舟との接触はフワッと柔らかそうに見えた。

四十ミリ機銃発射音に似た速さでドッドッドッと機体が小刻みに震動し波の頭を叩いて滑走する。さしたる衝動はなく大きく上下に機首を振って愛機は白波と風の縞の上に停止した。しかし、風が強いので停止どころかドンドン流され始めた。

飛行士は浮舟に下りて脚を点検し、離水を命じた。三回四回と離水着水を繰り返すうち三回目の着水で波頭への着水が悪かったらしく軽いジャンプをする。離水時、水上でスロットルを全開し滑走を始める時プロペラが波をすくいあげ、二回、三回、あるいは四回と愛機は波のシブキに包まれて前方視界がゼロになってしまう。

離水して空廠への帰途、エンジンが震動して計器盤の各目盛が読み取り難い。

浮舟を支える鋼鉄の張線はほとんど全部がゆるみ、切れたのもあり、左後脚下部付け根に近いフロート表面には皺が寄りプロペラは尖端(せんたん)に近い所で微少だが曲がりが出来るし、いかにも私の操縦が下手クソのような結果になった。

飛行士は浮舟の脚取り付け部、各張線は、強度が足りない。フロート前部の水切りが悪い。と強硬な意見であったが私は意気が挙がらず、すっかりショボクレてしまった。みんな俺のせいだ。この新型試作機の悪口を言ったらバチが当たる。こんな良い飛行機なのに。

吉尾少佐の魂魄は兵学校に帰る

土曜の朝、整備が間に合わず飛行作業を取り止めた。

飛行士が私を江田島に連れて行くと言い、小さい船に乗る。

兵学校はもちろん飛行士の出身校であり（海兵六十五期生、その前は四国、高知中学と聞く）、数学が弱く合格見込みのなかった私には多少苦い味の見学ではあるが、ソレはソレ。彼がわざわざ時間を割いて連れて来てくれたことに私は感謝した。

各所を案内説明してくれる吉尾中尉の褐色の顔に赤味がさしている、と私は思った。

参考館に入った時、生徒が一人最前列の椅子に姿勢を正して座っているのを見た。飛行士は心に迷いが出来た時、気弱になった時、ここに来て瞑想するのだ、と小声で教えてくれた。峻厳の気が堂に満ち、いかにも心気を練り高める所。最も兵学校らしい所と思った。けれど、白い作業服を着て駆け足で校舎から校舎へ移動したり、我々と行き交う生徒たちはややひ弱で吉尾中尉の気迫貫禄とは一見異質に見えた。彼らの訓練、修業にあと数年を足してようやく吉尾中尉ほどになることを考えれば当然ではある。

「飛行士どれくらいの成績で卒業されましたか」と思い切って尋ねたかったが、俺はビリッコだよ、と言いそうだし、デリケートな問題でもありやめた。が私は大いに気になった。今日の日から幾星霜の後、我が敬愛する吉尾中尉が帝国海軍の提督になるであろうことを望み、期待する私に、これは重大な関心事であった。

しかし、このあと三年数ヵ月を経た太平洋の戦場で彼が戦死するまでの間、「吉尾中尉」に再度兵学校を訪ねる機会があったとは思われない。魂魄となった吉尾少佐がまず帰り着いたのは故郷高知ではなくこの地、江田島であったに違いない。彼がどれほどこの母校を誇りに思い、愛し忘れ得ない心のよりどころとしていたか。いっしょに回った私には、電撃を受けるほどの強さで心の中に受け留めていたのである。

日曜日を休んだ月曜の朝、八時四十五分の集合時間を四十分も遅れる大失態をやらかした私は、すでに飛行靴をはき、偵察席にあった飛行士に、泣きベソをかく寸前の顔で遅刻を報告した。飛行士は機上に私を招き、偵察席に座ったまま、

「お前が帰ってきて良かったよ。俺はなあ、お前がもう帰ってこんのじゃないかと思ったぞ。ウーン」

とうなって言葉は切れた。叱る声では決してない。ゆるやかで温かい口調だ。

「俺もそうだが、お前だって、他に行く所はありゃあせんなあ」

と付け加え、静かに私を見つめているうちわずかに笑った。これまで見たこともない弱々しい笑いだ。常日頃の厳格、闘争的面構えからはまったく想像もつかない気弱、女性的な微笑であった。私はハッと胸をつかれ、今朝の遅れた時間でどれほど彼が心配したかを悟った。

「申し訳ありません。飛行士！」と口の中で言うと、急に胸が熱くなり大声でワアワア泣きたくなってしまった。

その日以後、飛行士が厳しい言葉で整備員、搭乗員の別なく叱責し、苛酷な注意を与えても、私は、あの恐い顔は付焼刃なんだ。彼の本心は情厚く感性豊かな人なんだ。高知の家に

帰ればお母さんに優しい人に違いない、と信じて疑わなかった。

ピカピカの新機で着水失敗

昭和十五年十一月早々、まだ尾部に「十二試水偵」と記入してある新型機で佐世保航空隊に帰って来た。

滑りに着くと、見たこともないジュラルミンもピカピカの新型機を出迎えに、佐世保航空隊の全隊員かと思われるほどの集団が集まっていた。

川口一空曹（佐世保航空隊付、中間練習機時代、我々甲二期生の操縦教員、乙五期）が、

「おお、お前えらくシャレたヤツに乗ってるなあ。俺になんか、こんな役、回って来ないぞ」とおだてて、

「ところで、今の着水はすこし様変わりだったぜ。なにか、新型機はあんな着水をするように決まっているのか」と元教員はチクリと一撃を私に与えた。私は聞こえぬふりをしたが、元教員は、飛行服の腕をとらえ、新型機はあんなシャレた着水するのか、としつっこい。

西からの微風に向かって降下した私は、高度二メートル辺りからの引き起こしが早過ぎて接水寸前に失速を起こし高度五十センチか六十センチで左にパッと傾き、アッという間もなく左フロートの後端から海面に落下したのだ。

私は大いに赤面し、川口一空曹はニコニコして、

「時代が変われば着水操作も変わるのだ。たいしたもんだ」となおもからかう。周囲の搭乗

員たちも空戦運動の名人と言われる熟練操縦員と自分独りで名操縦士気取りの新操縦員とのやり取りを大いに楽しんでいる。

佐伯湾で愛機沈没、母の夢枕に立つ

十二月に入ると、工場から出来上がってきた順に、二艦隊の戦艦、重巡は新型水偵を搭載し、新水偵隊は佐伯航空隊に集合した。

私の愛機も、機尾の名称を「零式水偵」と書き換え、十数機の仲間に加わる。もちろん操縦経歴は私が最若輩、最年少であるが、各艦の古参操縦員は私を軽蔑したり差別する様子などまったくない。一見、それぞれひと癖あり気なのに、温厚で心温かく、何人か集まっての会話は賑やかで陽性であった。

尾翼にローマ字の各艦記号を新しく描き込んだ、ピカピカの新機群は、これまでの九四水偵より格段に長い進出距離二百二十マイルの洋上航法、通信訓練を始めた。

すでに艦隊の水偵隊は日曜日無しの月月火水木金金式訓練に入り、多少の雨天も厭わず、連日四時間、五時間と飛び、眼に見えて飛行時数が増えるのを大いに楽しんだ。

十二月三十日。昭和十五年度訓練を本日で終わり、明日から休暇、という晦日(みそか)の夜、十時三十分、我が機は五時間余りの夜間洋上航法通信訓練から佐伯湾に帰投した。

機長吉尾中尉の航法で真っすぐに大入島南端に帰り着いた我が機は、水道の南、佐伯航空隊沖約千メートルの海上に碇泊する警戒駆逐艦上空を飛び「羽黒三号機帰投」の信号を発する。「了解」の信号を発した警戒駆逐艦は例に従って探照灯を点じ、北、東、南、海面をぐるりと照射して海面上の地形、障害物を示し、着水海面に漁船などの無いことを上空に認識させ、ついで探照灯を東南方向に向けて固定した。つまり海上の風はその光芒の向きと同じ北西から吹いていることを示している。

駆逐艦上空を左回りで一周した我が機は光の束を右に見ながら高度二百五十から左に降下旋回して光に沿い夜間着水操作を始めた。

空に月はなく、天の三分の二は冬の雲に覆われ、ところどころ雲の切れ目から星が見える。速力八十ノット、降下率マイナス二、機首仰角プラス六度。すべて規則通り。だが駆逐艦の探照灯がまぶしい。光の束が前方から襲いかかり、私はまったくの盲目で計器だけを見ての降下だ。

高度百メートル。まだ探照灯が正面から光をそそぎ、全然視界がない。速力、昇降度計、機首角度計、指すべき数字を指している。高度三十メートル、いつもの降下と同じように降りているのに今夜はいささかの恐怖心が私を捉える。何も恐いことはない。駆逐艦は右前方だ。

このまま降下すれば、だいたい駆逐艦の横方向二百メートルほど離れて着水出来るはずだ。先刻の探照灯照射で海面には何も障害物はなかったではないか。水面には風速五メートルを示す小さいさざ波が我がフロートとの快適な接触を持っているだけだ。それにしても、どうして今夜はいつまでも探照灯がまぶしいのだろう。

私は左主翼、着水灯のスイッチを入れる。九四水偵にはなかった新鋭の装備だ。二千燭光の光が左前下方に照射され、高度十メートル以下になると海面の波に反射して白色の光が眼に入ってくる。もし白く輝く流れ星のように迅（はや）く動く海面ばかりを注視したら機はたちまちコントロールを失い、墜落するであろうと思われる。

高度計の針が零を指し、左主翼の下、白銀の波が狂気のように流れるのを見て、どうやら海面に到着だ。と気を許した一瞬、眼の前に黒い壁が突然出現した。アッ！　と驚き怪しむ瞬間もなくガガァーンと立ちはだかった何物とも分からない鉄壁にまともにブッかった。大音響と共に得体の知れぬ大障害物に衝突した瞬間、愛機の操縦席前面風防と計器板に叩きつけられた私は、気を失う間もあらばこそ、座席に身体を押し戻して、前、左右を見渡した。衝突の大音響のあと、妙に静けさを取り戻した海面に、愛機は浮いている。ヤッ、浮舟がない。フロートは吹っ飛び（操縦席のすぐ下は海だ。暗い海と波だ）、機体はそのまま海に浸かり双方の主翼が浮き袋の役を果たして機は浮き、波がヒタヒタと主翼後縁を浸しているのが星明かりの下で見える。海と主翼とは色が違う。前方は岸壁か波止場か、暗い海に左から右へ高さ一メートルか二メートルの黒い岸壁が出現するか？　私は風防上部に両手を掛け、身体を操縦席の上に乗り出した。右膝が痛い。突然白い光芒が闇を貫いて光ると、眼前いっぱいに鋼鉄の黒い構造物が浮き上がった。

探照灯の光芒に照らしだされたのは潜水艦だ！　真っ黒くコールタールを塗った船体、機首正面は司令塔だ。これも真っ黒く塗ってある。我が機は潜水艦に着艦したのだ。すでに手の施しようはない。

機長吉尾中尉の命令で救命ボートを山本一空が電信席後部から引き出し、右主翼上でふくらまし、電信機を外して、ボートに積む。

主翼内のガソリンタンクが破れたらしく、主翼のフチに沿い細い炎が燃え出した。

右主翼は探照灯をまともに浴びて白く照り返り劇場の舞台だ。チェッ！駆逐艦のヤツら双眼鏡で見てやがるだろうなあ、と腹が立つが、いや俺が悪いのだから笑われても仕方ないと思い直す。

機長の命令でボートを翼後部で燃える短い炎の上を海上へ押し出し、山本と私、次いで吉尾中尉と三人、海に入る。

短い炎に包まれているが、海の中から見ると炎は冷たい炎と見え、燃料タンクの爆発と結び付けることは出来ない。

潮に流されるらしく、潜水艦は少し遠くなり、愛機は機種のエンジンが重そうで前のめりに沈みそうな気配だ。まだピカピカの新型機なのに、と短かった一生を惜しむ。不思議にシマッタ、俺のヘマで飛行機一機沈めるのだ、と自責の念はわかない。

主翼前縁が前に浸かり、尾部が少し浮き上がる。静かに沈み始め、操縦席に水が入りだした。それを見てああ冷たい、と思い、泳いでいることに気付いた。頭が混乱しているのだ。

偵察席が水に浸かると、あとは速力を速め機は沈んだ。方向舵のFⅡと赤く描かれた字が海に没する時、思わず海の中で姿勢を正し挙手の礼を送る。

吉尾中尉も山本一空も、敬礼の手をなかなか下ろさなかった（Fは五戦隊、Ⅱは二番艦の記号、重巡羽黒のマーク）。

駆逐艦の小型ランチが探照灯を後ろから浴び、白波を飛ばしながらやって来た。

妙高のランチに比べると四分の一ほどの小ランチだ。狭い艇内で、救護班の軍医中尉が、ガラスのコップに飲み物を注いで機長に渡した。「ウオッカです。身体が温まります」と言う。機長は二杯を飲み私にコップをくれた。

緊張のため寒さに気が付かなかったが十二月三十日の夜更けの海に浸かったのだから、寒くないはずはない。

生まれて初めてのウオッカを、私も機長吉尾中尉の真似をして二杯飲みほした。思いもよらず何だかうまい。

吉尾中尉は「うまい」と言ってさらに二杯を飲み、山本一空も中尉に倣って「うまいです」と二杯を追加する。私はすでに体の中に異常が発生しつつあるのを感知して辞退する。

中尉は左眼の下に分厚いガーゼを、山本は右眼の上、眉に同じようにガーゼの塊りを当て、応急手当が済む。

小ランチはガチャガチャと鉄の摩擦音をやかましく発しながらひた走る。ランチは構造上人員を収容する場所とエンジン取り付け場所が同一区画内でひどく狭い。波を艇首で砕く音とエンジン騒音の中で私は「飛行士」と吉尾中尉を呼び、立って深く頭を垂れた。口に出して詫びを言うのはこの場に似つかわしくない。あとホンの少し機が左に寄っていれば屹立する鋼鉄製司令塔の真横に六十五ノットで激突し、三人は共に短い生涯を終え、詫びるどころではなかったのだ。

吉尾中尉は「俺が機長だ。思い違いするな」と声を励まし、「お前を殺したと思ったぞ、座れ」と命じた。着席した私に艇員の水兵が立って毛布をかけてくれた。吉尾中尉が言い付けたのだろう。

小型ランチが駆逐艦に接舷し、飛行士に次いで私が舷梯に跳び移る。が危うく海に落ちそうになり、舷梯最下段で待ち受けるランチ艇員に腕をつかまれて引きあげられたがヘナヘナと座ってしまう。ボートから舷梯に飛び移れないなんて未だかつてなかった。俺は二十歳の船乗りだ。これは恥だ。

舷梯に飛び移り後ろから抱きあげる山本に、「俺、ウオッカに酔ったのかなあ?」と小声で尋ねる。「冗談じゃないですよ。飛行服の右膝が破れてましょう。ホラ血が流れてます。脚をやられたのですよ」と艇員の二等水兵と二人で私を艦上にかかえあげてくれた。

脚の故障じゃない。俺は生まれて初めての強い酒二杯に酔ったのだ、と確信があったが、けだるくって、抵抗する気も起こらず、駆逐艦の甲板に座り込んでしまった。

十二月三十日の短い夜を佐伯航空隊医務室で眠った私は三十一日、みなに二時間おくれて隊門を出た。五日間の休暇をもらい門司の家まで日豊線で近い。やはり駆逐艦での座り込みは生まれて初めてのウオッカのせいだったに違いない。頭部打撲は軽かったのだ。飛行眼鏡が粉々に砕けているのを駆逐艦の軍医中尉が見て頭部損傷何とかを宣言し、その場はそれで収まっていたのだ。

佐伯航空隊医務室では軍医中尉の若い先生がどなたかに交渉して下さり、まだ酒を飲まないがいいぞ、とご忠告を戴き、何か曖昧な型で隊門を出る。何しろ医務室から艦隊の居住区に帰ったら、番兵が一人いるだけで誰もいない。士官室に吉尾中尉を訪ねると、当直将校のマークを付けた中尉が、「艦隊は誰もいないよ。お前、何をマゴマゴしているのだ。何の用事だ？　今頃」と言われる。機長の同期が一期先輩、と見当をつけて、説明すると、「だったら早く出て行け。衛兵伍長に駅までの便を世話してもらえ。話は、みなが帰ってきてからだ」と言う訳で、誰から休暇の許可をもらったか分からないままであった。

三十一日夜九時過ぎ、門司の我が家のガラス戸を開ける。露地のたたずまいに変わりはない。迎えた私の小さい母が、どこも悪くないの？　と見上げ、見下ろす。訝(いぶか)り、泣き出しそうなしかめ顔だ。二、三度玄関で跳びあがり健在なことを示す。少し右脚のアチコチが痛い。今朝明け方あんたが血まみれで、今のあんたのように、そこに立った夢を見たと言う。空間を飛ぶ夢にしては恐るべき正確さである。が、まあそんなことはどうでもいい。母に潜水艦の話をすることもいらない（私が母の夢にこのように出現したのは、後にも先にもこの時だけだそうである。この一年後、戦争は始まったが、太平洋の戦場は遠くなり、佐伯の何百倍もの距離になったので、夢枕に立つこともなくなったのだろうか）。

始末書提出で一件は終わり

昭和十六年一月末、徳島の小松島海辺に基地を移動し、一艦隊全艦の零式観測機と三座水偵が白砂青松の浜辺から十メートル余りの沖に設置された二列のブイに繋留された。三十機を越す大世帯である。

水中舵を持たない九四水偵と違い零式はブイを取ったり、係留した列機の間の狭い海面をスルリと通り抜けたり、新型機の使い勝手はとても良い。

羽黒搭乗員は松林の北端に近く道路沿いの福島さん方に民宿し、昼、夜の訓練飛行を飛び、毎日を楽しんだ。

佐伯湾の夜間着水事故は操縦員としての私が特に責められる訳でもなく機長である飛行士、吉尾中尉が、飛行機隊指揮官、三沢少佐に叱られた様子もなく、要するに練度不足の新搭乗員のペアが起こした事故――本人どもは一生懸命なのだが技量不足で起こった事故、といった空気であった。

警戒駆逐艦と潜水艦（艦隊の空母艦上機群が佐伯航空隊で訓練時の標的潜水艦で錨で固縛してある由）との距離千メートルが当夜の風向に対してやや接近し過ぎであったとか、駆逐艦の探照灯照射効果が再検討され、実戦での使用は著しく制限を受けるはずだから、これ以後は着水海面の安全確認用照射のあと、一旦風向を示し、以後は消灯されることになったそうだ。

当の操縦員の私は右前方からの探照灯光芒に眩惑され、機首前方がまったく見えないための不安を覚え、気付かぬ間に機首を左へ左へと振り、着水コースから左に大きく外れて降下した。そのため、着水予定海面から約五百メートル離れた無灯火の標的潜水艦に衝突した。こういった内容の始末書を提出した。

九四式水偵の後継機として開発された零式三座水偵。昭和15年12月から配備が開始された。写真は運搬車で陸上に引き上げられた状態

佐伯航空隊の軍医長が、いかに艦隊搭乗員といっても、休養なしの連日、連夜の飛行は、あまりにも精神主義的で医学的に無謀な冒険である。起こるべくして起こった深夜の事故だ、と、隊指揮官三沢少佐に申し入れたとか聞いた。

吉尾中尉の端正な顔に長さ四センチほどの傷跡が、右眼下、頰の上部に細く横向きに残った。表情をやたらと変えず、冷静、冷ややかな中尉の顔貌を、共に長い時間夜間洋上飛行をする私は彼の知力と強い意志の現われとして信頼し、敬し、頼みとしていたのである。何時間かの夜の海を飛び、帰ってくる基地方向が重苦しい雨雲に閉ざされていても、中尉の航法、処置判断の能力を優れたものと認める私は不

安を感じない。

厳しいが立派な機長である。

彼の顔に印された赤く異様な光沢を発する傷跡は、能面の端正さに似た中尉の容貌を一変させた。

お正月が終わったあと、ガーゼを取り傷の全容を露出した中尉と直面し、私は身体をこわばらせてたじろいだ。

若く艶やかな褐色の皮膚を上と下とに切り分けたと見える傷跡は痛々しく、そして毒々しかった。この傷は俺が作ったのだ、俺が切り付けたようなものだ、と自責の思いが湧く。が、この思いはさして深刻にはならず、心の一方で俺たちペアは、今こうして生きているんじゃないか。これからもペアで飛ぶんだ。この人とのペアであることを俺は誇りとしてるんだ。と考え、傷跡ともたちまち親しくなる気持であった。

飛行士、吉尾中尉は頰の刀傷で顔容に凄みを増し、えらく雄々しい男振りになり、性格、態度も活性、陽性化したように感じた。

「うちの飛行士ほど好かんヤツと会うたことない、日本海軍で一番好かんヤツだ」と酒席で大声を出す癖の付いた整備の本永班長が、佐伯航空隊の広い滑走台で飛行士と短い談笑を交わし、歩き去る飛行士にうしろから敬礼する、という信じ難い光景を我々は見ることになった。一月半ばのある午後、飛行作業終了後の出来事だ。

「本永班長、飛行士と何の話をしましたか」と尋ねる私に、

「酒の話、酒の話」と笑って繰り返し、

「ここの酒はうまいですなあ、って言ってやった。と言ってもあんたァ酒の味分からんタイなあ」とまた笑う。

萩原先任下士が、「艱難汝を玉にす、だ。飛行士は一回り偉くなったバイ」と何だか口裏を合わせる風だ。飛行士がやかましく小言を言わなくなったから夕食後の酒がうまくなった、と本永班長は言っているに違いない。が、まさか飛行士本人に向かって本永兵曹がそんなことと言えるはずはない。どこか了解し難い点もあるが我が機長と整備員諸氏が仲良くなることは操縦員の私にとってこんな有難いことはない。

フト思い付く。そうだ、整備員は飛行士から酒をもらったのだ。タラフク飲むだけもらったのだ。たぶん味のある労いの言葉を添えて。「艱難汝を玉にす」か。飛行士にも、また私にとっても、潜水艦事件は大いなる艱難であったのだ。

診断は頭部損傷

昭和十六年一月末、佐伯航空隊から四国、小松島の海辺に我らは全機移駐した。

各艦整備員は備品要具類と共に駆逐艦で先発し、飛行機隊は一日おくれて佐伯を発つ。出発前、呼ばれて航空隊医務室に出頭し診察をうける。

軍医中尉が「めまいしないか」「いいえ」「頭痛は？」「いいえ」「食事は？」「おいしいです」、何を聞かれてもどこも悪くない。強いて言えば右脚の付け根に少し痛みが残るくらいだ。ホンのわずかに。

終わった頃に軍医長が現われた。艦隊の飛行訓練は度が過ぎて若い搭乗員に悪影響あり、過ぎたるは及ばざるが如し、と医学者として意見を堂々発表した立派な人だ。姿勢を正し、敬礼する。お腹がやや大きく、大きい顔の中の眼が少し小さい。予科練習生当時の分隊長、長大尉と同じ体形だ。

「どうだ？ここの酒はうまいだろう」と私に尋ねる。意外な質問だ。「ハア、私は」と言いかけ、酒は一滴も飲めません、などこの場で言えるものか。艦隊搭乗員の恥になる、と開けた口を閉ざし、でも何とかこの搭乗員に理解ある恩人に返事をせねばと一生懸命に考える。

彼は笑って、そう口をパクパクするな、何だこれしきのこと、と睨みつける。

「あの駆逐艦の航海長が俺の家の近くでなあ」と私を見ながら言う。私は何と返事してよいやら、眼のやり場にも困る。相手は中佐。雲の上の人だ。「ハア」と軍医中尉が返事して軍医長の方に向きを変えた。私も、そして看護科の兵、下士官たちも一様に聞き耳を立てる。

「あの晩、救助に行ったランチなあ」

「ハイ」私が返事する。

「軍医中尉が救助班長で乗ってた訳だ。何しろ新米だから駆逐艦にも乗ったばかり。艦隊はもちろん生まれて初めて。飛行機事故の救助艇に乗るなんか思ったこともなかったらしい。で、事故を起こした搭乗員どもにすっかりナメられて、とうとう緊急救助用ウオッカはビンごと搭乗員が取りあげて飲んでしまったそうだ。傷を負ったヤツの出血は止まらない、ウオッカのせいだ。一人はとうとう甲板で寝こんでしまったそうだ。そいつを軍医中尉は頭部損傷と言いたてたのだ。航海長はちゃーんと見抜いていたそうだがね。機長の中尉が真に受けて『コイツを殺す訳にはいきません』と、えらく心配したそうだぜ。どうだ、お前。他人事のような顔するな」と。

私は飛行士が言ったという「コイツを殺す訳にはいきません」の一節はまったく初耳である。私は本当に駆逐艦甲板でしばし人事不省に陥ったのだろうか。頭の内部が衝撃で一部故障したのだろうか。それとも一眠りしたのだろうか。これは謎である。が、その後の夜間着水はズンと調子がいいし、正月以来もう八十時間は飛んだし、傷はすっかり治ったのだ。

軍医長有難うございました、と口の中で言い、正しい敬礼をして医務室を出た。みんな、いい人ばっかりだ。

っった。

第三章　重巡妙高水偵隊――南太平洋転戦記

青春の旅

昭和十六年三月十日付で、飛行士以下ほとんどの搭乗員は姉妹艦妙高に転勤することになった。

羽黒はこれから七〜八ヵ月をかけて、船体各部、兵装の近代化改装工事が行なわれるそうで、その間は連合艦隊の籍から抜けることになる。代わって大改装が終わった妙高が艦隊に復帰する。羽黒から妙高に移るのは飛行科員だけらしい。他の兵科、機関科の乗員は大改装工事中は何をするのだろうなどと考える。

三月十八日、須崎の浜を離水した我々三機は呉航空隊に飛んで行き、格納庫に愛機を預け、呉工廠のドックに入渠（にゅうきょ）中の妙高に、妙高のランチで向かう。入渠中の艦内では駆け足は禁じられ、ラッタルの昇降もゆっくり歩くのだそうだ。階段、ラッタルを駆け昇るのはすっかり身についてしまった習性だが、緩やかに昇り降りする生活も心落ち着くものだ、と少し嬉しい。

海に浮かんだ重巡は、「くろがねの浮城」と言われるに相応しく頑丈そのもので、十門の二十サンチ主砲群が良く似合うが、水を抜いた乾ドックに左右に倒れないように大きな材木で突っかい棒された妙高は、見た目にも不安定で、一押しすればひっくり返る巨大な張り子の虎といったところだ。艦橋も煙突も、ボール紙細工に灰色絵の具を塗ったようだ。

コンクリートで固められた海軍工廠の地表から十メートルを越す長い鋼鉄製舷梯が妙高舷門に掛かり、恐る恐る覗き込むと、奈落の底は汚れ黒ずんだ地底作業場だ。大きい材木が無雑作に転がっていたが、作業員の影はそこにはなかった。

妙高の吃水線から下は赤茶色の防銹塗料が塗られたばかりで艶々(つやつや)している。舷側にそう大きくはないがバルジが付き、素人目にも甲板上の対空火器が倍加され重くなった分だけ浮力を付けるためだろうか、と一瞬考える。

バルジのふくらみはそれほどでもないようだが、あれでどれほど速力が減るだろう。鉄板も薄っぺらで防御力の増加にはならない。巡洋艦はあんな邪魔ものを付けずにスッキリして、高速が取り柄、というのが良さそうなのに、と思う。飛行士に質問したかったが一列になり舷梯を渡り始めたので離れてしまう。

妙高の甲板に一歩踏み込む。別に甲板が凹んだりブルブル震える訳ではないが、水に浮かんでいない船体は何しろ弱々し気で、我々は足音低く下へ降りる。主機械どころか一切の機関が停止した艦内は静かで、空気に軍艦独特の匂いがなく、ペンキの臭いだけでは、いかにも実働部隊から外された予備艦的で陸上の大きな空屋敷に乗り込んだようだ。

露天甲板から上甲板に降りた途端、ムッと来る艦内独特の何か入り混じった複雑な臭気は鋼鉄構造物と乗組員が一緒になって活動しているいわば生きた臭いであることが分かる。

搭乗員室ドアも新品らしく、外国の木材で造ったものらしい。室内も新しく、分厚く塗装され、各ベッドを飾る厚手の深紅色カーテンは、明らかに新品だ。絹か染料かの匂いがする。母の傍らで大きくなる途中の幼年期に嗅いだ「絹反もの」と同じ匂いだ。乗ったことはないが、遠洋航路の二等船室風だ。

先任搭乗員川崎一空曹がドアから入って正面奥、外舷側チェストに座り、卓上の灰皿を引き寄せる。ここは重巡羽黒搭乗員室でも先任搭乗員の席である。チェスト上であぐらをかくと、ちょうど良い具合に、本艦の厚さ二センチほどの舷側鋼板が背もたれになる。

その右が次席の井上一空曹、さらに右が門田一空曹。この二人も外舷鋼板が背もたれだ。つまり厚さ二センチの隔壁の向こうは海である。昔から言われる板子一枚下は地獄、とさして変わらない。階級順でゆくと次は私だ。さて俺の席は、と先任搭乗員川崎一空曹の顔を見ると、手を伸ばし、彼の正面を指さすから、向かい合うチェストが私の場所だ。私の右は小柳三空曹、池田一等航空兵と私の電信員山本一等航空兵が艦尾側の端っこに向かい合って座る。ここが末席だ。小柳兵曹と私が座った背後に一メートルの間隔を置いて三段ベッドがあり、空いた空間が通路である。我々に背もたれはない。

門田一空曹は甲一期だが、この狭い居住空間で呼吸する青年たちの世界では甲、乙、一般の区別はまったくない。ただ人と人とのぶつかり合いだけが友情を深める。私は小柳三空曹(乙八、二座水偵操縦員)とすっかり仲良しになる。

二個の舷窓を開け放ち、入口のドアも開けると(ベッドと同じ分厚い絹織り深紅色カーテンが吊られ、通路から室内を覗くことは出来ない)室内のペンキ臭濃厚な空気は少しずつ舷窓へ向かう。何とはなしにみなで顔を見合わせ、いい落ち着き場所だ、ここが俺たちの家だ、と頷き合う。

この半年間、あちらの航空隊、こちらの砂浜、と転々と移り住んだのは、みんな旅だったのだ。ここが俺たちの家だ。自分の決まったベッドだってあるではないか。と言っても、妙高は間もなく呉を出港し、海上を航海し、どこかの港に入る。俺たちの家自体も旅をするのだ。当分俺の青春と旅は切っても切れないようだ。

昭和16年3月、改装を終えて公試中の重巡妙高。後檣下部から斜めに突きだしているのが飛行機揚収用デリックで、その下が飛行甲板

甲一期・門田兵曹の画期的新説

呉空での飛行作業は航法通信訓練と夜間飛行だ。

繰り返して同じ型の訓練だが、幸い日ごと、夜ごと、天候気象は変わるので、私は毎日空と海に新発見をし、飛ぶことを楽しむ。

飛行士が艦型識別に使う米戦艦の模型を床の上に置き、白い綿を連ねて造られた弾着模型を細い棒の先でサッと戦艦付近に配置し「弾着（だんちゃーく）」と叫ぶ。我々は艦の長さを二百五十メートルと考え、白い綿の弾着点を目測する。

「左六十、近二十」（左に六百メートル、目標より手前二百メートルの弾着点を意味する）

艦後方に同じく白い綿でウェーキ（航跡）を造り、「面舵（おもかじ）」の態勢にして、弾着を落とす。我々は用紙に目測結果を記入する。「右二十、遠三十」と。

訓練の終了前、飛行士は弾着観測の試験を採点する。

門田一空曹（甲一、偵）がこの試験を嫌う。

「飛行士も俺たちと一緒に観測訓練をやったらどうだ。たぶん俺の方が上手いと思うぜ。一歩をゆずって同等程度としても、五十歩、百歩だ。それをなぜあいつが試験官になり、俺たちの採点をするのだ。技倆同等のヤツが試験官になるというのは理屈に合わん」

私もこの説には賛成だ。吉尾中尉が努力家で頭の良い人であることに異存はない。が、同じ量の訓練を経たばかりの中尉が（門田兵曹は吉尾中尉や私より半年早く艦隊訓練を始めている。弾着観測も洋上航法も、技倆は門田兵曹に一日の長あり、と誰でも認めるはずだ）下士官搭乗員たちを採点するのは理に合わない。

門田兵曹に賛成するのは私だけだ。他の諸氏は意見を言わない。知らぬ振りの半兵衛を決めこむ。

私は、なるほど、おそらく帝国海軍には画期的な新説であろう、と気付く。海兵団に入団し、以後搭乗員になった一般組、乙飛から搭乗員になった乙飛組の諸氏は、中尉と下士官兵の差異こそが最大の重要事であり、飛行士が仮に弾着観測未経験であっても中尉の彼が下士官たちを採点評価するのを不条理とは思わないに違いないのだ。

私は門田兵曹に一応賛意を表したが、ペアである中尉の悪口を言う気はしないし、先任搭乗員や井上一空曹ら年長で経歴の長い先輩たちの伝統的考えも理解し、どちらが正しい、とは言えないので、沈黙した。

しかし、洋上で二十サンチ砲を斉射し、弾着観測を実際にやれば、もちろん半年の経験を積んだ門田兵曹が上手であろう。ペーパーテストも門田兵曹は常に一位であった。

後甲板の双眼鏡と岸壁の乙女

入渠中の妙高では、下士官の上陸外泊は一日おきである。私は上陸しない日は夕食後しばらくは後甲板の煙草盆で一般乗組員と一緒に時を過ごす。春の宵は我ら鋼鉄製艦内に束縛され閉じ込められた重巡妙高乗員たちにも人恋しい時である。

工廠から一日の仕事を終え女性を交えた工員さんが軍艦旗の向こう側、コンクリート壁の上に続く道を歩いて通り過ぎる。桜の木が植わった道路を歩く人の列は、喫煙の場所から少々遠いが、わざわざドック側に寄った岸壁上を歩く女性群が時々現われる。その人たちは軍艦と距離が遠い、と思い、安心して本艦を眺める。巨大な一万五千トンの軍艦に見入れば、後甲板の数十人の乗員など眼に入らぬのだろう。

彼女たちの容姿が見え難いので、私は双眼鏡を持ち出して観察する。六倍の双眼鏡に、みめ良い女性、と映れば、私は遠慮なく手を頭上に上げて振る。彼女たちがこれに気付いた時の仕草は一見に価する。日本海軍の軍紀は表面は厳正で、ドックに入った軍艦の乗員たちが岸壁に現われる女性に手を振るなどという習慣は無いものらしい。

私が双眼鏡（三座水偵の偵察員、操縦員には洋上飛行中の必要性から六倍の小型ですこぶる使い易く手頃なのを与えられている）を持ち出して岸壁の上を眺め渡しても、チョッと貸せ！と申し出る人物はいない。乗組員は煙草盆以外の露天甲板で座ることを許されない。商船のように、航海中舷側のハンドレールに寄りかかり、海の入日を眺める、ということは出来ない。すべてだらしない姿を他に見せないための規則である。艦橋に備え付けの見張員用双眼鏡を持ち出して後甲板から岸辺の女性を見る、なんてことは実現不可能な、そして一般乗員には考え付きもしない行動である。

私もこの茶目な行為を三分間か四分間やってみて、喫煙所の休憩者たちから無視され、相手にされないのを見て取り、ハハア！　日本海軍にはない習慣だ。なかなか楽しいことだが、続ける訳にはいかない、と悟る。

私が手を振り続けるのを認めた岸辺の女性は、私に向かい丁寧なお辞儀で返礼し、立ち去った。

記録係はクビ

翌日、ドックの閘門が開いて海水が奔流（ほんりゅう）となって流れ込む。妙高は平穏に海に浮き、足で踏む甲板の反応はたちまち強く確かなものになる。これでやっと浮かべる城だ。

四月十日、連合艦隊に編入され、後甲板に集合した乗員一同に艦長訓示がある。解散するとニコニコ顔の池田三曹が現われ、「航海加俸が付くぞ」と教えてくれる。周りの乗員たちも晴ればれした顔付きだ。なるほど航海加俸がつくから、いっちょう働くぞ、とみな言っているのだ。艦長訓示に励まされた訳ではないのだ。

佐世保に帰ると人事異動があり、山本一空は三空曹に進級して退艦し、甲一期偵の近藤一空曹、甲三機偵の浜野二空曹が乗艦し、浜野二空曹は私のペア電信員に決まった。恩賜の時計をもらった奴だ。浜野兵曹とのペアは以後約一年間続き、私はこの少しブキッチョで心寛く重厚、神州男児の心を持ち誠意の塊りのような男から大きな感化を受けるのである。

私が手持ちのウエルタベルレ（ドイツ製セミ判カメラ）で手当たり次第写したフイルムを我らが部屋に付属する写真室で現像、焼き付け、引き伸ばしをやってみなに配るので、私が飛行科写真係となる。小柳三空曹（二座水偵操縦員、乙八期）が大いに興味を示して助手の役を買って出たので、それならば、と現像液の調合、造り方から始める。彼との間に自ずと彼が弟分という関係が出来たのは不思議ではなかった。

だいたい、私が一年と少し早く生まれ、今や満二十歳、彼はまだ満十九歳になっていない。素直で少年の心を持ち、眼は大きく童顔、長身、頬紅く、まるで少年航空兵募集ポスターのヒーロー像そのままだ。

操縦のカンはなかなか鋭く、着水時は定着点のブイにピタリと着水する。しかも思い切り機首を上げ、美事な姿勢だ。

「今の着水は鶴が水に降りるように優美だったなあ」と私が感嘆すれば、「いいや、まぐれです。この次を見てて下さい」とはにかみ、次の着水では目測を誤り飛行長をハラハラさせたりする。そしてショゲかえって降りてくるので、飛行長は「なんだ小柳。そうイチイチ情けない面(ツラ)するな。もっとフテブテしく構えてこい」などと激励する。

飛行長佐々木大尉は、大尉になって三年か四年は経っているらしい貫禄があり、元来色白の皮膚が海風と空の風のため赤らみ、えらく男っぽい指揮官である。

乗艦早々私を士官室に呼び、手に私の考課表らしきものを持ち上機嫌で、

「貴様を記録係にする。記録係ってのはなかなか向く奴がいないでなあ。よし、帰れっ」と言う。記録係最適任なヤツを見つけたぞ、の調子であった。

搭乗員室に帰り先任搭乗員に記録係の仕事を教えてもらう。

「要するに毎日毎日その日の飛行記録を書いとけばいいんだ。一週間ごと、一ヵ月ごと、そ

れを集計する。安永兵曹、お前見込まれたんだ。事務処理能力極めて優秀、てことになるんだ」

　毎日毎日キチンと数字を註記し、その努力を継続集積する、という能力を私が持たないことはたちまちみなの前にバレてしまった。

　三ヵ月後、私が提出した書類をクルクルと丸めて右手に持ち、搭乗員室に現われた飛行長は、左手を私の頭に置いて、

「お前、案外だなあ。記録係を免除する」と宣言した。私はこりゃあいかん、丸めた紙筒で頭をどやされるぞ、と観念したが、飛行長は私の眼をじっと見て、「いや、お前几帳面そうに見えたんだがなあ、俺の眼も狂いだしたか！」と言ってニッと笑い、紙筒を私に返し（書き直せの意）、私の頭を二、三度なで回して帰って行った。

　私は俺がポカリとなぐられておれば、この場の空気はもっとさっぱりするのだが、とショボクレた。飛行長が怒気鋭く貴様、クビだ、と怒鳴りつけておれば悄然たる私を誰かが元気づけてくれるのだが、何となくみな顔見合わせている様子だ。

　ことの成り行きを見て思うところある様子の浜野兵曹が、「乗艦したばかりでよく分かりませんが、私では駄目でしょうか」と先任搭乗員に申し出る。先搭は「記録係はな、もともと操縦員には無理なんだなあ。いっちょう、偵察員でいくか」てことになった。

　浜野兵曹の書類作りは大変真面目熱心で能率も良さそうであり、飛行長佐々木大尉はことあるごとに浜野兵曹を私室に呼び、飛行士吉尾中尉の分まで彼がやっているのだろう、と

我々は考えた。

私は飛行長が俺の頭をなで回したのは、事務仕事は駄目だが、本職の操縦の方はいいのだぞ、ということなのだ、と自分に都合良く作り替え、すぐに元気になって、頭をなでてくれた飛行長をすっかり好きになった。

飛行艇同期生たちのマスコット

妙高の母港は佐世保である。一般乗組員は佐世保鎮守府管内出身で、九州、四国の男たちだ。士官と搭乗員は鎮守府に関係なく全国からの男が乗っている。

佐世保の街には野田煙草店という知り合いがあった。昨年十一月、重巡羽黒乗組であった私は、飛行艇講習を終わり横浜航空隊に転任する二十人近い同期生のうち深海から私の下宿としてこの煙草屋を受け継いだ。これまで深海が下宿していたそうだ。昌ちゃんと言う我々と同じ年くらいの娘さんがおり、深海は「虫が付かんよう、良く見張っておけ」という。二度も繰り返して言うので、いつもこの家に住む訳ではない俺が見張りを出来るはずないのに、と生真面目な私は返事を渋る。傍らで中島恒義が「昌ちゃんを見張るのなら、隣りの鶴ちゃんも頼むよ」と言う。深海流の冗談らしい。

大柄な昌ちゃんは肌が大変こまやかで色白、眼鏡をかけ知的である。隣りの果物屋の鶴ちゃんは細身、昌ちゃんより顔が小さく瞳黒く、可憐(かれん)な美少女型で久留米絣(がすり)のような着物が良く似合っている。それぞれタイプの違うこの二人は同期生飛行艇組のマスコットになっていたらしい。

妙高の安永兵曹、お待ちしています

五月第三土曜日の朝、青空、海から吹く風に新緑の香りが漂う。湿り気も少なく潮の香りがしない。佐世保航空隊の滑りから沖へ向け離水する。午前中は航法通信訓練。使用電波を一斉に変換して敵の妨害から通信系統を護るという訓練を浜野兵曹はやるようだ。水晶発振器を交換し電波の転換をやるらしい。宝物のような小さい小箱をバックに入れて持ち運んでいる。

午後、私は上等なトランプを買ってくると言い、一人で玉屋デパート三階の売り場に行く。航空加俸と連夜の夜間飛行の危険加俸がポケットにある。高価なのを手に取る。裏にアラビアンナイト風の美姫と宮殿の絵があり気に入る。応対の女店員が「トランプ、私のあげましょうか」と言う。声を低めての申し出であるから、これは秘密のやり取りだ。私もひそやかな声で応じ、買うのをやめ短い会話のあと彼女の退社を待つことになった。

佐世保駅に近い戸上通りに同僚と二人で住む二階の一室があり、ついて行く。彼女の後から小さい階段を上る時、これこそ秘密の楽しみだと思う。そう広くない部屋に相棒の女性がおり、まず異様ななまめかしい匂いに躊躇する心が起きる。油断ならぬ匂いだ。脂粉の香りであろうが、安っぽい、と感じる。

壁際に小さい机があり、夏服を着た海軍下士官の写真が飾ってある。写真館で撮ったヤツだ。二人とも私と同年輩か年上だ。

ミシンの椅子から立って来た人は小柄、せせこましい顔立ちと思う。トランプをくれる人は大柄、私とほぼ同じ背丈、色白、平ぺたい顔だが器量は良い方だ。飛行艇の深海が心を残した煙草屋の昌ちゃんの近眼鏡を外し、愛想よくしたような人だ。こうして比べると昌ちゃんはなかなか知性派である。

当然だが彼女らは私よりずっと物馴れている様子で、未知の庭に踏み入り落ち着かぬ私を楽しんでいる風がある。

机上の写真もそう立派な男とは見えず、もらったトランプも売り場の物に比べるとずいぶんチャチで、私はとにかく謝意を表して逃げだした。

トシエさんというその人が私を窓際に外を見る姿勢で立たせ、素早く着替えた。着物が薄い地で身体の各部にピッタリくっつき、非常に魅惑的、肉体的となり、私に迫ったのが逃亡の主原因であった。彼女が迫った訳ではなく、勝手に私が描いた妄想であったかも知れないが。

夜、下宿でおばさんからお茶をもらいながら、一件の始終を近藤、浜野両兵曹に披露する。浜野兵曹の発案で、やや上等の置時計を買い彼女宅の階下の小母さんに、これをトシエさんに、と託し一件は終了した。

青春の最初のページがこれから開くのだ。も少し高い所にあるものを、容易に手の届かない高さのものを、と我が心に潜在する夢想的青春が求めたからであろうか。彼女から与えられた性の衝撃があからさまで強過ぎたせいであろうか。

約二ヵ月の航海から帰港し、白い夏服で上陸する。純白の服を着て内火艇の甲板に立てば、華やかな晴れがましさを覚える。

上陸して市街へ出れば一般の人は白の上下服は着ない。汚れ易く手間がかかるからだろうと思う。つまり白の制服は贅沢なのだ。

浜野兵曹と二人で煙草ケースを買いに玉屋デパートに入る。入港した艦隊乗組員の白い制服で館内は混み合っている。デパート側は、さあ艦隊が帰港したから、と手ぐすねひいて待っていたに違いない。

黒地に三羽の鷹らしい鳥が飛び、黒色は焼き付けで剝げず、鳥は金張りだから変色しないという高級煙草ケースが気に入り、買うことにした。すぐに出口へ向かうが、いきなり「妙高の安永兵曹、正面玄関でお待ちします」と館内放送が追って来た。繰り返した放送が終わる。あいつだ、トシエ女史だ、我々は横の出入口から脱出する。トランプ売場は遠く避けたのだが。

「妙高の安永兵曹、お待ちしています」は俄然艦内の流行語になり、しばらくの間、好奇心と羨望の的に、この私がなったのである。

忘れえぬ歌声

六月、演習が終わった全艦隊は沖縄中城湾に入港した。各艦水偵は毎日デリックで海面に吊り降ろされ、また揚げてもらう。水面から離水、艦側に着水帰投した。

六月中旬、全艦隊に休日が来て我々もカッターを漕ぎ与那原の浜に上陸した。

あいにくの雨で漕ぎ出すと左舷からの横風が強く、雨と波の飛沫にズブ濡れになり小さい漁港に着く。

門田兵曹も酒を飲みに行く紅灯の家がないので我々と行動を共にし、皆揃って久し振りの陸地を歩き回る。小柳兵曹が買ったばかりのセミパールでところかまわず写して回る。

素朴で少し色の黒い人々。少年たちがはにかむ。室積、小松島、須崎、内ノ浦、と知っている限りの浜辺の少年少女たちよりこの地の子たちは好奇心と興味をたくさん持っているのに、恥ずかしがって尻ごみする。

遠まきで我々を熱心に見ている。

昼飯の時になり、各員は思い思いに少年たちと艦から持参のおにぎりを分けて食うことにした。私は隅っこの大きい頭にデキものの跡がまだ残っているひ弱そうな少年を引き寄せて座り、半分に分けて彼と食べ始める。私の驚きは彼がひどく吃ることであった。

彼の砕けそうな弱い肩を抱き、鯉のぼりの歌「いらかの波と雲の波」知っとるか、とやると、ウン、と言う。私がまず歌いだし一小節が終わる頃に少年も声を出して加わり、やがて皆で声を合わせる。二回も三回も繰り返し、最後は大声になる。

吃るくらいで負けるなよ、俺を見ろ！

午後、ややおそく浜辺のカッターに集まった我々を少年たちが送りにやって来た。あの少年も大きいヤツの陰に来ている。

カッターに乗り「櫂立て」の寸前、実に思いがけなく浜で歌声が起こった。我々は櫂立てを忘れ、突発した出来事を眼で探る。探るまでもない。眼前の浜の少年たちだ。二人か三人、少女も混じっている。澄んだ綺麗な声、たぶん別れの歌だ。小学校唱歌にはない。私は一人、規律を乱して立ち上がり、かの少年を見つめ、帽子を脱ぎ高く頭上に挙げた。

櫂を水に入れ漕ぐ。力を入れて漕ぐ。歌声の中を我々は離れた。忘れえぬ歌声だ。

与那原の海に若くして果つ

与那原の子供たちと小学校唱歌を合唱した翌日は、西雲が高くなり北西、四メートルほどの風が島の方から吹き寄せていた。私たちは洋上航法、通信訓練四時間半ほどの飛行に飛び上がった。

小柳二飛曹。殉職数日前の上陸中に撮影

昼前に艦側に着水、デリックで揚収してもらい、飛行長の前で姿勢を正している最中に「九五水偵二号機が落ちた」と艦橋から電話がある。

「どこの二号機だ？　ハッキリ言え」と飛行長が怒鳴る。艦橋に当直する見張員が十二センチ双眼鏡で上空に帰投した本艦二号機を追っていたのだ。

小柳兵曹操縦、井上兵曹偵察員機長だ。「第三旋回点らしい」と飛行長は言い捨て舷門に走った。すでに待機中の内火艇一隻は発進し、墜落海面方向に走っている。

第三旋回点で何が起こったか。小柳兵曹に何があったのか。推測の域を出ないが、搭乗員の面々は言葉少なく、それぞれの心の中で原因に思いを馳せる。

俺たちが思ってもみない機体の故障だってあるはずだ。主翼が外れて、つまり空中分解だ。操縦索が切れたり、何かに引っ懸かったり、たった一個のビスの脱落で操縦は不可能になり得る。考えれば原因は数限りない。しかし我々はエンジン、機体の故障で墜落するなんてあり得ないと考え、毎日飛ぶのだ。整備不良が原因で死ぬ、と考えることは不可能だ。朝夕顔つき合わせる整備員たちの働きを一番良く知っているのが我々搭乗員なのだ。彼らに罪を被せるなど死んでも出来ないことだ。

整備員に事故の責を持ってゆかないのなら、すべての事故原因は俺たちのどこかにある。俺たちが何か失敗をやらかしたのだ。他に考えようはない。陸上の航空隊でも艦隊でも、事故で搭乗員が死ねば「何のヘマをやったのだ」と全搭乗員は考える。ヘマをやるはずのない熟練者が死ぬこともある。不可抗力だったのだ、と考える。罪を他に転嫁することは我々の間ではあり得ない。そしてこれはいかにも海軍搭乗員らしく、雄々しくサッパリした考え方だ、とひそかに誇りとしている。

たった今の墜落機も、整備員のせいだ、と考えるヤツは一人もいない。俺たち搭乗員の失敗だとすると、第三旋回点寸前でエンジンが止まったとしたらどうだ。急いで風に立てようと旋回する。少し操作が荒いと、簡単に失速する。低空三百メートルでの失速は墜落と同意語だ。この可能性は強い。が、これは小柳兵曹の操縦に多少ともキズをつけることになる。しかし、この手の失策は明日我が身に起こらないとの自信は搭乗員にはない。

「残念だったなあ小柳兵曹。俺、あんたを大好きだったのに」

救助に出た内火艇は二人の遺骸を収容して帰艦した。医務室ベッドに寝た小柳兵曹は火傷（やけど）の跡が薄く顔一面にある。眼をつむった、眠った顔だ。飛行眼鏡は外していたに違いない。再び快活に笑うことのない寝顔に別れて、甲板に上る。俺だって遠からずそっちに行くんだ。

翌日、与那原小学校で海軍葬が行なわれた。習慣通り同期生（乙八）山崎兵曹が弔辞を読む。切々と青春の死を悼（いた）み、来るべき春秋を見ることなく逝った友の悲しみを述べ、されど我ら、汝の屍（しかばね）を越えて進まん、と結んだ。立派であった。

会葬した土地の老若の女性たちが声をあげて泣き、美しい十九歳の搭乗員の死を嘆く様子が初め異様と思われたが、素朴、心優しい沖縄の人々の真情だ、と我々は胸うたれ、恐縮し、そして感謝した。

見渡す限りの砂糖黍（さとうきび）畑に夕闇が迫る頃、粗末だが柩（ひつぎ）を乗せる設備を持った中型自動車が二台迎えに来た。操縦員の池田三空曹と私が小柳兵曹の柩を持ち、門田兵曹以下の偵察員は井上兵曹の遺骸に付いた。急造の柩の中で小柳兵曹の肉体はすでに腐敗を始め、底板との隙間から血膿に似た体液が滴り白い夏服に泌み入った。

佐賀市郊外鍋島村

七月に入り艦隊は解散し、妙高は母港佐世保に入港する。

小柳兵曹の故郷、佐賀市郊外の鍋島村に遺骨を持って生家を訪ねた。池田二飛曹と私。操縦員同志の誼（よしみ）である。

大きい門構えの由緒あり気な旧家である。お父上は「あいつ、そそっかしい慌て者でしたから、たぶんそそっかしい操縦をして落っこちたのでしょう」とジッと私を見て微笑された。私は笑うことが出来ず、一生懸命見つめ返し、言葉が出なかった。俺のおやじなら何と言うだろう。「あいつ、気の弱い女のようなヤツでしたから、飛行機乗りになるガラではなかったのですよ」と言うに違いない。

九大航空学部に行っておられると言う立派な兄がおられた。私は下士官で亡くなった小柳兵曹を思い、あんたも俺も大学に行くのが本筋だったなあ！と、海軍下士官制服を疎ましく感じた。

訓示「現在の武器でアメリカと戦う」

九月に入ると、瀬戸内の室積（山口県）に基地が設置され、二艦隊水偵隊は大挙室積の浜に集結した。白砂、青松の浜は緩やかな弧となり、西の端は小さい岬になる。突端に古い松が群生し、丘の上にお宮さんがあった。

基地指揮官伊藤少佐（愛宕飛行長）は各艦搭乗員を集め、「現在の武器装備でアメリカと戦わねばならない。現在以上の武器を望む訳にはいかないのだ。敵がどんな武器、飛行機でやってこようと、我々は今使っているもので戦うんだ。みなそのつもりで訓練に励め」と砂浜で訓示があった。

士気鼓舞型の激越な調子ではなく、戦いに臨む者にその心得を説く、と言った説話調であったので、かえって迫力があり、解散後、我々は黙って本部前を去った。

そうか、やっぱり戦争をするのか。解散した我々にさあ、戦争だ、と気負い立つものはない。私の周りをそれぞれの愛機へ向かって歩く各艦搭乗員を眺め渡すが、みな何も聞かなかった顔をして、いつもとまったく同じだ。これまでだって日米開戦に備えての訓練だったのだ。今更驚くことはない、とみな思っているのだろうか。肝ッ玉のすわった奴ばかりだ、と小心な私は思う。

だが私は、俺だけではなく他の奴だって結構気にしているのだ。ただ気にしたって国の方針がどうこうなるものでもない。心配したって何の役にも立たないのだから、私も素知らぬ風に、いつもと同じ顔をする。

実際の問題として、戦争が始まるのは、我々下っ端の水偵搭乗員にとって愉快なことではない。米艦隊との太平洋上での遭遇戦は三座水偵の艦隊周辺三百浬索敵から始まる。米艦隊の所在を探るためだ。零式三座水偵の巡航速力百二十ノット、最高速約百八十五ノットに対し、米艦隊の護衛戦闘機は約六十ノット以上優速である。

索敵に出て敵部隊を発見したら、何よりもまず電報を打て。撃墜される前に「テテテテ」（テ連送と言い、敵艦隊発見の略字である）だけでも打て。それに機番号を加える。司令部の参謀は繰り返し我々に要求する。誇りある任務だ。任務は重く身は軽し、の歌の文句通りだが、全艦隊の勝敗がかかる索敵飛行である。誇りある任務だ。真っ先駆ける快感もまんざらではない。だが、それで死ぬとなるとやはり愉快ではない。

零式三座水偵は宙返り、射弾回避のための垂直旋回、急上昇、すべて構造上出来ない。その上鈍速なので敵戦闘機と出会えば生還のチャンスはほとんどない。心の中に潜在するものは間違いなく恐怖である。数百、数千発の十三ミリ弾を浴びせつつ襲いかかる敵戦闘機の姿は悪夢である。

しかし、これをさほど深く重大に、そして真剣に考える習慣が我々にはないのだ。考えたってどうにもならないからだろうか？　生命欲しさにそんな不景気なことを考えるのだ、と軽侮されるからだろうか？

伊藤少佐の訓示から持ち場に帰るホンの一瞬、不気味な不安の気分が心をよぎる。が、それが一過したあとはいつもの気楽で、おしゃれな青年操縦員に還る。周りのみなそうだから。私だって、この陽気でチョッピリ知的で誇り高い艦隊搭乗員の中に同化することは心地良く、都合良いことなので、この伝統にいささかの不安、不吉、不可解を感じながら他のみなと同列に紛れ込むのである。

敵戦闘機と出会った時の心配など、前もってするものか。その時はその時だ。という艦隊水偵隊の気風はそのまま続き、この時から一年と少し経ったソロモン群島周辺の闘いで米空母を飛び立ったヴォートシコルスキー戦闘機に襲われた私は、横滑りを上手くやれば射弾を回避出来るそうだ、とだけの知識しかなかった。ところが、その「上手な横滑り」を実際はやったことがなかったのである。訓練科目中にあるべきであったのだが、触れるのを忌避した向きがある。多くの仲間がこのために帰って来なかった。

甲四期生一斉に乗艦

九月末近く一斉に甲の四期生が各艦に転勤してきた、約十名。

飛行士吉尾中尉は退艦、代わりに小川次雄飛行特務少尉が掌飛行長として乗艦してきた。各艦とも顔ぶれが少し変わりこれが実戦配置だ、と各自それぞれ考える。小川少尉は私の機長に決まり、電信員はこれまで通り浜野兵曹（甲三）だ。このペアでアメリカ海軍相手の戦争に飛ぶことになるのだ。

小川少尉は吉尾中尉よりもっと長身に見え、眼玉が大きく癖のない黒い髪を綺麗に分け、吉尾中尉の端正さとは違うがやはり男前と言うのであろう。私から見ると中年に見えるが良く笑い、それも大口を開けていかにも愉快そうに笑う。眼の動きなども素早く、心は若々しい人だが、戦場には若い吉尾中尉と行きたかったなあ！　と思う。死ぬも生きるも彼と一緒に、と思うのは、この一年間ペアであったせいであろう。この古狸風古参少尉は頼りになる点では艦隊随一であるに違いない。迫ってくる開戦を前に名より実を、と運命の神さまは俺に新しいペアを決めて下さったのだ。

新しく艦隊にやって来た四期生たちもどこの艦に三期の誰が、どの艦には一期の某兵曹が、とたちまち覚えるらしく、室積の浜で会う新顔が懐かしげな顔で朝の敬礼をするなら、こいつ四期生だな、とこちらも思う。

その中に門前兵曹がいた。背丈はチビの私より五、六センチ高いが痩せッポチで顔の肉も薄く、体全体がやや頼りなげに見える。こいつ乗って来たばかりで、もう戦争に行かねばならんのか、と痛々しく見えた。四戦隊三番艦摩耶の三座水偵電信員だ。

私と浜野兵曹は、美少年に、やあ今朝は顔色いいじゃないか、とか摩耶の掌飛行長は良い人だから大きな声だしたりせんだろう(門前兵曹のペア、機長)とか、私はよせばいいのに、通信のこと分からなかったら浜野兵曹に聞いたらいいよ、艦隊随一、頭の良い通信士だから、などと言う。

彼はハイ、イイエ、と行儀よく答え、「大丈夫です、私は通信うまいのですよ」などと言う。浜野兵曹が頭脳優秀で努力家であることはすでに分かっている。三期生には十三年春の受験で陸軍士官学校に合格したヤツが数人、高等商船も二、三人いたのに海軍の飛行機に乗りたい一心でやって来たのがいた訳だが、この人たちを圧して彼がトップで卒業したのだ。

室積湾上空では零式水偵で吹き流しを曳航した九五水偵が後上方攻撃をしかけ、零式水偵電信員が七・七ミリ機銃で吹き流し標的を射撃する訓練も行なわれる。

高度差六百メートルほどで反航して来た九五水偵が、見上げる私の頭上でパッと身を翻すと、次の瞬間、後上方、深い角度で突っ込んで来る。明らかに我が機の進路前方を照準し、ピタリと機首を固定して急降下して来る。右正横百メートルほどを四十度の降下角度で通過する。その跡を小さい赤白吹き流しがアッという間に航過する。浜野兵曹の機銃が軽い音を立てて鳴る。

彼の命中弾は何回やっても少ない。浜に落とした吹き流しを調べるから、命中弾数は分かるのだ。

著者の機長・小川次雄特務少尉。昭和17年6月末、零式水偵で内地上空を飛行中に著者が操縦席から振り向いて偵察席を撮影したもの

訓練終了の日、彼は小川少尉と私に「訓練では当たりませんが、実戦では当てますから」と真面目くさって正面から宣言した。「ウン、実戦では落ち着いたヤツの弾が当たるんだ。浜野兵曹はその点大丈夫だ。頼(たの)ンマッセ！　オイ」と小川少尉は応じ、ニヤニヤした。私も堂々たる態度で自分の弾丸の当たらないのを、訓練だから、と言う浜野兵曹に「流石(さすが)、立派なもんだ。これなら戦

場で大丈夫」と本気でそう思った。これは約半年後の珊瑚海海戦で、襲ってきた米戦闘機を相手に正しく彼は実証した。

もっとも中川兵曹の解説では九五水偵がヘボだったら後落して攻撃運動の降下角度が浅くなり、後方のわずかに上から近接することになる。したがって九五水偵は速力がおそくなり、吹き流しはユックリと追い越して行くから、命中弾数が増す。実戦でこんなヘボい攻撃をやったら、イチコロで撃墜される。俺のは角度が深くて速力も出ているから瞬間のうちに通過する。当たるはずはないんだ、と言う。なるほど、と思う。

九五水偵の連中は百浬ほどの航法、通信と空中戦訓練を繰り返し、新乗員の練度を上げる風である。

空中戦訓練は追摂運動（アメリカ式ではドッグファイト）と言われ、室積湾上空三千メートルか二千メートルで組んずホグれつのドッグファイトが行なわれる。エンジン音がスロットル全開、全速運転の轟音と、エンジンをヒョイと絞った消えそうな音とが交互に交錯し、大空のどこかでやってるのがすぐ分かる。音のする方を見上げるとキラリとフロートの底かエンジン部かに反射した初秋の太陽が光る。

渾身の気力と、技倆のすべてを投入しての空戦訓練は、三座水偵操縦員からみるとまばゆく、羨ましいものでもある。男の中の男がする空中闘争だ、とも思う。しかし、考えるまでもなく、中間練習機教程で私のスタント（特殊飛行）は下手クソだったから二座水偵には配属されなかったのだ。私は最後までスローロール（緩横転）のコツをのみ込めないままスタントの教程を教わり、試験官竹内分隊士からみなの前で「ロールに入る前、ワン、ツー、スリー、と身体で拍子をとって操縦桿を操作するヤツがおる。餅つきではないのだ。見ておって気分が悪くなった」との講評を受けたくらいだ。

洋上揚収は早い者勝ち

十月に入り、艦隊は豊後水道から太平洋に出航し、我々も室積を離れ宿毛、内ノ浦、と基地を移動しながら、休日なしの訓練飛行に飛ぶ。内ノ浦は私が生まれた玄界灘沿いの岬村に似た漁村で、海辺に近く鎮守の杜があり海のそばの浜に幟(のぼり)が立って潮風にはためき、絵の中の風景のようだ。

内ノ浦を離水し約六時間の洋上航法通信訓練のあと、佐田岬南方百浬足らずの海上で各艦一斉に洋上揚収が行なわれた。洋上揚収訓練の仕上げとかで各艦は速さを競うのだそうだ。

旗艦からの命令で各艦は艦橋に一旒の吹き流しを揚げる。「揚収用意」だ。

十数隻の戦艦、重巡は各戦隊の編隊を解いて三千メートルほども距離を開き、左右も広く展開して二艦隊は海面いっぱいに拡がり速力十六ノットで航走する。海を圧する大艦隊だ。各艦の上空三百メートルを二機ずつの水偵が眼まぐるしく舞う。二百メートルと少しの高度で揚収開始の時機を一秒でも早く捉え、他機に先んじて海面に降りねば競技に負けるのだ。

艦橋の吹き流しが下がり始めた瞬間が「揚収始め」だ。信号兵が旗艦の吹き流しを注視しているに違いない。私は艦橋を見ながら本艦の後方千メートルくらいで旋回する。一秒の油断もしない。そしてこれからが艦隊操縦員の腕の見せどころである。

本艦では「飛行機揚収用意。手あき総員上甲板」と艦内放送が命令を伝え、高角砲、短艇甲板、後甲板、艦橋周囲と乗員は露天甲板で揚収の一部始終を見るのである。マゴマゴしてどん尻にでもなれば、「うちの操縦員は下手クソじゃなあ！」てなことになる。

揚収用意から「始め」までは二分か三分。機長がボツボツ時間だ、と思うらしく双眼鏡を眼に当てる。そうなると私は本艦の動きを見ておればよい。小さい吹き流しに注目せずともよい。

吹き流しを降ろすと同時に艦長は艦の旋回を始める。艦長の腕の見せどころでもあるに違いない。風が右舷方向から吹いておれば「面舵」右旋回だ。洋上の波を一万五千トンの艦体でどれだけ圧し、静めるかは艦長の腕にかかっているはずだ。

機長が「始め」と教えてくれる。サアッこれからだ。高度二百メートルで旋回中の私は本艦をニラむ。艦尾右舷後方に白い波の巨大な塊がムクムクと動く。本艦は増速し面舵を取った。風は本艦の右四十五度辺りから吹いている。海面の波紋で分かる。

まだ早い。私も右旋回を続ける。艦首が右に回り始め、艦は右旋回に入った。マスト、艦橋、すべて左に傾き、艦尾航跡も弧を描いて艦体に続く。艦はすでに半回転以上を回り、艦尾から風を受けつつなお旋回する。

「今だ！」眼前の海に右舷から風を受けつつ巨体を傾けて一万五千トンの本艦は右へ回る。

クルリと小回りして本艦に向けどんどん降下する。本艦は機首前方だ。約五百メートルか、もう少しだ。このまま直進降下すると本艦にかぶさって着艦しそうだ。早過ぎたか！　不安が一瞬起こる。馬鹿な！　これくらいのしかかっていかんと時機を失するのだ。この不安は理由なき不安だ。進め！

高度五十メートル。本艦は前方遮風板の中で眼前を右から左へ動く。旋回中だ。

高度二十メートル。艦は斜めに遮風板内で向きを変え、あと数秒で機首前方をかわる。

海上の風六メートル、うねりも大きい。

高度五メートル。ようやく本艦は私の前方から姿を移し、私の前路を邪魔するものはなくなった。本艦が右旋回で波浪を制圧した海面まであと五十メートルだ。小波は完全に消え、海は油を流したようにのっぺらぼうだ。大きいうねりが押し寄せ通りすぎた。太平洋のうねりは一万五千トンの船体でも消えない。いつものことだがなぜだ？　うねりは海の下五十メートルも百メートルも深い所からうねっているのだろうか？　一瞬の疑問と不平はサッと消える。

海面は主機械十五万馬力を海に伝えたスクリューの後流で渦巻き、奔流となり、巻き返し、盛り上がってくる。が、表面は滑らかで鏡のようだ。丸い凸面鏡の連なりだ。前方に大きいうねり。無数の気泡を包み込み白っぽく変色したスクリューの後流がうねりの表面に沸き登ってくる。

私は少し残したエンジンをスパッと閉じ、フロート後端を落とす。あのうねりの背を越した下り坂の始まる部分へ降りるのだ。フロート後端がうねりの幅広い頂部に軽く触れた。ヤッ、早過ぎたか？　だが、フロートは潮の表を割り、内部に分け入った。

途端に下りが始まる。長い下り坂を予想したが、愛機は軽く潮から離れて下り斜面を省略して前方の渦巻き潮たぎる海面へスッと飛び降りた。速力が充分に落ちないまま接水したので潮を振り切ってジャンプしたのだ。私の目算違いである。

制圧され、波の型を失った海面は凄まじく盛り上がり渦巻きながら我が機のフロートを意外に軟らかく受け入れた。これで終わる訳はない。この先に危機がある。機首を押さえ、可能な限り広い面積のフロート底面を海に圧着する。ホンの少しでも速力を殺さねばならない。

砕けた波をプロペラがすくって打ち砕く。バァーッ、と湧き上がった飛沫に包まれ何も見えなくなる。エンジンはデッドスローの低回転だ。ペラが海水で曲がる心配はない。見えないままスティックを引き機首を上げる。登りコースが始まるんだ。フロートの底からうねりに乗り上げた感触が伝わってきた。すかさず機首を抑える。頂上で必ずジャンプをする。奔馬の如く跳び上がったら一巻の終わりだ。そこで失速するからだ。

その一瞬私は海から飛びだした。予期したジャンプだ。高くは上がらない。水平に近い角度で海から抜け出し、飛魚のように飛ぶ。すかさずスイッチオフ。間髪を入れぬ早さだ。フロート後端が下がる。同時に海が下がる。アレッ！　もっと下がる。どこまで下がるんだ。いや、大丈夫だ。必ず下げ止まる。操縦桿をいっぱい腹の皮まで引き付け、これで駄目なら失速だ、と眼をつむる気になった時、パッと右翼が崩れ右へ傾いた。失速！　シマッタ！

と思った途端、右フロート後端が海水の弾力に出会った。ウン、危機一髪。左も接水し、頭を下げた我が機は緩やかな登り坂を疾駆する。

大波の頂きからサッと眼を走らせると重巡妙高は前方少し右で右旋回の真ッ只中だ。艦全体が左に傾いている。すでに我が機にジャンプする速力は無くうねりの背を下り始めた私はスイッチを入れ、計器盤のエンジン諸元を調べ、本艦を待つ。波間を漂う我が機を目指し重巡妙高は風下側から近付く。距離百五十メートルと目測する。まだ左舷に傾き、右旋回中だ。

私は左側の開け放った風防から頭を出し妙高の動静を観察する。これも大事な仕事だ。巨艦の一挙手一投足に我が機は機を逸せず応じねばならない。

偵察席の機長、小川少尉が揚収索（四本の径一センチほどあるワイヤーからなる）尖端のフックを座席内の支基にガチャリ、と掛け、（操縦席内後部両側に二個、偵察席に二個）揚収索上部に付く揚収フックを持ち偵察席両側の機体縁を踏み、仁王立ちに立ち上がった。機が波に揺れ動いても四本のワイヤーに支えられ、海に落ちることはない。

距離八十メートル、艦は風に正向して定針し直進してくる。速力たぶん五ノット、艦首から左右両舷の吃水線まで小さい砕け波がジャレついているようだ。艦長は、十二メートル幅の我が機とほぼ同じ間隔を右舷側との間に保つ心算だ。このあと本艦が針路を変えることはない。私は左へ機首を向け果敢に接近する。艦橋の艦長は、あいつもう近寄り始めた、と思うだろう。気の早いヤツだ、とも思うかも知れない。が、これは私が敬愛する艦長への一つの信号なのだ。とにかく離れていては揚収は出来ない。艦長の懐に飛び込むのだ。

左翼端から三メートルほど離れた傍らを鋼鉄の舷側が私を圧倒しつつ通過する。一番砲塔の辺りだ。の辺りだ。見上げる舷窓はみな閉ざされ、内側は鉄扉が閉めてある。当然だ。航海中舷窓を開けて波風を取り込むなんていう不心得者は本艦にはいない。俺たちを除けば、だ。舷側は肉厚一センチ五ミリほどの鋼板を二枚重ねて溶接してあり、上になった鋼鉄の切り口が舷側鋼板の厚さだ。舷側と主翼左端とのへだたりを読む。必死で読む。もっと寄せろ。恐いが左舵を踏み接近する。あと一メートルか二メートル。

サッと振り返り、機長とデリックを見上げる。機長も主翼左側と舷側との間隔を測っている。私の気配に気付き素早く彼の眼が動き私の視線と合う。彼の顔の筋肉が少し動く。ホンのわずかだが微笑む。私の「ウワァ！　格好良いなあ、うちの機長！」と喜びあがめる気持が分かるのだ。

魚雷甲板の発射孔が左翼上に来た。ヤヤッ！　大坪のヤツ支え棒をかまえて笑ってやがる。一瞬だけの余裕の一瞥だ。左へ舵を踏む。機長のすぐ後方に揚収金具がブラ下がっている。揺れる。メーンデリック先端からの太いワイヤーが揺れる。妙高が揺れているのだ。俺から見ると不動の城に見えるが、やはりローリングをやっているのだ。我が機は一メートル近く上下に同じように左右にも揺れ動く。操縦員の私はどうやってデリックの動揺と跳びハネする我が機の間にあって、フックを揚収具に引っ懸けるのだろうと不思議に思うほどだ。

機長が揚収具を左手で掴まえた。一瞬、エンジンを吹かして機を少し前へ。「ガチャン」機長が揚収金具を左手で引き寄せ、右手の大きいフックを懸けた。一瞬の機を掴んでの早業である。

間髪を入れず掌整備長のホイッスル、太いワイヤーが張る。滑車が回り、グッと機に引っ張る力が加わる。フロート後端が水を切った時、私は艦橋を振り仰ぐ。右舷ヤードの小吹き流しが間髪を入れず降ろされるのを確認し、ニヤリとする。吹き流しがスルスルと信号甲板に引き降ろされるのをもって「揚収終わり」となる。

本艦は速力を増し航海コースに入る。アチコチにまだ揚収中の各艦が海上に停止し、露天甲板の本艦乗員たちはニコニコして「やあ、みなさん、お先にご免なすって」とおどけて手を振り、本艦はさらに不必要なほど速力をあげさっさと先航する。

偵察を終えて帰投、重巡のデリックで揚収される零式水偵。写真は鳥海とその搭載機

飛行甲板の整備員諸氏がみなニコニコ。艦橋に行く途中高角砲、二十五ミリ機銃の砲員たちも眼の隅でチラリと笑ってくれるし、艦橋では艦長が笑いはしないが機長の報告に大きくうなずいて機長は面目をほどこすことになる。

これは時たま至極うまくいった時の模様である。降下始めの時機を一瞬遅疑逡巡(ちぎしゅんじゅん)してどん尻になり面目丸つぶれ。厠(かわや)に用足しに行って、「今日はうちの飛行機遅かったねえ。ドンべエだ」などと乗組員同士で話す声を聞くことにもなる。

最近九五水偵の揚収が池田二飛曹操縦、池田飛長偵察で行なわれた。小柄な池田飛長がグイと左手を伸ばしデリックからのびた揚収金具を摑み力を入れたとたん、舷側からの波で軽い九五水偵は一メートル半ほどもヒョイと外側へ持っていかれ、主翼上面に立った池田飛長は一瞬の判断を誤り左手で握った揚収具を摑まえたまま主翼の上から両の脚が離れたのである。アッ、と甲板の我々は驚いたが、まあ死ぬことはないだろうが、どうするものかと、興味をもって見守る中、彼は波に揺り戻され近寄った九五水偵上翼の主桁を狙い定めてポンと蹴り（桁以外を蹴ると布に穴が開く）右手を金具に持って行き、両手でブラ下がることに成功したのだ。あいつなかなかやるぞ！　と甲板の観客は喜んだ。

操縦員池田二飛曹は、も一度上翼中央部に乗せようと慎重に接近するが、プロペラが回っているのでうっかり近寄っては池田飛長の脚を切り裂きかねない。

揚収指揮の掌整備長が鋼索の引き揚げを命じ甲板上の飛行長が「池田、手を離すな」と大声を出した。数秒後彼は飛行甲板に飛び降りた。

飛行長は、今度は「何だ！　貴様、手を放して海に飛び込めば良かったのに」と腹をかかえて笑うのである。

飛行長は池田飛長の飛行帽を握って二、三度ゆさぶり「行け」と命じた。

彼は待機中のカッターに乗せてもらい九五水偵に乗り移り、もう一度やり直した。

「飛行機揚収用意、特艇員整列」の号令は常に付きもので、射出発艦時にも特艇員は整列待機する。腕っぷしの強そうな兵科水兵たちだ。私は艦橋への途中短艇甲板で、ことによるとご厄介になるかな？　と水兵たちに頭を下げ会釈して通るのを例としている。艇長の兵曹がいれば、一曹、二曹の等級に関係なく、私は敬礼する。

カタパルト誤発射

十一月、艦隊は鹿児島湾に入港することになり、我が機は前路哨戒を兼ね鹿児島市郊外鴨(かも)池(いけ)の浜に先行を命ぜられる。

射出機上の愛機に乗り、エンジンの試運転を終え、枕に後頭部を当て、高度計の零点修正をしていると突然、まったく意外にも愛機が走り出した。何事が起きたか考える暇はない。たった十八メートルの長さの鋼鉄レールの上を走り終えれば海へポチャンと落ちるだけだ。ウンともスーとも言う余裕はない。誤射だ！

吉田整長（吉田さんと私は呼ぶ）が引き金を引いたのだ。

咄嗟に私の左手はスロットルを押した。カタパルト事故で生き残った者はいない。何回も聞かされた言葉だ。一瞬間だけ頭の中をこの言葉が走り過ぎた。左手のスロットルはまだ開く。今十分の七ぐらいだろう。エンジンはスロットルを追って回転数を増している。順調。若さの勝利だ。我が柔軟かつしなやかな左手はスロットルを一杯開き切った。軽くガツンと制限金具に届いた感触が返ってきた。

一瞬の後エンジンも全速回転の振動と轟音を発した。

やったぞ！　今、カタパルト上三分の二の位置だ。あと五メートルはレールがある、と思った時、機はカタパルトを離れ自由になった。驚くことはない。速力が足りないのだったら、たった今運搬車の支えをなくした瞬間に浮力が足りず、失速になり海へ落ちたはずだ。操縦桿をすかさず押さえ機首を海へ向ける。今欲しいものは少しの速力。海面へ向かって降下する、と言っても一秒か二秒の間だ。機首を起こし、波頭をすぐそばに見ながら計器盤を見渡す。機長からの言葉はまったくない。

「上昇します」と私。

「ウーン、針路三百二十度」と機長。あと、帰投して飛行甲板に降りても機長と私の間にカタパルト誤射の件について一言もない。

機長は誤射や不意に走り出したことなどなかったような顔で飛行長に任務終了の報告をし、飛行長も「ご苦労」だけ言って一件は終わる。なるほど、私は口の中でウーン、とうなった。危急存亡、危機一髪のあとこそ、平気な顔で平静に常々と少しも変わらぬ面をするのが艦隊流儀なのだ。機長小川少尉はそのうち酒でも飲んだ時に、

「あの時は年貢の収め時と思ったぞ」などと冗談を言うのだろうか。

デッドスローの微速回転エンジンを一秒ほどの間に全速運転にするのはそうやさしくはない。機械的にスロットルレバーをスーッと全開まで持って行けば所要秒時一秒半、するとエ

ンジンは必ず息をつく——ガクンと一旦回転が落ち、それから回転が増えだす——スロットルバルブばかりが全開になって、エンジン回転が追い付かぬからだ。飛行機だけではなく船舶機関でも自動車でも内燃機関は一緒だ。回転音を身体で感じながら速くスロットルを開く。俺の手がもう少し年を取って固くなっていたら、今日の事故でお陀仏だったに違いない。——これは私一人のひそかな誇りであった。

吉田整長が「安永兵曹、すみませんでした」と、機長に解散を命ぜられパッと敬礼し、向きを変えた私に真剣な顔で言ったが、私は「いいえどう致しまして、どう致しまして」とニコニコして返事をした。そして、今の返事格好良かったなあ、なんて思ったりした。

妙高は鹿児島湾に錨を降ろし、整備員と我々は鴨池公園の海辺にテントを張り基地にした。公園のそばの大きい二階屋にみな一緒に宿泊する。

朝食に行くと吉田整長が「お早うございまーす。安永兵曹」と敬礼する。今までは十歳くらい年長の彼に私から挨拶をしていたのだ。

お袋は寝たかな？

十一月二十日、鹿児島を出て豊後水道を北上し、瀬戸内に入り夜十時関門海峡を西へ通り抜けることになった。行き先は佐世保港外寺島水道とのことである。

二艦隊は高速戦艦群を先頭に灯火を管制し一列単縦陣で狭い水道を通るにしてはえらく高速で海峡にかかった。

海峡を往き交う船は窓のシェードをおろし外が見えないように強制されているらしく、関門連絡船は航海灯だけで真っ暗い影だ。門司の灯がまたたき、父の勤め先である出光商会の石油倉庫群も母が住む街も見当がつく。私は飛行甲板に立ちつくし少年期を過ごした街の灯に見入る。不思議に大きい感激がない。

再び見ることのできない灯だぞ、などと理屈をつけても別に涙するほどの感傷がおきない。「さらば祖国」と思っても、まだまだ明日も明後日も祖国の海だ、と別離の実感もわかない。

「お母ちゃん、お休み」と岸辺の灯に言って闇の中で手を二、三度振り搭乗員室に降りる。ベッドは温かく快適だ。お袋は寝たかな？　門司の小さい家は昔のこと。今はここが俺の家と心地よい寝床だ。

寺島水道は三艦隊の艨艟(もうどう)と駆逐艦、油槽船で三十数隻の大集団が錨泊し、日露戦争の東郷元帥の艦隊もここで待機し、出撃して勝ったのだ、などの話が艦内くまなく流れる。私は四番砲塔の池田二曹からこの話は聞いた。「縁起が良いんだぜ、ここから出撃するのは」と彼はそう信じているのだ。聞けば私もその気になる。しかし、未知への怖れが胸の底から払い切れないのは、俺が生来気弱な性質だからだろうか。

寺島水道に朝日が昇り、夕日が沈む。

戦争なんてオッ始めなくてよさそうなものを、とひそかに想う。

パラオ、アラカベサン基地賑わう

パラオにあと百五十浬の地点から前路哨戒に飛びだす。先月起こった誤発射事件のあとなので、操縦席に座るとすぐエンジンを発動し、心に隙を作らない。いつ誤って走り出してもエンジンを全開出来るよう構えておく。昔の侍は寝ている間もこう油断なく身構えていたそうだが、作り話だろう。俺の性には合わない。顔が意地悪くなりそうだ。

パラオは規模の大きい珊瑚の環礁の中で、青い海と外国調のダイバー船の群れが私を待っていた。映画のシーンそっくりなので余り驚かない。着水したアラカベサン基地は少年倶楽部の口絵にあった未来戦の基地に似ていて嬉しかった。新築格納庫、高い無線柱、広いコンクリートの広場、白塗りの指揮所と、近代戦用基地である。四発の大型飛行艇が十数機見え、活気に溢れている。

牽引車で曳き上げてもらうと、思いもよらず多勢のニコニコ顔が「オッ、ヤス」とか「安さん」と呼びかけてきた。飛行艇を見て同期生を思い出さないのはこちらが悪いが、何しろ意外だった。大いに嬉しくなって、飛行艇もそして水偵の我々も戦争のためパラオに来ていることを忘れる。鈴木亨が変わることなく紅い頬の少年の顔で椰子の実を割って持って来てくれた。

これが名にし負う椰子の実か、私は大いに喜び、大きい男ばかりが一様に見下す中でゴクゴク飲む。

「ウワァーッ、うまかった。生まれて初めてだ」と大声で叫ぶ。ここには大声で叫んでかまわない空気があった。

日本内地の航空隊とまるで違う。これを解放感と言うのだろうか。

根拠地の昭和遊撃隊

午後ややおそく、高速戦艦二隻を先頭に我が二艦隊はアラカベサン水上機基地の北方遥か海上に姿を現わした。

西に傾いた熱帯の陽光を右舷に浴びた各艦は艦橋、前部砲塔、高角砲を乗せた右乾舷の輪郭も明るい太陽側と、暗くおぼろな反対舷の対比も鮮やかに、華麗な舞台入りを挙行した。椰子の葉に上縁を飾られ、その下に見える艦隊は、姿、色彩を異にしたいくつかの雲を背景に、そのまま美しい絵となった。私は錨を入れた妙高に帰るために基地を出発し、海面に繋留された三機ほどの九七大艇の間を滑走する。

飛行艇の巨大な主翼の下から見る艦隊は「南海の根拠地に憩う日本艦隊」と名付ければ、これまたピッタリの構図である。そして私が少年倶楽部の「昭和遊撃隊」にこれと同じスタイルで描かれた迫力あるペン画があったのを思い出すのも当然である。あれほど、血を沸かせ自惚れた画が他にあったであろうか。だが「根拠地の昭和遊撃隊」は次の場面で「常勝艦隊に暗雲みなぎる」の題を揚げ主砲砲撃戦に敗れるのである。

今、眼前四千メートルに見える高速戦艦とまったく同じく描かれた旗艦高千穂は前檣(ぜんしょう)上部が壊れ、大測距儀は傾き、片舷の信号甲板の辺りは吹っ飛んで信号旗が破孔に引っ懸かり、主砲塔一基は横を向いたまま停止して三連装の砲身はあらぬ方向に仰角をかけ動かず。と、惨憺たる姿であった。

あれは昔読んだ空想冒険小説だ。今俺が見てるのは三戦隊の金剛、霧島だ。空想と現実は区別するべきだ。しかし、海上決戦に正に敗れんとした昭和遊撃隊は最後のとっておきの手段、人間魚雷百発余りを海底に放ち、その犠牲により優勢の敵主力艦隊を轟沈させる結末となるのだ。

離水した私は艦隊上空を旋回しつつ、最後は白鉢巻きの人間魚雷を出せばいいじゃないか！　戦争に決死隊は付きものだ。俺は空で戦って死ぬのだから人間魚雷には行かないぞ、と考える。何でも自分に都合よく片付けたがるのはパッとしない凡人の常か。

暖かい色の海に着水し、本艦が準備したメーンデリックの下へ向け滑走してゆく。コロールの港へ向かう内火艇が、波を蹴立て、走ってくるのに進路を譲りしばらく待つ。通り過ぎる内火艇艇員の中に当方に敬礼するヤツがいる。機長飛行服左腕の大きい金モールの階級章が彼に見えたからだ。しからば、と私が艇指揮の若い士官に敬礼する。内地の軍港では起こり得ない双方の敬礼交換である。内火艇の航跡に乗り入れ、プロペラで飛沫を巻きあげた我が機を艇上から振り返る諸氏に私は大きく左手を振った。つられて艇上の兵、士官、みなが手を振り、思わぬ海上の交歓儀式になる。思わず身内意識が心に高まる。向こうも、そして当方も。

「さあ戦争だ、お互いに頑張ろう」

の心算なのだ。X日(エックス)まであと五日。

開戦初日の索敵

Xマイナス一日(エックス)、ハワイに行った一航艦の連中も、あと三百か四百浬に近寄ったに違いない。私は開戦初日、レガスピー北方のスリガオ水道を索敵偵察する命令を艦橋で受ける。陸軍が上陸し、空母龍驤の飛行機隊がレガスピー飛行場を襲撃するので、この見張りに飛ぶ訳である。

開戦第一日目、私と浜野兵曹は初陣である。命令を受けた機長小川少尉が、艦橋の緊張した空気に影響され、若い我々に一場の訓示を与えるか、と予期したが、彼はいつもと少しも変わらぬシャアーシャアーとした顔で「よし、分かれ」と解散を命じ、眼尻に皺を寄せわずかに微笑した。どうってことはない、俺がついとるんだ、という顔だ。初陣の我々には頼もしい機長である。

海は暗い。風に崩れる白い波頭が見えないのは、暗さのせいだけではなく、海上の風がたぶん弱いのだ。

射出機に乗せられた愛機に、前から乗れば射手の横は通らないが、早朝暗い時の射出は、後部から、チョット水中舵に触り、開いた弾扉内部の爆弾やフロート張線などを素早く確認して前にゆき、主翼前縁から革紐を引いて跳び上がるのが例なので、カタパルト後部に回る。

夜光塗料で青い光を放つ計器の前に座った影は吉田整長だ。「お早うございまあーす」と私が挨拶するのも、いつもの通り。「あっ、お早うございまーす」と彼が機嫌のいい声を出し、闇の中で短い敬礼をするのも訓練時とまったく同じだ。昼間なら彼の席の斜め後ろに大きい真鍮の薬莢があり、のぞけば装薬を包んだ布を見ることが出来る。二十サンチ砲の薬莢より格段に大きい。

この大きい薬莢をいつカタパルトの薬室に装塡するのか、私はその時機を知らないのに気付く。彼の肩に手を置いて、尋ねてみたい誘惑を感ずる。いつもは気にならないことが今朝気になるのはなぜだ？

海上の風はだいたい東から三メートル、と艦橋から知らせてくる。暗い海に砕ける波頭が見えないはずだ。

東へ向いての射出は心軽いものである。水平線の上は海の暗さよりわずかにボーッと明るくなっていて、カタパルトを離れた直後の愛機を操縦するのに大きな助けとなる。これまでの艦隊訓練でも真（しん）の闇で射出されたことはない。非常に危険だからだ。

射出直後、速力はまだ失速スレスレ。浮力も極めて少なくホンの小さい操縦ミスで機は失速になり墜落する。暗闇での操縦は身体全体で感ずるカンだけに頼る他ないので、猛訓練であったにもかかわらず、訓練科目になかったのだ。少しでも空が明るければそれを目当てに姿勢をコントロール出来るからだ。

夜が明けたばかりの水道を奥に入ると、帆をかけた小舟が六十隻ほども走っている。もっと多いに違いない。漁夫たちが出動するのだろう。ここには戦争はない。高度三千から詳細に見渡せば朝の煙霧の底で動かない濃緑色の大小さまざまの島々には耕作の跡も村落の気配もない。

日本なら視野の中に必ず半農半漁の村と見える集落が入江の奥にあったり、岬の根っこにあったりする。ハテ、あの帆を張った小舟はどこから出現するのだろう？　まるで降って湧いたようなものだ。とにかく、今ここに戦争はない。しかしこれが私の初陣である。

さらば、水漬く屍

数日後、艦隊の前路哨戒に飛びだし、艦隊がダバオ湾口まで百五〜六十浬の海上にいる頃、ダバオの飛行艇基地に着く。

海面を浜に向かって走る。九七大艇が十機ほど浅い海に繋留してある。

誰か私の名を呼んだので、海面を見回すが、泳いでいる人間がいるはずはない。電信席の浜野兵曹が「大艇の翼の上です」と教えてくれる。ヤッいるいる。三浦武一、三上開三郎ほか、パラオのアラカベサンにいた同期生たちが一機ずつ通り過ぎる大艇の主翼の上で叫び、笑い、手を振っている。顔を知らないヤツが、同じように歓迎してくれるのは三期生だ。三期の浜野兵曹に「ハマノ、また来たか」と叫んだ声が聞こえたからだ。

熱帯圏、午前十一時の海上で浴びる太陽光は白い熱線の塊だ。主翼上で作業する彼らは俺たちに比べ、えらく大変そうだ。

浜に着き、整備兵長に明朝ここを発つこと、燃料は積まないでいい、などと頼んでいるところに、浜野兵曹が、

「安永兵曹、珍しい客人です」と呼ぶ。

振り向くと、待ち構えていた笑顔は永島良彦上飛曹。玄界灘に沿う我が故郷の幼な友だちだ。学年は一級彼が若い。スポーツマンだが、温和で優しく、大声で叫んだりしない。今も身体にピッタリと汗でくっついた防暑服の肩は女性的でさえある。

彼が私を「弘さん」と呼ぶのを浜野兵曹が「永島、俺も安永兵曹を弘さんなんて呼びたかったなあ」などと言う。

朝八時、ダバオ飛行艇基地を飛び出し、ダバオ湾口から十分も飛ぶと朝のガスの中に二艦隊が静々とおでましになってくる。周りを二時間対潜水艦直衛に飛ぶ。のどかな南海の朝だ。

海図にはマララグ湾と名のある深く入り込んだ小湾がダバオ湾西部にあり、艦隊はそこに入って各艦五、六百メートルの距離を置いて散開し、錨を入れた。

北側の島に対空見張所を設営するから搭乗員室からも作業員を出せ、と命令があり、九五水偵操縦員池田二飛曹と電信員池田飛長が出かける。適当な所に見張塔を造るためのアドバイザーだ。

「うまい喰いものがあったら取ってこいよ」、これは門田兵曹が言う。彼らしい。

ダバオ湾の入口はだだっ広くて湾口なんてものではないから潜水艦侵入を防ぐための機雷を敷設するなんて到底不可能だ。徴用したトロール船が数浬に一隻海面をゆっくり走って警戒している。恐らく何の役にも立ちはすまい。水中聴音器を持っていても、二浬も三浬も先の潜水艦のスクリュー音を聞ける訳がない。哨戒艇も申し訳程度、哨戒水偵も目視だけだからそんなもんだ。

しかし私は、万一ってことがある。俺が覗き込む直下の海を敵潜水艦がうまい具合に走ってくれることだってあるんじゃないだろうか。と、その万一に賭けて私は右に回り左に回って海の中を注視していた。

二時間の哨戒時間が終わり、マララグ湾に向かう。本艦上空を旋回し、着水する海面をつぶさに見る。一本の流木も見逃せないのだ。残念ながら、その時本艦の甲板が修羅場になっていることに気付かない。偵察席から機長は「本艦は何かあったようだぜ、いいから着水しろ。まあそれからだ。浜野兵曹、上空を見張っておれ」と注意深い。

メーンデリックの太いワイヤーが伸びて、我が機は運搬車に乗る。甲板のみなは眼ばかりギョロギョロさせる気配でいつもと違う。

甲板に降り立つと大坪整長が寄って来て「爆撃です。青木兵曹が死なれました」「エエッ」浜野兵曹は「現場を見て来ます」と前甲板へ行くが、私は未だ血と肉が残っているであろう爆発現場に行く気は起こらない。まずは搭乗員室に帰り、いつもの仲間の中に紛れ込み、行くかどうかはそれからだ。

アメリカの爆撃機隊は高度七千メートルくらいで北から爆撃進路に入った。聞くところでは我が方の見張員が無気味な大編隊を発見したのはかなりな仰角だったという。つまり爆弾投下点を過ぎてかららしい。「配置に付け」が下令され、煙草盆で作業終了後の喫煙をみなが止めて、立ち上がった時爆発が起こったそうだ。

爆撃隊がどこの基地を飛び発って来たか我々は知らない。知識も判断資料も何もない。オーストラリアに駐留するヤツがセレベス辺りの飛行場で燃料を補給してやって来たのだろう、とは中川兵曹の思い付きだ。地図を思い浮かべるとそんな可能性もある。

我々下士官搭乗員には敵大型機来襲の算ありとの注意は、一言も与えられていなかった。泊地上空の対空直衛をする役目は九五水偵の任務である。その九五水偵搭乗員にさえ一言の注意も与えられていなかったのは、司令部もこの来襲をまったく予期しなかったからだ。これは、司令部に対する我々の信頼度に大影響を及ぼす。参謀肩章を付けて威張っていても、考えることは俺たちと同じ程度じゃないか。「予想もせぬ奇襲を受ける」とは彼らの怠慢だ。

熱帯圏での遺体の腐蝕は急速で、この夜の厠(かわや)は死臭が鼻をつき（爆発は厠出入口二メートル付近が中心らしく、用たし中の戦死者が三、四名出たと言う）不気味この上ないと思われ、深夜に用事が出来ると、「護送船団だ」と片っ端からベッドを揺すり〝つれ〟を作る。そして、さして用のないヤツまで、「俺も行く、待ってくれ」と起き出してくるのであった。

明くる日は主機械室周囲の上甲板通路のすべてに屍臭がみなぎり、食欲に影響するかと思われた。搭乗員室を出て艦橋前部の露天甲板に通ずるラッタルには、鉄鎖、鉄柱、踏み板の隅々に血と肉の小さい部分がくっ付いているので、息をつめ、眼を細めて全速力で走り上がった。

内地へ回航中の海上で水葬の儀式があり、後甲板に集合した我々はメーンデリックで次々と海に葬られる戦友を送った。時折りスクリューが遺体を切り裂くらしい微妙な衝撃がデッキから我々に伝わり、海の男どもに、海の男の死について考えさせた。

さらば、水漬く屍よ。

デリックで吊り上げられた戦死者が左舷舷外に回ると、左前方からの風に乗り、したたる体液がバラバラと飛び散るのが見える。後甲板は一段低いので、ちょうど集合した乗員に腐った体液は降りかかるようになっている。

「俺たちもいずれ後を追うのだが、もう少し残ったヤツらを悩まさんよう死なんといかんなあ」と解散後、声があった。私も同感だ。夜、厠への〝護送船団〟は佐世保入港まで続いた。これまでに読んだ陸軍の戦記には勇ましい記事ばかりで、便所へ行くのが恐い、などというのは見たことはない。俺たちは臆病者の集まりなのだろうか。

二隻の駆逐艦に護衛された妙高が佐世保に入港する前に、三機の搭載機は佐世保航空隊に先行した。整備員はその日のうちに航空隊にやって来た。海軍工廠での大修理作業に飛行科の一同は邪魔にはなっても役に立たない。

佐世保航空隊では軍港に出入港する艦船の対潜直衛に飛ぶ。指揮所では搭乗員たちとの会話で「敵は日本艦隊のマラグ湾集結をどうやって知ったのか」ということが何回も話題になる。

四発の大型機が偵察に来て写真でも写せば見張員が見つけるに違いない。アメリカがかねがね電信器を持つスパイを現地人の中に養成しておいたのが電報を打ったのだろう、との意見が一番説得力があった。

浜野兵曹と私は、上京町の馬場という散髪屋に二、三度行って顔なじみとなり、二月末の出撃前の日曜日に昼食をご馳走になる。娘さんの房子さんは十六、七だが私より一、二センチは背が高い。色白でふっくらした美少女だ。「慰問袋を送ります」と言ってくれる。かねて嫁さんをもらう時は俺より背の高い女性がいい、と決めていた私は、「俺にピッタリだ」と思う。でも、嫁さんはだいぶ先の話だ。

船長、追い付く気あるのか

母港佐世保を二月末出港した本艦は僚艦羽黒と合同しジャバ攻略に行く輸送船団の護衛に付く。

台湾の南で対潜直衛に飛んだ中川一飛曹が、

「高度五百で眺め渡すと、眼下の船団は水平線にかかるまでずーっと二列に並んでおるんだ。

こんな船団が日本におったのか！　と我が眼を疑ったよ」と感激して話す。

　あとから降りて来た中川一飛曹の機長、近藤上飛曹は、

「それにしても連中の速力はおそいんだ、せいぜい九ノットだな。よく見ると、ずいぶん旧型の貨物船が交じってるんだ。あんなボロ船まで引っぱり出さんと戦争出来んのかねえ。脚のおそいヤツがおくれるとな、これが追い付かないんだ。前のヤツと千五百も間をあけて、そのまんま十分も二十分も走ってやがるんだ。九五水偵に大拡声機を付けて『船長、追い付く気あるのか。ボヤボヤするな』と怒鳴ってやりたいよ」と言う。

　中川兵曹感激の話に、ウーム、さすが海国日本だ、とごく簡単に同調した私は、偵察員近藤兵曹の話で今度は商船の寄せ集めだからそんなものだろう。「烏合（うごう）の衆」とはこんなのを言うんだ、と思う。日常我々が見馴れた日本艦隊の規律正しい編隊行動に比べるのが、そもそも無理なのだ。

　明くる日、我が機が直衛に飛ぶ。縦に長く二列に並んだ船団を護衛するのは駆逐艦だけでは足りず、数隻の駆潜艇が交じっている。一万六千トン級の高速貨客船の次には五千トンくらいの見るからに旧型オンボロ貨物船がノコノコ走り、大船団はノロノロ航走である。

舳艫（じくろ）相ふくむと言うのだろうが、鋼鉄の貨物船と護衛艦艇の組み合わせには、この言葉はすっかり古臭く陳腐（ちんぷ）になってしまった。

　フィリッピンを通り過ぎた海は、おだやかで青く濃く、砕ける白波も軽く少ないが、大き

いうねりがあって、五千トンか六千トンと見える貨物船はゆっくりと揺れる。大型高速船は鋭い船首で海を突き破って微動もせず走るので、不規則に揺れ傾く旧式マストがなお一層古臭く見える。

濃い藍色の海の上に白い海鳥が群れ舞い、付近を注視すると海面にザワザワと立ち騒ぐ微小な波の動きが見える。魚の群れが集まっているのだ。小鰺の刺身、食べたい、と突然思う。視認状態を良くするため風防を開け放っているので、絶え間のない強風の流れが身体から水分を奪ってゆくらしく、口が乾き、頬にさわれば塩の粒が手にくっついてくる。なおも目は海面を見る。清冽で冷たい刺身があそこに集まっているのだが……。

船団の先頭の斜め前方千メートルから二千メートル付近の海面が最適の魚雷発射地点だ。その辺りの海の下に気を配りつつ飛ぶ。うねりの谷間を動く小点を見つけ、何か？　と一瞬緊張する。飛魚だ。ざわめき動く波濤の谷間を巧みに素早く飛び、ポチャン、と着水する。大きい魚に追われての緊急避難行動だそうだ。頑張って飛べ、飛魚よ。飛ぶものなら何にでも応援したくなる。

二時間の哨戒時間が終わり、交代機と代わって右側の船列に沿い後ろへ向かって超低空飛行を試みる。各船とも上甲板に人影は少なく、どれほどの陸軍兵士が乗っているのか見当もつかない。

一瞬の間に飛び去る船の最上甲板、ブリッジ後方の、たぶん無線室であろう場所のドアの外に、カーキ色半袖シャツを着て立つ一人の陸軍士官が目に付く。振り返った私は、彼が片手を高く揚げたのを見てとる。そうか、あんたも征戦の途次にあるのだ。これからジャバに上陸して戦うのだ。されば生きて還りたまえ！

　飛び続ける私は、突然何年か前、中学四年生の夏休みに阿蘇山地徒歩旅行に出かけて、南側外輪山の七曲峠とかの乾いた小道にあった一個の石碑を思い出す。

　宮崎側の飫肥（おび）地方から出陣して、この峠を経て熊本の戦場に赴き、再び故郷の土を踏むことのなかった武士たちの名を記す、と書き出し、二十数人の氏名が刻んであった。

　感傷型少年であった私は荒れた阿蘇外輪の峠を越す悲運の薩軍小部隊を想って立ちつくし、先を歩く仲間は峠の向こうに歩き去った。

　この船団にも、再び故郷の土を踏み得ない男たちがどれほどいるのだろう。どこに還らぬ男どもの碑が建つのだろう。

　いや、この遠征軍の行き先、ジャバには強敵などいないのだ。オランダ艦隊だってもう逃げ出してるのではないか。この俺が悲壮がることはない。それより俺が生きて還り、阿蘇連山を眺め渡す外輪の峠に再び立たねばならないのだ。それどころか、今の俺には、長濤のうねる海で、一つ間違えば波頭にたたき付けられる緊張の洋上揚収が待っているのだ。

　低空飛行は目まぐるしく、考える方も忙しい。

敵潜水艦は綺麗なエメラルド色

二月末、船団はスンダ列島のおよそ中央、スラバヤに約四百浬くらいに接近し、護衛艦隊は先行し、我が機は上陸地点付近海上の索敵哨戒に飛ぶ。

朝のジャバ海は水蒸気が濃密に発生し、高度を百メートルに下げないと海上の見通しが悪い。

高度百メートルを風防全開で飛ぶとすこぶる暑い。汗が出て極めて不快だ。操縦席のすぐ眼の前に千二百馬力のエンジンが灼熱の爆発を休みなく続けているので、操縦席は大いにその熱に影響される。皮膚表面に出た汗はたちまち乾いて、水分は霧散し塩が残る。

風防を開放すると、風が下方から吹き抜けて、大変涼しい。が、速力三ノットほどが減り、そのぶんエンジン回転を増すので燃料を多く費消する。長い時間強風に吹かれると疲労も大きい。私は風防のレールに消しゴムを押し込んで約一センチの隙間を残し風防を閉める。後部からの風が座席の下を通って上にあがり、隙間へ抜け出す。室温も下がり具合が良い。

発艦して約百四十浬も飛んだ所で、前方エンジンカウリングのすぐ右の海面に、白い一本の航跡を見つける。わが機のコースとほとんど直角に、右に走りつつある。約七千メートル前方。眼をこらすまでもなく潜水艦の低い船体と、小さい司令塔が見える。

「敵潜水艦前方」と機長に知らせ、間髪を入れずエンジンを増速する。今日の任務は索敵なので残念ながら爆弾庫は空だ。機長は浜野兵曹に機銃で撃ちまくれ、と命じ、我が機は急速に潜水艦に接近する。

距離千メートルに近付くがまだ沈まない。速力約十六ノットか。我が機に気付かず走っているようだ。日本海軍との戦争が起こっているのを忘れたか！　ほとんど水に没している艦尾から真っ白いウェーキがほとばしり出て、船体よりやや長く白い航跡となり濃青の海と争うようだ。艦尾のすぐ後方に煙らしいもの……、と注視する。煙突の代役をする排煙孔が艦尾にあるのだ。うす青い煙がもやもやと漂っている。追い風なので排煙が艦の跡を追い、集まって青く見えるのだ。

なあんだ。まだディーゼルで走ってやがる。いつ電池とモーターに切り換えるのだ。敵の後方約百メートルで上昇しながら速力を落とし、機銃を撃ち易いよう右旋回に入る。傾けた右翼のすぐ下、眼の前に敵はある。浜野兵曹が撃ち出した機銃弾が敵潜水艦司令塔を中心に一斉に飛沫をあげる。

眼下の敵はようやく潜航を始めた。すでに司令塔は無人。海水に洗われる船体はコバルト色に光り輝き、白い木材を張った甲板は清潔で木目が見えるほどだ。

円を描く我が機が敵の上空百メートルで半周すると機銃発射音が途絶え。掃除の行きとどいた木の甲板を海水が洗い始めた。浜野兵曹が弾倉を取り換え、再び撃ち出した時は、司令塔の半分が海面に残っていた。激しい弾着の飛沫が司令塔を包囲したが、司令塔はこともなく海の中に没し去った。

七・七ミリ弾が司令塔の鉄板を射ち抜いただろうか。運の良い野郎だ。それにしてもたった今潜没したオランダ潜水艦（識別の国旗、軍艦旗が揚がっていた訳ではないが、自分の国を護るためにジャバ海を哨戒するのだからオランダだ、と私の操縦員的直感である）の外舷の塗色が鮮やかなコバルト色であったのは驚きだ。我が方の暗い灰色に比べるといかにもシャレて、粋（いき）な色である。白っぽい木肌が磨きあげられた甲板も綺麗だし、美しいコバルト色の船体と白い甲板との具合は微妙に美しかった。

「お前、いい気なもんだ」

翌朝偵察を命ぜられたスラバヤは、港外に大小の輸送船十数隻がそれぞれ散開して碇泊し、陸攻隊の爆撃で陸上の貯油槽が一つ燃えているらしく一ヵ所煙があがっている。煙は高度二千メートルくらいで拡散し、三千メートル付近は雲のように空一面を覆っている。風上側の南に回ると港付近の海面はだいたい見えるが商船ばかりで軍艦の姿はない。偵察電報を打った機長は、下の商船爆撃を命じ、私は煙とも雲ともつかぬモヤを突き切って緩降下に移った。高度千メートル辺りで煙の幕から飛び出すと、見当通りの大型貨物船が眼下にあった。初陣の私はいささか功名心を高ぶらせ、マストすれすれまで突っ込んで投下すれば見事命中だ、と眼を据えて降下する。

高度六百を切った時、「起こせッ、引き起こせッ」と機長のドラ声が耳に響いた。チェッ、せっかく張り切ってるのに、と思うが、命令に従う習性は身についたものであり、すでに右手はほとんど無意識に操縦桿を引き、機首は上がり始めた。見当で爆弾を落とし、次いで「右旋回」と命令に従えば、たちまち煙の中に飛び込んでしまう。戦果確認をしないでなぜ雲の中へまぎれ込むのだろう、と私は雲の中で腹が立ってきた。

高度を二千に上げ、再度港に接近する。煙の薄い所から見ると、一万五〜六千トン級貨物船の前甲板に、たった今火が付いたばかりの小火焔が赤く見えた。

「掌飛行長、燃えています。あいつです。命中です」

と喜びの声をあげるが、機長は、

「お前、いい気なもんだなあ。右翼の後部を見てみろ」

と取りあってくれない。言われる通り右翼を見る。何と！　右翼三番タンク後縁すぐ近くに一発七・七ミリ弾が下から上へブチ抜いた穴が出来ている。一瞬で事態を悟った私は素早く眼を走らせて見える範囲の弾痕を数える。

帰りのコースに向け機を旋回させながら私はいつの間にこんな弾丸が当たったのか、といやになった。この俺が知らんというのはどういうことだ。

本艦に帰り着き、穏やかな海面を本艦はいつもの通り面舵で揚収運動を始めた。

フロートに穴が開いていたら困ると私は右旋回を始めた後甲板にノシかかる勢いで降下した。無事波の上に降り、小山のような巨体が近付くのを振り返り、初陣の被弾にすっかり衝撃をうけて気弱になった私は「艦長、故郷の駅に帰り着いた気持です」と艦橋を見上げて叫んだ。後席の機長に聞こえない声で。

十一発の機銃弾が急所を外れて命中していたのだから、こちらの爆弾が命中したと強いて主張せんでもいいや。という理屈が成り立つとは思わないが、私は貨物船一隻に小火災を起こしたくらいどうってことはない。それより下から撃って来るのもまったく分からなかったし、被弾したのさえ全然知らず、機長に「お前、いい気なもんだ」と笑われたのが私にとって大事件であった。いかにも私が臆病で、最初の敵と出会い前後不覚の状態になっていたかを示すからだ。

艦橋に上がり、艦長にスラバヤ偵察の詳報を報告したあと、掌飛行長小川少尉は一呼吸おいて急にバツの悪そうな顔になり「このまま帰るのも、と思い爆撃しましたら、当たったようでありますが」と付け加え、艦長の言葉を待った。

私はなぜあんなすまなそうな顔をするんだろう小なりといえども爆弾は命中したのだ。大威張りで報告すればいいのに、と突嗟に思う。だがアッという間に私には状況が分かった。主目的の偵察が終わったら急いで帰艦し報告、写真現像をして司令部に提出、という任務があるのに、真っ昼間の泊地に鈍速鈍重の三座水偵で緩降下爆撃をやり当然の被弾をしたのだ。浅慮、軽率、匹夫の勇でありました、と機長は反省の様子を示しているのだ。

艦長は「ウン、そうか」と言ってうなずいたが、頬がゆるみ、だが面白かったじゃあないか、という風な顔になった。

「ハイ」と姿勢を正した機長は艦長の笑顔が消えぬので、も一度バツの悪い顔をして艦橋を辞した。たぶん、「私のような熟練古参の搭乗員としたことが、撃墜されそうなハメになり面目ありません」と言いたかったのだろう。

チャンス再び

翌日、再度スラバヤ港偵察の命を受け、午前十時発艦。六十キロ二発携行。コバルト色に塗ったシャレたオランダ潜水艦と会わんかいな、と思いながら飛ぶ。

港内、港外に敵艦影なくスラバヤ上空からマドラ島に向かう。二十浬も飛ぶと眼下に敵潜マドラ島の間の狭い水道を南へ走っている。速力十ノットほど、エラくゆっくりと走っていると思ったら、三百トン前後の小さい警備艇らしいヤツが後ろからくっついている。インド洋に逃げだそうと南下しているのだ。

日本の遠征軍が現われ、頼みの連合国艦隊は優勢な日本艦隊に勝ち目なく彼らが逃げだすのは不思議はない。船首に連装機銃を（たぶん十三ミリ）を積んだ小艇にはオランダ海軍の要人が乗ってるかも知れない。金銀財宝も積み込んでのスラバヤ脱出だ、となれば映画のようだ。追跡して爆弾を落っことす俺も映画の中の人物だ。命中すればヒーローか？

「ヤツの上で旋回しろ。沈み始めたらやれッ」と機長の命令を聞き、一瞬の夢は消える。潜水艦も少々の機銃を持っているが、潜航前の戦闘員はハッチから艦内に飛び込み、甲板から姿を消す。機銃から弾丸はあがってこない。その機を逃がさず爆撃しろ、と機長が言ってるのだ。

俺が活劇のすじを空想した一瞬の間に、機長は敵潜を威圧し、敵が潜航を始める無防備の機を突く作戦を思いついた。

高度二千の我が機はスロットルを開いてエンジンを吹かせ、機首を下げ敵の左前方へ出るべく増速した。右主翼後方に見える敵潜の甲板上にすでに人影は見えない。高度千三百メートル。訓練時の高度よりだいぶ高いが、「爆撃コースに入ります」「ウン、良かろう」ということになる。機長は双眼鏡で砲員も機銃員も甲板にいないのを確認したに違いない。

エンジンを全閉し機首を上げて速力を落としつつ右翼を傾けて敵潜に近付く。高度千百メートル。敵を見ながら身をひるがえす一瞬前、敵潜の右を通り濃紺の海面を背景に白煙を引く機銃弾群が眼に入る。ヤヤッ！　今日は見えるぞ。後方の警備艇が射っているのだ。艇までの距離七百メートルか。

一瞬時期を待ち、ここぞ、と思い切りよく機首をひねり深く突っ込んで目標を狙う。狙い通り降下角度はグーンと深く、尻が座席から浮く。いつもの緩降下ではない。

このまま突っ込めばたちまち速力は安全圏を突破し、我が機は空中で分解する。

小艇からの機銃弾が盛んにあがってくる中で、目標にうまく定針したとたん爆弾を投下し、速力を増し左へ。前回被弾の轍を踏まぬため、今日は高度千メートルで急降下姿勢を取り、すばやく照準、投下、避退、と万事てっとり早く処置し、低空まで下がらぬ工夫をしたのだ。

鈍速機の昼間爆撃はこれにかぎる。命中精度は落ちるが仕方ない。索敵機なのだ。

警備の小艇がいなかったら海面スレスレまで舞い降りて爆撃するから敵潜の運命は変わっていたはずだ。

「まあ、至近弾だな、ヤス」と機長はこだわらない。

振り返った海面はガスの中で灰色に見える。機銃を射ちやめた小艇が十五ノットほどに増速して左旋回をやっている。たぶんあれが全速力だ。あとから日本爆撃隊が来るか！　と緊張したところだ。それにもかかわらず白い航跡の円はガスの中で美しい模様に見え、緑の見えぬ灰色の島影もおだやかに静まり返っている。

昨日も今日も、軽い小手調べだ、そのうち悽惨な戦いになるのだ、と無理に言い聞かせる。敵艦隊は近いのだ。

スラバヤ沖海戦

昭和十七年三月一日、遂に敵艦隊が発見された。午後の会敵予定を前に、我々は食後の休憩中であった。

突然、搭乗員室の外、通路の拡声機が「ガガーッ」とスイッチの入った音をたてた。

一瞬テーブルの周りは動きがとまり、搭乗員室は硬直した。

「配置に付け、配置に付け！」いつもと変わらない、訓練と同じ調子だ。

だが、我々は声の終わるのを待たず、それっとばかりに飛びあがった。「飛行機出発用意、飛行機出発用意」とただならぬ調子の命令が、やや早口でそれに続いたからである。

半ズボンだけの上半身裸体、靴を脱ぎっ放してチェストの上で大あぐら、という行儀の悪さで、同じ不格好の中川一飛曹（観測機操）とおしゃべりしていた私は、大いに後れをとり、一番ドン尻に搭乗員室を飛び出すことになった。

飛行甲板では掌飛行長小川少尉も皆と共に飛行服を着つつあった。

彼は「おう、たばこもゆっくり吸えんのう」と、私に声をかけてくれた。「ハァ」と後れたのを恐縮しながら、まあこれで良しと安心した。

カタパルト後部、射手の位置に付いた吉田三曹に軽い挨拶を送って主翼に這い上がったとたん、主砲四番砲塔が旋回してこちらを向き、二十サンチ砲身は我が機の尾翼に触れんばかりだ。

ウワァ！　これは一大事。気味の悪いことおびただしい。一秒も早く飛び出さなくては……。

操縦席に座り込むと、いつものことだが気分が落ち着く。まず匂い、愛機の匂いがいい。繊細なかすかに鼻をつくいい匂いがする。指すべき所を指した各計器と手に触れる各把柄（レバー）に、私は満足する。だが、今はゆっくりしている暇はない。前部の砲塔群は右舷に砲身を突きだして、今にも撃ち出しそうな気配だ。追いたてられるように、カタパルトから射出された。

燃料を満載し、過荷重状態の我が機は、カタパルトを離れると海面へ向かって「スーッ」と沈みこむ。逆らわずに高度を下げながら、スロットル全開のまま速力を増し、波頭を数えるように低く飛び、本艦主砲群の砲口の下を潜り抜け前方へ出た。ひょんなことで主砲が撃ち出し、弾丸に当たらなくても爆風で吹っ飛ばされて、お陀仏になってはかなわない。実のところ、我が機の発進後、右舷射出機に装塡された三号機は最初の主砲の一斉射撃で、四番砲塔の爆風を後ろから受けて木端微塵に壊れてしまったのである。射撃指揮官はまず緒戦で味方観測機一機を撃墜したことになったのである。

一番艦足柄の左舷に出て、高度を上げようとフラップを収め上昇姿勢に移ると、なんとその時、右前方水平線の手前に、敵の貧弱な艦隊がもう見えた。むやみに煙突の多い旧式駆逐艦一隻。その後方に軽巡クラスとも見える巡洋艦一隻が小さな黒い影となって走っていた。

敵味方の間で高度を上げる。高度千メートルの少し手前で「オイ撃ってくるぞ。もっと離れろ」という機長の声に、パッと周りを見回すとあちこちで高角砲弾が炸裂し、茶色の煙が点々と見える。だがどれも三百か四百メートル以上離れており、そのうえ、後方なので、あれが生命を脅かすものとは考えにくい。運動会であがった花火を眺めるようなのどかさがある。

敵艦を見ると、舷側や煙突の周りあたりから小さな火炎とも火花とも見えるものが赤くパチパチと閃めいた。なるほど砲口をこちらに向けて撃てば、あんな具合に見えるのだな、と思った。

しかし、あそこから砲弾が飛んで来つつあるのかと思うと急に気になり、大きく旋回して退避した。二十秒くらいでやって来るだろうと心構えたが、それらしい爆発はない。

「ずーっと下です」私がキョロキョロしているのを見たのか、浜野兵曹が教えてくれた。

「本艦が撃ったぞ」と機長の声。操縦席から見えないので、翼を傾け左にやや下に本艦を見る。

茶褐色の大爆煙が広く分厚く拡がり、本艦の右舷も爆煙に覆われて艦が燃えているように見える。一斉射撃の艦体の身ぶるいが伝わって来そうな迫力だ。

我が機は、敵高角砲弾がパチパチ炸裂する有効距離を少し外して一万メートルあたり、高度二千メートル、双方の艦隊がいずれも見える所に位置し、本艦の弾着を観測することになった。

見渡す限りの空中に敵機影はなく、たまに動く黒い点を見て双眼鏡を当てると味方の観測機であり、この戦場の空は我が方のものと見えた。そして眼下の海も、我が方のもの、と。

空中を三十秒余り飛翔した主砲弾が、敵の周囲に落ち始めた。操縦員は、弾着状況が偵察席の機長によく見えるように機を持って行くことのほか、百に一つか、千に一つの兼ね合いで出現するかも知れない敵戦闘機を見張る必要がある。さらにまた、戦場の海面下に敵潜水艦がいないという保証はないのであり、見える範囲内の海面下を覗きこむことも大事な任務なのだ。そんなわけで妙高の初弾弾着は見損なった。だが続く弾着を見て我が眼を疑わねばならなかった。

敵にとって痛くもかゆくもない千メートルも離れた海に砲弾はパラパラと落ち、水柱が林立する。敵巡洋艦の約千メートル前を走る駆逐艦の艦尾から二百メートルも離れない海に、着弾したのもあった。

敵巡も撃つが、発射の爆煙の量はかなり少ない。しかし撃つからには敵も二十サンチだろうか。

恐らく二倍以上の優勢な日本重巡戦隊に向かって毅然たる砲撃だ。

敵の弾丸が味方の一番艦の右側、つまり敵からは「近八百、左三百」辺りの海面に落下した。弾着の散布は我が方より悪く、我が方の水柱がほぼ一直線に近い状態であるのに比べると、テンデンバラバラに落下する。

両艦隊の距離は目測で約二万八千メートル。敵も二十サンチ砲を持つ重巡であるに違いない。機長に尋ねると「二連装砲塔前部に二基、後部に一基、六門だ」と。

味方は十門が二隻で二十門。砲数を比べると一対三以上で敵は劣勢だ。日頃の猛訓練の成果はほどなく表われ、優勢な我が方の勝利決定は眼前であろう。

浜野兵曹が妙高の斉射を見てストップウォッチを発動し、秒時を計る。「間もなく弾着します」という声とともに着弾するが、少しも弾着はよくならない。遠い所に落ちる。『敵の心胆を寒からしむる』ような弾丸を撃たんかいね、と思う。命中しない原因は、若年下士官の私にもよく分かる。砲戦距離が遠すぎるからである。高度二千五百メートルの我が機から見て、海のこちらと遥か彼方と、まるで四十サンチの戦艦同士の海戦のように離れて二十サンチを撃っているのだからいい弾丸が出るはずがない。

指揮官はどうしてこんなおっかなビックリの大遠距離砲戦をするのだろう。敵が射弾回避のジグザグ運動をやるので一層当たらなくなる。右へ回避した敵艦の左の方に我が方の誤差も加えて「近二千メートル！」の弾着が現われることになる。

気がつくと戦場の南、数浬にスコールの壁が灰色の縞模様になってたちはだかり、敵の針路はジグザクに走りながらも、正しくスコールの中央部に向いている。あの中に逃げ込む考えらしい。

幸か不幸か、スコールはさして大勢力のものではないようだ。

スコールを右から迂回して先回りし、艦隊のお出ましを高度三千メートルで待つ。

ほとんど同時にスコールの下から、敵味方の艦隊が黒い影となって次々に現われた。

「ヤッ、だいぶん近くなったぞ。ウム当たりだすぞ」大きな声で機長が一人言をいう。私も大声で叫びたい。「攻撃精神足らんぞ」と、横空の練習生時代、寝ても醒めても「日本海軍の伝統」といって叩き込まれた言葉である。三分の一の兵力の敵にコワゴワと攻撃しているお偉方にこそ必要な言葉ではないか。

スコールの中で速力をあげて追いつき接近したわけである。

当然のことだが近くなると当たりだした。敵の攻撃も精度が良くなり、一番艦を夾叉した弾着が見えた。少し艦尾にずれたが。

敵は六門の主砲を味方二隻に振り分けて撃たねばならない。当方は敵一隻に脇目を振らず撃ち込めばいいのだ。当方に分が良いことおびただしい。しかも敵は観測機を持たない。しかし、観測機の無い割には堂々たる成績である。

「掌飛行長、魚雷戦です」浜野兵曹の声。

電信席から見える真下は、偵察席と操縦席からは死角である。彼が右方に頭を出しているのを見て大きく右旋回する。傾いた翼のエルロンの後ろに横隊の列を作った魚雷の群が、長い黒い怪魚となって、海面下を突き進むのが見えた。五メートルか十五メートル、あるいは二十メートルくらい間隔を置いて五、六発。他は海面に空の明るさが反射して見えない。右へ旋回を続けるにつれて次々に見えてくる。少しおくれたヤツ、前に出たヤツがあるが、だいたいそろって敵の方角へ走っていく。波が動いて水中の魚雷が魚のようにうごめく。幾度も艦隊訓練でお目にかかった日本海軍お得意の統一魚雷戦だ。数十発か、あるいはもっと多くの魚雷の網の中に敵を包み込んで、そのうちの一発か二発かあるいは三発かを命中させようという作戦だ。

敵が四万トンの、そして鈍速の戦艦なら効果があるであろうが今日の艦は小さい巡洋艦一隻である。しかも遥か遠くの二万メートルだ。

我々が可愛い魚雷を見送り、旅路の成功を祈り、一息ついた時、突然、実に突然、一大水柱が眼下に上がった。見たこともない大きいヤツで、二十サンチ砲弾を束にして落としてもかなうまい、と思うほどである。敵味方のだいたい中央辺りだ。

カッと眼を開いて上空を見渡す。何も見えない。青い空だけだ。マララグ湾でのB17機の奇襲にこりたせいか、瞬間、敵機だ、と思ったのだが――。もう一度丹念に空を見回す。何もない。では何だろう。どこか遠方からロケットで何トンかの特大空雷が飛んできたのだろうか。そんなら新兵器だ。さすがの機長も説明ができないらしい。

ところがまた一発、大水柱が上がった。駆逐艦なら巻き込んで、吹き上げそうな水柱だ。

しかしこのたびは、明らかに敵に近い海面での出来事なので（敵艦から約五千メートル）

日本側に敵意のある水柱とは思えない。

私はこの大水柱を起こした未知の物体に恐れをなし、空中、水平線、海上と、見張りを続けた。機長が、

「ハテ自爆かな。お前、魚雷が自爆するっての聞いたことあるか」と言う。なるほど、そう聞くと正しく魚雷群のコースでの出来事でもあり、水柱のあがった瞬間も一致する。

「魚雷同士ブチ当たっても爆発するんでしょうか」と私。

「調整が過敏すぎれば、波に当たっても爆発するんだぜ」と機長。水柱がベラボーに大きいから、魚雷が二本か三本一緒に爆発したのだ、と私は決めた。もったいない話である。

ボツボツ魚雷の目標到達時間だ。敵に近づく。黒い影の中からパチパチと赤い火炎。また高角砲だ。当たりもせんのに撃つな、とばかりに無視して、ひたすら魚雷の命中を待つ。海上に変化は少しも起こらず。「ウーム」と我ら一同うなるのみだった。

ようやく敵に主砲弾が当たり始めた。赤茶色の低い爆煙がパッとあがる。夾叉した水柱が艦をはさむと、船体から爆煙が噴き出して命中したことが分かる。どこに命中したのか。何発命中したかは分からない。それでも敵艦はビクともしないかのように走る。二十サンチ砲弾ての は案外威力ないな、と思ったりする。

しかし、何回かの夾叉を受けて、孤軍奮闘の敵もついに速力が落ち、避弾運動もままならぬ状態になった。

味方は撃ち方を止めた。静かになった海に重油が拡がる。イギリス重巡洋艦エクゼターは

今や動かない黒い影となって沈黙し接近する我が機に機銃も撃たない。

足柄と妙高がやって来て速度を落とした。油が拡がって黒くなった海に漂う小ぶりな敵と対象的に、大きな艦橋が辺りを圧する。

駆逐艦が一隻、油の海に向かって走り出して来た。やるぞ、と私は思い、機長は「写真機はいいか」と浜野兵曹をうながす。パッと振り返ると、彼は風防を開け放ってすでに準備はいいらしい。

世界に類のない酸素魚雷命中の瞬間を撮影する光栄は、我が「浜ちゃん」(私だけがこう呼ぶ。ペアの特権だ)にやって来たのである。

海面への角度の具合で他は見えなかったが、一本が濃紺の海にスルスルと走るのが見えた。針路は正しく目標に向かっているようだ。あと三百メートルというところで油の海の下になり見えなくなった。当たるぞ。

私は最良のシャッターチャンスを彼に与えるため、機の操縦に専念した。私の首にかけた小型カメラの出番はない。

命中の大水柱と大爆煙が高く上がった。同時に火炎が高く吹き上がった。後部マストよりなお高い。

浜ちゃんが伝声管を操縦席に切り換えて、「写しましたよ」と言ってきた時は、水柱の収まった敵艦に向かい、飛びこむようにして急接近している途中であった。私も沈む前に写さ

昭和17年３月１日、スラバヤ沖海戦で沈む英重巡エクゼター（上・左）。著者が自分のカメラで上空から撮影したもので、日本艦隊の砲雷撃を受け、大きく右舷に傾いている

英重巡エクゼターに九三式酸素魚雷が命中した瞬間。著者の電信員・浜野兵曹の撮影

ねば。

　幸い轟沈せず、右舷に傾いていたので、すかさず左舷に向かって接近しつつ、手袋を脱ぎ、サングラスをはずし、撮影の用意をした。右手にカメラ、左手に操縦桿を持ち、距離四百メートルの真横に来てパッと操縦桿を放し、機が傾く以前にさっと一枚、急旋回して一枚、さらに一枚写した。

　乗組員は泳いでいるだろうか。ボートに乗り移ったであろうかと、その間、何回か思いついたが探す暇はなかった。

「ヨシ、駆逐艦に行くぞ。右だ」機長の命令をきくと、瞬間、敵巡のことは意識から消え去ってしまう。慎重に、全神経を集中して海面スレスレの低空から右上昇旋回に移る。

高度百メートルまで取ると、前方約十浬に、針路を南にただ一隻、一目散に逃げる駆逐艦が見えた。

長くひいた航跡にうすい油膜が浮き、午後の陽光に光る。二十八ノットくらいの高速だ。

味方の駆逐艦二隻が追跡してくる。まだかなりの距離だ。約二万メートルくらいか。

西から観測機編隊が密集隊形できた。と見る間に編隊を解き、単縦隊になり、敵駆逐艦の針路を前からおさえる型になった。攻撃態勢だ。してみると水上機母艦の観測機で六十キロ爆弾を各自二発積んでいるのだろう。十一航戦がこの辺にいることは聞いていた。彼らの高度四千メートル。

一番機が左に傾いた。さっと身をひるがえして降爆コースに入る。駆逐艦の針路の真正面から反航で突っ込む。みるみる高度が下がる。降下角度余り深くない。約五十度か。艦が取舵で回避開始。小さな弧を描いた白い波の航跡ができて艦はその尖端に。観測機が翼をひねって修正する。だが高度が足りない。とてもだめだ。投下。引き起こす。引き起こし高度五十メートル。弾着！　転舵をやらないで直進しておれば命中したであろうところに水柱があがった。艦はすぐに針路を南に戻して逃亡のコースに。

二番機降爆開始。どんどん突っ込む。敵面舵一杯。右に回りはじめる。駆逐艦艦橋の緊張がわかるようだ。

観測機、高度約七百メートルで投下。海面スレスレで起こしてさっと離れる。弾着。敵が右にかわした跡の海面に水柱が上がる。

すぐに敵はコースを南にもどして逃亡航路へ。

次の一機も事態はまったく同じで、駆逐艦艦長の避弾運動は実にうまい。遂に九機全部が一発も命中させ得なかった。

南海を舞台の活劇は、あっという間に終わり、観測機は未練気もなく、さっさと引き揚げてしまった。

二、三発、舷側のすぐ直近な至近弾があったので、舷側に穴でもあいていやしないかと、欲を出して見ていると、果然十三ミリらしい機銃弾が束になって飛び上がってくる。こりゃ具合が悪い。機長の命令を待つまでもなく、あいつの真後ろ方向がよかろうと、思い切り右旋回。機首を下げスロットル全開で増速。精一杯の速力を出して逃げる。観測機の急降下爆撃を応援している間に、敵に接近しすぎたようだ。

敵も今気がついて「左舷後方敵機」とばかりに撃ってきたのであろう。逃げるわが機をえらく執拗に撃ってくる。しばらくは、曳痕弾の網の中を飛ぶ。

ところが敵駆逐艦は、忍び寄った我が機を、撃っても撃っても当たらぬのを口惜しがっている時、取り返しのつかぬミスをやらかした。

死神が西の空から、やってきたのである。緊密な九機編隊の我が艦攻隊が、定石通り太陽を背に水平爆撃進路に入っていたのである。

高度約五千、と見た。

青い空だが上空は薄い煙霧があるらしく、艦攻隊の編隊はくすんでうすい灰色の影となって見えた。

仰ぎ見ると、爆弾を落とすのはもうすぐだ。この写真を撮らねば恥だ。機長はもちろん「ヨシ」と快諾する。

エンジンを開いて上昇。このままでは海面が光って写真にならない。急いで太陽側に回らねば。エンジン全開。

敵艦は直進しながら煙突から煙を出しはじめた。アレッと思うと消える。また煙が出る。無理して高速運転しているからだろうか。

編隊は急速に接近する。駆逐艦から再び機銃の弾丸が上がってきた。こんどは逃げるわけにいかん。それにまだ遠い。三千はある。駆逐艦はまっしぐらに直進。アア、変針しませんように。すでに爆弾投下点は過ぎた。爆弾の束は今や空中だ。死神の使いは目標に突進中。煙突の周りにパチパチと火花が見える。機銃はあそこだ、畜生め。

その一瞬敵は一かたまりの水柱の真っ只中に包み込まれた。「ヤッタアッ」褐色の爆煙が水柱群に混じって上がった。命中したヤツがある。

水柱が海に消えた海面に丸い波紋がいくつもいくつも残り、その波紋の中に操艦の名人艦長と、かの駆逐艦は静かにとどまって鳴りをひそめた。

見事獲物をたおした艦攻隊は、編隊のままのゆるやかな旋回に威力を誇示しつつ、遥か西へ去り、緑色の波紋に横たわる敵駆逐艦は、静かに運命を待っている。

追撃の日本艦隊の中から、彼に比べると、格段大きく強そうな特型駆逐艦が一隻脱け出し、気息エンエンたる彼に近付いて来た。

千メートルほどに接近し、約十二ノットに速力を落とし、三本の魚雷を左舷から海に滑り込ませた。海戦での千メートルは至近距離だ。彼が我々の視界から消え去るのはあと瞬時となった。

ところがこの期に及んで実に信ずべからざる椿事が勃発し、我々三人は物も言えぬ衝撃を受けたのである。三本の魚雷がそろって目標をミスしたのである。

魚雷が舷側を離れ百メートルも走ると、まず両端のヤツはもう見る必要がなかった。命中するはずのない外れコースを走りだしたのである。目標の艦尾をそれぞれ百メートルは外して通過してしまった。そして真ん中のヤツも我がささやかな祈り空しく、艦尾を五メートルほど離れて、いやいやをしながらどこかへ行ってしまった。

これは大きな恥だ。水雷長よ、海へ飛び込め！

しまった、とすぐ反転した迷水雷長の駆逐艦は、もう一度静的雷撃「訓練」コースに入り、同じ至近距離から二発を投じた。一発でいいと私は思うのだが。

当然のことながら一発は艦橋の下に命中し、他の一発は無駄にどこか海の果てへ走り去った。

大水柱と褐色の爆煙と炎の柱がからみ合って上がり、大小無数の鋼鉄の破片が海に飛び散った。水柱が海に収まり、爆煙が空に伸び薄くなった時、彼女は静かに厳粛に海に姿を消しつつあった。彼女が沈んだ海はそこだけ緑色になり、辺りの紺青の海と一色違って美しかった。

立派で悲壮な最後であった。

我が機はほどなく本艦のウエーキに着水し、メーンデリックに吊り上げられて上甲板までくると、戦闘配置についたままの二十五ミリ機銃員と高角砲員の諸氏と眼が合う。緊張解け切れぬ充血した眼と眼が笑う。たちまちどの顔もほころび、顔一杯の大きな笑顔となる。腹の底から喜びがこみあげてきた。ああ、勝ち戦さはいいものだ。デリックで飛行甲板に帰り、運搬車に降ろしてもらい、繋止装置を掛けてもらって、本日の任務飛行は終了する。

整備員大坪兵長が満面のニコニコ顔で翼に飛び上がってきた。機長小川少尉に、軽く素早い敬礼をパッとしてすぐ操縦席に顔を入れてきた。「異常なし。エンジン好調だ。ありがとう」無事飛行を終えた操縦員の整備員に対する率直な心のままの言葉である。

主砲四番砲塔の発射爆風で壊れた観測機の偵察員、門田先任搭乗員は艦に残って、後部艦橋に据え付けられていた千ミリ超望遠レンズの付いた十六ミリ撮影機を回して米駆逐艦に主砲弾の命中するえらく勇壮な情景を撮った。

このあと撃ち果たした弾薬補給のため内地に帰ると、どこの映画館でも、この十六ミリフィルムがニュースに出ており、そんな時、あれは俺たちがやったのだ、と叫びたくて困った、と私たち乗組員は話し合ったものである。

しかし、その反面、次のようなこともあった。呉軍港碇泊中のある日、副長某中佐が搭乗員室にきて「お前が写したフィルムのうち、弾着の写ったのは全部出せ。散布界がどれくらいかというのは軍機に属する。お前の写真では本艦と足柄の散布界は一目瞭然だからな」といってみな持って行ってしまった。「今更散布界でもなかろうに」と搭乗員室は大いに不満であった。「『千メートルオーバー』『次、二千メートルショート』（千メートル遠くへ、次に二千メートル近くへ落ちた弾着の意）てなヤツばかりお前が撮ってくるからだよ。司令官も艦長も砲術長も、あんなのが世に出たら恥の上塗りだからさ」との意見もあった。弾着は遠くても引き伸ばしたら実に美しい芸術的海戦写真であったのに。また今日、すでに歴史上の古典的な艦隊間の砲戦の最後の模様を伝えるものとなった貴重な写真が失われたことは、返す返すも残念であり、また極めて不愉快なあと味を残した。それは日本海軍が頼みとした艦隊決戦における大遠距離砲戦についてのいつわらざる客観的な証言であったのだ。

この海戦後一ヵ月も経ったある日、我々の搭乗員室に、「五戦隊の司令官は『日本海軍の伝統を忘れたか』と言って、Ｇ・Ｆ（連合艦隊）司令部でえらくやられたらしい」という話がもたらされ、私はもう一度、我が艦隊のヘッピリ腰砲撃の弾着を思い出したものであった。

大坪整長、色は白くて力持ち

三月二十日午後、艦隊は佐世保入港。陸軍なら大会戦に勝利を収めての凱旋だから、町中挙げての歓迎騒ぎになるであろうに。と、在港艦船の間に粛々と分け入りお定まりのブイを取る艦の露天甲板でチョッピリ不平の声があった。機関科の古兵である。

しかし、私は生きて還ってきただけで大満足だ。在港各船は船端を叩いて凱旋艦隊を迎えた、なんていう時代とは違うのだ。浜野兵曹と私は深く眼を見合わせ、心の底から湧き上がる歓びを笑い合った。

入港後大坪整長を電信席に乗せて（電信員浜野上飛曹と同席。ギュウギュウ積めの状態である）メーンデリックで海面に降ろしてもらい、港内を離水して佐世保航空隊へ行く。

整備員全員は明日ランチで送られてくる。大坪整長は諸準備のため先行するのだ。まだ発艦前の飛行甲板で「お前、剃刀持っていくだろうなあ」と私が尋ねると、「アレ！　またひげを剃らせる積もりでしょう。そんなことより私が乗って機尾はずーんと重いのですよ。気ィつけて下さいよ」と答え、「いつも俺が乗る時は、安永兵曹、脅迫するんだから」とブスくれる。色は白くて力持ち、のこの男が私は好きである。

航空隊で夕食後私は「大坪、お前も一緒に出るぞ」と声をかけ、列の末尾に彼を加え、衛兵所前を行進する。先搭門田兵曹が「艦隊」と怒鳴り、外出員送りのランチに乗る。例の通りだ。規則では下士官の半分、兵の四分の三は当直員として残留しなければならない。つまり隊伍を組む八人のうち五人は不正外出なのだ。だからこそ衛兵の前を通り過ぎる時は、言いようのない緊張とスルリを覚えて、上陸の楽しみが何倍にも大きくなるのであった。

掌飛行長のおめかし

入港後一週間も経った日曜日、門司から両親と妹光子がやって来た。勝ち戦さの後でもあり湿っぽい空気は少しもない。

ふと、父が「祖父ちゃんが死になさった」と言う。思いがけなかったが生死の事柄にずいぶんと近い暮らしに慣れた私は、悲しむ前に厳粛な気になった。「六十九やったからな」と父が付け加え、少し早かったがまあまあのところだ。看病は出来るだけはした。と、言外の意が私には分かった。「ウン」とごく素直に答え、「お父さん、うんと長生きしてねェ」と言いたかったが、テレ臭い、と止め、一瞬ジーッと父を見た。俺の気持、分かるに違いない。

戦場から帰り、またすぐ出かける息子の俺に「お前も長生きしろ」と父は心で言ってるだろうか。いや曖昧にそう願っているくらいなものだろう。何しろ、先のことは分からないのだから。

小学校にあと一年という光子は「頭のトンガラガッタキューピーさん……」の歌を繰り返して歌い、私の手を握って町を歩く。ホンの数日前パラワン島の浜で手をつないで歩いた現地人の子は、こいつに比べるとはにかみ方がひどく、悲しいほど素直だったなあ、と思う。

夕方、夜店通りの人混みを歩くうち、長身をシックな茶色の背広で包み、臙脂とうす青のシャレたストライプのネクタイで襟を飾った我が機長とバッタリ出会った。

長髪は綺麗に櫛けずってあり、褐色の皮膚の色艶も大変良い。挨拶の後、笑顔を残して歩き去る少尉を「色気のある人だねえ」と母が感心する。俺が思い付きもしないことを言う、と私は意外に感じた。十歳も若い俺の方がずーっと色気はあるはずだが。

二、三日たつと、近藤兵曹が皆に「オイ、掌飛行長の行動がだいたい分かったぞ」と言う。聞き耳を立てた一同に「『お前らのようにプラトニッククラブなんて俺はせんのだぞ。三十を越した男と女が好きになったらなあそんな回りくどいこと言わないんだ。どうだ、今夜、連れてゆこうか』って言うんだ。ヤスが会った時、茶色の町人服でおめかししてたってのは、彼女の所に行くところだったのだ」と。

なるほど。そうか。掌飛行長の彼女と会ってみたい気がせんでもないが、酒を飲まねばいけない所のようだから、気が進まない。近藤兵曹もまったくの下戸なので、ご辞退したのだ。彼のおめかし振りからみてその辺の飲み屋でないことは確かだ。しかるべきそのすじのしかるべき女性、とみなで意見が合う。

内地残留部隊に嫉妬する

四月八日朝、五戦隊は母港を出港し、柱島泊地に向かう。しばらく待機し、次の作戦に出撃する予定だ。今朝母港を出撃するというのに、例によって見送りも訣別の行事も一切なく——商船なら出港の汽笛なりと鳴らすのに——ブイを離れて航海は始まる。もし錨を入れて碇泊していれば、錨をあげる時に艦首の錨鎖孔から径三十センチもある水柱が躍り出し、あがってくる錨鎖を洗う。景気の良い光景なので万里の波濤を越える航海への出港行事としてピッタリだが、ブイを離れるだけだからチットも勇壮ではない。

信号旗旒の読み方が分からないので艦橋に揚がった旗には注意しないが、在泊各艦は「安全な航海を祈る」とかの意味を持つ旗を掲げてるのだろうか、と私は見送りの形式に大いにこだわる。俺たちばっかり戦争に行かせて！　と内地残留の部隊、艦船に嫉妬するからだろうか。

柱島泊地は初めてだが、軍港と違いもちろん繋留用ブイなどない。各艦は距離間隔を五～六百メートルも開いた位置で錨を海底に投じた。

全天を薄い雲が覆い、少し離れた戦艦群は春霞の中で淡い薄墨色に描かれた影だ。何隻もいて動かない。「入港用意」艦内放送の号令で昼食後の怠惰な昼寝から飛行甲板に上がって来た我々は、五～六メートルの西風にたちまち震え上がった。空と海に満ちている霞は黄砂のようだ。艦の右舷で停止した駆逐艦は錨が着底したらしく、潮に流れて向きを変えだした。瀬戸内だからそう深くはないはずと舷側の海を覗けば、海の青に黄砂をたっぷり混ぜてかき回したような色だ。どうして青くないのだ？

今日午後も飛行作業はないので、搭乗員一同は音に聞く柱島泊地と泊地の主と見える錨を入れて動かない戦艦群をチラリと見て、

「分かった、分かった」とすぐ下へ降りてしまう。

二千トンの飛魚

太平洋上、五～六百浬にバラまかれた漁船改造の小哨戒艇が空母を含む米艦隊を発見し、打電した第一報を泊地は傍受し、すぐ出動準備が下令された。

搭乗員室も成り行きの意外さに驚き、興味津々の作戦会議を開く。二百三十浬の攻撃距離しかない艦載機たぶん二～三百機で、六百浬攻撃の脚を持つ双発攻撃機がワンサといる日本列島を攻めて勝つとでも思ってるのだろうか。日本海軍のハワイ奇襲に倣（なら）ってやって来たのだ。見つかったからには引き返すさ。横須賀、館山あたりから索敵に中攻が出るに違いない。このまま敵が接近すれば、索敵機に捕まり、中攻隊が薄暮雷撃をやれるのだが、中攻の雷撃は成功すまい。図体が大きくて雷撃には向かん。半分くらい墜とされるだろう。敵が日本列島に接近して強襲をしかけるとはとても思えぬ、等々。

妙高も取りあえず泊地を出航し太平洋に向かう。

ところが、邀撃（ようげき）に出た我が艦隊が太平洋に出る以前に脚の長い米双発爆撃機が小爆弾を関東のあちこちに落とし、横須賀では入渠前の大鯨（潜水母艦を空母に改造中）に命中させ小破した。他に実質的な被害はない、と近藤兵曹の発表がある。九十九里浜辺りでは零戦群がちゃんと哨戒に飛んでいたのに、その下を通り抜けて上陸したそうだ。

敵機の低空侵入をまったく予想せず、対策は何も立ててなかったのだ。
「なあんだ。大本営のおエラ方も俺たちの知恵と大して変わりはせんじゃないか。チェッ、威張った面するな！」と言う先任搭乗員にみなが賛成した。俺たちが思い付かぬ立派な計画書を造ってこそ俺たちの尊敬を得ることができるのだ。

第二日目太平洋は朝から時化て十メートルを越す風が吹き、三百五十浬索敵に出ることを覚悟していた私には何の命令もない。射出機で発艦は出来ても帰投、着水の段になり、洋上着水で転覆するのは必至だからだろう。

夜も一晩中雨と風が荒れ、夜が明けると、暴風雨はさらに強くなった。索敵に飛ぶのであれば艦の現在位置、予定行動の詳細を知らされるが、飛び立たない下士官にはそのような重要事項はまったく知らされない。どこをどう走っているのか分からないが相棒の羽黒が見えないことは見ればわかる。時化のため索敵機を飛ばせないので五戦隊が二つに分かれて捜索、索敵をしているのだろうか、まさか。

重巡が索敵捜索に出るなんてのは第一次大戦時代の出来事だ。今や、巡洋艦が高速をたのみに索敵に出てもその数倍も十倍も速い索敵機に見つかれば、たちまち攻撃機隊が出現して勝敗は決まる。

しかしこの暴風雨では敵空母の索敵機も休んでいるはずだ。俺たちが羽黒の心配をすることはない。本艦の現在位置も暴風雨の予想も、敵機部隊の情勢も知らされていないのだ。

終日ベッドの中に寝てばかりでも調子悪いので夕食前飛行甲板に上がってみると左舷カタパルトが波に叩かれて捻れてしまったという。護衛駆逐艦は巨大なうねりに押し上げられ、スクリューと船体後部三分の一だけを海中に留め、その前部は空中に跳び上がってしまう。まるで二千トンの飛魚だ。次の波で谷間に落ちると船体はもちろん、艦橋も見えなくなり、マストだけが波の上に現われ、電信柱が海に立っているようだ。

結局敵に翻弄された我々は使用不能になったカタパルトをかかえて、四月二十二日午後横須賀港に入港した。久し振りで横須賀の街に上陸できるぞ、と楽しくなったが、何と明日出港してトラックに行くと言う。ポートモレスビー攻略作戦に参加するのに、明日でないと間に合わないそうだ。

搭乗員室では『柱島で遊んでる戦艦を出しましょう』と長官に電報打つか、などと軽口が出るけれど、全速二十二ノットの鈍足艦では空母と共に行動が出来ないことを我々の全員が知っている。

問題のカタパルトは出港までに修理は間に合わないので、クレーンで吊り上げ、そっくり換装してしまった。どこから持って来たのだろう。だが、これくらいの早業が出来なければ戦争にならない。工員数名を乗せたまま東京湾を出た。

小さくなった水平線上の日本を見てアッケない別離だ、と思う。

荒天の太平洋を走り回って無駄骨折りだったが、こちらが先手を取り「敵をして奔走疲れしむる」って戦争をしてみたいものだ。つくづく頭の良い名指揮官を欲しいと思う。

トラック大環礁

四月二十七日昼食後、新装のカタパルトでテストもせずいきなり射出された我が機は、約二時間の対潜直衛のあと、トラック島へ飛ぶ。初めて見るトラック諸島を上空から眺め渡す。北水道は珊瑚の環礁がそこだけ途絶えて深い緑青色の海になっている。上空から覗きこむと底のない淵に見え、底まで何百メートルあるのだろう、と思う。

すぐ隣り両側に珊瑚礁が隆起し、海面からの高さ二メートルか三メートルに見える礁は、それぞれ東と西へとめどなく延び、果ては水蒸気のガスに没し、見えなくなる。珊瑚礁の廊下は三浬、五浬と延びるうち緩やかな弧を南の方へ描き巨大な環礁の一部であることを示す。その外洋側は打ち寄せる太平洋の波濤が二十メートルも三十メートルもの幅で純白な白波になり、熱帯の真昼の太陽に白さを輝かせながら果てしなく東、西両方向に壮大な白い帯となっている。

驚くのはその緑の海底は浅くなると褐色に変わる。もっと浅くなると薄いカーキ色になり砕ける白波の下は見えない。

大小の船が碇泊する礁湖中央に向かって水路右側の珊瑚礁上に白塗りの四角い監視所風建物があり、アンテナ、信号マストが立ち、マストに何か旗旒が揚がっている。水路の監視開閉を司る施設に違いない。

トロール船風の小艇が監視所の下に静止している。が、急に船尾に輝く緑色の水流が湧きだして、艇は左へ回るようだ。

哨戒任務中なのだ。深く澱んだ濃青色の水路に張ってある防潜網が見えるかと海面下を注視したが青く深い海が見えるだけだ。網の一端はブイで留めてあるはずだが……。たぶん下に見えるトロール船がブイを引っ張って防潜網を移動させ、間もなく入港する五戦隊を通すのだ。

泊地から内火艇、ランチの類いが何隻も左方に見える夏島の港へ往復している。内地の軍港と同じだ。

我が機は夏島水上基地へ向かう。右、眼下にちっぽけな緑の島が見え始める。樹も生えない平らで、低い珊瑚礁の島だ。こんな島より左斜め方向にあるはずの水上機基地を、と眼を走らせた時、チラリと、視野の隅に小型機が見えた。ヤヤッ！　と眼をもどすと、眼下の小島は全島が飛行場なのだ。幅がせいぜい百五十メートルほどの島の両側は海であり、長径千メートルあるかないかの端から端まで滑走路になっている。

日本一小さい飛行場だ。だが滑走路脇の狭い草地には小型艦上機がゴチャゴチャと置いてある。

一目で分かる艦隊の艦上機だ。赤色の派手な線を尾翼胴体に塗り日本海軍の精鋭であることを誇示し、ことに臨めば潔く花と散るんだ、と宣言しているような真紅の塗り色である。

島のごく一部分が切り立った崖となって残っている。たったあれだけ残さなくても爆撃目標にしてしばらく使えばたちまち平らになり使い勝手が良くなるであろうに、と思う。

水路をまたいだ北側の小さい岬の根元に水上機基地があり、零式水偵、観測機の群と九七大艇二、三機が翼を休めている。

トラック水上機基地の妙高の水偵と飛行科員。昭和17年前半、コンパスの自差修正に寄った折りのスナップで右から２人目が池田飛長、その前の略帽姿が近藤芳雄上飛曹、中央左向きにしゃがむのが半渡飛長

水上機基地に続いて東方、ほど近く小さい港があり、海沿いの家並みは一応商港の港町として背後に拡がりを持つ。

妙高が泊地に投錨し、艦側の滑らかな礁瑚に着水する。海が柔らかくて快感そのもの、フロート脇を後方へ飛び去る海水が明るい緑色だ。

作戦開始を眼前に、初めて入港したトラックの港町に散歩上陸が許可された。一船乗組員にはポートモレスビーといっても空母の護衛をするだけだから、と生命がけの緊迫感も乏しく、勝ち戦さの続き、といった空気もある。ランチ、内火艇だけでは足りず、カッターにも乗員を満載して、約四十分行程の港に向かった。もちろん私も上陸員の一員である。水筒と昼食の弁当入り雑嚢を交叉して両肩にかけ、ランチの真ん中、乗組員の中に紛れこんで座った。こんな時、誰かが「こっちこっち、ここに座んなさい安永兵曹」と席を空けてくれる。私はニコニコして礼を言い着席する。そして、これが佐世保の街への上陸なら、誰かが「安永兵曹、女郎屋が恐くてあっち向いたら足が震えるって本当かいな」などと私をからかい、近くの席がどっと笑う、なんてことになる。

今朝は前の列に座った年輩の機関科の兵長が振り向いて「安永兵曹、福岡だそうだねえ」「ハア」と始まった。

彼は豊前、宇の島出身で今度休暇があったら魚食べに来ないか。釣ったばかりの魚を食べさせると言う。「ハア」と答えていると、「魚だけじゃ安永兵曹来んだろうなあ。親戚に豊前小町と言われる娘がいるんだ。それにお茶を汲ませるから見に来んな」ってことになった。「ハア! いいですねえ」とツイつり込まれる。

もっと前の方から「迂闊に従いて行きよったら、取って喰われるよ、安永兵曹」と古参兵曹の潮香にじむ声がしてみなニヤニヤする。

太平洋戦争はまだ日本海軍に有利な戦局だ。

敵が先手を取る

トラック環礁を出た機動部隊は、平穏な太平洋を一路南へ。二日目の夜に赤道を越え、ビスマルク諸島東方海域をたっぷり二日間南下し、夜のうちにソロモン群島北部海域を抜け、五月五日珊瑚海に達した。

わが方のポートモレスビー攻略部隊を乗せた輸送船団を敵が待ち受けているとすれば、タウンズビル辺りだ。との司令部の予想でわが機のタウンズビル索敵偵察が下令されたのであろうが、敵艦隊はグレートバリヤーの奥で待機するなんて引っ込み思案ではなく、我が艦隊に先んじて珊瑚海に進出し、我が方が占領して飛行艇基地を設営した、ソロモン群島南部のツラギ島を、その艦載機でいち早く攻撃した。例によって近藤兵曹が電信室で受けた電文情報だ。

かねて眼を付けていた要地を占領し、明くる日は水上機隊が進出して周囲何百浬かを索敵する、観測機が上空直衛に飛ぶ、という早業は開戦前から日本海軍お得意の戦法の一つであった。が、そこを待ち構えていたように米機動部隊が空襲してきたのである。

近藤兵曹の話を聞いて、搭乗員室は「ヘエーッ敵さんえらく手際いいじゃないか。俺たちの上前はねるようなもんだ」と例によって軽口の冗談が出たが、先手を取った米機動部隊の早業に何か容易ならぬものを感じ、同じ思いらしい浜野兵曹と顔を見合わせることになった。

おかげで我が機のタウンズビル偵察は取り止めになり、浜野兵曹と私の秘やかな不安と緊張、そして少々の期待は消え失せた。私よりズンと神経が太い浜野兵曹は、「グレートバリヤー、見損ないましたネ」と言ってニヤリとした。

不敵な笑いだ。私は彼の分厚い唇の周りの不精ひげと、点在するニキビを見ながら、一言有効な反撃の言葉を探したが出てこなかった。

アイツが俺より堂々としているのは今に始まったことではない。昨夜赤道を越え、なおも南下する艦内はえらく暑く、寝苦しかった。

戦闘航海中は舷窓が開けられないので搭乗員室に供給される冷気は露天甲板から強制取り入れされるファンの風だけである。直径約二十センチの噴出孔は近藤兵曹のベッドと私のベッドのちょうど中間に向けモーター音と共に風を吹き出す。彼の方が涼しいのは先任兵曹であるから極めて当然である。

滲み出る汗に辛抱できなくて私はベッドから起き出した。上の甲板に上がって短艇の下にでも寝よう、と半ズボンをはく。近藤兵曹の上の段は浜野兵曹だ。コイツ暑くないのかな？と覗くと、粒の大きい汗が彼の厚い胸にいくつも留まっている。首からも、額からも、流れ出る汗の玉がある。物理的に私のベッドより彼のベッドは風から遠い分だけ暑いのだ。俺の汗なんか、こりゃあ問題じゃない。「浜野兵曹、暑くないのか」と尋ねる。まだ眠ってるはずはない。「ハア」調子の低い返事と共に首の筋肉が動き「でも眠れますよ」と言い、私を見た眼が柔和に和む。暑さに耐えている顔ではない。平気の平左なのだ。

「おまんさあ、泰然自若だなあ！」と私はアッサリとシャッポを脱ぐ。この場合「オマンサア」は誠にピッタリだ。「お前」ではいくばくの敬意と友情を表し得ない。君、あんた、は論外だ。

短艇甲板に上がる。先客がいて結局水雷甲板の発射管の下にゴザを敷き寝る。よく寝ておかないと明日飛ぶことになったら困るから、と私はベッドを逃げだした理由を正当づける。

油槽船を空母と間違う

七日、敵機動部隊の所在を求める索敵には、空母の九七艦攻隊が飛びだすことになり、重巡二隻に搭載の三座水偵は索敵待機となった。

索敵機発進は日の出前三十分の〇四〇〇。早朝、空は暗く、東の水平線がわずかに暗さが薄いのを見ながら飛行服を着る。甲板も暗く、夜明けの海風は心地よい。

下に降りて早い朝食を喰う。酸っぱい海苔巻きだ。中に沢庵が入っていてなかなかおいしい。

これから飛びだすのが決まっていてもこんなにウマいだろうか、と秘かに思う。出発前であろうと待機であろうとも、食べる巻き寿司の味は同じはずだ。これから索敵に飛ぶからといっては海苔巻きの味が分からない、なんてことがあるものか。なあ、浜ちゃん、と口の中で彼を呼ぶ。

彼が偶然私を見て、二人でニヤニヤする。

待機が続き、十二時少し前、昼食用機上食（飛びながら食べる昼の弁当）を小川少尉に届けた浜野上飛曹は、

「今朝日の出前発艦して索敵に出た艦攻が敵の油槽船を空母と間違い、ソレッと攻撃隊が飛

んで行きスカ喰ったそうです」と発表する。

突嗟に「俺ならどうだろう、誤認するだろうか」と考える。

索敵機乗りにとって生死と同じくらい大切な課題だ。

後席の機長が双眼鏡で睨み「空母じゃないぞ、油槽船だ。電文作れっ」と、いつもの声で打電すべき電文を命ずるか、不明なら「もっと近寄れ」と言うにちがいない。

艦攻偵察員は双眼鏡を持たないのではないだろうか？　もともと水平線上に黒い船体が幻のように水蒸気にゆれて確認出来ないのなら、あと二分か三分、それに向かって飛べば良い。五浬か六浬接近すれば船影の区別はつく。

その五浬先にグラマンが待ち構えていることもあるが、その時はその時。いずれにせよ、戦争は出たとこ勝負なのだ。


それにしても味方艦隊から三百浬も離れた海で人知れず海の藻屑となり死ぬのはいやなことだ、と思う。その艦攻の搭乗員も、雷撃に出て華々しく壮絶に死ぬのならまあ仕方ないが、単機で索敵に飛び敵戦闘機に撃墜されるのはいやだったのであろう。

それが落とし穴になったのではないだろうか。そして、この誤認電報で数十機の攻撃機隊が我々の期待を背に、珊瑚海南方の空に消えたあと、別働の六戦隊の古鷹級重巡から出た三座水偵二機が前後して敵空母群を発見し、打電してきたのだ。

六戦隊の重巡四隻が護衛する小型空母祥鳳が敵空母から出た攻撃機隊に沈められたのと、

スカを喰って帰って来た我が攻撃機隊が、再度薄暮攻撃に出て失敗した情報は、その夜遅く浜野兵曹が電信室から持ってきた。

司令部が十機ほどの艦攻で早朝索敵した南方の海面に敵はなく、もっとニューギニア寄り、つまり我が大輸送船団に近い海面に米機動部隊はいたのだ。そして祥鳳を沈めた。

操縦員の私は用がないので電信室の正確な場所も知らないが、空中から電報を打電する先任搭乗員門田兵曹、近藤、浜野の両上飛曹、池田飛長などは戦闘が始まると誰か電信室に行き、受信した電文の綴りを片っ端から見てくる様子である。

いずれ彼ら自身が打電するに違いないのだから、彼らが軍機電文を見て研究するのに不思議はない。

今朝の油槽船を空母と間違った艦攻の発見電報だって、また薄暮攻撃失敗の終始だって見ている。彼らは戦闘の経緯に詳しく、門田兵曹が例によって『安眠の助けとなる』酒をお茶を飲むように飲みながら、

「だいたい、あんな南の方に敵空母がいるなんて考えるのがどうかしてるのだ。うちのニューギニア上陸部隊を邪魔しようってんで敵機動部隊は出て来てるんだから、ニューギニアと濠州の間の何とかいう海峡に近く待ち構えているに決まってるんだ。泡くってまったく反対の方に攻撃隊を出したりして。司令部の参謀たちは自分で戦争せんから分からないんだ。たまには自分で索敵に飛んだらどうだ、タンカーを空母に見間違う訳だって、一度で分かるは

ずだ。羽黒の水偵とお前が、艦攻索敵隊のもひとつ右を（索敵に）飛んでれば、お前たちが発見してたんだ。何だってお前たちを休ませたのだろうなアー。六戦隊の索敵線と重複したっていいじゃないか。どうだ、ヤス」

と、私を睨みつける。情報に乏しい私も聞けばその通りと思う。

六戦隊の重巡から出た水偵索敵機が見つけた米機動部隊の正確な位置を私は知らないが、門田上飛曹が言う通り、艦攻索敵機群が飛んだ索敵海域の右方であったことは間違いない。つまり司令部が予想した索敵海域に敵はいないで（ここには機動部隊給油用タンカーが、数百浬後方を随行していた）こんなニューギニアに近い海域にいるはずはない、と艦攻索敵機を飛ばさなかった海に米軍は進出していたのだ。

前へ、前へとアメリカ艦隊は進み、積極的に先手を打ってくる。難しいことは分からないが、攻撃的用兵というのであろう。

戦争は日本が一番上手いのだ、と我々は長い間信じ込んで来たが、今度の戦争を見ると、アメリカの方が遥かに上手だ。我が司令部は後手、後手と回り、不甲斐ない。

不幸なことに、搭乗員室では、さきのジャバ海でたった一隻の二十サンチ砲六門の英重巡を、我が方は二隻二十サンチ砲二十門で追跡し、六対二十、という絶好の強みをサッパリ生かし得ず、

『大遠距離砲撃戦をダラダラ四十分もやり、その間千発もの無駄弾丸を海に捨て続け、突撃を忘れたヘッピリ腰司令官』に対する信用、敬意はガタ落ちしていたのである。

昭和17年、妙高の飛行甲板で撮影した飛行科員。前列左から著者、池田飛長、井上三整。後列左から近藤芳雄上飛曹、中川勇一飛曹、鎌田二飛曹、浜野治英一飛曹、門田進上飛曹

第二日目の五月七日も、我がペアは待機を命ぜられ、索敵線には空母の艦攻が飛んだ。

私は右舷、短艇の下に潜り込み、飛行服を丸めて枕にし、飛行帽を顔の上半分に被せて寝る。大坪整長が作ってくれたジュラルミン製記録板に「待機中」と書いた紙を挟み、通路側に置く。私は『細工は流々、誰が見ても飛ぶ前に英気を蓄えている搭乗員に見える』と、やや得意であった。額と両方の眼を覆った飛行帽の汗臭いのが気になるが、すぐに馴れる。

誰からも邪魔されないこの場所で、楽観的空想にふけるのは、私の秘密の楽しみである。ペアの浜野兵曹でさえ、これは知らない。そして短艇の下に寝て涼をとるのは本艦乗組員中私だけである。碇

泊中は寝場所を持たない一等兵、二等兵がコッソリ使う。下士官や古い兵たちが、それぞれの定位置で寝たあとだから誰も文句をつけない。だが、戦闘航海中はそうはいかない。いつ「配置に付け」の命令があるか分からないから、分隊の仲間と一緒にいないと都合が悪い。したがって時に私の寝場所になる。

短艇甲板は乾舷の高い部分なので普通の風や速力では飛沫は飛んでこない。風はかなり吹き込む。向かい風で走れば秒速十メートルの風になることも多い。

五月八日、敵艦隊を発見！　発見の殊勲者は艦攻で索敵に出た菅野飛曹長機であった。母艦に帰投の途中で味方攻撃機隊と遭遇した同機は反転して攻撃機隊を敵艦隊に誘導し、そこで果てた。

菅野飛曹長は偵察員で機長である。三十歳くらいであろう。海兵団出身らしい。私などは到底真似出来ない立派な人だ。操縦員はもちろん下士官であったろうが、操縦員はあと一時間と少し飛べば前方海上に我が機動部隊を見つけるはずだ、と心明るかったに違いない。彼らは攻撃隊先導のため「反転」を機長から命じられた時、『そうか、今日で終わりか』と覚悟したであろう。

私の小心で、計算高い心で測れば、悲痛、無惨である。

二隻の空母、重巡と駆逐艦の群を見た菅野機長は、あいつを地獄に叩き込んでやる、と敵愾心に燃え、その心の高揚が「ワレ、ユウドウス」の信号になった。「この瞬間のため一剣を磨いたのだ」と思われたのではないだろうか。

電信員は甲の三期生とか。私は、若い後輩を、やはり無惨と思う。

珊瑚海に水偵は飛ばず

五月八日昼前、重巡妙高の飛ばない搭乗員一同は飛行甲板に集まり、敵攻撃隊の来襲を待つ。

突然、「配置に付け」の命令が艦内に伝えられた。二機の観測機が飛び出すひまもない。もっとも司令部は零式観測機を敵機群の迎撃に使用する考えはなかったようだ。

昨年の今頃まで各艦に搭載されていた九五水偵に比べれば、馬力も倍近くなり七・七ミリ固定機銃も二梃に増え、大変近代化されたが、一昔前の旧式設計であり、そのうえ大小三個の浮舟付きなので、敵機との対決を見合わせたのであろう。特に巴戦に入るのを避けさえすれば、零戦と五分五分の空戦性能を持つといわれるグラマン艦戦との一騎討ちを考えると、気の毒である。

そして重巡戦隊の司令部、艦長方も練度の高いベテラン搭乗員揃いの観測機隊を温存したかったに違いない。いつでも可能性のある戦艦重巡同士の海上決戦に欠くことのできない道具立てであるからだ。

観測機搭乗員中川兵曹に率直にグラマンとの一騎討ちの見込みを尋ねると、

「こちらの強みは運動性。旋回半径が小さいこと、これだけだ。撃ってくる敵の弾丸をコッパズスのは難しくない。敵は一撃離脱だからな、射弾回避に続いて格闘戦に入るって訳にはいかない。高速で航過する敵戦を撃つチャンスは、その時にはないが、離脱した敵が再度襲撃態勢を取る行動中とか、こっちが鈍速でも、攻撃の機会は必ずあるものなんだ。敵のスキを狙うんだ。一対一で敵が最後まで戦意を持って仕掛けてくれば、腕前の良い当方が勝つ。敵の数が多ければ、やられるだろうな」

と言うことだった。

米艦爆翔鶴に自爆す

重巡妙高は翔鶴の右舷千五百メートルに位置し、主砲群と高角砲を撃ちだした。私の肉眼では敵機影は見えず、炸裂する砲弾の火花と爆煙が見えるだけだ。浜野兵曹が「タッ！　突っ込む。艦爆だ」と低く叫ぶが、私には爆煙しか見えない。

翔鶴艦側に水柱が上がり、一発飛行甲板に命中し爆炎が上がった。

ようやく私の眼にも急角度で突っ込む微細だが真っ黒い点が見えだした。翔鶴が転舵し、舵が利き出したらしく、側面が見えていた艦爆が姿勢を修正して平面に見えだした。ヤヤッ、いつまでも引き起こさないぞ！　どうするつもりだろう？　と思った瞬間、米艦爆は背面をこちらに見せたまま翔鶴飛行甲板に突入、爆発した。バッと薄茶色の爆煙が上がったが、爆弾と飛行機が同時に爆発した割には爆煙は薄く、火炎もさしたるものではなかった。翔鶴の手傷もそう重いものではない。

アメリカだって自爆をやるんだ。壮絶な自爆だ。妙高飛行甲板の我々は、顔を見合わせることもせず、胸うつ敵搭乗員の最期に沈黙の敬意を送った。明日は我が身、と言うではないか。

「雷撃機右舷後方」

スピーカーからの声で一同さっと振り返る。

三機か四機ほどが艦尾方向の低い雨雲の下を高度五十メートルくらいでやってくる。スコールに紛れて接近したのだ。だが、艦尾からの雷撃機に迫力はない。本艦の二十五ミリ機銃弾が集中し、本艦左舷後方の駆逐艦からも二十五ミリ機銃弾が束になって敵付近海面に飛沫をあげる。

駆逐艦と本艦の間を突破して翔鶴に肉迫するだろうか。それにしては速力が遅い。間もなく二十五ミリ弾で墜とされるだろう、と思った時、千五百メートルほどの距離から敵機は魚雷を落とし、避退した。二、三番機ほとんど同時に、翼をひるがえして飛び去る。

急降下爆撃をやった艦爆に比べ、戦意はない。あんな艦尾から遠く離れて雷撃したって命中する訳ない。ただ「手続きのみ」のおざなり雷撃だ。我が九七艦攻は五百、六百メートルまで接近するという。

生命がいくつあっても足りない商売だ、と雷撃に行った母艦搭乗員を想う。

帰って来た艦隊の観測機

米軍の抵抗で、陸軍のポートモレスビー上陸作戦は取り止めとなり、トラック環礁に引き揚げる途中、洋上で駆逐艦から搭乗員二人が本艦に乗り移ってきた。沈没した祥鳳の搭乗員で、駆逐艦に助けてもらい、搭乗員室を持つ本艦に居候をしにやって来たのだ。甲一期の大久保兵曹と、甲四の兵曹。

大久保兵曹はどこか「居直った」感じがあり、「飛行科員、舷門に祥鳳搭乗員を受け取りに来たれ」と艦内放送を聞き、先任搭乗員の命令で迎えに行った私に、

「敗残兵二人だ、宜しく」

と、笑いもせず言う。四期生が私の顔に覚えがあったらしく、小声で「一期生です」と教えてくれた。

このどこか凄味ある敗残兵を、俺のような気弱型ではつきあいきれん、と私は敬遠し、容貌整い温厚そうな四期生を専ら話し相手に諸情報を交換した。

空母翔鶴は、飛行甲板が小山のようにめくれあがったのが外から見える。駆逐艦に護衛されてさっそく内地に帰った。

空母瑞鶴と妙高、羽黒は引き返す輸送船団の殿（しんがり）を務めて、一刻の戦場となった珊瑚海をあとに北に帰るコースにのった。

夜、搭乗員室は、門田先搭と大久保兵曹が茶飲みコップで酒を酌み交わし、浜野兵曹と四期生が無線調整室で寝るため出かけた。

私も例により右舷短艇甲板の短艇の下で横になる。あおむけになるとカッターの底板が眼の前十センチにあり、多少の圧迫感はあるが、眼をつむれば海面からの涼風が吹き付けて眼

前に何があろうとヘッチャラ。「ああ、天国だ」艦は敵潜水艦を警戒して何分おきかで針路を三十度か、も少し変える。その度に甲板は旋回の外側に傾き、つれて私も身体ごと傾斜の外側へ引っ張られ、内臓がそちらへ動く。チェッ、何だ、俺の胃は、あっちこっち動きやがって、と思うが腹の立つ訳ではない。これを繰り返すうち赤道を越え、遥かなる日本に帰るのだ。

五月十六日、例によって艦隊の対潜直衛を終え、三百六十浬ほど先行した我が機に豊後水道を呉に向け斜めに飛び越えたのは正午すぎ。九州は国東半島の海岸線がかろうじて見える。去年の春、佐世保に移動する途中、北九州上空を通ったことがある。七彩の煙を吐くという八幡製鉄所煙突群のせいか、黄色っぽく濃密なガスが八幡から門司までの街を低く覆い、腐ったミルクをかけたようであった。汚い空、と思ったが、その空の下に住む人々と俺との因縁の糸は今も連なって、あそこは俺の出身地だ。多感な少年の一時期を過ごした土地だ、と、いささかの感慨を持ち飛び過ぎた。

今、多少の戦いの場と暑く長い航海を経て濃いガス層の底にある街への想いを繋ぐ糸はなく、私は今夜過ごすであろう夜更けの軍港町に向けただひたすら飛び、呉航空隊に着く。我々は、夕食は隊外で日本女性の顔を見ながら食べたい、と切望する。夕食前の四時、羽黒の同僚二人を加え、浜野兵曹と私の四人は隊伍を整え呉航空隊隊門へ。衛兵所十メートルほど前で百五十メートルほどの低空を激しい爆音をたて、零式観測機二機編隊が飛ぶ。我々は立ち止まり、見上げ、うちのヤツだ、と識別する。

フロートと胴体後部の赤い帯で一番機は明らかに本艦二号機、近藤、中川両兵曹だ。陸上航空隊は本部建造物上空の低空飛行を厳重に禁じ、所属搭乗員はこの禁を犯さない。したがって低空をこれ見よがしに飛ぶのは艦隊機と決まっている。

衛兵伍長たちも「帰ってきた艦隊の観測機」と分かった風で、歩きはじめた私が低く鋭い「艦隊！」の一声を発する直前に、パッと挙手の礼を我々に向けた。たった今飛んだ編隊のおかげで俺たちまでがこのニコやかな敬礼を受けるのだ。

同じく晴れやかな顔で答礼した私は、一瞬、珊瑚海で飛ばなかったのは残念だったなあ、航空参謀が「まあ、念のために艦攻隊の右を飛ばすか」と俺を索敵に飛ばせておれば、敵空母を発見し、今ここでもっとニコニコして答礼するのだが、と思う。もっとも同時にその場で撃墜されたかも知れないが。

ミッドウェイの海図

豊後水道から瀬戸内、柱島泊地を経て、本艦は二十二日午後、呉に入港した。

帰艦した翌朝の食後、怠惰な時間を喫煙、談笑中の搭乗員室に小川掌飛行長が真新しい海図をドッサリ持ち込んだ。テーブルはたちまち緊張し、無言となる。

私はミッドウェイ島の詳しい海図を見つけ出し、着水するであろう港を見る。米海軍の内火艇、ランチが沢山残ってるに違いない。水上機基地は港外のどこかだ。

無言の門田、近藤、浜野の三上飛曹が図板に入れるために、新しい海図の端を折るのを見ながら、この海図が入用になるほど簡単に占領できるものだろうか、と秘かに思う。

ポートモレスビー攻略の目的さえ果たせずに帰って来たばかりではないか。珊瑚海海戦は、こちらの負けだ。五月八日の空母二隻対空母二隻の対決でだけわずかに勝ったのは、司令部の提督、参謀のせいではなく、菅野飛曹長をはじめとした攻撃機隊面々の犠牲によるものなのだ。

あれほどシドロモドロの作戦指揮ぶりを暴露した司令部の不手際を、一般搭乗員は知らずとも、俺たち搭乗員は知っているのだ。

手持ち無沙汰の私は、もう一人の操縦員、中川兵曹を見る。彼も無言でペアである近藤兵曹の手許を注視している。冗談好きの彼が今の一瞬、人目を忘れ、顔をこわばらせて海図に見入っているのだ。彼のこんな難しい顔をまだ見たことはない。

掌飛行長が、この時間に海図を持ち込んだのは、俺たちに奇襲の一撃を加えるためだったのだ。彼は頬の肉を緩め、若い部下たちの顔色を楽しんでいるではないか。

ともあれ、それに生と死を賭ける我々は不意に出現した島の海図に打撃を受け、一瞬、未知への不安、運命への畏怖をさらけ出したのだ。

このあと飛行長の作戦説明があり、各自の任務も概略を与えられる。そうなると、たったいま示した不安気な様子を他人に見せることはない。訓練時の説明を聞くのと同じ様子だ。

出撃間近だが夜間飛行訓練が行なわれる。軍港泊地では、小舟艇が走り回るので呉空に出かける。

久し振りなので、まず薄暮離着水から始まる。呉空は軍港から十数キロ離れており、周囲は田園地帯である。離水して上昇旋回に移る眼の下に一目で他の樹々と区別がつく樟(くすのき)の集団が見え、一色違う明るい色の若葉が森の頂部一帯を覆いつくしている。

若葉の群れは私との距離六十メートルの眼前でいかにも柔らかく、強靱に織られた絨毯(じゅうたん)のように展開し、そこから飛び降りておいで、受けとめてあげる、と私を誘惑する。

チェッ、その手に乗るか、と小声で叫ぶ。

後席の機長は眼下の手も届きそうな若葉の森など眼もくれず、空にいる他機の気配に気を配っている。

「お前たちが言うプラトニック何とか、なんて屁(へ)のカッパだ」と笑い飛ばした老掌飛行長は流石(さすが)鍛錬された筋金入りだ。俺のように油断したりはしない。

私はすかさず伝声管を電信席に切り換え、「樟の林、見たか?」と聞く。「ハア、鎮守の杜(もり)ですね」と浜野兵曹の温かい声が返ってきた。えっ、お宮があったのか。それは気付かなかった。珊瑚海で夢に見るほど魅力があった青葉、若葉の祖国は、今そこにある。ところが、日本列島に帰りついたら、そんな言葉すっかり忘れてしまい、これから始まるミッドウェイ作戦の不安、珊瑚海で勝ちそこねた腹立ち、軍港の街角に花の乙女を見る楽しみ、などに没入していたのである。

五月七日に、珊瑚海海戦で失敗した薄暮攻撃の話は、妙高搭乗員室を獲物を逸した山賊どもの集団のような、下品な飲兵衛どものグチの場にした。

帰りは暗いから、と戦闘機隊を母艦甲板に残して頃合を計っての出撃だったのだが、夕暮れの洋上でグラマンに襲われ、無抵抗のまま相次いで撃墜され、艦攻隊は魚雷を捨てて逃げ回ったという。

「戦闘機を伴わない艦攻隊をどうして出したのだ」

憤激の主因はこれである。

司令部は六戦隊の水偵の米機動部隊発見電を受けてから攻撃隊を出すまで、一時間以上はかかった。整備員も搭乗員も待機時間が長く、司令部は出すかやめるか決まらんらしい、との話であった。結局、戦闘機は出さないと決まって攻撃隊だけ出発した、という情報は若い整備下士官が呉空から仕入れてきた。あり得ることだが、たとえば航空参謀は「すぐに戦爆連合の攻撃隊をだせ。今なら明るいうち集合ができる。あとは暗くなったって帰りは大丈夫だ」といい、先任参謀が反対した、という劇的情報なら搭乗員室ものるが、待機時間が長かった、だけでは盛り上がらないのだ。水偵索敵機の発見時間を故意にウヤムヤにしたのか、ありそうだが迫力が出ない。

攻撃隊出発が後れたのは、やはり敵艦隊の位置が不確実だったのが最大の原因に違いない。事実、敵の位置は司令部の判断より六十浬～八十浬ほどわが方に近く、わずか百浬かそこらの海域にいたのだ。

九七艦攻は単装七・七ミリ機銃を電信席に持つが、構造上、前方、前下方、斜め前下方、後下方と死角が多く、有効な射撃ができるのは後上方に限られる。

はるかに優速、運動性俊敏な敵戦闘機が回りこんで下から撃ち上げてくれば応射はまったくできず、無抵抗で撃ち墜とされることは決定的だ。これは嬲り殺しなのだ。乱舞する敵戦闘機による一方的殺戮の終わりころ、艦攻電信員が平文で（本当は必ず暗号文に決まっているのだが）「ダメダ　モウダメダ」「ニッポンカイグン　バカヤロウ」と打ってきたという話を、我々は嘘とは思わない。出撃前の飛行甲板で「なぜ零戦をつけないんだ」と憤懣やる方ないまま命令に従った下っ端搭乗員の心そのままの電文なのだ。

役に立たぬ機銃を離して電信機に取りつき、最後の無念を打って来たのだ。我々はこれを肯定する。

艦攻隊の被害は壊滅的だったが、近づいた宵闇に助けられた残余の艦攻と合流して帰途についた艦爆隊は闇の海に爆弾を捨てた。機体を軽くして、もしこの夜帰るべき母艦との会合に失敗し、夜の洋上を探して回ることになった時、燃料を長持ちさせるための予備行為であった。

この時、帰艦コース上、数十浬の近さに米空母群が遊弋中であったことは日本艦隊にとって、また攻撃隊指揮官高橋赫一少佐にとっても、実に運命的不運であった。

夜の海に爆弾を投下し、三十分余りの飛行後、闇の海に機動部隊を発見し、指揮官、偵察員（熟練の古参少尉）共にこれを味方機動部隊と誤認、着艦コースに入ったところで下から一斉射撃を受けることになった。

攻撃隊はこの後しばらく飛んで味方空母に収容され、この日の戦闘は終わるのである。

翌五月八日、昼間強襲の艦爆隊指揮官として飛ばれた歴戦の高橋少佐は、不帰の客となられた。

もし三座水偵操縦員の我々が機長なら、百浬も近くに味方が来ているなんて、と驚きかつ大いに喜び、出発前の艦橋で航海士が誤った艦位を俺たちに知らせたのじゃないだろうか、などとひとのせいにして、とにかく確かめる。機首を下げ、エンジンをふかせて速力をグンと上げ、数十メートルの横をヒュンと飛び抜ける一瞬、「あれ、見たことのない船だ。艦橋も煙突も違うぞ。こりゃいかん」と、逃げ出すに違いないのだ。

この何年間も日ごと、夜ごと飛んで見知っている戦艦、重巡を、闇夜といえど敵味方、見誤ることはない。これが夜間飛行のカンなのだ。

戦闘機乗りが夜間飛行を嫌うのは当然だ。偵察員がいないのだから夜の洋上を二百浬も飛んで帰艦するなんて芸当はまあできない。明るければ艦攻、艦爆にくっついて帰って来るのだ。暗くなれば、これはできなくなる。

海が暗くなったら艦攻も艦爆も戦闘にならないのだ。やはり位置不確実な敵艦隊への薄暮攻撃なんてできっこないのだ。

ここでも「参謀たちや空母の飛行長、飛行隊長なんてやつらが自分で飛ばないから分からないんだ」ということになる。

各陸上航空隊にも空母にも、飛行長、飛行隊長の職種があり、少佐、中佐がその職にある。我々下士官仲間でいつも話題になるのは、この、いかにも飛行機乗りらしい職名の偉い人が、「実際は飛行機で飛ぶことなどない（訓練にも、そして実戦ではまず、飛ばない）のに、なぜ〝飛行長〟なんて呼ばれるんだ」「彼らは、帳面の上でだけ、チョコチョコと飛んだことにして、航空加俸を半分もらうのだそうだ」「いや、航空隊司令も飛んだことにして半分もらうそうだ」「一体全体、彼らはかつて本当に飛行機に乗っていたのだろうか。搭乗員でなかったやつが、便宜上飛行隊長、なんて役目になって、俺たちの先輩面（づら）してるのじゃないか」というようなことであった。

だいたい空母乗組の少佐はどれくらい飛ぶのだろう。とにかく滅多に飛ばない。どんなに飛行経歴が長く、立派であろうとも、現在飛ぶことが少なかったら飛行のカンは悪くなる。毎日毎夜のように飛ぶ若い俺たちの方がズーンとカンは良いんだ。

予定会合地点より百二十浬（百十浬ともいう）も手前で見つけた機動部隊を何の疑念も起こさず味方と信じ込むなんて、まったく考えられない。

機長小川少尉は、その少佐と年齢は同じか少し上のはずだ。少尉は二十二歳の私とまったく同量の飛行をする。時たましか飛ばない少佐の夜間飛行能力が我々並みにある訳がない。帝国海軍では指揮官が率先して、難飛行の技倆向上を図る、なんてことはなくなっている。

ライフル銃に負けたインディアン
柱島泊地に錨泊してすぐ、五月二十七日、大和に次いで泊地を抜錨、ミッドウェイへ向かう。

瀬戸内を東航するのは久し振りだ。初夏の薫風は汐の香りに吸収されて飛行甲板の我々まで匂わないが、緑の島々がどうかすると間近に見え、楽しい。

先行する高速戦艦が引き起こす航跡の波に乗り、底板が見えるほど大きく傾いた漁船から手を振る人があり、私も帽子を大きく振って応える。大揺れに振り飛ばされぬよう、しゃがみ込んだ人影も見える。

俺たちは、諸君らを護るために、これから戦争に出かけるのだ。

搭乗員室で私は、浜野兵曹が呉で聞いてきた米海軍電探の話に、重大な関心を持つ。

軍港に入港すると、乗組員は上陸先のあらゆるところから情報を仕入れ、出港後の煙草盆で交換する。搭乗員室が持つ機密情報は独得で程度も高い。艦の電信室から得る以外に、陸攻、艦載機の搭乗員、輸送機で移動途中の搭乗員たちと、航空隊以外の街の隅々でも会うから、電文にない生の情報も持ち帰る。

浜野兵曹は、

「翔鶴瑞鶴の薄暮攻撃隊の行動をアメリカは電探で探知し、コース上を移動するのをかなり前から知っていたらしい。それでグラマン隊が迎撃に出て、発見攻撃したのがあの地点だ。

アメリカ海軍だって戦闘機の夜間着艦が難しく『事故と隣り合わせ』の事情はわが方と違う訳はないから、曇天の日没後にあんな時間まで、あてもないのに哨戒飛行をやってた、とは考えられない。電探に映る日本飛行機隊と空中で会合するようチャンと計算して飛び出してきたのだ。

残余の薄暮攻撃隊が帰投途中に発見、誤認した米空母は、信号灯を点滅していたので数浬手前から我が攻撃機隊はこれを発見し、航空灯を点じて接近したのだ」と言う。

暗くなる寸前の洋上で日本の艦攻隊を壊滅させた優速の敵戦闘機群は、一足先に帰り着き、機嫌のよい着艦をやっていた、と見れば計算も合う。

米海軍の電探は二十機、三十機の集団なら何十浬どころか百浬もの遠距離まで有効に探知出来るのだろうか。電探の「デ」の字も持たない我々には夢のような新兵器である。

来客の松田兵曹が、アメリカ西部劇のインディアンとライフル銃を持つ騎兵隊との戦争と同じだ、と言い、みなの声低い賛意を得る。

だが、搭乗員室はいつもの気軽な受け応えの言葉も出ず、沈黙を続ける。真っ先駆けて近寄り、まずライフル銃で撃ち仆（たお）されるインディアンの役割が俺たちなんだ、とそれぞれ思っているに違いない。

ミッドウェイ海戦

六月五日、朝から各機とも待機を命ぜられる。最もありそうなのは我が機の三百浬索敵である。多少の緊張と不安をひそかに持ちながら、沢庵入り海苔巻きを食べる。とても美味しい。飛行服の左胸ポケット内の煙草ケースを調べて補充し、マッチを油紙で包み直す。いつものことだが「海に不時着したら、死ぬ前にウマイ、ウマイ、と言って煙草、吸うんだ」と口の中で言いながら。

戦闘中の乗組員の昼食は、大きいおにぎり。私は浜野兵曹からもらった海苔巻き。飛行甲板で整備員諸氏と一緒に食べながら、午後は飛びそうだ、と考え、整備の本永班長と快活な調子でそう言う。

整備員の面々は、おにぎりを頬ばりながら、二人の搭乗員がこれから発艦して敵と当たるのは当然だ。そのために毎日テレンパレンとしているのだ。海苔巻きを喰うからにはそのぶん頑張ってくれよ。と思っているだろう、などと思い、いや、これは俺の思い過ごしだ、と反省したりする。

「電信室に行って来ます」と言って姿を消した浜野兵曹が、「今日は忙しいとかで追い返されました。何かあったらしいのに」と、すぐ帰ってきた。

何かって、もちろんミッドウェイ攻略だ。大和、武蔵が艦砲射撃でもやってるのでは？が、戦況はまったく我々に知らされていない。

「索敵待機」の命令を受けている私は、索敵に飛び出す俺が敵情をまったく知らんてのはオカしいじゃないか、と思うのだが、なあに、出発前の艦橋で教われればいいんだ。それより俺をいつから飛ばすのだろう？　と考える。約七時間後の帰投が日没後で海が暗くなってからではまずい。〝まずい〟なんてものではない。暗くなった洋上を艦隊に帰ってくるという作業は不安、不気味この上ない厭な仕事なのだ。生命がけであることは言うまでもない。

開戦前の艦隊訓練で、夜間捜索、触接にえらく重点を置いた時期があった。夜の海上を走る軽巡を捜索し、見つけて触接し、逐一行動を報告して味方夜襲部隊を誘導する。そして最後の夜間雷撃で、「眼」の役目を果たすものであった。

重巡、軽巡に率いられた駆逐艦群が放つ九三魚雷は頭部に小ランプを点じ、真上近くを飛ぶと、暗い海の底を走る魚雷から青い灯りがかすかに見える。一見、幻想的なのだが、ジッと見つめると遠近の感覚に狂いを生ずるらしく、高度計は五百メートルを指しているのに、海面に激突しそうな不安を覚えたりした。

星があっても夜の海は暗く、雲で星が覆われると漆黒の闇となる。抑えても抑えても、わきあがってくる恐怖心との闘いであった。

今日の索敵飛行の出発が午後になれば、帰投は夜になる。水偵の夜間洋上揚収は、日本海軍の戦争のやり方の中に無かったのだ。艦隊訓練で聞いたこともない。

だが戦場で文句は言えない。浜野兵曹を閉めだした電信室の異常さを考え、午後の発艦だってある、と不安だが覚悟した。

その時はその時だ。

上甲板舷通路外側の短艇の下に飛行服のまま潜り込んで寝る。吹き上げる潮風の中で、飛行手袋を顔の上に置き眼をつむる。しばらくは俺の天下だ。

窮屈な短艇甲板での仮睡は浅いまま、やや時間を延長したらしく、浜野兵曹に起こされた時は、どう寝返りしたか分からないが、右肩を下に左肩でボート底部のキールに寄りかかり、通路に顔を向けた横向きの姿勢であった。

彼は索敵待機が解かれたことを告げ、さしのべた私の手をグイと握り短艇の下から引っ張り出してくれた。立ち上がった私が彼を見上げた一瞬、笑みが湧き上がった。

洋上夜間帰投、そして揚収の憂いが消えたからだ。

ミッドウェイ、敗北の戦場

翌朝、「味方の被害甚大なり……」の電文を先任搭乗員門田兵曹が発表し、全艦隊が引き返すことを告げた。ドアから入ってきていきなりだったので、休憩中の一同は思い思いの姿勢で、この重大で思いがけない電文を聞くことになった。搭乗員室は沈黙し、動きを止め、顔を見合わせる気も起こらない。

浜野上飛曹が電信室から閉めだされ、昨日朝からまったく戦況を知らされなかったのはそのせいだ。だいたい、これから索敵に出よう、と待機している搭乗員に敵情が何も知らされないなんて考えられないことだ。たとえ一下士官であろうと、全艦隊の命運を背にして飛ぶのだから。

そうか、昨日の海戦は大負けだったのだ。

依然として私が索敵飛行に飛ばないのは、敵が我が艦隊、つまり高速戦艦二隻、重巡四隻、空母一隻、駆逐艦群の部隊から遥か遠くに存在するからなのだ。日本海軍が大敗した戦場は遠いのだ。なぜ遠いのだ。なぜこの大部隊を戦線に投入しなかったのだ。

時速三十浬で縦横に機動可能の、空母を含む高速機動艦隊はノホホンと遠く離れた海で遊弋していたのだ。

出港後すぐの飛行長訓示では、大和、武蔵は我々の後方数十浬に占位しているはずなので、重大な被害を受けたのは戦艦群ではない。さては、と沈黙の搭乗員室で私が最初の言葉を発しようとした時、飛行長が入ってきて、「加賀、赤城、蒼龍、飛龍、みなやられた。全艦隊は日本に帰投しつつある。冷静にあれ」と告げた。飛行長は平静で、落ち着いた言葉遣いだ。そうだ、俺たちが興奮したってどうなるものでもない。

二十隻近い我が堂々の二艦隊は一発の砲弾も撃たず、我々は一回も飛ばず、戦場から離脱したのである。

主力部隊の退却を援護するためあとに残った本艦と羽黒は、偽電報を盛んに発信しながら右往左往した。こんな子供だまし的作戦に敵が乗る訳ないじゃないか、と搭乗員室は冷笑した。

「伝説の人」源田中佐

ミッドウェイ海戦の後、北方警戒を命ぜられた本艦はアリューシャンに向かい、私たちは連日霧の北太平洋を飛んだ。

七月に入って北方作戦の任を解かれた本艦と僚艦は、南下して七月十二日、柱島泊地に入港。飛行機隊は呉航空隊に駐留して整備と訓練を行なう。私のペア、浜野兵曹が横空へ転出し、少年電信兵から偵察練習生に入った半渡飛長と代わる。

甲飛三期、恩賜時計組の彼は横空で偵察の特練コースに組み入れられ、十八年正月、初詣に賑わう鎌倉鶴ヶ岡八幡宮で、お賽銭(さいせん)を機上から投下して有名（?）になった男である。私が「立派な男」として敬愛した彼の一面でもあった。

半渡兵長ははにかみ屋で色白、いかにも少年兵らしく、機長を神様のように敬い、素直で愛すべきよい気質を持ち、浜野兵曹とは違った意味で、私の良きパートナーとなった。

呉空で暮らし始めると、艦上機組が時々現われ、同じ兵舎で朝夕を共にするから、ミッドウェイ敗戦の詳細と事実は逐一我々の耳に入る。

聞けば聞くほど腹の立つことばかりだ。それも敵に対してではなく、指揮を取った南雲長官と参謀たちの思い上がりにだ。

敵空母発見以後の周章狼狽、慌てふためいての誤判断、処置の失敗。その上、俺たちの仲間、下士官搭乗員たちが一般乗組員と共に艦の消火作業に身を挺している最中、駆逐艦を呼びつけてさっさと移乗してしまった、ということに対してであった。

司令部にことがあったら、以後の作戦の指揮を取る者がいなくなるから、というので、燃える赤城を南雲長官以下司令部の連中は早々に去ったのだ。

「冗談言うなってんだ。あと日本に帰るぐらい誰にだって出来らあ！」

と、江戸弁の艦爆乗り上飛曹は毒づいた。

そんなヤツらに指揮されて戦争するの、いやになったなあ、と水偵組が言い、彼は、

「俺たちは、とうの昔にいやになってんだ」と言う。

航空参謀源田中佐は、我々にとって「伝説の人」のような人気があったのだが、「あいつだって飛ぶのをやめたら、ただの飾り人形だ。肩章ばかりチャラチャラさせやがって」と、艦爆乗りが言い、俺たちも「だろうなあ」と一応同意した。立派だった艦長が艦と共に海に沈み、敗戦の基を作った司令部の長官たちがさっさと逃げて生きのびたのはおかしい。

空母の大火災が消えなかったのは、艦長のせいではなく、モタモタして攻撃機隊の発艦を遅らせた長官と参謀に責任があることぐらい、私にだって分かる。

艦長が責を負って艦と運命を共にするのは、それぞれ単艦で戦った時代のしきたりではないのか。集団で戦う現代戦には通用出来ない。大艦隊が一敗地にまみれたら、全作戦を作成、指導する指揮官と参謀連が責任を取るべきはないか。

源田参謀くらいな頭脳は日本海軍にはざらにあるに違いない。源田中佐も「伝説」ほどではなかったのだ。

お前、来なくてよかったのに！

ソロモン群島を敵が奇襲、上陸したので、妙高ほかの第五戦隊は出撃準備を整えた。明日

出撃という八月十日、整備員は艦に帰り、呉空に愛機と共に残った搭乗員たちは、最後の一日を味わうために呉の街に上陸する。

みなは「激しく飲もう」と、紅灯の巷へ行ったので、私は街を独りで歩く。短い上衣と一様に兵長のマークを付けた、一見練習生と分かる連中が数十人も歩き回っている。

尋ねると甲九期生で、艦務実習に来た、と言う。俺は二期生だ、と言い、えらくうれしくなった。

少年たちは、そうですか、と実に興味深げに、懐かしそうに、チビの私を取り囲み集まって来た。背の高いやつらである。

そうか、練習生の服装が変わったのだ。これまで聞いたこともなかったが、水兵服で練習生生活を送った連中（私もそうだ）が片っ端から死んだので、補充用後輩の募集がやりやすいように服を改良したのだ。が、抜群に良くなったとは思われない。

水兵服を着せられたが、俺たちは誇り高く、知的に、それを着こなしたではないか。

私は重要なことを周りの少年たちに打ちあけた。

「俺の弟、上妻英樹が九期にいる。俺は明日ソロモンに出撃する。今日のうちにヤツと会わせろ」と。

私は集会場の食堂に座って待ち、二十分も待った五時少し前、同じシャレた上衣の英樹が現われた。

困ったような顔で私に挙手の敬礼をした。多勢が見ているのだ。仕方ない。

間一髪「練習生集合」の号令が放送された。時間はない。が、幾度もこのようにして内地から戦場へ出撃した私には、別れの感傷は起こってこない。

ポケットに十円札が三枚あった。一ヵ月分の航空加俸だ。「俺はいらんから」と英樹に握らせ、

「お前、甲飛に来なくてもよかったのに」とツイ言う。

時々そう考えていた。俺一人でたくさんだ、と。

と彼は今、最も気になる集合地点に向きを変えた。

「行け、元気でやれ」

「ウン」

大股で十歩ほど走り、突然脚を止めたヤツがサッと振り向き強い眼を私に向け、「兄ちゃん」と呼んだ。

何をっ！　ニイチャンとは何事だ。だが私は黙って彼を見つめ、うなずいた。ゆけ、英樹よ。俺ひとりで良かったのに。も一度私はうなずき、彼は走り去った。

図体の大きい彼は、腰骨の上までで切れた短い上衣と、長いズボンをスラリと型良く見せるはずなのに、腰回りのダブ付くズボンが身体に合わず、後ろ姿はいかにもブキッチョであった。

海軍は、あんな不器用なヤツまで引き込みやがって、と持って行きようのない憤りを海軍

にブッつけた。

　突然、私は海軍が憎くなった。

『チクショウ、あんなヤツまで採りやがって！』

　もし海軍が人間なら、殺してやりたい。

　私はテーブルに座り、英樹が去った出入口に向かう。

　門司の狭く、小さな家から戦争用搭乗員が二人も出るのは不合理じゃないか、と腹を立てていた。

　ダブダブの制服を着用し顔色も冴えない彼が、海軍への順応がおそく、要領大いに悪いであろうことを哀れに思い、悲しんだ。

　しかし、私はこの怒りと悲しみは理に合わず、理由のないものであることを実は知っていた。今頃、腹を立てたって何の用にもならないんだ。だが、心のもっと奥にうずくまる、この淋しさはどうしたのだ。

　集合場所に走り出した彼が、そのまま走り去るのを私は期待した。別離はそれくらいでいいんだ。ゴテゴテと別れの言葉を並べ、深々と眼を合わせ、濃厚な訣別の儀式をするなんて、小説か映画での出来事なのだ。

　彼が「兄ちゃん」と呼んだのが衝撃だったのである。言いようのない寂寥感が胸の中に広がり、私は椅子から動くこともできず、淋しさと一緒に座り続けた。

二年三ヵ月の後、重巡筑摩の乗組員であった私は、レイテ沖海戦で母艦筑摩と別れて宿なしになり、英樹は艦爆の機長偵察員として飛び、フィリッピンの海に果てた。走り去る脚を止め、「兄ちゃん」と呼びかけた彼が続いて叫びたかったのは、憤りと悲しみの言葉ではなかったのか。

飛ばないヤツは気楽だ

八月二十日、トラック泊地に進出した妙高は出撃用意を終え、待機中である。珊瑚海、ミッドウェイ両海戦に飛ばなかった零式水偵を、艦隊司令部は今度から多用する方針で索敵は零水が一手に引き受けるそうだ、と掌飛行長が言う。空母搭載の九七艦攻より三年後の制式機なので、大きい浮舟を待つ割に、巡航速力は九七艦攻とほとんど変わらない。

昭和十三年、横須賀航空隊の一番端の兵舎で基礎教育を受けていた頃、ジュラルミンの新しい機体をキラキラ輝かせて飛んでいた新型機が九七艦攻だった。あの頃が「華」だった。今、日本海軍艦上攻撃機の主力であるが、鈍速で古めかしいのを否めない。そして我が日本帝国もあの頃が華だった。

先の珊瑚海海戦で攻撃に出た九七艦攻の七割近くが未帰還だったのは無惨であった。しかし、話に聞くミッドウェイの米空母からやって来た艦攻隊数十機は、我が零戦に全機を墜とされたという。

「俺たちは諦めがいいから、文句は出ないが、自由の国といわれるアメリカの搭乗員は、艦攻雷撃機には乗らんぞ、と言って叛乱起こしたりしないだろうか」と搭乗員室で言ってみるが、誰も返事しない。艦攻雷撃がこれほどまで被害が多いとは戦争をやってみるまで、分からなかったのだ。

ともあれ、今夕出撃して、本艦が機動部隊の前衛として参加するソロモン群島東方洋上の戦場で、我がペアが索敵に飛ぶことは決まった。

掌飛行長は恐くないのだろうか？　と私は彼の心を推し測って顔を見る。まったく平気な顔だ。俺たちが索敵に飛ぶのは当たり前だ、そうだろう、と私にニタリと笑いかけそうな気配だ。「チェッ、これじゃ話にならん」と、私は騒ぐ心を無理に落ち着け、そうだ、平気な面（つら）して煙草を吸えばいい、と腰をずらせて私用チェストの上蓋を開ける。

飛行甲板に上がるとすでに太陽は沈み、暮れなずむ空からの残光が五百メートルほどの隣りの羽黒を背後の暗い春島から浮き上がらせた。

煙突がいつもより大きく見え、七戦隊の熊野、鈴谷に比べると、残念ながら旧式艦だ。夕暮れの礁湖は各艦の出港用意作業など吸収してしまい、音のない静かな海に青い暗さが満ち、海面に反射して煙突を太く見せたわずかな光も急に暗くなるようだ。

愛機のフロートに触れてみる。「さあ、あさってから頼むよ。お前が頼りだぜ」と言ってみる。火野葦平さんの「馬と兵隊」に、こんなところがあったじゃないか、と思いながら。

そこに、四番砲塔の旋回手、池田兵曹が下から上がってきた。

「飯も喰ったし、出港用意も終わったし、あとは出るだけだ」と屈託ない。

「飛ばないヤツは気楽なもんだ」と思う。

搭乗員室だって二座機の連中は三百浬索敵とは縁がないから、あの通り気楽にしているんだ。だが、この俺がそんなことを口に出したら笑い者になるだけだ、と、至極当たり前のことを重々しく考えていると、

「うちの空母はどこにいるのかねえ？　五戦隊だけで行く訳じゃないだろう」

と、池田兵曹が聞きたがる。なるほど、これを聞きたくて飛行甲板に上がってきたのだ。

「空母、戦艦、八戦隊は明日一日、洋上補給をやるそうだ。そこに俺たちが合流するって訳らしい」

と、聞いたばかりの情報を披露する。彼は、

「ツラギの飛行艇部隊は寝込みを奇襲されておエラ方が何人か捕虜になったって話だぜ」

と言う。あり得る話だ。が、すでに過ぎ去ったことだ、関心はない。今気になるのは俺自身のことだけだ。

夜になった北水道を通って外洋に出る。どこかで爆雷が爆発する鈍い震動が甲板に立つ我々に伝わってくる。駆逐艇が威嚇攻撃をやっているのだ。雲量五。星があちこちに見える。

搭乗員室も涼しくなっただろうと、みな下に降りる。

半渡よ、初めての索敵は怖いか？

八月二十三日、「安永兵曹、時間です」と番兵の声にハッと意識が戻る。たった今、何か少し顔見知りの誰かと道を歩いている夢を見ていた。どうってことないが、歩くのが楽しかったのに、と一瞬だけ起きるのがいやになる。これから索敵に飛ぶのだ。腕時計を見る。きっかり午前二時だ。眠気も夢も一ペンで吹っ飛んでしまう。

番兵が俺の顔をのぞき込んでいる。「お！　有難う」とニヤリと笑って身体を起こす。これから七時間半の洋上索敵に飛ぶ、というのに、笑いたくなるはずはないのだが、ここでニヤリと頬をゆるめないと格好悪いのだ。

番兵は、俺と同じ年くらいの二等兵である。私が起きだすのを確認すると、パッと敬礼して出てゆく。「あの野郎、気の毒そうな顔をしやがった」と、気付いた私は、心のどこかが明るくなる。不思議な心理だ。

発艦の十分前には艦橋に登り、艦長の命令を受けねばならない。それまでの五十分間はやるべきことが次から次にある。この三日間、心の底にほとんど絶えることなくわだかまっていた「晴ればれとしないもの」を思いだす暇はない。

整備員の井上三整が二人分の朝食を運んでくれる。機上で食べる昼の弁当と同じ、海苔巻きだ。表紙に鉛板が使ってある暗合書を二冊か三冊、バックに入れた半渡飛長とテーブルに向かい合って喰う。

色白、丸っこい顔のこの少年兵も「おいしいですねえ」とニコニコする。彼とてこの三日間、機動部隊索敵に飛ぶという心の強圧に何の恐れも持たなかったはずはないのだが、出発前の朝食にその気配はない。

「半渡」と呼びかけ、

「お前、索敵に出るの初めてだなあ! 少し緊張するか?」

と言ってみる。「ハア」と少し姿勢を正した彼は、一呼吸質問を考える様子だったが、血色のよい顔をパッと崩し、

「安永兵曹と同じです。安永兵曹、ニコニコしておられるから」と、うれしそうだ。

こういうのを舌足らずの返事っていうのだろう。が、私には彼の言いたいことが痛いほど分かった。

私の生命は操縦員であるあなたに任せています。あなたが平気の平左で心配など少しもしていない風ですから、私もそうです。あなたとペアになれて大変好運でした。と言っているのだ。そうか、この小心な俺が、そんなに頼もしく見えるのか。

私の心に温かいものが染みわたり、拡がってくる。

発進を眼前にひかえたこの時間、ペアと顔を見合わせてニコニコすることがどんなに大切であるか、これは私にとって信条であり、確信なのだ。

発艦前の儀式

飛行服を着て、右脚、腿のところに新品の記録板をゴム紐で止める。装着した具合はとても良い。呉軍港で出撃前、揚収してもらって甲板に降り立った時、大坪整長が、私にくれたものだ。

操縦席に座った右膝の上、平らになった飛行服ズボンの部分にゴムで取り付ける。備え付けの鉛筆を取り、タンク切換〇九四五等をサッと記入出来る。もしも、敵戦闘機と遭遇すれば、どの方向に逃げるか、操縦員の一瞬の判断になる。西へ、南へと全速力で不規則に飛ぶ。二十分、三十分もそうやって飛んで回ることもあり得る。その後、艦隊に帰る段になって、偵察員が、アチコチ変針した跡をたどることが出来なくて、現在の機位が分からなくなる可能性がある。

よほど場数を踏み、熟練した偵察員でないと、まあ、駄目に違いない。後方を視る能力の少ない操縦員のために、

「右後方の一機は下に潜り込むつもりらしい。まだ遠い。もう一機は見えなくなった。さっきの雲の中でまいたらしい。右後方、敵機見えない」

などと、敵状を見張る仕事があり、コンパスを見る余裕はほとんどない。

操縦員は、予定コースから外れた瞬間、「09.23-255」と右脚の計算板に素早く書き込む。時間と針路だ。また、右前方のスコールを目指すとすれば「09.29-320」

あとで偵察員にこれを知らせ、彼が図板に書き込めば、今の機位が出る。生死の間で役に立つ道具なのだ。おそらく呉航空隊で補修用ジュラルミン板を入手し、切断して穴をあけ、鋲で止め、何時間もの時間をかけた作品に違いない。

出身地は四国のどこか知らないが、彼の地のナマリ強く、色白、大男で髭そりに西洋カミソリを使うのが上手だ。

他艦の操縦員で持ってるヤツが、これみよがしなのを見て負けてなるか、と作ってくれたに違いない。

大坪整長の友情の贈り物を右脚上部に装着し星明かりの飛行甲板を射出機の愛機へ向かって横切る。レールが私を邪魔する個所を、整備員が減光した赤い光の小灯で照らしてくれる。

戦場で任務飛行へ発進する搭乗員を、整備員たちが「頑張ってこいよ」とか「頑張って下さいよ」などと言って送り出す例はいまだかつてない。あれは映画か芝居での出来事なのだ。

私は射出機後部の射手席の吉田二整曹には、傍らを通る時、軽く右手を飛行帽まで挙げる。彼もこれに応じ、わずかにニヤッとする。

今朝は暗くて、手を動かした気配だけが分かる程度と判断し、「お願いします」と小さい声をかける。別に、射出をうまくやって下さい、と彼にお願いする訳ではない。

港に入港して、上陸員が離艦するとき、艦に留まる乗員に対して言う「願います」に似たようなものだ。吉田射手は小声でハア、とかの声と挙手で応じ、私が習慣とする飛行甲板での儀式は終わる。

火薬で射ち出される冒険

カタパルトの爆発室に装填される薬莢はずいぶん大きい。径三十センチ、長さ四十センチ以上に見える。

開戦前、吉田一空が薬莢に、黄色い布で包んだ棒状、一見四十センチ位の長さを持つ装薬を入れているところへ通りかかった。掌整備長と整備の先任下士が傍らに立ち、重要な教育か訓練が行なわれているようだ。

妙高型重巡の足柄から射出される零式三座水偵。火薬式射出機の轟音に乗組員が耳を押さえている

応召兵である吉田一空が持つ装薬の大きさから、六本か七本が薬莢に収容されるのだ。重量の軽い二座の観測機には俺の時より一本減らすのだろう。「鉄砲玉のように飛びだす」って言葉があるが、まさしく、鉄砲玉のように俺たちは射ち出される訳だ。

ごく普通な顔で、実はかなり冒険をしていることを面白いと思った。

本日、機長小川少尉が与えられた索敵線は扇型索敵線の左から三番目で、かなり東に向いている。発艦後の暗い洋上飛行は二十分余りで終わり、機首左方向の水平線からわずかな朝の光がさして来た。

夜光塗料の青い光が前方遮風板に反射して入ってくるのに苦しみながら、見えぬ水平線を探して飛ぶ夜間飛行から、水平線が徐々に、そして確実に明るさを増してくる朝の飛行は、大変爽やかである。

本艦の搭乗員室で毎朝朝寝坊するのを時々やめて、後部艦橋に登り、こうした朝を迎えたら、今のように感動するだろうか。

一万五千トン、乗員千人の妙高艦上で見たってどうってことは無いに決まっている。高度百五十メートル。たった一つのエンジンがヒョイと不調になったら、ウンともスンとも言う暇もなく海に落っこちてしまうという冒険をしているから感動するんだ。

この日、敵を見ず。

二機の米索敵機

明くる二十四日、今朝の番兵は私を揺り動かして起こした。甲板に上がると、雲量五、星空は暗い。カタパルト上で、艦の横揺れを計り発射される前の一瞬、半渡の若い声で、

「羽黒機発艦、右後方」

と、伝えてきた。

時をおかず、我が機はレール上を走り始めた。そうか、右のすぐ近くを羽黒機が飛んでいるのだ。航空灯を点けているから見えるには違いない。が、今は首が回らない。急加速のGがかかり、新参の操縦士なら、この圧迫された脳組織ではものを考える暇もない。

今朝のコースは右端から二番目、米軍が上陸したガ島に近い索敵線だ。舵の利きが悪く、不安定な飛行から、恐る恐る機首を上げて、暗い海面から少しずつ離れ始める。右の方に羽黒機の尾灯が見えるはずだ。サッ、と目を走らせると、ズーッと右後方まで暗闇で、一点の灯りも無い。ゆっくり探す余裕はない。

フラップを収めながら機首を押し下げ、高度五十メートルのまま前進する。羽黒機が頭上に来ているかも知れないのだ。

機長の命ずる針路に機首を合わせ、右に首を回し主翼の後方まで羽黒機の灯りを追う。

「羽黒なら、高度をとって右に見えなくなったぞ」

と、機長。羽黒機が最右端の索敵コースだ。右に離れて行ったのは順調である。

進出距離の約半ばと思う頃、つまり百五十浬近く飛んだ頃、ガスの中から突然二つの黒い影が見え出した。右前方たぶん三千メートルくらいを動く。こちらへ向かってくる。飛行機だ。すぐ機首を左に回し、機長が双眼鏡でこれを見る。

どんどん接近する。二機は、数十メートル離れ、我が機に反航する。敵を襲う戦闘機の速さではない。まだこちらに気が付かないのだろうか。

「アメリカの艦爆らしい。増槽か爆弾を持ってるようだ。索敵機だよ、あいつらは」と機長。

なるほど、我が機を襲う気配がないのは、索敵機だからだ。約二千メートルを離れた右を反航のコースでグングン近くなる。

高度も我が機と同じ、百五十メートルくらいだ。敵の二番機がこちらを注視している。なぜなら、一直線に飛ぶ一番機の後ろから、高度を少し下げたり上げたり、上下に蛇行しながら金魚の糞のようにくっついて行く。我が機に気を取られ、操縦がお留守になるからだ。

「オイ、二番機のヤロー手を振ってるぜ」

と双眼鏡の機長が言う。もちろん私には見えない。

たった今まで、私は彼の二機の艦爆が急旋回をしてこちらに向かってくるのではないか、と全神経を集めて動静を探っていたのだ。彼らは主翼に十三ミリ固定機銃二梃を持っているのだ。充分にわが機を攻撃できる。十五ノットかそこら我が機より優速に違いない。下駄履き偵察機だ、と軽く見て後方から回り込み、猛射してくるのでは、と思う。

俺が機長ならとうの昔に左に避け、難を逃れるのだが。と、いつも決断の早い機長が双眼鏡を握りっ放しなのが合点いかんぞ。と考えていたところだ。

真横に過ぎ、段々に離れてゆく二機の索敵機に「オイ、どうだ、お互い余り良い役じゃあないなあ」と呼びかけたくなった。

索敵機同士、という親近感を持つとしたらどうだろう。あいつら、単機で海に影を落とすほど低く飛ぶ我が機に、『おお、無格好な水上機ちゃん、要心せんとうちのグラマンに墜とされるぜ』と手を振ったのではないか。せいぜい要心しろよ！　なんて、シャレた英語もあるだろうなあ、と思う。

伝声管を電信席に切り換え、「半渡、あいつらから眼離すなよ。あとでこっそり、追ってくるかも知れんぞ」と伝え、『さらば、二機の索敵機よ』と私は心の中で別れを告げた。

アメリカが艦爆二機を一チームとして索敵に飛ばせている話はまだ聞いたことがない。我が方は空母の艦爆が飛ぶとしても一索敵線に必ず一機だ。用兵思想の違いがハッキリこの一件に表われている。

ひょっとしたらアメリカ人は淋しがり屋なのだろうか。一機では恐いから二機で来るのだろうか。まさか。

それにしても、すれ違う日本索敵機に手を振って離れるとはいかにもアメリカ人らしいではないか。

我が機が米索敵機に反航して飛ぶのであれば、だいたい我が前方に敵機動部隊は存在することになる。

彼ら二機にとっても理屈は同じだ。彼らの進路前方に我が機動部隊がいることになる。これは一大事。さあ、早いもの勝ちだ。

高度を百二十メートルに下げ、神経を水平線に集中して飛ぶ。

えらくアッサリ諦めた敵！

水平線の敵艦ともまた戦闘機とも会わないままに行程を終え、帰途につく。先刻の二機の索敵機も帰還中だろうか。まかり間違ってまた会う、なんてことないだろうか。

「左前方敵戦闘機。右へ行けッ」

突然機長の声だ。少し早い口調。右へ旋回しながら敵を探すが見えない。六十度くらい右に回った時に左翼の後方に機影を見る。一機だ。千五百メートルはある。仰ぎ見る敵影は黒い影だ。

高度千メートルあたり。右旋回を終え、敵を垂直尾翼のホンの少し左に置き、エンジンを増速して機首を下げる。この場合の定石は、こちらがまず高度を下げ、海面を這う。敵が後下方の死角に飛び込み、下から無防備の弱い腹部へ弾丸を射ち上げてくるのを防ぐためと、上空から攻撃する敵は海面に自分で突っ込むのを恐れて、早目に射撃を止め機首を引き上げるからだ。機首を押し下げると同時に、サッと左に身体をひねって敵を見る。首を後方に向けるまでの短い一瞬に、恐怖に顔をひきつらせて敵を振り向くって気配ではない。敵と渡り合うため敵を見ようとするのだ。

「スワ、一大事」の時に案外そう慌ててないじゃないか、と私自身を採点する暇があった。

敵はグンと近寄り、約九百メートルくらいの後ろから追ってくる。逆ガルタイプの主翼が頑丈で強そうだ。後方をグルリと見回す。そいつの他にはいないようだ。

前を向いてエンジンを絞る。今、いくら全速を出したって七十ノットか八十ノットの速力差があるのだ。すぐに追い付かれる。機首を突っ込んだ姿勢でエンジンを増速すれば速力が出すぎて（といっても二百二十ノットくらい。追ってくるシコルスキーはたぶん二百八十ノットくらい）愛機の操縦がとても思うようにいかない。操縦不能に近くなる。

それでは避弾運動もままならない。グイッとスロットを絞り、近付いた海面に合わせて機首を上げる。

敵発見時の高度五十メートルから、現在三十メートルまではホンの一呼吸だ。

機首を引き上げながら速力が急に減るのを身体に感じつつ、もう一度振り返る。敵はもっと接近し、左主翼の半分が、我が機の垂直尾翼の陰になっている。これでは半渡の機銃が射てない。尾翼が邪魔だ。

右脚を踏む、途端に彼の七・七ミリがパラパラと撃ち出した。軽快な連続音だ。も少し機首を上げると、敵は尾翼の上方に位置することになり、半渡の射撃は邪魔されない。

前を向く。海面から約十メートルの高さにあり、速力計百三十五ノット。針は左へ。速力はグングン減りつつある。

右旋回に入る。

緩やかに右へ回り始めた瞬間、突然機銃弾の幕が我々を包んだ。

「ウワァッ！」

と、私は首を縮める。他にすることはない。小さく紅い火焔と鋭い煙を無数にちりばめた前方視野一杯の幕の向こうに紺青の海を沸騰させる無数の白い泡が海面にタギリ立った。何と！　すべて鋭い点ばかりだ。泡と見たのは細くとがった無数の飛沫だ。隙間なく海に突き刺さった小飛沫に更に飛沫の群れが加わる。一秒、二秒、私はなす術なく見入った。

横滑りだ！

と思うより早く、愛機は右へ傾き増し、右へすぐ眼前の海面に向け滑り始めた。が、実際は右への横滑りが効を奏する寸前に敵の射撃は突然やんだ。

急に世の中はシーンと静寂になり、泡立ち騒いだ海面が青い海になった。

パッと振り向いた私の眼一杯に翼をひるがえした敵機の腹が空を圧して映った。

「撃て、半渡、今だ！　敵の腹は弱いぞ」

私は大声をあげた。これは叫んだだけだ。伝声管はつながっていない。

右への危険な横滑り（このままだと、右翼を海に突き立てることになる）は、止まる。速力百二十ノット。高度は海面から数メートル。カタパルトの上から見る海と同じだ。

右斜め後方に引き上げた敵機が、もう一撃をどこから加えてくるか、後上方をサッと探す。いたっ。尾翼の右へ遠ざかりつつある。敵との距離千メートル以上。

アレッ、下手クソ野郎め。あんなに離れてこっち向くのか？　少しでもわが艦隊の方に行くのだ。と、スロットルを開けて増速する。

「オイ、もう来ないらしいぞ、帰るつもりだぜ」

と機長の声はいつものダミ声だ。

なるほど、ガスの彼方にたちまち見えなくなってしまった。

帰路を緊張して飛びながら、あいつ、えらくあっさり諦めやがった。よほど早く帰りたかったのだな。まさか、俺を撃墜したと思って引き揚げた訳ではあるまい。さて、と、先刻のアッという間の活劇を分解してみる。

まず、掌飛行長が敵機を早く発見したことからわが機の対応態勢が間に合ったことになる。あと二秒おそかったら敵の思うままに料理されたであろう。半渡飛長の射撃が極めて有効であったことを、機長も大いに認める。

機長が撃て、と命じた時、まだ敵機影は小さく七・七ミリではとても当たりそうにはない距離であった。が、敵戦闘機が射撃をやめ、振り返った私の目前、ホンの数十メートル上空を黒い影のまま翼をひるがえした瞬間、半渡飛長が撃ち続けた弾倉は空になったのだ。絶妙の射撃開始時期であったと言わねばならない。

七・七ミリ機銃弾は軽小だが、戦闘機主翼の主桁の付け根のジュラルミン材を、たとえその端っこでも打ち砕けば、敵はダウンする。攻撃のため突っ込んで高速になった敵機は、言うに足らぬ微細なキズでも主桁は根元から砕ける可能性もあるのだ。

オイル冷却器に一発でも飛び込めば、たちまち千八百馬力（たぶんそのくらい）のエンジンは油温上昇で焼け付く。要するに当たりどころでは結構威力を発揮する。

シコルスキー戦闘機の照準器が、どのような形式か知らないが、彼は照準器に我が機を捉えた時、標的の速力を二百ノットかそこいらに調えたに違いない。彼が襲う日本海軍の雷撃機が魚雷を持ち、エンジン全開で緩降下接敵すれば二百三十ノット、魚雷投下後の避退時百八十ノット程度であることを専門家の彼は熟知しているであろう。

フロートを持った水偵が緩降下で逃げる速力を二百ノットか二百十ノットと彼が判断するのも戦場の常識として妥当であるはずだ。

たぶん約七百メートルから百メートルで撃ち始めた半渡飛長の弾丸を意識しつつ、急追した敵は三百メートルか、も少し遠くから、「こいつは俺のもの」と撃ち出した。日本海軍の零戦の二十ミリより直進性が良い、とご自慢の十三ミリ四門の弾丸は、我が機が二百ノットで飛んでいたらそこにいたであろう個所に分厚い幕となって集中し、海水を沸き立たせたことになる。

彼が自分で撃った数百発の弾丸の全弾が標的前方に偏ったのを見るか、気付くかして、今度は逃さぬぞ、と照準をずらせて第二撃を試みたならば、我が機は一瞬のうちにその最後を迎えたであろう。いや、ある、か?

ともあれ、機長が「撃てっ」と命じた時機はとても良かった。

この日、我が機の右側索敵線つまりガ島に最も近いコースを飛んだ羽黒機と、左を飛んだ愛宕機が帰ってこなかった。

同じく重巡筑摩の零式水偵が敵空母発見電を打ち、未帰還、となった。

そして空母龍驤が敵空母から出た艦載機群に沈められた。

洋上給油はまる一日がかり

我が機動部隊はこの夜戦場を離れ赤道の北まで行き、二十六日朝から洋上給油を受ける。

搭乗員室は朝食前で、のんびり朝寝坊をしているところへ、「給油船が現われたぞ、お前たち、いつまで寝てるのか」と、カーテンから首を入れた兵科の松田兵曹が大きな声で起こしに来た。

彼以外の人物がこのように怒鳴ればケンカになる。心に温もりを持つ彼の人徳によるのだ。

「安さん、洋上給油を見たことがあるかい」とこれも大声。

「いいえ、ありません」

そうだ、見に行こう、と上に駆け上がる。

艦橋右舷の機銃甲板にタッタッタッと走り登る。

朝の薄いガスの中、右舷前方、駆逐艦一隻の後ろから重油を積んだ油槽船がノロノロと本艦前路を右から左に横切って行く。重油を満載しているからであろう。乾舷が低く、波が甲板を洗いそうだ。

へエー、あの一隻で、機動部隊全艦に油を配給できるのか！　見たところ、一万六千トンか、も少し大きい船だ。残念ながら、重巡の重油搭載量がどれくらいか、空母、戦艦がどれくらい積むか、私の知識にはない。

それにしてもこの赤道近い南の果ての海に、たった一隻の駆逐艦の護衛で、鈍速の油槽船がよくたどり着いたものだ。船長も船員も、みな海軍の人ではない。死んだって名誉の戦死、という栄誉も与えられないのに。一旦米潜水艦に出会えば、たちまち海の底に沈んでしまう身なのだ。

彼らこそ、本当の「生命知らずの海の男」だ。立派なもんだ、と私は盛んに感心する。

我が機動部隊は海を圧するほどの大艦隊で、見渡す限りの海原をいつもの半分以下の速力で、のたりのたりと航走する。

まず、駆逐艦から油をもらい始めた。駆逐艦はもうタンクがほとんど空になってるそうだ。高速戦艦の前檣が遥か彼方、水平線の向こうにガスにかすんで見える。

午後夕食前、妙高に順番が回ってきた。飛行甲板で初めて洋上補給の終始を見学する。

右舷前方五百メートルに油槽船、その左舷には駆逐艦が接近同航し給油中であることが分かる。油槽船に比べると駆逐艦はずいぶん小さい。マストの先端が、重油船の船橋の高さしかない。よく見ると重油船はゆっくりしたローリングを繰り返し、マストがゆるやかな周期で揺れ動く。

駆逐艦のマストの先は、ひっきりなしにせかせか揺れる。

あんなにローリングしながら、両船の間隔がよくも一定に保たれるものだ。まあ、餅は餅屋か。

二隻は、十五メートルの間隔を保って共に走り、舷側には二つの船首が海を切り裂いて造った波がせめぎ合い、新しい波を合成し、これまで見たこともない奇妙な波が打ち寄せて来る。

誰の腕が良いから、こう上手に平行して走るのだ。艦長と向こうの船長だろうか。本当は操舵手が熟練してうまいのではないだろうか。

大本営発表「第二次ソロモン海戦」

この戦さは第二次サロモン海戦と命名され、日本機動部隊は、米空母二隻、戦艦一隻撃沈、云々、と大本営発表があった。と、トラック環礁に帰り着いた我々搭乗員は、基地隊員に聞く。基地の整備員搭乗員たちはまだ真相は知らない。

我々は、発表が事実と違うのは、これまでの例もあり、国の方針でもあるのだから仕方のないことだ。下っ端の俺たちが気にすることはない。だが、空母龍驤が沈められ、そのために全艦隊で支援した陸軍のガ島増援部隊が上陸を取り止めて引き返したのだから、俺たちの負けだ、と艦隊組は知っている。

戦艦、重巡各艦の搭乗員室は、陽気で気性も激しい観測機搭乗員が数の上でも多く、概して温厚な三座水偵組を何かにつけて引っぱってゆく風があった。

彼らはすでに終わってしまった戦闘のことを、むし返したって役には立たないんだ。だいたい沈没した龍驤は小さくて旧式だったし、こちらが大破させた米空母は新鋭、大型だったそうだ。だから五分五分としておいていいじゃないか。といった楽天的な論理を展開し、長時間索敵に出て何機かの未帰還機を出した三座水偵組は、二座機のヤツらは苦労が足りんから、あんな調子のいいこと言ってやがるんだ、と同調出来ない。だが、威勢の良い二座機の連中に、正面切って太刀打ちするのも大人気ない。何しろ暴れん坊だから、と思っている。

敵はユラリと長い翼を傾けた

十月二十五日、陸軍がガ島飛行場を占領したと言うので、我が機の発進はややおそくなり、東天が明るみ始めてから発艦した。

索敵コースは、南南西、島を飛び越して、さらにその南方海域へ進出する線である。

朝の太陽が我が機の左後方から昇ったようだが、ガスの中にあるので朝の陽光が主翼を照らし始める、といった風情はない。

ガスに埋もれマライタ島が前方少し左に見えてくる。低い島だ。高度を上げ、千メートルで島の北端上空を通過する。前方遥か、ガ島も薄いガスの底だ。

日本軍が飛行場を奪ったのなら、ツラギの島だってもうこちらのものだ。遠からずツラギ水上機基地に俺たちが着水する、ということになる。

ガ島飛行場で高度を下げ、日本陸軍に手を振って行きたい、と思う。遂にやったのだ。が、機長は「右に回って、ガ島を離せ」と言う。意外な成り行きだが、そのうちにいつでも行けるさ、とガ島を諦め、速力を増す。

まだ戦闘中であろう、ガ島は、朝のガスの底で静まり返り、砲火どころか一片の煙も見えない。

索敵線先から側程を終え、帰投コースに乗る。さあて、残すところあと三分の二だ、と胸勘定の眼前にいきなり大型機が薄い雲から黒い影の形で飛び出して来た。右前方、距離千メートル機首をこちらに向け我がコースと交叉する。索敵中のＢ17だ。高度は我より高く約五百メートル。敵は戦闘機ではないが、これ以上接近して良いことはない。サッ、と右旋回を終わり、左翼の向こうに敵を見る。

大きいヤツとチビとの違いはあってもお互い索敵機同士だ。このまま別れようではないか。珊瑚海での艦爆二機だって、手を振って離れたんだ。

ヤヤッ、千メートルか五百メートルか、相手が巨大なので距離の目測があやふやだが、大きい主翼がユラリと揺れたと思うと、機首を下げ気味に右旋回に入り、こちらに向かって来る気配だ。あいつ、攻めて来るのだ。無理はない。速力も我に優り上部、機首部、下部の三銃座から各二門ずつの十三ミリ機銃を我に向け射撃が出来るのだ。それに名にし負う零戦の二十ミリ機銃弾でも墜とせない重装甲を持つヤツだ。我が名射手、半渡飛長の七・七ミリ機銃を射程外に離して六門の十三ミリ弾を集中できるのだ。

私は、「のっそりのお前さん、その手に乗るものか」と右にクルリと回って敵を左後方に、エンジンを増速した。

敵はまだ左旋回中だ。長い主翼が傾いている。ユラリ、と揺れて我が機を目標に旋回をやめた。敵の背後に雲が重なっている。濃い雲、薄い雲が混じり合う前モクモクと動いているように見える。見上げる雲の最上部は薄い雲があって見えない。

あそこに飛び込むには、グルリと半周しなければならない。

巨大な敵は長く伸ばした翼を深々と傾ける。あくまで「お前を襲撃するぞ」と意志表示しているると見える。何とかいうアメリカの大鷲が、チョロチョロと逃げ回る兎を襲う前の大旋回のつもりか！　私は旋回する敵機の後ろから右へ拡がる雲への間合を見積もる。少し遠すぎる。旋回を終えて一直線に雲に向かう途中でヤツは距離を縮めるに違いない。

B17が深い旋回に充分入ったのを見て、我が機は急に翼をひるがえし右旋回を始めた。こんな芸当は出来ないはずだ。

「そうだ。右の雲だ」と無言で双眼鏡に見入っていた機長が口を開いた。雲は高さ千五百メートルくらいから濃密だ。一気にあの高さまで急上昇をする能力は我が機にはない。薄いガスに飛び込んで前に進むと、高度は低くともガスが濃くなりそうな気がする。希望的カンだ。スロットルを全開し、下げ気味の機首で速力を増す。百八十ノットを計器の針が示した時、サッと振り返る。ピタリと機軸を我に合わせ、黒い怪物はわが方向舵の右に頑丈な頭部を置き、長い主翼を左右に張り出している。距離八百メートルくらいか？　機首細部はまだ判然とは見えない。つまり、まだ遠いのだ。主翼の長大さに惑わされはしないぞ。

速力計が百九十ノットを示した時、私は細心の慎重さで機首を引き上げた。エンジンは全開のまま、調子は良い。

昇降度計が秒速七メートルで上昇中を指したところで操縦桿をゆるめ機首を抑える。これ以上の急な機首上げは不効率だ。

振り向くと後下方に少し高度を低く我を追跡する敵機の上面を見下す態勢である。胴体上部の丸い機銃座が見え、連装の銃身らしいのが見える。距離は少し近くなった。と、急にガクンと機首が上がり、巨体はみるみるうちに上にあがる。今のがたぶん油圧式昇降舵の利き具合だ。俺の機のように眼にも見えぬ滑らかさで機首が上がる、って訳には行かないんだ。

「右前方の雲が少し濃いと思いますが」

と、眼に映った雲の濃淡を知らせる。

「ウン、俺もそう見るぞ」と機長。

機首を抑え、右に三十度ほど変針し、目標に向かう。「チラッ」とガスの中を光るものが前へ飛び抜けた。撃ってきましたか？　と尋ねようと送話口を口に持ってくる。が、待てよ。「お前、敵さんがどんどん撃ってる最中に、『撃ってきましたか』なんてのん気なこと言うんだから。お前、長生きするぜ」

と、後日酒のサカナにされること間違いない。雲のふちがサッと飛び抜けて後ろに流れた。カンではも少し右だ。右に少し機首をひねる。エンジン全開のまま、アッと驚く間もなく雲の中に飛び込む。

瞬間、視野の右上を白い光を鋭く発する小流星が前へ飛び、消えた。なぜヤツの十三ミリ弾は炎を吹かないんだ、と思いながらミルクに似た気体の中で静かにエンジンを絞る。有難うエンジンよ。

帰艦して、飛行場占領の報は誤り、事態は少しも変わっていない、と聞く。まったくあきれてしまう。占領した陸軍さんに手を振って祝ってやろう、と考えたのは俺自身である。私が機長なら思い付いた通りやっている。ノコノコ敵飛行場に飛んで行って手を振るのだ。私は大いに赤面し、機長は「まあ、いいじゃないか、お前だって機長をやれば用心するよ」と慰めてくれた。

B17には、追い回されるし……。

明日は〇一一五起きと下命された、索敵線もほぼ中央。明朝の出発がいつもより早く、どんなに暗くとも、また飛ぶコースが「会敵の算極めて大」であろうともすべて明日のことだ。今日一日の終わったことを感謝しているうちに眠ってしまう。

強風の南太平洋

玉葱もとうになくなり、今度も出港後二週間経ったが、零式水偵の黎明索敵から始まる洋上遭遇戦の駆け引きは終わらない。

十月二十六日、例の通り暗い海上を高度百五十メートルで飛ぶ。コースは南西。つまり夜明けは遅く、敵機動部隊が見つかりそうな索敵線だ。海は暗く、何も見えない。水平線も暗黒一色だ。

遮風板に顔をくっつけて前方を注視すると、わずかだが黒色に濃淡の区別が付く。有難い、と私は感謝する。

エンジンが快調に回るのも有難い。間もなく少し明るくなった東方の空から光が届き、まず進路前方の雲が少しく黒さが薄くなる。次は海に墨の濃淡が表われ、長く大きいうねりを識別できるほどになる。

この日、艦攻の索敵機が敵を発見し、我々は明るくなって一時間余り飛んだところから本艦に引き返す。空母群の前方五十浬を走る前衛である重巡、戦艦群の部隊を通り越して南太平洋海戦が行なわれた。敵攻撃機隊を前衛部隊に引き寄せ、その間に味方攻撃機隊が敵空母を襲う、という作戦はスカを喰った訳である。

翌日も同じように黎明前の暗い海に射出される。東寄りコースだ。進路左上の小さい星が見えなくなるのを合図に、洋上の夜明けが始まる。

昨日一日で空母対空母の激戦は終わり、今日の索敵は念のためのものらしい。日は昇り、高度五百辺りに小さい雲、雲量三、太陽に白っぽく煙るガスの上の熱帯。いつもの通りだ。時は過ぎ、海の敵の姿はなく、九時過ぎに艦隊上空に帰り着く。

早く帰った同僚水偵八機か九機が、それぞれの搭乗艦の風下側で旋回している。「飛行機揚収用意」はすでに下令してあるのだ。飛び込んで急旋回した、本艦艦橋に小型吹き流しがあがっている。

東南に向かう艦隊の右方一帯は猛烈なスコールだ。スコールの雲は厚く、広く、高い。艦隊付近はかなりな強風に白い波頭が泡立っている。秒速八メートルを越すか。うねりもいつもより大きい。山高くそして谷は深い。長いうねりだ。これは思わざる敵だ。

「ガソリン捨てます」

と知らせ、非常排出弁を開く。使い残したガソリンを底のバルブから放出して軽くなることも大切だ。考えることはみな同じ、遠近の水偵から煙に似たガソリンの帯が流れ出す。約二百リットルを放出する。このガソリンの霧にエンジン排気焔が火を点けないのを不思議と思う。

妙高艦橋の吹き流しがピクッと動いた。これから信号兵の手でスルスルと降ろされるのだ。そいつを待つ暇は無い。ソレッ、と狙い定めて降下を始める。海面では各艦一斉に揚収運動の円を描く旋回をスタートする。一万五千トンの各重巡、三万五千トンの高速戦艦が巨体を利して波を制圧したすぐ直後の海に降りるのが最良であり、最善なのだ。

三秒、十秒、と時が経つにつれ、制圧された波は元の形に戻り、一分も経てば波頭は白く砕ける。本艦が通ったばかりのウェーキにフロート末端を落とすタイミングを計る。海は滑らかに皺ひとつ無く光り、スクリューの後流がムクムクと盛り上がってくる。

たぶん最もすばしこい着水時期となったのだが、大きいうねりのどこにフロートを着水させるかは別の問題だ。妙高の航跡で小さい波は完全に制圧されるが、うねりは軍艦一隻が航過するくらいで消えるものではないのだ。これは南太平洋の大自然現象である。しかも今日の長濤は二メートル余りの波高ありと見える。

うねりといっても、高いやつが二波か三波続いた後は、低いヤツが来る。ところが今日のはまるで高い波ばかり、と思ったが、「あったッ」私はスパッとスイッチを切って尻を下げる。狙いたがわず、と言いたいが、あいにく高波が通り過ぎた谷にフロートは接水、一瞬を待たずに寄せて来た一メートル半ほどの波に真正面から激突した。

主翼が付け根から折れるほどの衝撃があり、我が機は身震いして空中に放り上げられた。奔馬のように跳び上がった愛機の機首を押さえ、猛然とエンジン回転を増し、かろうじて失速を避け、海面に降りる。もう、波のご機嫌を見て尻を落とす、なんてシャレた操作はできない。一秒も早く着水しないと滑らかな航跡の海はなくなる。

運は天にあるんだ、と機尾を落とす。ドカーン！　と物凄い音がして、再び中型のうねりと衝突し、再度、我が機は大ジャンプをした。

右フロートをまず吹き上げられ、左に傾きながらの飛躍だ。危ないッ！　必死のエンジン増速操作が効を奏し、我ら三人はモンドリうって左へ転覆する惨事から逃れ、轟音と共に上昇を始めた。

態勢を整えた妙高は、再度揚収運動を開始し、私は手練の早業、と自分で言いたいほどの着水に成功したかに見えたが、大きい波は生き物のように動いてまたも私を谷の底に誘い込み、再び我が機は大ジャンプをする。何度も粘って着水を試みるが、すでに滑らかな海は終わり、白波立ち騒ぐ外洋の海になる。もう一回やったって同じだ。大破、転覆するに違いない。そんなら、今やろう、と思うが、「泳ぐのはいやだ！」と叫ぶ心の声が勝って、愛機は再び上昇する。

第三回目。誘導コースを飛びながら周りを見ると空中にあるのは我が機だけ。九機か十機か分からないが、広い海上のアチコチに僚機は転覆し、救助艇が大破して主翼の片方が折れた機を曳行したり、搭乗員を収容しているのが見える。

早い艦はボートを揚げ、さっさと走り出している。今度が最後だ。これ以上俺に許された時間はない。操縦員の心に反するが、愛機を転覆させてでも……、と三度目の降下を開始する。妙高の艦尾に衝突しそうに近く着水し、左翼端のすぐ前に軍艦旗としぶきに濡れた艦尾の甲板がチラッと見えた。

幸い三回目のジャンプが小さく、ガタガタッと主翼を破れんばかりにハタめかせて愛機は転覆せずに白波の上に行脚をとめた。

うねりの底に入ると、二百メートルほどの右横を反航する本艦はマストまで見えなくなってしまう。

破損した左フロートのバランスを取るため、機長と半渡は右翼の上に乗って本艦に接近した。

我が機の揚収に手間どった妙高は最後のドン尻に前進を始め、水平線の向こうに姿を消しつつある艦隊を追う。

飛行長は「お前の優柔不断にはあきれた。お前のように思い切りの悪いヤツに初めて会ったぞ」と私を叱った。

南太平洋海戦翌日の昭和17年10月27日、索敵から帰投した著者の零式水偵。着水時に左の翼端とフロートを破損したため、機長と電信員が右翼上に出てバランスを取っている

私はチラリと、白波の洋上のあちこちに大破し、残骸を浮かべた先刻の惨状を思い出したが、飛行長が艦橋でジリジリしながら私の揚収を待ったであろう様子を考え、大いに恐縮した。

艦橋から見れば悠々と時間をかけ、艦隊の都合など考えず、自分自身の好みに没頭した一操縦員であったことになる。私とて、もし付近海域に米潜水艦があれば、最後に一隻残った本艦がやられるくらいなことは、百も承知しているのだが、本日はツイどうしても愛機を無事に着水させたかった。このため乗員千人が待ちわびる中、再度再三度のやり直しを強行したのだ。

飛行長の叱り方は口先だけで、「燃える眼で睨み付ける」式ではなく、我が機長が士官次室に引き揚げたあと、私一人のところを見計らっての小言である。

飛行長はむしろ機長である掌飛行長を責めているのでは、と思い、機長の分まで叱られるとは栄光であります、とご返事申し上げたかった。

当の機長は「よそは全機だめになったのだ。うちはフロートを交換すれば明日また飛べるのだぜ」と機嫌は悪くなかった。俺へのねぎらいだ、と私はうれしかった。

十月十一日のトラック出撃以来、休むことなく連日の黎明索敵に飛んだベテラン特務少尉に、観測機操縦員として飛ぶ機会がなかった飛行長は幾分の遠慮があったのだ。

主機械の回転数があがり、高速回転独特の振動が艦全体に伝わって来た。速力が増え、本隊に合流すれば、戦闘配置に付いた乗組員に解散が命ぜられ、ドン尻揚収の一件は落着する。それまでに敵潜水艦が現われてドカンとやられては私としても非常に困る。

私は後部艦橋に這い上がる。ここは予備の艦橋で、開戦以来三月のスラバヤ沖海戦までは実長一メートルはある大望遠レンズ装着の十六ミリカメラが頑丈な三脚の上に備えてあった。今はなく、無人である。眼下に見える愛機電信席でボンヤリしている半渡飛長に「オーイ、半渡、お前も上がってこい。対潜見張りだ」と声をかけた。

こんな具合で我がペアの南太平洋海戦は、パッとせず終わってしまった。

内南洋トラック基地

昭和十七年十二月七日、妙高はトラック環礁の北水道から珊瑚内の泊地に入り、投錨した。

本艦は第二次ソロモン海戦、ガ島飛行場砲撃、南太平洋海戦と連戦し、消耗した物資の補給・整備に、先月初旬母港佐世保に帰り、我々搭乗員も、軍港の崎辺弾庫から六十キロ爆弾をかついで岸壁百メートルを歩き、ランチに積んで帰ってくる重作業に精を出した。

腕力の弱い私は二発目を担ぐとフラフラして、整備員の大男、大坪兵長が「安永兵曹、落としたら爆発しますよ。こりゃあ見ちゃおれん」と言って代わってくれ、以後お役御免となってしまった。

せっかくの母港もゆっくり出来ず、早々に錨をあげ横須賀に回り、陸軍の緊急作戦物資なるものを前後甲板、魚雷甲板、砲塔の周り、と積めるところならどこにでも積んでラバウルに運び、今日トラック根拠地に帰ってきたところだ。

ラバウルに運んだ積荷の中に、口径約八センチの野砲らしい砲が数門あった。これが日露戦争の奉天会議の絵に出てくる日本砲兵隊の山砲か野砲にそっくりの、古い型の大砲である。『日本陸軍はこんな何十年も昔の砲を、今や花形第一線であるソロモン群島へ送らねばならんのか。この古式蒼然たる砲で、新鋭、そして機械化されたアメリカ砲兵隊と渡り合うのか』と、我々乗組員どもは驚き、かつ嘆いたのである。

我が小川機は本艦入港に先だち、例の如く六十キロ爆弾二発を持ち、重巡二隻、駆逐艦三隻の貨物輸送艦隊の対潜直衛二時間のあと、トラックへ先行し、午後一時、北水道に着いた。

環礁の南の端は薄い模糊たるガスの中にあり、見えないが、礁湖中央部の艦隊泊地には大和、武蔵以下の戦艦群、重巡群、駆逐艦群の約四十隻が、熱帯の真昼の太陽に鈍く光る灰色の海に、黒い影となって並び、最新型の軽巡も二隻見える。輸送船群も大小三十隻は下らず、我が根拠地トラックは堂々とそして悠然と、パノラマの如く展開している。

夏島の水上機基地へ機首を向け、この四〜五ヵ月、ソロモン戦線ではかなり負けた訳だが、『トラックに来てみると〝勝敗はこれからだ〟と気が大きくなるものだ』と息を吸い込んでいると、陸軍の双発軽爆が斜め後下方から真っすぐに我が機に向け上昇して来た。まさか奴さんの眼に俺たちが見えぬはずはないが、と思いながら右に旋回して彼に進路をあけ、なお行動を見守った。軽爆は我が機より二十ノットは優速らしく、たちまち上昇して我が機の左二十メートルほどに接近して雁行し、キチンと折った飛行服の襟、ピッタリと頭にくっついた革の帽子、飛行眼鏡を外し、こちらを直視する顔等々がよく見える。

俺と同じ日本人が乗っとるのだからと私は顔をひねってニヤリとし、スロットルから離して左手を左右に小さく振った。私の笑顔が見えぬはずはないのに、彼らはニコリともせず、後席の偵察員が伝声管に口をつけ何かを言い、操縦者は「ハイ」という風に頭を前に振り、一瞬のうちに右翼をひるがえしてさっと左へ飛び去った。ツキアイの悪いヤツだと私が思った時、機長が「陸さん、愛想ないのう」と言った。機長も何か挨拶を送ったに違いない。歴戦の我々は、陸軍機に友人として親近感を持ち、おそらくまだアメ公相手に死にもの狂いの戦いの経験のない彼らは、味方の我々にさしたる友情を感じないのだろう、と私は解釈した。

竹島の陸上飛行場には、陸揚げしたばかり、と見える零戦二十機ほどが無雑作に滑走路近くに集めてあり、艦隊の艦上機群もゴッソリ翼を休めている。着水した水上機基地も、胴体とフロートに赤い塗料を派手に塗りたくった艦隊の水偵群が滑走台に休み、海上のブイに繋留してあるのも数機あり、基地隊の水偵と一緒にゴチャゴチャと集結し、我が機の休む場所があるだろうかと心配するほどだ。

滑走台の水際に降りて来て作業してくれる整備員たちも艦隊の乗組員で、指揮をしている古顔の兵長が、フロートに降り立った私に「ヤア！」と顔をホコロバせて挨拶を送ってきた。二、三機並んだ艦隊水偵の間から、上飛曹の名札をつけた防暑服の下士官が私に敬礼をした。見覚えのない顔だ。新しく艦隊に乗って来た人物に違いないが、同じ上飛曹の私にパッと敬礼するのは甲の三期か四期生ではなかろうかと思うのだが、長身長脚の我が掌飛行長がスタスタと速く歩くので、心を残したままあとを追い指揮所に行く。

指揮所中央前面に地上指揮官と各艦飛行長、少し後方に若い士官。向かって左に延びた部分に下士官搭乗員たちの席があり、煙草盆を真ん中に置き、十人ほどの艦隊古参搭乗員たちが喫煙休憩中であった。若いか、あるいは、新参の下士官は、愛機の傍らでそれぞれの仕事をしている訳だ。

「五戦隊はえらく調子がいいんだなあ。また、内地に荷物運搬に行くそうじゃないか」と誰かが言い、みな、しさいらしい顔をして「いいなあ」「うらやましいよ」などと騒ぐのである。真面目者の私は、かつがれているとは知らず、「エッ本当か！　そんなこと聞いたこともない。まさか、まさか」と本気で打ち消しながら、ツイあるいはまた佐世保に……、と欲を出したりする。飛行後の煙草を、眼を細めて吸い込んでいたうちの掌飛行長が、「馬鹿言え！　内地はコリゴリだ。もう帰らんぞ。誰か金のあるヤツ代わって帰れ！」と、応援してくれた。高雄か摩耶の角飛曹長が、「もてすぎて金がなくなったって顔に書いてありますよ。掌飛行長」と真面目な顔で言い、みなを代表した。

ガ島をめぐる攻防戦は日々我が方の配色濃くなりつつあり――とは百も承知だが、我ら下士官搭乗員がボヤイたってどうなるものでもなく、「当分ここで出入りする船の対潜直衛、夜間対潜哨戒攻撃などをやるらしい。お正月もここだ」とたかをくっていたが、そうはいかぬことがしばらくすると分かって来た。

泣きべそをかく島へ

入港後二週間も経ったころ、本艦へ呼び戻された我がペアは、ショートランド出張を命じられ、待機することになった。

ショートランドは、ラバウルとガ島のほぼ中間にある水上機基地であり、悪名高いインディスペンサブル索敵の本拠地でもある。ガ島まで約三百浬。ソロモン群島の二列に並んだ島の間、中水道を南に飛べば戦場までひとっ飛びだ。

十二月二十日、出発が決まり、掌飛行長に従って艦橋に登る。

防暑服に金モールの参謀肩章を重々しくつけた、五戦隊司令部参謀の説明では、

「ガ島の増援補給が意のごとく進捗しないのは、米魚雷艇の防害が一つの理由である。この魚雷艇に対抗し、我が基地部隊の爆装水偵が効果的活動をするのだが、疲労消耗したので、艦隊から応援を出すことに決まった。ラバウルの司令部の陸軍側も大いに期待しておる」とのこと。

部隊はトラック泊地に錨をおろして碇泊し、搭載の飛行機だけを前線に送り出すことに、いくばくの自責的感情が起こるのであろうか、艦長も参謀も柔和な様子で、お前たち熟練組が行かんと戦争にならんのだよ、とでも言いたい風であり、承る我が機長小川少尉も、

「ハイ、よく分かりました。行って参ります」

と、ニコニコして、例の長身を前に折り、シャレた大仰(おおぎょう)な挙手の敬礼をして、艦長の前を辞すことになった。これまでの作戦中、午前三時の暗い洋上に飛び出す、機動部隊索敵を下命する際の艦長の厳しさを知る私には、驚嘆すべき上機嫌な艦長の顔なので、半渡飛長と私は、笑顔になることは許されないにしても、至極晴れ晴れとした気持で艦橋を降りたのである。

搭乗員室で出発準備中の私に、近藤兵曹（甲一期）が、「今さっき士官室で副長が『あんなにニコニコして出発の挨拶しよったが、ショートランドってどんなところか知らないからだろう。今に泣きべそかくぞ』と言っておった。お前たちそんなに嬉しそうな顔してたのか？」

と詰問する。意外な話に私は半渡と顔を見合わせ、「掌飛行長はニコニコしてましたがねェ。私たちは笑ったりしませんよ。でもシミッタレた面で出発の挨拶はなお格好悪いでしょう」と答える。

「何だか嫌味な言い方だったぜ。副長はそれほど掌飛行長を嫌いなのかねェ？」と近藤兵曹は頭をかしげ、一同は、

「副長は少しヘンになったのだ。いちいち気にするな」ということになった。が、艦橋にあった当の私には、状況をほぼ推察することが出来た。

「お前たちだけを死地に送り出して……」と一歩を譲った艦長と、「ではご期待にそいましょう」と意気の上がった掌飛行長との艦橋での態勢は、ほとんど五分五分であった。それが副長は気に喰わなかったのだ。いやしくも本艦と乗員千名の生殺与奪の権を持つ兵学校出の大佐と、兵あがりの一特務少尉がほぼ対等で向かい合ったのだ。本来ならば〝貴族と平民〟の関係であるべきなのだ、と副長は考えているに違いない。たぶん艦橋にあった兵学校出身士官の全員がそう考えたであろう——とも考える。私は、

「副長なんかクソッ喰らえだ。じゃあお願いしまーす」と、佐世保に上陸する時の挨拶をして搭乗員室をとび出し、上甲板に駆け登った。

我ら三人を乗せた内火艇が舷梯を離れると、上甲板にズラリと並んだ本艦の乗員が一斉に帽を振り、我々はここぞとばかり大笑いの顔をして、副長の言う「泣きべそをかく島」へと本艦を後にした。

ムッソウ島の若い旅人たち

トラックを朝出発し、途中何とかいう岩礁を経てビスマルク群島の入口、ムッソウ島に向かう。今夜の宿泊地だ。二番機はつかず離れず、いつ見てもちょうどよい斜めの後方に位置し、安定した飛行振りだ。熟練組であること、一目瞭然だ。

老練の我が機長の航法はさすがで、六百余浬の洋上を飛び、ピタリとムッソウ島東端の小さい岬に到着した。途中その真上を飛んだ岩礁は、海鳥の糞が海抜五～六十メートルの岩にうず高く積もって、コバルト色の海に真っ白くそびえ立ち、我が機が高度を下げると、数千羽の海鳥が一斉に飛び立ち、付近数百メートル一帯は、ちいさい白銀色の花ビラがヒラヒラと舞う美しさになった。

島の西側中央部の入江上空を入念に旋回して着水し、弧を描く珊瑚の砂浜に沿って南下する。熱帯の午後二時の太陽の照りつけられる浜は、無人で白く輝き、椰子林の向こうは小高くなり、一面暗緑色の密林だ。

海辺にマングローブの蒼林が繁る端っこに、二～三人の人影が現われ、両手を大きく振るのが見えた。双眼鏡の機長がニヤリと笑い、私は左へ変針し、人影の浜へ向かう。エンジンスイッチを切り、静かに双浮舟が砂を噛み、機は停止する。

日本陸軍の帽子らしい。ボロ布を頭に被った数人の兵と、一人の伍長が迎えてくれた。驚いたことには、馴れた手付きで、愛機をマングローブの空いた水路から奥に入れ、川口かと思われる入りこんだ浅い海のブイに繋留してくれた。大きく繁った熱帯の樹々が辺りを覆い、上空から我々の二機を発見することは出来ない仕組みになっている。

同じボロ服の軍曹が奥から現われ、当方指揮官である掌飛行長小川少尉に陸軍式の敬礼をし、海軍の整備員が五人ほどいるが、熱病と下痢で全員寝ており、我々は当地の守備隊員であることを折目正しく申告した。ガソリンは椰子林にドラム缶であり、所要の量を運んでくるという。

現地人の小屋を譲り受けたらしい古びた小屋で、昼食を兼ねた夕食にありつく。バケツに麦飯とカレー汁を入れて持って来てくれたのは陸軍兵だが、食器は海軍の食器だ。

食後、半渡たち電信員は陸軍軍曹の頼みにより、一台あるという電信機の整備調整に出かけ、私は独り珊瑚の粉末で出来た浜で寝転がり、夕暮れ近くなった海と空と、眼前に続く孤島の砂浜を見渡した。

三百メートルほど先の砂地が高くなって海中に突き出て、砂浜のカーブは一旦終わり、辺りに大きな木の根や木片などの漂流物が堆積している。それに続く椰子林に、何か構造物が見える。小さい小屋のようだ。あの小屋の向こうに現地人の集落があり、女、子供も一緒の暮らしがあるのではないだろうか――などと、あるはずもないのに空想をする。俺、映画の中の主人公になったようだ、と座り直して煙草を深く吸う。

椰子林の中の古びた教会も、そして現地人の集落もありはしないが、ともあれ、こんな南海の果ての孤島で夕陽を眺めるなんて、金を払ってでも出来ないことだ。明日のショートランドがどんなであろうと、地獄の島であろうとも、今日はこの椰子林に泊まる若き旅人である。その「旅人」になりきろうと思う。

椰子の葉を編んだむしろの上で朝、目を覚ますと、すでに室内も外の樹々の間も明るかった。シマッタ！　と私は跳び起きて、裸足のまま河口に繋いだ愛機のところに駆け出した。河口の海はまだ暗く、愛機は樹下の仮の住まいで眠っている風であり、たのもしく、親し気で、異常はなかった。

今朝は半袖、半ズボンの服を着た陸軍の兵が「起きられましたか？」と近付き、終夜の見張り役に礼を言う私に、腕一杯のバナナをくれた。

「昨夜、少尉殿から酒を頂戴しました」とのことで、そのお返しのようだ。

トラック基地で、半渡飛長は掌飛行長が本艦から持ち出した一升瓶三本を、後生大事に自分の席に積み込み、整備の本永班長から「離水するまでだっこしてかんと割れるぞ。割れたら酒の蒸気で安永兵曹が酔っぱらうぞ」とまことしやかな、注意を受けていた。私が一滴の酒で酔っぱらうのを皮肉っていたのだが……。

長さ五センチほどの短いバナナは、内地の熟れたアケビそっくりの紫色に染まりピカピカ光っている。「こんなに熟れたバナナ、生まれて初めてだ」と大いに食う。甘くて大変美味である。「私たちこんなにうまいバナナを食べていようなど誰も知らないでしょうねえ」と内地を思って半渡飛長が口を開く。ここに私よりもっと若い旅の少年が一人、いささかの感傷に浸り、はにかみ、うつむいて、彼の指ほどの果物を口に入れた。

ずっと風下に水上滑走し、反転して砂浜にほぼ平行のコースで離水する。操縦員の私に脇見する暇はなく、浜辺に立ち並んだ一夜の友人たちを見ることは出来なかったが、私は充分にその光景は見たと思った。

さらば、小さいバナナの熟れる島よ、再び訪れることがないであろう珊瑚の浜の入江よ。

ところが、離水後コースに乗り、機がセットすると、機長は「要心深いヤツだな。俺たちを見送ったのは軍曹一人だ。離水を見届け、俺たちに敬礼をして奥に消えて行った」と言う。つまり我が機が離水直前の時速五十五ノットで砂浜の前を滑走した時、すでに部下たちは林に消え、彼一人が発進を確認し、指揮官小川少尉に敬礼をして、彼も姿を消したのだ。いつ飛んでくるか分からない米哨戒機に、その不時着場を見つけられぬよう、出来る限りの注意をしているのだ。

「へエー、気のきいた指揮者ですねえ」と私がほめると、

「ウン、なかなかのヤツだ」と意見が合うことになった。

カニ缶とチェリー

ショートランドの狭い水道に着水し、小さい吹き流しが揚げてある砂浜へ水上を速く走る。

あと二〜三十分で日没だ。敵の空襲とかちあわぬよう、途中多少遅れても初めての基地で、夜間着水にならぬよう、機長が決めた予定通りの到着だ。二十ノットほどの飛ぶように速い滑走をしながら、風圧に耐えた左手で風防の端をつかみ、身体を乗り出して、初めてのショートランド基地をつぶさに見る。

椰子林の砂浜が二〜三百メートルも眼の前左右に拡がり、緩やかな弧を描いた入江である。右斜めの方に小さい岬があり、その向こうも同じような入江の砂浜らしいが、水際まで生えた椰子林のため見えない。水際から椰子林までの砂浜は狭く、零式水偵数機が砂浜に憩っているのが見える。右の方に複葉単浮舟の零式観測機が二〜三機見える。

前方砂浜で動く人影があり、注視する。水偵二機がプロペラで水煙を巻きあげ砂浜を離れ、こちらに直進してくる。更にもう一機、左から飛びだして来た。

出発機にコースを譲るため、機首を左に転じながら二番機を振り返る。二番機も、操縦席から身体半分近くを乗り出した操縦員が、同じく左に機の向きを変えた。二番機もプロペラの回転をあげ、機の高さの二倍ほどもりあがった水しぶきをフッとばしながら滑走中で、フロートの前半分は海面から浮きあがっている。水上滑走中、もし上空に敵機が一機でも現われ、それに狙われたら、当方に打つべき手はない。無駄に水の上で撃ち殺されるだけだ。一秒間でも水上滑走の時間を縮めるため、かく急いでいるのだ。

前方から発進した三機は、我が機の右方をすれ違って通り過ぎ、その後流に向かって離水すると予想したが、彼らは私の眼の前で向きを変え、風に立ち、アッという間にエンジンを全開した。発進機の機尾は今や我が機の眼前にあるのだ。そこから物凄い潮のしぶきが湧きだし吹きあがって、我が機はスッポリその中に包まれ、一瞬何も見えなくなってしまった。

一秒後、機はしぶきの霧から抜け出し、離水機は走り去り、我が機も砂浜に向け疾走する。

何と荒っぽい離水をするヤツ。内地では間違ってでも起こり得ない不作法さだが、いかにも戦場らしい素早さだ。最後の一機はフロートと胴体に赤い大きな輪を巻いていたから、艦隊の水偵だ。赤い塗色の位置から判断すると摩耶か？

出発機を出したままの姿勢で我らを待つ、十人ほどの整備員のいる砂浜に、おそるおそる、だが的確に、私はフロートを乗り上げた。

指揮所は、椰子林を五十メートルも歩くと、一メートル余りの床下を持った、つまり高床式小屋があり、軍艦旗が翻って一目で分かる。正面階段の上のデッキチェア三～四個に士官が脚を組んで座り、階段の右脇に搭乗割の掲示板があった。哨戒一直三機と書かれた下に、三機分の名札がかかっている。たった今発進した三機の手荒い離水組がそれだ。二直三機分も木札がかけてあり、今夜の飛行は六機と思われる。

指揮官の少佐はニコニコして我が機長の報告を受け、私にもニコニコして、

「どうだ、もう夜間飛行でも何でもこい、というところだろう」

と声をかけてくれた。開戦前の艦隊訓練当時、三隈の飛行長だった人だ。数人の士官、准士官は、顔見知りが多く、みな機嫌が良くて、内地の様子を尋ねたり、冗談を言ったりで、肩のこらない内輪同士といった空気の指揮所でもある。下士官搭乗員は指揮所に見えず、兵

の伝令が居住区へ案内してくれた。

指揮所に比べると丈の低い小屋が椰子林の中にあり、入口にドアはなく、キャンバスが吊り下げてある。内部は十畳程の板張りで、組立ベッドが片側四個ずつ、そして各々に蚊帳が取り付けてある。ベッドの脇に飛行靴が脱いで置いてある所は、蚊帳の中に人が寝ているのだ。右側の蚊帳から顔を出したのが重巡鈴谷の甲三期の石崎兵曹（最近まで全日空の機長をしていた）で、

「やあ、今ですか。みな、待っていましたよ」と爽やかな声で迎えてくれた。

入口に近い左右のベッドが空いているのは一目瞭然だ。枕元に生活必需品が置いてない。ここの必需品は、半袖・半ズボンの防暑服、作業帽子、タオル、石鹼、タバコ、下着、歯ブラシ、それくらいだ。そして私が艦から持って来たのもそれだけだ。

私に従って室内に入り、石崎上飛曹に敬礼をした半渡は、飛行帽を脱いで手に持った。簡易ベッドの空いたキャンバスに、脱いだ飛行帽をポンと置けばしばらくの占有権を公示することになる。彼は石崎兵曹が「お前そこらでどうだ」と言うのを待っているのだ。

そこへ左側の蚊帳から、石崎兵曹の電信員下二飛曹が頭を出し、半渡と挨拶を交わした。これでベッドは決まった。私は石崎兵曹の隣りのベッドの壁際に飛行帽を置き、半渡は下兵曹の横に暗号書、水晶発振子など商売道具の入ったバッグを置いた。

今夜八時、ガ島爆撃に出るという鈴谷組は蚊帳の中に戻り、私は飛行服を脱ぎ、ベッドにあおむけにひっくり返って手足を伸ばした。さて、これで新しい生活が始まる。この島にも小さい紫色の艶々したバナナが実るだろうか。

我々は時間外れの夕食を、風のない日の雨だけは防げそうな板屋根と、椰子の柱だけの食堂の、砂の上に置かれた木卓でありついた。周囲は開けっ放しなので、椰子林の中、遠近をキョロキョロ見回すことになった。

恐らく海面から二〜三メートルの高さであろうこの椰子林の土地は、見える限りはだいたい平らで、十メートルか二十メートルくらい離れて、各居住用小屋とテント、それから倉庫(窓が違うので区別がつく)、椰子の根っこに置きっ放しのドラム缶、浮舟、むき出しのエンジン、枠に入った尾翼等々が見え、海辺の浜から聞える試運転のエンジンの音と共に、最前線基地の面目充分だ。

少し離れた林の中には爆弾、機銃弾類が転がったり、防水布の下に積み上げてあるはずだ。

我々の卓から十メートルも離れた、やや高くなったところに、何かの箱に板を渡したテーブル、爆弾を入れる木箱を椅子にして、アルミニュームのやかんの酒を酌み交わし、酒盛り中の搭乗員五人ほどが、こちらに顔を向け、手にしたコップを挙げたり、箸を振ったりして軽い挨拶を送って来た。当方二人の電信員が敬礼をした返礼ではあるが。

や井上兵曹だ！　と気付くと同時に、彼も私も認めた。操練出身で、現在たぶん一飛曹。やや小肥りで、口の周りの不精ひげは濃い。九三中錬で鹿島空、九四水偵の館山空、と同時期に操縦練習生であったので、充分仲は良い。

彼は赤くなった鼻の周りで、懐かしそうに笑いながら、「やあ久し振りだなあ」と言い、蓋を開けたカニ缶を我々のテーブルに持って来てくれた。海軍入隊は昭和十一年後半か十二年、兵役は私より古く、等級が私の方が一階級上、彼が年長。つまりほぼ同等の勢力として、お前、俺の仲である。

「まあ艦隊のみなさん、何もありませんが」とおどけ、

「カニ缶を積んだ船だけは沈まずに入港したのだ。で、カニ缶はなんぼでもある。腹一杯食ってくれ」と言う。

なんぼでもある、とは言葉の綾らしいが、カニ缶とはえらく豪勢に聞こえた。だいたい、缶に一杯詰まったカニの肉をホジクリ出して食べるという贅沢は、生まれて初めてだ。

カニを次に回した私は、では、と先刻一本だけ抜いた真新しい「チェリー」を箱ごと井上兵曹に渡した。これぞ内地の匂いだ。「佐世保と横須賀に一ヵ月ほど行って来た。どこで積んだか知らんが、出港後、搭乗員室に配給があったのだ」と説明する。

封を切ったばかり、キラキラ光る新しい銀箔に包まれた九本の「チェリー」が発する甘い香りと感触に、顔色が変わるほど感動した彼は、跳び上がって爆弾箱の酒盛りに帰り、同じように内地の匂いに籠絡された仲間と共に、

「艦隊のみなさん、当分休んでくれよ。俺たちが代わって飛ぶぞ」とか、

「安さん、お前さんの夜間爆撃は俺が交代するぞ。三回分の値打ちはある」などと酔った冗

談を叫ぶ始末であった。

椰子林の夕暮れはどんどん進み、卓上にこぼれたピーナツの行方が分からない暗さになる。立ち並ぶ椰子の幹と、二〜三軒の小屋が立ちはだかり、海への視野をさえぎるが、少し隙間から珊瑚礁の海が薄い墨色に見える。海面の暗さを注視すると、ユラユラと空気は動き、温かい水蒸気が吹き上がっていそうであった。

夜間爆撃に出かける機の出発準備をする整備員の短い声が海から聞こえる。爆弾を積んでいるのだ。危険な作業の声は区別がつく。全開したエンジンの轟音が低く広く響き渡り、ガ島行きは一機、二機と離水したようだ。

椰子林の小屋の群れに小さい灯がともり、疲れた整備員たちと、今宵飛ばなかった搭乗員たちの夜の時間が始まるのだが、ここに戦場の悲壮感、緊迫感はなく、さりとて南海の楽園の旅情がある訳でもなく、どこか疲れて投げやりな空気の漂う林の中の小屋で、我々は言葉少なく眠りについた。

ショートランドの第一日

目覚めると、眼前二十センチほどに天井が低くかぶさっている。何たる圧迫だ、と思うが、すぐに蚊帳だと気が付く。艦のベッドに蚊帳を張る訳はない、と思い、一呼吸して『そうかショートランドだ』と頭が理解する。

枕もとに半渡がタオルを持って立っている。彼が蚊帳をまくりあげ、上に積みあげたので、中央部が垂れ下がり、私の眼を圧迫しているのだ。彼が飯をかきこむ仕草をして、朝食の時間であることを報せてくれた。

昨晩爆撃に出た組は、二時頃帰ってきてそのまま寝たようだ。まだ寝ている。かくてショートランド島の第一日は始まった。

朝食のメニューはもちろん本艦より質素だが、パパイヤの漬物がついて、陸上での食事らしい。しかし食べものなど我々に関心はない。何を食べようとお腹は太る。考えることは、今夜か遅くとも明晩から始まり当分続くであろう、ガ島への夜間攻撃だ。漠然たる不安は、今の負け戦さはいつまで続くか、我が美しい祖国の運命は……。が、このつかみどころのない不安を打ち消すのは、いつも「明日の俺の生死」だ。

驚いたことに、昨晩飛んだ組が各小屋からどんどん現われて、それぞれニコヤかな挨拶をして着席し始めた。重巡鈴谷の石崎上飛曹もサッパリした顔で現われ、遠慮して中央辺りに腰を下ろした私に、

「もっとそちらに動いて下さい。私の座るところがないじゃないですか」

と上座と思われるテーブルの端近くに私を追いたて、自分も私の傍らに着席した。兵役の古い古参上飛曹はここにはさしていないのだ。トラック基地に艦隊の各艦から集まると、私より上席の上飛曹がワンサといるのだが、ここは少々模様が違う。いわば艦隊の水偵索敵機

隊は、全機動部隊の命脈を預り、勝敗に深く関与するのだから、棋盤上の一つの駒たり得るが、夜間爆撃は登板する以前の軽さなのだろう。

艦上と違い、何やら葉緑素の匂いが混じった潮風の中の食卓に、昨夕のけだるさはなく、「イタダキマース」と言ってみな機嫌よく食べ始め、すぐに昨夜の哨戒爆撃から帰った組の戦闘譚で賑わった。

ラバウル陸攻隊の昼間爆撃と違い、夜という大いなる応援者を得ての夜間行動なので、昼間ガ島爆撃を強行する一式陸攻隊の二割とか三割を撃墜破する敵戦闘機がまったく影も現わさない。

零戦十数機に護衛された陸攻十六機の昼間強襲隊が、指揮官機以下四機未帰還、一機不時着、他に機上戦死者何人かいた、という話はつい先頃トラックで、ある搭乗整備員に聞いたばかりだ。そしてこの程度の被害は珍しくないという。つまり、少なく見て損害率二割としても五回の出撃で、その部隊は全滅する計算になる。ひどい時は、九機出て六機未帰還ということもあったと聞く。そしてこれは事実なのだ。

この残念極まる損害の原因は、機体構造の欠陥にあるのだ。欠陥のもとは、机の上で作戦演習をする上層部が、「陸攻は六百浬の索敵攻撃が出来ねばならん」と固執し、そのため胴体に近い主翼の大部分が燃料タンクになり、速力も著しく遅い陸攻機が出来たのだ。

その陸攻隊搭乗員の気風と我々のものとが、いささか異なったものであろうことは致し方ないものである。水偵機の夜間哨戒攻撃は被害が少なく、したがって朝食は、昨夜の帰還組が言外に発する生の喜びを元にして、明るいものである。

偵察員機長の中村兵曹（偵練出身一般）が、

「昨夜の魚雷艇の野郎、俺がうしろから回って爆撃しようと回り込む最中に、ストンとエンジンを止め、ウエーキを消してしまいやがった。『野郎この辺りで鳴りをひそめてやがるな』と高度を四百に下げて探していたら、いきなり撃って来やがった。こちらが低いもんだから、えらく精度の良い弾丸がどっさり来やがって、生命からがらだったよ。高度を上げて舞い戻ったが、こんどはこちらからも見えず、あちらからも見えずだ」

と、さばさばしている。なるほど、「敵の航跡を見つけたら、良い態勢から爆撃しようなど贅沢言わないで、さっさと、一秒でも早く爆弾落とすのが良さそうだぜ」と言っているのだ。

また、翼端灯をピカピカさせた敵機とすれ違ったと言う。夜間戦闘機だそうだ。敵も我方の補給増援の艦艇を警戒して、哨戒機が飛んでいても不思議はない。

サボ島に爆弾を落として帰路、十浬も離れない地点で敵駆逐艦を見つけたが、すでに爆弾はないので、知らん振りして帰ってきたそうだ。何とももったいない。サボ島の飛行場、泊地の間に哨戒駆逐艦がいるのは当然だ。その駆逐艦を闇にまぎれて爆撃するのは、易しいことだ。夜の爆撃は命中し難いのは仕方ないが、下から撃たれることはまあない。サボ島爆撃の前に、周りを探して回って、敵さんがいないところでサボ島に落とす。早速機長に申し上げねば、と思う。

ガ島への増援補給は幾度か強行して、その都度失敗し、駆逐艦で大発を曳行して行き、現地で放して補給する手も、ガ島とショートランドの中間地点で敵の戦爆連合の攻撃に、艦隊決戦用の虎の子、特型駆逐艦を一隻また一隻と損害を出し、遂に取り止めとなり、今では月の無い暗夜に限って、潜水艦が繋ぎ合わせた樽やドラム缶を運び、索の端を陸軍部隊に渡してさっと引き揚げる、という方法でやっている。それを米魚雷艇が待ち構えて攻撃して来る。その魚雷艇を夜の空から水偵隊が攻撃する。

夜の海面を二十ノットか二十二～三ノット、二～三隻で編隊航走する魚雷艇は、漆黒の海に夜眼にも鮮やかに、青白く光る航跡を艇体の五倍か十倍の長さに曳く。高度千メートルから見るとおそらく六～七千メートル、気象の具合良ければ一万メートルの距離で発見出来る。付近空中に味方哨戒機群がいれば、吊光投弾を空中に投じて敵の位置を示し、みなで寄ってたかって爆撃、攻撃する。夜の出来事なので、空中を乱舞する小型機を見つけることは大変難しく、したがって下からの機銃弾は「闇夜の鉄砲」の言葉通りそう当たらない。夜の海の魚雷艇は、滅多にいない水偵の獲物なのだ。

我が方の揚陸地、エスペランス岬の周りに哨戒区を四～五ヵ所設け、我々は高度六百、八百、千メートルと二百メートルずつ高度差をつけて、暗夜の海の上空を哨戒する。高度差の二百メートルは、お互いが空中衝突をしないため必要であり、その夜の空中の状況で、最適の高度は四百メートルであったり八百メートルであったりする。残念ながら、我が三座水偵は構造上急降下が出来ないので、緩降下爆撃をやる。命中率はかなり落ちる訳だ。

午後四時から、飛行場の完成を急いでいるムンダ基地に物資を輸送するという小型貨物船の対潜護衛に飛び、百二～三十浬圏内の各島の姿、形を見覚えてくる。千四～五百トンの古ぼけた貨物船が、八ノットくらいでトボトボと走り、駆潜艇が一隻護衛についている。二、三十機の米攻撃機隊に襲われればひとたまりもあるまい。西に傾いた太陽の反対側から見ると、グラグラと輝く海面で、まるで停止しているように遅い。開戦前九百万トンあった商船隊が、一年間で半減したという話だ。が、こんな重要な戦場に、あんなボロ貨物船がやってくるのだ。残念な戦争だ。

日が暮れ、基地に着水する前「すぐ近くのバラレ陸上飛行基地を見に行く」と機長が言い、「ハイ」と私は従う。一目で見渡せる平らな小島の、丈高い椰子林を切り拓き、珊瑚の粉末をバラまいてそこだけ白く見える滑走路があった。夕闇の迫った椰子林に、どれだけの陸上機が泊まっているか見えなかったが、充分完成している様子ではない。滑走路に連なった誘導路には、切り倒した椰子の木、材木、キャンバスで覆った物資などが置きっ放してあるのがチラリと見えた。

米軍は、ガ島に我々の設営隊が八ヵ月も九ヵ月もかかって造った飛行場の他に、四～五ヵ所の新飛行場を完成させ、それぞれに飛行機群が駐留しているそうだ。新鋭大型空母三隻分くらいの強力な飛行機隊だ。我が大根拠地ラバウルも、またトラックも、飛行場は三つだが、ガ島には飛行場が四つも六つもあると聞くだけで、とてもそんな島を日本海軍が攻め落とせるものじゃない――と並いる我々下士官搭乗員は思ったものだ。

我が方の土木技術がどれほど劣り、遅れているか知らないが、とにかくバラレが早く完成して、零戦隊が進出し、複座複葉の鈍足観測機に代わって、米戦爆連合五十機来襲――てヤツと闘ってくれねば、と日本の神様に頼んで帰ってくる。

海面下の珊瑚礁

クリスマスイブになり、浜に並び搭載を待つ六十キロ爆弾に、白墨を持って来て「プレゼント」と書いて回る、ふざけたヤツが現われた。鋼鉄の弾体は滑らかで、チョークが付き難く、字は薄くかすれて見苦しい限りであり、いかにも負けた側の空強がり、といった風で、誰かが「余計なことしやがって」と言ったが、我々の心にある苦々しさを代表した。

この夜、エスペランス岬からルンガ泊地沖にかけて哨戒したが、敵を見ず、命令通りサボ島海岸に悪ふざけのプレゼント爆弾を落とす。二発の六十キロは椰子林と思われる樹林内で爆発し、ホンのわずかだけボーッと赤くなり、たちまち消えてもとの漆黒の闇になってしまった。私は舌打ちして帰途についた。

昭和十八年の正月が過ぎると、椰子林の中の食卓では、インディスペンサブル礁索敵の再開が話題になり、経験者は楽しそうに苦心談を語り、まだ行ってない者たちは熱心に聞き入った。ガ島奪回はあきらめそうだ、との情報は「当然」と我々は受けとめ、ただ負け戦さが心に滲み入った。

「トラックの竹島基地に陸揚げされた六～七十機の零戦が、操縦員が足りないのでラバウルに持って来られないまま、野積みにしてあるそうだ」と聞くと、それぞれ「俺たちの待遇ももうちょっと良くして、二倍か三倍の人数を採用しておけば、今頃搭乗員不足なんて言わないでいいのに」と言い、これには一般、乙飛、甲飛の別なく、みながそうだと賛成し、消耗品なみに減ってしまった仲間のことを思い、一瞬沈黙した。

自分で飛ばないおエラ方どもには分からない悲しさだ。

インディスペンサブルの話は何回か、そして詳しく誰彼から聞くことが出来、発進から十数時間後の帰投まで、充分理解し頭に入った。が、聞くたびに私は腹の奥にある胃が、恐怖心で縮みこむのを止めることが出来なかった。

機動部隊作戦に妙高はほとんど毎回出撃し、我が小川機は作戦ごとに数回から数十回索敵に発進した。いずれも日の出前一時間半ほどの、まだ暗い洋上に射出され、洋上三百五十浬を敵機動部隊を捜索し、僚機の未帰還も続出し、心重い任務であった。しかし、

『我が機動部隊の全運命は、俺たち索敵機に懸かっているのだ。俺たちが空母を見つけ、そこへ攻撃機隊がやってくるのだ』

と心を奮い立たせるものがあり、重責を担う満足感があった。

が、この珊瑚礁索敵にそれはない。『だいたい七百浬も八百浬もの遠方で敵部隊を見つけ

たって、陸攻隊の脚はとどかんじゃないか』と食卓では至って不人気である。

ガ島が奪われて間もなく、九月のインディスペンサブル礁索敵で大輸送部隊や艦隊を発見したことが、司令部の作戦指導に有利であったであろうか。

『それが何だ！ 司令部はこれを役立てることが出来なかったではないか』と我々は思う。

『潜水艦をバラまいておけばいいではないか。俺たちの命がけの洋上索敵は、攻撃隊が来て俺たちのかたきを取ってくれなくては』これが我々の魂の声なのだ。単純、素朴と人言わば言え、だ。

機動部隊に属する重巡の搭乗員室には、艦内の電信科通信室に任務上頻繁に出入りする偵察員、通信員がおり、各作戦の重要電報はすべて耳に入る仕組みになっている。各基地で聞く艦上機の連中からの情報と合わせ、戦闘での司令幕僚といわれるおエラ方の打つ手の委細は、すべて知っているのだ。我々の知らない「取っておきの手」など日本海軍にはない。

基地搭乗員の居住小屋で、キャンバスベッドに海図を広げた上飛曹が井上兵曹のペアだったので、あるいは？ と傍らに寄ると、インディスペンサブル礁索敵のコースが引いてあった。不気味な線だ。

彼は屈託の無い顔で、

「うちのペアは二度目です。この前は風が強くて、ガソリンのホースをもらうまでえらく手間どりました。七メートルくらい吹いとったかなァ。九メートルか十メートルになったらたぶん駄目です」

と言ってニヤリとした。

何浬の誤差で着いたか質問したかったが、微妙な問題なので、これはやめて、その日の天候と礁湖の色が外海とどれほど異なるか、私のもっとも知りたいことを尋ねた。彼はニコニコして、

「それが余り違わないのですよ。私が行った時は二十浬ほど北にスコールがあって、太陽さんがいなかったのですが、何しろすぐそばまで行かんと、色の違いは分からんのですよ」

と言う。ここで初めて見た顔だが、態度口振りからするとあるいは甲の四期か。つい気が緩み、「そうか、不気味だなあ」と心配顔になる。彼は「ところがですねぇ、環礁は三つあるのですよ。多少誤差が出来たって、どいつになりと引っ懸かりますよ」と面白そうに言う。操縦員の私をからかっているのだ。洋上長距離飛行は偵察員の独壇場で、操縦員は言われる通り「馬車曳き」である。

艦隊組はこの索敵を飛ばず、専ら基地搭乗員が一日二機ずつ飛ぶことになり、我が機は夜ごとガ島周辺哨戒に爆装して出ることになった。

第一回インディスペンサブル礁索敵に出た井上兵曹たちは、夜帰着し、明けた朝、砂の上の食卓で共に座る。

「何だ、ちったァくたびれた顔したらいいのに……」と私が言うと、

「馬鹿言いなさんな、帰って来たのにくたびれた面ができるか。まるで戦争を知らん人が言

うようなことを言うんだなァ」

と洒落た返事が返ってくる。アッその通り。とにかく、長い危険な旅が終わったのに、シヨボクレタ顔が出来るはずがない。生の喜びを口一杯嚙みしめているのだ。

ガ島の米基地に迷いこむ

この夜エスペランス西の哨戒区を高度八百メートルで飛行中、月齢六ほどの若い月光で、星空と同じくらいの明るさの西方の海面に、青白く長い弧を描いた魚雷艇の航跡を見つける。取り舵旋回の最中だ。速力たぶん二十二ノット。

エンジンを少し開き機首を下げ増速して一気に接近し、高度五百から緩降下爆撃コースに入る。敵は旋回を止めず、高性能のスクリューが吹き上げる泡立つ白波は、右外側の海面に嚙みつくように広がり、そこに無数の夜光虫が青い灯を海の中につけている、と見える。高度七〜八十メートルまで突っ込み、呼吸を計って爆弾を放つ。

効果を見るため右上昇旋回に入り振り返ると、突然思いがけず、まるで光る砂で眼つぶしを食らわすように、赤い火の玉が混じり合った巨大な弾丸の束が舞い上がって来た。腕の良い漁夫の投げ網そっくりの拡がりを見せながら、急接近する火の玉の網目の向こうを、視力の全部を集めて探す。旋回を終え直線コースに入った二本の航跡の泡立ちに消されて円になった弾着を見つけ、舌打ちする暇もなく機長の声が飛ぶ。「機首を下げろ」と。

彼は曳光弾の束が我が機の上を通過するのを認めたに違いない。弾幕の下を飛べと言っているのだ。

チラリと見えた敵の航跡は、我が機とほぼ平行だった。敵はわが機を追尾する態勢にあり、我が機の機首下面両側に噴出する排気管口の青い焔を目標に、十三ミリか二十ミリか四十ミリかを撃っているに違いない。左右下側の排気焔は真横からは見え難く、後方、そして少し下方からは見易い構造になっている。我が機がエンジン全開で速力を増せば、もっと早く敵機銃の射程外に出ることになるが、焔もそれだけ大きく明るくなる訳だ。

我が機の速力百四十ノット、敵は恐らく四十ノット足らず。離れつつあることは確かだが……。そして、電信席の七・七ミリ機銃は、後下方は死角である。

曳光弾の群れが機側に沿って連続通過すると、操縦席前方エンジンカウリングの姿がボーッと赤く見え、毎分二千回転のプロペラの尖端近くが、キラキラと瞬く星のように輝いた。やがて曳光弾の集束した光は、我が機から離れ、あるいは近くあるいはやや離れて飛び去り、そして彼らがあきらめると、急に目前は漆黒の闇になり、シーンとえらく静かになってしまった。

さて、と機長の命令を待つ間、次の動作に備え座席で座り直してみると、私の両膝はカタカタと震え、左手をスロットルレバーから離して膝をしっかり抑えても止まらなかった。

米魚雷艇の機銃が何ミリの弾丸を、何梃の機銃で撃ちだすか、私は聞いたことがない。我が海軍は自分で魚雷艦隊を持たないのだから、アメリカの情況も分からないのだろう。物持ちのアメリカに比べ貧乏な我が国が魚雷艇のような小さくて金目のかからないものを、なぜ重要視しなかったのだろう。それに、あの小粒な高速艇に魚雷をしばり付けて、敵艦隊になぐり込みをかける、というのは我々の民族性に合うのではないか。大和、武蔵なんて巨艦を造ったりして……。などと残念がっている途端、またしても今度は右斜め後方から、いきなり火の玉がどっさりこと飛んできた。

命令も待つまでもなく、機首を左に回し、弾道と同じ向きにセットして高度を下げる。側面を暴露するより、ずーっと小さい目標になる。旋回しながら発射源を探すが、航跡らしいものは見えず、まるで海面から噴出するように、赤い玉が連なって無数に舞い上がってくる。さてはエンジンを止め、漂流しながら哨戒していたか。我が潜水艦が増援補給にやって来るのを待ち伏せていたのだ。

とにかくほぼ西と思われる方向へ、高度二百メートルくらいで一目散、ジュラルミン製のプロペラの端々が赤い火の玉に映えキラキラするのを見つつ、飛ぶ。やがて弾幕が粗く散開し、次第に数も減り、まばらに飛んでくる。

「こいつが四十ミリだろうぜ。どうだ」と機長が何か面白そうに言ってくる。なるほど、距離が遠くなったから四十ミリだけで撃ってくるのだ。火の玉の数は少ないが、そう言われるとゲンコツほどの焔を吹きながら前へ飛び去ってゆく。焔の玉の群れが姿を消し静かになったところで、先刻の膝のふるえを思いだし、手で確かめる。もう震動はない。我が方の低空爆撃は、命中させることにばかり集中して、あとで彼らがありったけの機銃を振りたて、排気焔を目がけ乱射乱撃してこようとは、残念ながら思いつかなかったのである。つまり、この心の隙をつかれ、小心者の私は驚いて膝が震え出し、しばし止まらなかったのだが、曳光弾の束も、馴れるとどうってことは無く、膝の震えは止まったのだ。何事も馴れるってことは大切だ。

機長の命を待ち、直進しつつエンジンを吹かせて機首を上げる。定められた高度に戻らねばならない。その時、左後方の海から、またしても焔の玉が激しく飛び上がって来た。高度三百メートルほどの我が機に、二〜三百メートルの後方近距離から撃ってくるのが、下から上へ飛び抜ける火の玉の群れで分かる。一瞬の後、我が機は機首を下げ、右翼をウンと傾け、右下方へ物凄い横滑りを始めた。失速になる寸前の姿勢だ。

海面に激突する少し前に態勢を立て直し、高度五十メートルほどで水平飛行に移る。弾幕は頭上を飛び、我が射弾回避は効果ありと見えたが、十秒も経つと再び曳光弾に包まれることになった。闇の中は魚雷艇だらけだ。

今夜ショートランド基地に憩う二式水戦でこの哨戒区を飛び、主翼に固定した二十ミリ機銃で魚雷艇を撃ちまくれば、もう少し月が明るくなる夜半、小気味良い米魚雷艇撃滅戦を局開出来るのだが、と考える。水戦の操縦員たちは夜間飛行が不得意で、夜間飛行を厭わない三座水偵には二十ミリ固定機銃を主翼に取り付けることは構造上出来ない。俺に水戦の操縦訓練をさせないだろうか。が、往復六百浬の夜間飛行は、偵察員なしでは出来ない。天候急変という大敵が現われるからだ。夜、雨の中に飛び込むと、操縦員独りではお陀仏だ。

「よーし、反転する。時間がもう少し残っておるんだ」と機長の声も頼もしいと聞き、暗い空の星の下にわずかに空と海の区別のつく夜の水平線付近を見ながら旋回して、命ぜられたコースに乗る。二十浬も飛ぶと、前方に黒く横たわる島影があり、機長は近付いて見ろと言う。私はだいぶ西へ突っ走ったから、俺のカンではムンダ基地があるニュージョージャーだと考え、この上味方からまで撃たれてはと、愛機の両翼端、青と赤の航空灯を点じて味方機であることを示し、高度を下げながら悠々と接近した。もちろん高度を下げることも、敵意の無いことを表明する味方識別法の重要な一つである。

山肌のジャングルが淡い月光を吸い込み真っ暗く見えるほど、島に接近する。針路前方の左右は山がそびえ、高度四百メートルくらいで雲にかくれてしまい、正面は鞍部で雲の下に谷となっている。グングン大きくなる両側の山は無気味だ。

「おかしいぞ、こりゃ」と機長が言った時、峡の向こうの低地に灯りが見えた。灯火の集団だ、これは幻か。一瞬のうちに私は重大な過誤をしたことに気がついた。これはガ島だ！この辺りに灯火を付けた街がある訳がない。が、我が機はすでに反転の機を失し、左も右も黒い粗い山肌が迫り、旋回の余地はない。エンジンを全開し、高度をとって山地を覆う雲に入るか？　が、我が機に急上昇をする性能はない。排気焰の問題もある。

「このまま行け！」と機長は言い、双眼鏡で、そこだけ白い光のあふれる米軍基地を見る。

「夜間飛行をやってるのだ。あれは飛行場の夜設だぜ」我が高度三百メートル、一列に並んだ滑走路の灯りを左下に見つつ、我が機はゆっくり飛ぶ。ちょうど着陸前の誘導コースに乗って飛んでいる勘定だ。雲に頂きを没した山々も、鞍部の谷も、はるか後方にあり、眼下に海岸線と海が見えて来た。これほど海は心安らぐものなのか。

我が機の灯火を消し、海から上る水蒸気の匂いの中を、ガ島から離れる。先晩、陸攻が単機で高度六〜七千メートルでこの米飛行場爆撃コースに進入するのを、エスペランス沖の哨戒区から見たが、形容できない物凄い高射砲弾の弾幕であった。その中をもみくちゃになりながら、一直線に飛び続けた陸攻を見て、『俺の十倍も肝の太いヤツが乗ってやがる』と思ったが、同じ場所を高度三百で灯りの点いた家々を視察しながら飛んだのだ。爆弾があればお見舞いして面白かろうに。

翌朝、士官食堂の小屋で、機長が昨夜の失敗談をどう発表するか、しないか、は見当もつかないが、私は我々の砂の上の食卓で早合点の結末のぶざまな様子を逐一披露して男前を下げ、居並ぶ同僚たちを笑わせ、あきれさせた。

月明のレガタ湾

明るくなった月が、欠け始めると、陸軍のガ島撤退が近くなり、我々の哨戒飛行も密度を増すことになる。レガタ基地に夕方近く飛んで行って着水し、ガソリンを積み、砂浜で一眠りして哨戒に飛び立つことになった。レガタまでに要する二時間を、哨戒時間に上乗せして長く飛べるからだ。

十八年一月二十五日、ガ島まで百浬少ししかないレガタ湾に夕方着き、充分に警戒しながら基地上空を一周する。椰子林には爆弾の跡がいくつも大穴になって残り、椰子の葉は爆風に吹っ飛び、林の中はまる見えだ。砂浜に陸攻三機が海から進入して乗り上げ毀れ、残骸となっている。零戦も一機、浅い海の中に沈んでいるのが見える。惨憺たる戦場の基地だ。そして残念ながら敗色歴然たる滅亡前の基地でもある。

砂浜で愛機の面倒を見てくれる整備員に、切迫した気配は少しもなく、

「でもねえ、つい先頃、不時着をしかけた零戦と偵察に来たアメ公の飛行艇がカチ合ってねえ、零戦が一撃でそいつを撃ち落とし、手前もガソリンがなくなってこの沖に降りてしまったんだ。『こいつを救けにャ俺たちの恥だッ！』と言ってなァ。カヌーを漕ぎ出して、ひでェ目に会ったよ」

とのん気なもんだ。へェーと私は感心し、膝ポケットから新しい「光」を箱ごと「ハイ、お土産です」と渡してしまった。

砂浜に飛行服のまま機長、私、半渡と三人並び、寝て星空を仰ぐ。蚊が多いので手袋をはめ、マフラーを顔と首に巻きつけ、息苦しいまま、私は深い眠りに落ちてしまう。

機長に起こされ、星の下で砂浜に寝ているのに気付くまで二〜三秒の時間を要した。けだるい目覚めだ。右手がシビれて動かない。「右手を枕にして寝てたからですよ」半渡兵長が両手で揉んでくれ、私は顔をしかめて辛抱する。機長は、

「手が痺れるのも分からんで、良く眠るのう。眼がくされてやせんか」と笑い、私も「ハア」と彼の大きい笑顔につりこまれて笑い、半渡も「動きますか？　この手は」と私の肱(ひじ)を叩いて笑い出した。

三人の心奥深く潜む今夜の戦い——運命への畏怖を一条の糸に繋ぎ合わせて、我々は共に笑い、笑い声は水蒸気濃密なレガタの海面へ拡がり流れて行った。

深夜のレガタ湾の風は死んで、まったくの無風だ。浜から沖へ向かって、エンジンを全開して走りだす。重い。すこぶる重い。重油を層厚く流したように滑らかで粘っこい海面に、双のフロートはピタリと吸い着き、抵抗を増し、速力が上がるのを妨げる。全開したままのエンジンでいかに引っ張っても速力が出ず、いつもの三倍ほどの距離を走って、なお離水速力五十八ノットに達しない。排気の焔が大きく燃え、青い光が海面から反射して、操縦席前のエンジン部が時折り青白く光る。海上を五十ノットで疾駆する機の操縦席から、針路前方の視界は百メートルくらいだ。月齢十八ほどの月は明るいが、レガタの海は水分の多いガスが湧いて、雲の中を突き切るよりなお悪い。前に何か障害物があったら？　と不安が頭を締めつけ、勇気は消えてなくなってしまう。未知の海の夜のガスの中を、おそらく二千メートルは走ったであろう。ようやく外海に出て波が少しうねり、フロートは水面から離れた。

酷使したエンジンを少し絞り、フラップを収め、上昇姿勢にセットしたところで、両膝がガクガク震えているのに気付く。『膝よ、恐かったなァ！』静かに上昇左旋回して機首をガ島西端へ向ける。

哨戒区にサボ島があり、高度六百メートルからの海面は、離水時のレガタ湾の湿ったガスと無風の海は悪い夢だったか、と思いたくなるほど視界もよく、眼の下数千メートルの範囲は月光に照らされ、魚釣りのカヌーさえ発見出来そうであり、風も出て、砕ける波頭が時々白く見える。海上は南東、六メートル程度の風だ。

哨戒を始めて一時間、午前二時すぎ、サボ島五浬くらいの東寄り海上で、右眼下前方に駆逐艦発見。進路ほぼ南東。速力十六ノット。我が高度六百メートル。高度五百メートル付近に雲がとびとびにあり雲量三。雲を出た途端に発見したのだ。もちろん、敵は当方に気付かない。

海面は雲の影が映り、ところどころ暗く、明るい海とまだらだ。このまま降爆姿勢に入れば、やや角度が深過ぎる。が、この上空でのんびり一周して進入し直すには高度が低く、月も明るく、駆逐艦艦橋の見張員に見つけられそうだ。

好機逃すべからず。

「爆撃します」機長の返事は「ウン、やれ」機長の声が終わった時は思い切りよく左翼を上げ、機首を右にひねり込み、降下姿勢に入りつつあった。眼前の目標は灯火管制をして無灯火。艦橋がグングン大きくなるが、灯りも人影も、まったくない。鋼鉄の構造物にすぎないか。鋭い艦首が切り裂く海は、左舷と右舷に分かれ、夜光虫がピカリピカリと輝く。一発の弾丸も上がってこない。

機長は無言。余り降下してマストに引っ懸かっては元も子もなかろうと機首を起こし、呼吸を計って投下。すぐに右旋回。振り返る。右舷後部の舷側に水柱。左舷は左に数メートル離れ、前部砲塔の横に着弾。円い波紋の端を左舷側でかき消して敵は走る。

右舷の一発は舷側に大穴を開けたのではなかろうか……と思うが、機長は「コースに帰れ、哨戒を続ける」とニベもない。『そうか、たぶん機長が正しいだろう。俺のは欲目だ。ウーム』高度を取り、駆逐艦の上空に舞い戻って確かめたい、とは楽観し過ぎらしい。一秒後にはすでに残念の想いはかき消え、操縦と見張りに専念する。いつものことだ。

帰りについたショートランドの指揮所も灯火管制下ではあるが、暁が近いというだけで、指揮官の椅子の周りは明るい空気があり、舷側に至近弾一発、という淡々とした機長の報告に、三沢少佐が「舷側スレスレじゃなかったか、ウーム」とうなり、残念がってくれ、この前、大発を曳航した駆逐艦のエスペランス行きは、一時間ほど敵さん入れ替わり立ち替わり爆撃に来たそうだが、至近弾は二～三発あったが、一発も当たらなかったというから、『夜の爆弾は当たらんものなんだ』ということで終わった。

ワレナンジヲバクゲキス

昭和十八年一月、月明のサボ島沖の未練たらたらの活劇をやり長舵を逸した夜から、あくる日一日をキャンバスベッドでウツラウツラ過ごした次の日、夕方の出発を前に例によって

防暑服の上から飛行服のズボンに脚を通しているところに、

「ガ島攻撃隊出発延期、予定搭乗員ただちに指揮所に集合せよ」

と伝令の兵が搭乗員の小屋を触れて回った。

すでに出発準備を終わり、向こう側の自分のベッドに腰を下ろし、私の用意が出来上がるのを待っている半渡兵長と思わず顔を見合わせる。微妙に、そしてほのかに心の動く一瞬である。こんな折り、温厚、十九歳、兵長の半渡が私より先に言葉を口にすることはない。何か言う役は私だ。

「何だ、拍子抜けするなァ、延期するのなら、いっそ中止すれば良いのに」

と正直なところを語りかけると、「ハァ」と平らな童顔の中に、熱心に私を見つめていた眼がわずかに笑う。

ウン、これで充分だ。これは出発前のペアの儀式のようなものだ。今夜から明早朝にかけての戦いに、大げさだが生死の運命を共にするペア同士の出発前はこんな具合でチョッと心を通わせ合っておく。機会を作ってでも眼を見合って暖かい気持になっておく。大変大切な一瞬である。

今宵の出動で屍をガ島沖に晒す可能性はあるが、その時はその時。出発前にペアの若い電信員と微笑み合い心を通じ合うことは、今出来る最大の楽しみである。

この半渡飛長は通信学校を首席近くのよい成績で出ているに違いない。成績の悪い電信員が重巡搭載機に配属されることはなさそうだ。と言うのは、半渡飛長の前任者は甲三期偵察恩賜の浜野上飛曹であったのだ。彼がミッドウェイ海戦のあと横空に去り、半渡が代わったのである。

重巡隊の水偵電信員は、

「敵機動部隊発見云々」

の戦史に残る重要電文を発信する機会を、機動部隊作戦のあるごとに持つのである。少年電信兵出身でこれ以上の花形配置はあるまい。

伝令が伝えた命令通りすぐ指揮所に行くと、機長は防暑服、飛行靴の普段の服装のまま、階段上のデッキ椅子に脚を組みゆったりした姿勢だ。地上からの半渡と私の敬礼を認め、「ヤア！」と、ニンマリとした。出発はかなり延びて、後になりそうだ。

航空参謀は「レガタが午後空襲され、落っこちた爆弾の中でいまだ爆発せんヤツが少々あるから、今夜レガタは使用不能である。攻撃隊は当基地から直接ガ島に向かう」と階段の途中に立って説明と命令を与えた。

出発の夜九時半まで三時間以上あり、いつものことだが、私は小屋のキャンバスベッドにひっくり返って蚊帳の側布を下ろし、しばらくの自由時間を楽しむことにした。

「さて！」と、蚊帳の中の私に注意するヤツはいないのだから、誰に遠慮もいらず、私はニヤニヤして眼をつむる。出動前の貴重な時間は何か楽しいことを考え、嬉しい気持になるというのも、私の変更されることのない戦争の習慣である。

ガ島への往路、ソロモン中水道は月がなくて暗く、夜の雲が全天の星を覆い、海も空も漆黒の闇の中、操縦席は黒いビロードカーテンを被ったように何も見えない。計器盤の針と目盛りを示す蛍光塗料の青い光が邪魔するので、眼を風防ガラスにくっつけ前を見る。黒の濃淡はまったく見えず、視覚はまったく役に立たないことが分かる。

「せっかく南海の美しい空を飛んでいるのだ、気楽に行こうぜ」と自分に言い聞かせ、外を見るのをやめ、計器飛行に移る。恐怖の心が起こると一巻の終わりになる。

「なあに、スコールが近付いたら匂いがして来るんだ。恐いことなんてあるもんか」

幸いスコールはなく、三十分余りで雲の切れ目が出来、星とかすかな水平線を見ながら飛ぶ。

哨戒区まであと五〜六十浬に来た時、前方の空中がボーッと明るくなった。霧の中のガス灯を見るようだ。遠い遠い前方の空だ。空気中のガスのためボーッと明るいのだ。と、スーッと暗くなり、また明るくなった。自然現象ではない。五十浬離れたガ島上空の探照灯十数本の光芒の束を水蒸気の層を通して見るからボーッと見えるのだ。光芒が集まったり散ったりして光度が動くのだ。陸攻の、たぶん単機爆撃であろう。気の重くなる商売だ。

帰路は明け方近く、お月さんも出て海面を見ることが出来る。月が雲から出ると海上に一条の路が出来る。キラキラと月光をうつし、金波銀波とはいかぬが、青い青い道とも見える。

機長は中水道をやめ、イサベル島の西を帰路に選ぶ。イサベルの島かげは右に約三十浬、月光に薄い墨で描いたようだ。

何かにハッと気付き「右前下方潜水艦」と急いで知らせる。高度千メートルの操縦席から、エンジンを少しカウリングに沿った右下に一隻の船が見え、駆逐艦ではない。明らかに潜水艦だ。偵察席からは死角で見えまい。

「敵だ！　まず機長に見て貰わないと」と左に旋回し次いで右旋回に移る。大きく傾いた右翼端に敵潜水艦は見える。速力十六ノット。さっと振り向くと機長は双眼鏡だ。

「爆撃しましょう！」と私は叫ぶ。爆弾は弾庫内にあり、哨戒が終わっての帰路は弾扉は閉めてあるはずだ。機長が弾扉を開けないと爆弾は落ちない。機長の命令を待つ。「まあ待て待て」と機長は慌てず、「少し離せ。味方識別信号を出せ」と私と半渡に命ずる。

半渡が半ば立ち上がって、オルジスで発光信号を送る。二度、三度、何回も繰り返す。潜水艦から千メートルほど離れ、ゆるやかに右旋回をする。潜水艦は大型——千五百トンぐらいか？——無灯火。発光信号の応答なく、針路も変えない。言わば、ウンともスンとも言わず、ただひたすらに走る。針路北西。すでに艦橋の見張員には我が方の発光信号がハッキリ見えているはずだ。星が信号を発する訳はない。「信号を繰り返せ！　もっと離れろ！」と機長も繰り返す。眼下の潜水艦が敵なら、こう近くゆっくり飛んでおれば撃墜される。

機長は双眼鏡で注視する。が、夜の海はそれほど明るくはない。司令塔の型で敵味方を識別出来る明るさはないのだ。我が潜水艦は前甲板に幅三十センチの長い識別用白線を横に二本、描いている（いかにも原始的識別方法だ。他にもっと近代的、つまり電気的方法はないものか、と悪評フンプンだが）。それもこの距離と明るさでは六倍双眼鏡の性能の彼方だ。針路は明瞭にショートランド、ブインに向いている。敵ならば進撃中、味方なら帰投の途中だ。「ウンともスンとも言って来ぬなァ、あの野郎」と機長もつぶやく。

「動く星がモールス信号みたいにピカピカするぞ……」などということはあるまい。やはり敵だ！　応答すべき符号が分からないから沈黙しているのだ。「今更潜水したって遅すぎる」と一か八かで悠々走っているのだ。

「爆撃しましょう、掌飛行長！」と確信をもって催促する。「ウーン。待て、待て」と許さない。

もし味方潜水艦がガ島陸軍へ物資食料を補給しての帰途であるとすればどうだ。「飛行機が突然発光信号を送って来た。定められた識別符号だから味方機だ。月が出て明るいから上から見れば当方が伊号潜水艦であることは一目瞭然だろう。よーしホットケ、ホットケ。それにしてもえらく長々と識別信号を打って来るなァ。あいつ、海上に不時着しようと思ってるのじゃないだろうか？　そんな時は助けてやるぜ」くらいなことだろうか。

いずれにしても呑気なものだ。

暗い海に黒い船体は溶け込みそうに見えるが、舷側に沿って泡立つ波が船体の縁をはっきり表わし、泡立つ白い波の上を船は疾走する。「ウーン、指揮官は判断に迷うぞ」と機長にしては珍しいことを言う。沈着、果断、いつも決断の早い彼の口から初めて聞いた弱音だ。

ややあって、

「よし！　最後の手段だ。『ワレナンジヲバクゲキス』と平文でやれ」と。

半渡がオルジスを操作する間、私は慎重に右翼を傾け、潜水艦が全文を受信出来るよう、主翼、尾翼が邪魔をせぬよう注意しつつ接近した。あるいは爆撃の機会が来るかも、と。

突然暗い海での沈黙が破れた。パッパッパッと下の司令塔から大急ぎの短符連送が発せられた。

「なあんだ、日本式だな、あの野郎」とアメ公も慌てたら短符連送をやるのだ、などと思ったところへ「ワレイゴウ○○セン」と日本語の平文だ。「ワレイゴウ○○セン」また繰り返して来る。間違いない、味方だ。「チェッそんなことか」いともあっけない幕切れだ。「爆撃しなくて良かったですねえ、掌飛行長」と私は率直に発言する。「ウン、だいたいお前はせかせかし過ぎるぞ！」「ハァイ」

これで明朝の――と言っても間もなく夜明けだ――椰子林朝食会でひと話賑わうことになる。俺のは、いつも失敗の物語だが……。

椰子林の爆弾箱の酒盛りメンバーの顔触れも少々変わった。偵察員機長の中村兵曹はまったく音信が無いまま未帰還だ。

帰ってこない人の思い出話を我々がすることはまあない。そのうち順番が回ってくるよ、とみなが考えているからだろうか。帰って来ない人が出来ても、我々に出来ることは何もないからであろうか。

我々はいつも明るく呑気な風をしていたいと念じ、そう振る舞う。我々のおしゃべりは常に相手を楽しませねばいけないのだ。他愛ない会話は、今生きていることを喜びたいのである。酒を飲んだ時もそうでない時も、機嫌良い顔をしておかねばならない。

未帰還の話を誰かが不用意にひょいと始めても、後が続かない。重々しい話題はこの砂浜と椰子林の基地には向かないのだ。

重巡妙高の搭乗員室も、そしてトラック基地に集合した各艦の搭乗員たちも、そしてまたここの砂の上での朝食会も、屈託のない笑い声が常に主役である。

昨日の朝、隣りに座ってパパイヤの漬物を共に食べた奴が姿を消した朝も、心重い追悼の辞を述べることはない。

「俺のインキンはあいつが移しやがったのだ。あいつだけ先に治ってやがって、あの野郎!」、これは友情に満ち、心こもった追悼文である。時折りサルチル酸を患部に付け、大騒動を起こす当人の醜態を思い出し、我々がニヤニヤする。「いやァ、あいつのインキンは呉空からだぜ。長い長い物語だ」というヤツに、「馬鹿言え、ここに来た時は治ってたんだ。『見ろ、立派なもんだ』って見せやがったからなァ」と、こんないかがわしいやりとりを「これが鎮魂の賦」なんだ、と我々は考える。

そしてテーブルの各員は「あるいは俺もこんな風に……」とチラリと考えるが、「俺が消えて失くなるってのはいかにも確定的なようで、その実、そうと決まった訳ではないのだ。

確かじゃないことは曖昧にしておこう。さし当たって今夜死にそうな予感は無いじゃないか」と、小難しいことはウヤムヤにして、少しでも笑いの種になることを見つけては発表し、うまく仲間どもが喜べばシメシメということになる。

母艦に乗り組んだ艦上機の連中の話では、古参搭乗員から未だに時々殴られるそうだ。我ら水上機組では、とうに過去のものと成り下がった樫の棒も、未だ健在らしい。艦上機組は気が荒いんだ、これが母艦搭乗員の伝統なのだとも言う。

ここショートランド基地に居候して以来、私の半渡飛行兵長を誰かが殴った形跡はまったくない。ペアの私が彼の仕事振り、態度、人柄に満足し、言わば傍らにおいて可愛がっているのだから、他の人が嘴（くちばし）を入れる隙はない。「なぜ俺の電信員を、俺に断わりなく殴ったのだ！　勝手なことはさせんぞ！」とペアの私が怒鳴り込んで良い空気が、ここにはある。

搭乗割変更は不吉か？

中村兵曹未帰還の日、前日ガ島哨戒に飛んだばかりの彼は、夕食時の爆弾箱酒盛りを楽しみにキャンバスベッドに寝転がっていたに違いないのだが、出発一時間前になり、同じく下士官ペアの偵察員某兵曹が大下痢を始めて駄目になり、急遽中村兵曹ペアが交代することになった。ところが、彼の操縦員は血尿を出して医務室のご厄介になっており、航空参謀は中村兵曹だけを下痢の某兵曹と交替させ、レガタ経由、ガ島攻撃を命じた。

出発直前の搭乗割変更は大変いやなものである。俄（にわか）造り三人ペアの操縦員は中村兵曹と同じ一飛曹、進級時期も同時のはずだが、指揮官は偵察員中村一飛曹に機長を命じた。一見温厚型だが性格剛直なところのある中村兵曹は、筋の通らぬことに義憤を感じ、どうかすると相手構わず食い付くところのあるお人で我々仲間では気骨あり、と思われている。軽薄、臨機応変をもって自認する私などは、大いに一目を置いて接して来たものである。

航空参謀、隊長の幹部がなぜ中村兵曹に固執するのか分からない。中村兵曹ペアに故障があれば、あっさり他のペアに代えてしまえばいいのだ。艦隊組はそのための応援ではないか。不運にして海底に沈むとしても、気心の通じ合ったペア同士の方が良いに決まっている。

中村兵曹はムッとした風で出発を報じ、敬礼も投げやり、と私の眼には映った。若い電信員が初めての中村兵曹に気を遣い、主翼上に上がって、も一度中村兵曹に敬礼をしたら、早く席に着けと注意された様子であった。

翌朝五時、前後して二機が帰り、彼は消息を絶った。帰ってきた連中は、あと八〜九十浬、コロンバンガラの東側辺りからスコールがあり、東へずーっと迂回してスコールを避け、四十分と少し帰りが遅れたと言う。熟練偵察員中村兵曹がスコールを東方に避けないはずはない。スコールで前方が真っ暗くなった時、右前方、東方の空が空いていて星が見えていたそうだ。

進攻作戦当時からR（ラバウル）方面攻撃部隊にいて、この辺りの地理、気象に詳しい彼が、どのような状況下で玉と砕けたか推測出来ない。誰も、可能性ある未帰還の原因についてはしゃべらない。原因については心当たりがありそうなのだが……。ただ、出発直前に代わったからなァ……、と我々は思う。指揮官たちは自分で飛ばないから、出発前の搭乗割変更の不吉さが分からないんだ。「アメリカ空軍は大佐が指揮して攻撃隊がやって来るそうじゃないか。日本海軍の水上機隊は少佐になったら飛ばない」と、このような形で徐々に、我々の心の中に上層部への不信感が増してきたと言うべきか。しかし、この反乱的心情は個人差の強いもので、全員が一つにまとまることはなく、我々の心の底にヘバリ付いたまま、「まあ俺たちが考えたってどうにもならんことだ。良いじゃないか」と我々自身、死との対決をウヤムヤにするのも同じく曖昧にして、「今夜はアスパラの缶を開けるぞ、酒のあるヤツ持って来い」てなことになるのである。

搭乗員は不潔が好き

我々が最も恥辱とすることは、未帰還になって、「そう言えばあいつ昨日沈んだ顔をしてたなァー」とか、「考え込んだ顔だったぜ。何か自分で分かるのかねえ」などと言われることである。

されば出撃に際して、いつもと少しも変わらぬ平常の顔つき、緊張しない柔軟な身体の所作、落ち着いた目の色、とこれらを外面上に表わすため気力のすべてを傾注するのだ。「これしきの任務飛行に緊張した面(つら)してなるものか、後でもの笑いの種になる」と頬ぺたを触り、筋肉を柔らげ、緊張していない面を作ることもある訳だ。

操縦練習生の頃、浅羽教員（善行章二本、二空曹、海兵団出身）が当直の夜、支那事変に従軍した折の話をよくしてくれた。骨太で色白、眼の色が少し青いかと見え、話好きで良いお人であった。

「俺がどっさりこと溜まった汚れた下着類を、たまたま気が向いて洗濯した翌日、敵さんの弾丸がエンジンに当たり、仕方なしに近くのクリークに不時着し、僚機が近付く敵兵を掃射してくれ、近くの陸軍に救けて貰い、生命からがらだった。も一度気が向いて洗濯し、褌十枚ばかりを綺麗に畳んでチェストに格納し、久し振りで良い気持になったのだが、その翌日は鉄道爆撃の日で、爆弾は外れたのにこちらのガソリンタンクに穴が開いて、帰りに畑に不時着、二日間逃げ回って陸戦隊に救けて貰った。それから後、洗濯したくなったら、『よし二枚だけだ、後はそのまま』ってことにしている。今は女房がいるからなァ」といった話に、生まれて初めて聞いた話なので大いに気に懸かったものである。昔の武人は「立つ鳥、跡を濁さず」と言っていたそうだが、と。

昭和十五年春、沖縄の中城湾で着水コースで旋回中の九五水偵が海中に墜ち、二人とも殉職された。遺品整理で驚いたのは、二人ともえらく丁寧に洗濯した下着類をキチンと折り畳み、チェストにしまってあったのである。私自身のチェストは乱雑、汚れ物、たぶん悪臭、と比べること、到底無理な状態であった。操縦員小柳兵曹は乙飛八期で私と仲良しだったが、いつの間に洗濯したのか、常々洗濯好きではなかったので、普通では考えられないことであった。浅羽教員の戦訓？　と照らし合わせ、以後私も洗濯をしないことになる。この主義の信奉者は搭乗員中に割に多く、したがって遺品整理の後、インキン談義が大っぴらに行なわれる素地は充分ある訳である。

私のペア半渡電信員は几帳面で、よく身体も動き、艦内にあってもどこからか水を見つけて来ては洗濯をする。私のシャツ、防暑服を洗濯しようと幾度か手を差し伸べたが、私はその度に拒絶した。「いらんことせんで良い。したくなったら自分でする」と。しかし胸中、遺品整理をして貰う事態になった時、「半渡のはエラく整理が良いが、安永兵曹のは汚れ物の総員集合だ」くらいのことは言われるに違いない、と思う。が、私はすぐ安易な道に気が付く。「なあに、残ったヤツらが『武士の情』を発動して汚れ物の束を捨ててくれるさ。別に恥辱ではない」

やはり気になるのは、出動の前日あたりから死を予期したか、あるいは死を恐れるかの如き表情を仲間の眼に残すことである。といって、任務のためには死をも厭わないと決意を眉字に現わし出発する、というのは気がすすまない。だいたい俺には似合うまい。実際、内地への便りに「邦家のため滅私奉公の決意です」とか「一死君恩に報います」など、書いたことは一度も無い。

陸さんよ、良かったなあ

二月になり、月が無くなる暗夜を狙ってガ島から陸軍の撤退作戦が特型駆逐艦二十隻を使って、つまり日本海軍決戦用の駆逐艦のありったけを集めて華々しく行なわれた。そのために出張して来た我々がそれに飛ぶのは当然である。

二十隻の取って置き駆逐艦群が無事撤収地まで到着するには、どのようにやり繰っても、ガ島から計って百五十浬点を中心に三十浬か五十浬遠近の海面、つまり我がブイン基地の戦闘機隊の護衛区域を外れた辺りから日が暮れて暗くなるまでの間の昼間、米戦闘機の制空圏下を強行突破せざるを得ないのである。ブインの零戦隊が今のように落ちぶれてなくて、開戦時の搭乗員の力量を持っていればもちろん、敵と闘える機数も揃っていればの話だが、ガ島のすぐ傍らまで上空直衛をしてやることが可能である。

しかし現状は、日が暮れて夜間帰投やればたちまち事故機が続出するし、敵と闘わずに壊滅する程度の技倆だそうだ。その上、数が不足とかで、虎の子的駆逐艦群は上空直衛なしで突っ込む訳だ。まるで西部劇映画のアメリカ騎兵隊とインディアンとの闘いである。聞くだけで胸がムカつく話だが、いつもの通り我々下士官搭乗員が腹を立てたって何てことは無い。鈴谷の三期生の石崎兵曹をつかまえ、「オイ、『ゴマメの歯ぎしり』って意味を教えてくれよ。だいたい解るんだがァ」とやると「ゴマメぐらい知っておきなさい、食べたことあるでしょうが」と言う。小さい魚か。そうか、俺こそゴマメだ。

強行突破の駆逐艦の群れは予想通り、ガ島から百四十浬辺りで数十機の攻撃を受けたが、一隻被弾しただけで夜になったという。それにしても、話に聞く米駆逐艦は銃身の長い、発射速度の速く、弾丸の直進性が日本海軍の二十五ミリより良いという機銃を針ねずみのように装備しているそうだ。我が方の駆逐艦は艦隊決戦用の魚雷装備を重用し、対空兵器は貧弱の一語に尽きるのである。アメリカ操縦士どもは、動く標的に命中させようと、スポーツを楽しむ如く急降下爆撃をやらかすのだろう。

一万トン重巡の妙高に二十五ミリ機銃が六基あるが、発射速度が遅く、ドンドンドンドンと戸を叩くくらいな音を出して弾丸が飛び出す。その上、指揮装置というのが原始的な、子供のオモチャ的構造なので、開戦前アメリカ海軍もこの機銃を使っていると聞き、「だったら、こちらが飛んで行ったって撃ち墜とされることはないぞ」と、たかをくくったのだが……。

我々のショートランド出発は午後五時である。半渡が電信機の調整か何かをしているので、四時頃から海辺の愛機に行き、椰子の葉で日蔭になった砂の上に座り、駆逐艦に思いを馳せる。

あと一時間か二時間で米急降下爆撃隊がやって来て、死にもの狂いの闘いが始まるはずだ。速力を三十三ノットに上げた護衛なし、裸の駆逐艦群が、右に左に爆弾回避運動をしながら、爆撃の水柱を縫ってガ島へガ島へ執念の航走をするのを考えると、残念なだけだ。開戦後一年二ヵ月でこれほどの差がつくようでは——とも思う。

吊光投弾を兵器員が偵察席に積み込み、下に座った私に、「吊光投弾は満載です。倉庫にもまだ沢山あります。どんどん使って下さい。煙草がこんなにあれば良いのに」とニヤリとする。俺のポケットを狙ってやがる。が、ねだられるのは気持良いもんだ。それにケチケチする要は無い。降りて来た兵器員兵長は私と同年輩だ。不時着した時用の左胸ポケットの真鍮ケースを彼に空けてやりながら「遺品整理で煙草が沢山残ってたら、いかにも欲張りみたいで恰好悪いよなあ」と言うと、「そうですよ、もっと貰いに来てあげますよ」と上手に軽口を返して来る。未帰還になる率がここは低いから、そんな冗談を言い合って気にならないのであろうか。それとも日常会話でいつも使うからだろうか。

我が機は、お馴染み、エスペランス岬沖の哨戒を命ぜられ、撤収海岸はここと少し西の海辺と二ヵ所が定められている。

高度六百メートルで哨戒中、午前一時の少し前、エスペランス北西方から単縦陣の駆逐艦隊が速力を落として進入して来た。雲がところどころにあり雲量四、星が少し見えるが、暗い空暗い海にしずしずとやって来た。我が駆逐艦の行動を見るのは任務ではなく、敵魚雷艇をここに寄せ付けないようにするのが任務である。気にしながら東にコースを向ける。振り向くと五隻ほどの駆逐艦が放射状に沖へ出つつあった。こちらは撤収作業中、沖合を哨戒警護する役目の警戒艦だ。今、岸近くにいるヤツが兵士を収容したら、交代して兵員を乗せに行くのであろう。しかし何と鮮やかな操艦だ。定規で引いた放射線に沿って走るようだ。艦尾にわずかな白い波を残し、つまり速力五ノットくらいで周囲の沖に向かう。おそらく海辺から二千メートルか三千メートル辺りの沖を低速で少しずつ移動しながら警戒するのであろう。

三十分ほど経ったとき、サボ島の右、ルンガ泊地の左と思われる方向の空中がボゥッと明るくなった。吊光投弾が燃えている。二発だ。五～六百メートルの間隔で並び、黄白色の光芒を発しながら風に流されている。右へ流れる。すると空中の風は東から吹いているのか。隣りの哨戒区に魚雷艇が出現したのだろうか。味方の駆逐艦にアメ公の哨戒機がやったのか？

と、音もなく曳痕弾の赤い光が尾を曳き、消防車のホースから噴出する奔流に似た流れで、暗い海に赤黄色の弧を描いて海面から海面へ連続して流れる。大型機銃の曳光弾だ。ほぼ七～八百メートルの距離を飛び、海に消え失せる。仕掛花火と思えば「こんなに遠くちゃ見えはせん。走って近くへ行こう」てことになるであろう。遠くても眼に楽しく美しい光の遊びだ。当方に危険は及ばないのでしばし眺める。

仕掛花火の炎の橋が三十秒も続いた時、火の玉の着水点近くがパァッと白い光を出して爆発した。付近海面を明るく輝かせて燃え出した。敵魚雷艇だ。吊光投弾も味方機、撃ったのも我が駆逐艦。

「ヘェ、二十五ミリ連装機銃も、船同士なら当たるもんだなァ」と感心する。接近して来た魚雷艦隊は撃退されたに違いない。そして「あんなところに警戒駆逐艦がいたかなァ」と驚く。

数分後、「オーイ、左横にウエーキだ。見えるか！」と機長。緩やかに左旋回中であった我が機の左主翼端わずか上に、白いウエーキが薄く見える。どちらに進んでいるか判別できない。遠くて頼りな気に見える。このまま旋回を続け接近すれば良い。すぐにウエーキは見易くなり、針路は我と反航、だいたい西だ。

アッ！　も一つ、さらにも一つ。第一航跡の斜め向こうに航跡があり、三隻の魚雷艇は西へ、速力二十二ノット程度。あいつらの針路前方に味方警戒駆逐艦がいそうだ。出発前、煙草をせびった兵長が積んでくれた吊光投弾が沢山あるから、と思った時、「爆撃しろ！」と機長の決断は早い。

先頭の艇と二番艇とは約二百メートル離れ、三番艇は二番艇に近く百五十メートルくらいか。完全な編隊隊型ではない。二番艇への降下角度が適当だ。機首をひねり、二番艇を照準して降下に入る。ウエーキはほとんど我と平行、つまり真後ろからの奇襲だ。風はだいたい追い風、五メートルくらいの見当だ。どんどん近付くと、敵艇のウエーキは蛇のように左右にクネクネ蛇行していることが分かる。敵艇は暗い海と同じ色で、未だ見えない。白いウエーキがほとばしり出ている。「投下！　投下しろ！　下がり過ぎるぞ！」と機長の声を聞く。暗黒の海の小目標が見え難いので、欲張り過ぎて低く、危険なほど舞い下りたのだ。

「南無三。こちらは当たり、敵のは当たりませんよう……」と念じ、把柄を引く。引き起こすと海面はすぐ眼下にある。ヘェー！　高度五十メートルより低いか。構わず右旋回に入って弾着を見る。目標艇の前方十メートル辺りに二発とも円い波紋を作り、一秒後には艇体が波紋を乗り切り、アッという間に高回転スクリュー二個が巻き起こすウエーキが呑み込んでしまった。

敵艇は一発も撃って来ず、サーッと右に旋回し、私の眼の前でみるみる増速し、夜目にも白くウエーキを新しく吐き出して、たちまち闇の中に溶け入った。

三時間の哨戒が終わり、撤収の海辺に行ってみるとすべては終わったらしく浜はただ暗く、磯波の白い砕けも見えない。陸地も闇の中にあるだけだ。

中水道を帰路につく。すぐ単縦陣航行の最後尾駆逐艦に追い付く。当方からの味方識別信号に五秒も経たずにピカピカッと返信が返って来る。こうなくては。これが本当だ。この前の潜水艦はタルんでいたのだ。でも爆撃しなくて良かったなァ、本当に……。

三日ほどおいて第二次撤収作戦があり、その翌日、小型貨物船の対潜直衛に飛んでの帰路、バラレ沖に仮泊の駆逐艦側に着水し、近頃珍しく成功した作戦という撤退作戦の跡始末を見る。

ホンの三十時間前、暗黒の海を疾駆し、激情的意志を持つ巨魚と見えた駆逐艦は、汚れっ放し、艦体の塗料は褪色してまだらになり、戦歴の跡も痛々しい。後甲板に灰色に塗った小テントを張り、その下に動かぬ土人形の如く人々が座り、もたれて、寝て、それでも眼だけ我々に向け、それぞれこちらを見ているようだ。海軍の兵隊なら許されないが、舷側に座り脚をブランブランさせているのが二〜三人おり、その人々はニコニコし手を振った。

艦尾に特設の便所が取り付けてあり、ドアも囲いも無いので、中から手を振る兵が見えた。

あいつ若い兵だろう。あいつ生還をあんなに喜んでいるのだ。私も左手を機外に差し伸べ、大声で叫んだ。

「良かったなあ！」聞こえはすまいが……。

ソロモンから引き揚げ

ガ島撤退が終わるとすぐ、艦隊組は全員トラックの本艦に帰ることになり、愛機は基地に残し、陸戦隊の大発艇でバラレ陸上基地に送ってもらった。

ショートランド基地では「陸軍の司令官が撤収作戦を護衛した俺たちに感謝状をくれるそうだ」との噂と「司令部は真っ先に駆逐艦に乗り込み、積み残しの兵隊がまだ相当残ったらしい」との情報が流れ、「そんなヘッポコ司令官の感状なんてもらわれるか」とみな、問題にしなかった。

私は「俺はそんなもの貰ったことがないから欲しいなあ」と秘かに期待したが、そう二日や三日でもらえる訳はないから、と心を残しての離別であった。大発艇の中で機長に「掌飛行長」と呼びかけ、小声で「感状はあとで艦に送ってくるでしょうか？」と感状をあてにしていることを打ち明けた。

「何だ、お前、そんなもの今頃もらって何にするのか？　こりゃあ驚きだ。ウーン。お前、まだ子供だなあ」

と彼は笑い飛ばし、大笑した。周りのみなも機長と同じ性質の笑い方で大いに私をからかった。でも私は「感状を欲しがるのは人情の常だ、何も恥じることはない。それに値する仕事をしたのだから」と屈せずたじろがず、近づくバラレの白い浜と椰子林に眼を据えたままであった。

我々を乗せるという九六式陸攻型の輸送機が、椰子林の中の誘導路で試運転を始めた。

今朝早くスコールが降り、誘導路に広い水溜まりが出来て、すぐ近くの椰子林と接した境界には、吹き飛ばされた茶色のテントが濡れたまま放置してある。いかにも急ごしらえの飛行場らしい。左のエンジンを噴かすと、十分の八くらいのスロットル開度で、ひどくはないがプスプスと息をつく。そのまま全開すると、あとは調子良い。もう一度やり直すと同じようにプスプスとやって全開する。プスプスの時にエンジン全体がブルブルと振動するのが分かる。三回繰り返し、スイッチを切り静かになった。我々は顔をしかめ、顔を見合わせて頭をひねる。何だか怖い輸送機だ。

出発するらしく、我々がエンジンに気を取られている間に、新しく十人余りの士官が待っている。参謀肩章の中佐、一番トップは大佐、その他だ。彼らの後ろから掌飛行長を先頭に機内に乗り込んだ。

乗るとすぐ、機長は士官たちの座席の世話をしている。飛行靴、飛行帽の下士官に、「お前、機長か」と大きい声で話しかけた。遠方基地へ前線から引き揚げる機内は、あからさまではないが、ホッとした明るい顔が高級士官たちにも見られたが、一瞬、みな動きを止めて耳をそば立てる様子である。

「ハイ」と返事する下士官機長に、「お前こんなエンジンでトラックまで飛ぶのか」「ハイ」「試運転の音を聞いたか」と畳みかける長身、日焼け、大きい眼玉に茶色のサングラス、見るからに戦場馴れした精悍な飛行靴の特務少尉に、灰色に近い黒ずんだ顔の上飛曹は迫力負けして返事が出ない。「メインの操縦員と話してみるか」と歩き出す掌飛行長に参謀肩章と我々の間に座った階級章を付けない防暑服の少佐か中佐らしい人物（あとで聞いたが、ガ島で飛行場設営隊長であった岡村中佐）が「離陸はどうですか？」と振り返って尋ねた。「ハア」と確答を避けた掌飛行長は、結局高級士官たちに委細を委任された形になり前部乗務員の席へ消えた。

二分ほどで出て来た彼は輸送機機長を傍らに、「ラバウルまで一旦飛び、エンジン整備後トラックへ出発します」と大声で発表し、チラッと大佐を見て了解を得た様子であった。

主滑走路の両側にズーッと高い椰子林が続き、その向こう滑走路の果ては海面のようだ。両側の椰子林は六〜七百メートルは続いていそうだ。滑走路は、途中から向こうがやや下り勾配になっている。離陸を失敗しても、機首上げ失速のヘマをやらかしさえせねば海面に滑着でき、たぶん生命は大丈夫だ。

上空から椰子林に縁とられた滑走路の遥か向こうまで、高度五百メートル付近に小さい軽そうな雲が、底の部分を揃えて点々と続いている。見渡す空に積乱雲はない。離陸して二、三分間に敵戦闘機と遭えば、いちころだ、と我々は緊張し、覚悟した。機はゴトゴトと走り出し、速力をつけ、左エンジン不調の音には気づかぬまま離陸し、海へ出た。

ブイン基地を遠くに右に見て左に変針し、ブーゲンビル島西側に延々と続く海岸線に近く、椰子林や密林の上を高度三百か五百くらいで北上する。左に海岸の珊瑚礁に砕ける波の列線が近くにあったり、遠くガスの中にかすむ。右は山肌のジャングルが見えたり、遠くの山になり、山容を見渡すことが出来たりする。

ブインとラバウルの間に当たり、敵戦闘機が好んで出撃する地帯ではないが、あてにはならない。敵が現われても非常に見つかる機会の少ない飛び方であることが分かる。重巡摩耶の掌飛行長、飛曹長で、小川少尉より何年か後輩だが、「お前んとこの掌飛行（長を省略することが多い）が指揮しているらしいなあ。見ろ！　要心深い飛び方だぜ」と言う。我々は思い思いに「試運転の音が悪いんだから俺はも少し海岸近く飛びたいなァ」とか「こんな所で無事海辺に不時着出来たってどうせお陀仏だよ」とか、「ブインとブカ、ラバウルの間はうちの零戦がしょっちゅう飛ぶんだから、敵は必ず五〜六千メートルで酸素を吸いながら飛ぶと思うぜ。もしエンジンが止まったって海岸まで滑走できるし、片エンジンでも飛べるじゃないか」とか、船に乗ったら船頭まかせと言われる、何しろよそさんの機に乗っかってるものだから、勝手なことを言いつつ機は一路北へ飛ぶ。

ブーゲンビルの島が終わるとブカ基地へは寄らず、海へ出て高度百メートルだ。ラバウルへ直行らしい。左後方から追い風六メートルくらい。と、海面のところどころの小さい砕け波をみてみな判断する。

高級士官たちが、数少ない窓に寄り、意外に海面に近く、波がすぐ下で騒ぐのを見て「えらい低高度で飛んでいるぞ」といった気配だが、別にどうとか言いはせず、みな沈黙だ。そこへ好機と見たか、我が機長が前部から現われた。士官たちも船頭まかせで飛んでいるのは我々と同じだが、高度百メートルの低空飛行の意味は計りかねているに違いない。「出発前少しくエンジン不調であったのに、こんな低空で飛べばちょっとエンジンが止まればアレヨという間もなく海にボチャーンだ」と素人は考える訳である。

小川少尉はすぐに口を開かずニヤニヤして後部座席の我々を眺め渡している。いくらニヤニヤしても、ヤセて日焼けした彼の悽愴面魂が、平凡で安心出来る顔に変わるものでもないのに——と私は思う。そこへ輸送機機長が灰色のさえない顔色で現われ横に立ち、士官の席に敬礼をした。

「エー機長に代わり私がご説明します。あとラバウルまで約一時間半の行程になりました。電信機に英語でしゃべるのが聞こえる個所がありますので、念のため低空を飛びます。敵がどちらにいるかは見当つきません。ラバウルはいま空襲警報は出ておりません。ラバウルには東に回り海上から接近、進入します。終わり」と軽い敬礼を大佐に向け、あとさっさと歩いてきて我々の前の席についた。簡単で、必要事項全部を含んだ名説明だと私は拍手したかった。ラバウルには東方海上から進入します……の一節がどれくらいな重さか彼らには分かるまい。この慎重さを怠り、どれだけの仲間が死んだことか。集団行動をとらず常に単機で飛び、低速鈍重、兵装ないに等しい七・七ミリ機銃一梃の水偵乗り独得の忍法的行動、ともあれ、考え得る最も安全な進入の仕方だ。

しかし、それにしても掌飛行長が、ラバウルまで前にいて指図してくれれば良いのになあと、私はヘッポコ野郎の偵察員と操縦員がこれからのやり方が不安であった。考えることはみな同じらしく、隣り合わせた鈴谷の石崎兵曹が「掌飛行長、ラバウル着まであちらで指導して下さったら、と我々は望んでおりますが」と涼しい声で言う。この人物は私と違ってものおじしない。戦前の艦隊訓練時、高知県須崎の砂浜の特設基地で艦隊の高角砲射撃戦技用に曳く大型吹き流しの曳索（ワイヤ製径七ミリくらい）を彼が一回目展張時に切断し、二艦隊参謀に「操縦の仕方が悪いからだ」と言われたのに対し、平気な顔で、「ワイヤの径が小さく、強度が足りないのが原因です。どこの水偵が曳行しても二回に一度は必ず切って帰ってきます」と主張するのを聞いたことがあり、「艦隊に来たばかりのクセにえらく落ち着いたヤツだ」と思ったことがある。

石崎兵曹の申し出に、

「そうそう面倒見られるか。あちらだってちゃんとした操偵揃っているんだ。それじゃあまるでおんぶにだっこってことになるじゃないか」と小川少尉は取り合わない。座席から立つ気はさらにない、と私は見た。そうなると、「ままよ、あとは風まかせか」石崎兵曹と私は軽く眼を見合わせた。も一度同じことを言えば、どなりつけられるに違いない。

ところが神様の段取りは面白いと言うか、小川少尉は自分で言った「おんぶにだっこ」をせざるを得ない立場に、たちまち立ちいたったかに見えた。参謀の意を受けたらしい細面で真面目そうに若い中尉が後部座席にやって来て、まず「妙高掌飛行長ですか？」と質し、「掌飛行長に『ラバウル到着まで運航の世話をしていただきたい』と言っておられますが」

と、辞を低くしての申し出だ。「どなたですか」と問う少尉に、何とか局の部長とか何とか説明したようである。要するに東京から来た偉方であり、ひねくれて言えば非戦闘員でもあるのだ。

要望もあり、彼は立つかと我々は期待したが、「ハイ、分かりました。しばらく休んで行きます」と彼は席を動かなかった。なるほど。石崎兵曹と私はほとんど一緒に状況を把握することができた。

「ちゃんとした機長がいるのですからねえ」と私の耳に石ヤンが言う。私は「その通り」と思い、次いで「俺たちがこの機のメン操縦員だとしたら……?」と彼の耳に言う。すかさず「反乱起こしますか」と彼。そうだ、いかに大佐の言い付けとは言え、便乗者からあれこれ指図されては、操縦員の誇りは地にまみれたも同然だ。我ら二人は黙し、一瞬の間に合意した。誇り、自尊心について己れ自身の考えに浸るのであった。彼は甲三期水上機恩賜であり、高い自尊心を時には持てあましたに違いないのだ。

この機の蒼黒い顔色の機長も、試運転をした操縦員も、輸送機稼業をしながら苦難と死地を乗り越えて来た搭乗員である。この人々の誇りを、同じ搭乗員として小川少尉は考えたに違いない。

海上を高度百メートルで飛ぶ機を、高度三千メートルの他機から発見出来る可能性は、まあゼロに近い。灰緑色の機体上面の塗料は、海ともジャングルとも同系色で、高度三千からそれらと識別出来ない。敵が高度百メートルで飛ばない限り、四千メートル離れておれば、斜め上空から海面を這う我が機を発見出来ない。こちらから見えることはあるが……。つまり掌飛行長は「俺が前部にいなくても大丈夫」と考えているのだ。

輸送機が海上で長い左旋回に入った。ブーゲンビル島を離れ、海に出て一時間と少々だ。ラバウル北東海上の変針点であろう。やおら掌飛行長が立ち、前部へ歩いて行った。こんな具合で我々はショートランド基地と縁が切れ、再びこの泣き笑い豊かであった島を訪れることはなかった。

トラック基地

ショートランド島からトラック環礁に碇泊する妙高に帰艦した我がペアは、実質的には夏島の水上機基地に居住し、早朝、あるいは夜の対潜哨戒・夜間飛行訓練などに従事し、瀬戸内の柱島泊地にある旧式戦艦数隻を除いた全主力艦は、ここトラック環礁内に碇泊して、確実に押し寄せて来つつある不気味なアメリカ軍に対し待機中であった。

一月中も、二月に入ってからも、一万数千トンの商船を改造した新空母が艦上機を運んで来て揚陸するのを見ることが出来た。私たちの乗る零式三座水偵もその改造空母が積んで来たらしく、新しくてピカピカの、新機独得の匂いの強い処女機をもらった。

整備員が所属を示す赤い大きい鉢巻きを胴体とフロートに、尾翼に妙高の符号を描き、整備員も私たちも大いに喜んだ。

機嫌のいい私は一日に何回も新しい愛機の操縦席に座る。新しい計器盤の各計器の指針を見る前に、鮮烈な化学的香料とでもいいたい金属製飛行機独得のツーンと鼻をつく匂いを嗅ぐことになる。ジュラルミンの構造材に塗ってある透明で美しい青色の防蝕塗料の匂い、と私は以前から見当をつけていた。

かつて乗った練習機も、そして最初の実用機九四水偵も、鉄のフレームに板と布を張ったもので、しかも新品に出会ったことはなく、飛行機の匂いとは、油くさい、そして埃っぽい濁った匂いと思い込んでいた。

トラックの水上機基地は、夜間飛行のない時は、早い夕食のあとまったくの自由時間である。半渡飛長は、休みの時間を私と付きあうのを避け、夕食後はスルリと姿を消す。観測機操縦員中川一飛曹を誘って椰子林、宿舎裏の丘の一帯、海辺などを歩き回る。中川兵曹も幾つか年長。歌、バイオリン・ギターと上手で、幾つもの歌を教えて貰った仲である。

海辺を北へ歩くと浅い珊瑚礁の上に長く百メートルほど突き出した木造桟橋の先の大便所があり（ここで固形物を海中に落とすと珊瑚礁の小魚がパッと集合し、見る間にパクついて食べてしまうので、最初のうちはしばしば利用した。隊内にちゃんとしたのがある）、そこから北へ歩くと七～八百メートルで鉄条網に突き当たる。いつもはここで引き返すが今日はちょうど夕陽の沈む頃であり、中川兵曹の故郷（四国の伊予辺り）におられる戦死された兄貴のお嫁さんの話の途中でもあったので、鉄条網下に座って彼の話を聞くことになった。

「兵隊さん兵隊さん」と呼ぶ秘やかな男の声に気付いたのは、たそがれが進み、基地西端の岬を回って艦隊と往来する内火艇やランチの青赤の航海灯が見える暗さになっていた。我々は顔を見合わせるが、このような時、先発の行動は中川兵曹がすることに決まっている。彼は世馴れして図太いところがある。歳のせいだけではない。鉄条網は海岸に直角に海から陸へ、基地を区画したものらしいが、海辺から二十メートルあたり、一メートルか二メートルの灌木に類する低い木が椰子林の中に繋っている。その辺からの声と意見は一致した。彼を先頭に私は従う。日に焼けて色黒く、丸っこい身体つき、頭の頂部の髪薄い人夫風の男だ。現地ではない。鉄条網の向こう側に何があるか考えたこともなかったが、設営隊宿舎があってもおかしいことではない。

彼が差し出すパイプを手に持ってみる。黒く重く滑らかな木で作ってある。手の中で握り心地すこぶる良い。煙草と換えてくれという。中川兵曹はここで配給される「誉」を愛用するので、彼はポンと一〜二本抜いたあとの一袋を彼に手渡す。

「これは黒檀製ですよ、もっと多く交換したいから、パイプ以外にご希望があれば作って持ってきましょう」と設営隊のおじさんは申し出て、私は咄嗟に、彼女に持って帰る綺麗な箱を所望した。「何を入れますか」さあ、私が知っている女性の使う箱は、母の針箱くらいだ。オルゴール付きの小箱を中学生の頃、金持ちの友人宅で見たことがあった。その時は大きい電蓄からシャリアピンが歌う『ボルガの船歌』が重々しく華麗に応接間を圧したのであったが。

話は決まり、一週間後以降夜間飛行の無い今夜のような夜に交換は実行予定となった。ところが「キッキー、キッキー」と鳥の鳴き声を聞いたと思うと、彼は繁みの向こうに消え去った。合図の声だとは後で気が付いたことだ。我々はもう一度海辺へ降り、残照の空と海からの少しの反射光とを集め、思わぬ収穫物をながめた。

驚いたことにも一度大きい声で「兵隊さん」と呼びかけられ、鉄条網の向こう波打ち際に近く二人の壮丁と思われる人影を発見することになる。「私どもは静岡から来た看守です。あなたたちは人夫から何か貰いましたか」と聞いてくる。私は返答に窮し、中川さんが、「いいえ。何もそんなことないですよ」と即座に否定する。ついでに、我々はあそこに集まっている艦隊の乗組員で、かくかく……身分をちゃんとしておく。

落ち着いて考えてみると、手作りのパイプと煙草を交換してそう悪い訳はない。それに当方は海軍基地内におり、鉄条網のあちらとこちらだ。問題はない。向こう側の事情に興味もあり、ご自慢の「チェリー」を一本ずつすすめ、話をきく。

飛行場と諸施設を造る囚人部隊は、彼の部隊に約八百人。兇悪犯も数多く、海軍部隊のようにキチンとはいかない。流木の中から固い木を探して、お箸・茶碗、パイプ・手箱と何でも作り、食料品・日用品と交換する手合もいるが、場所柄黙認することもある。煙草は厳禁ですとわざわざ言う。事情は察している様子だ。酒も駄目ですが、自分たちで作るようです、と。十字架上のキリストをいつも彫るのがいます。般若心経の写経と同じ気持でしょう、と。般若心経の講釈を頼み、キリストを彫っているとそのうち天地異変が起こり、この島から逃げ出せるとでも思っているのでしょう、などとも聞く。「オルゴールの付いた玉手箱のようなのを欲しいですねえ」と私が言うと、「オルゴールは当分出来ませんねえ。でも道具が増えているようですから私たちの知らん間に作るかも知れません」とのこと。

二人のうち一人は補佐役らしいが、無頼の徒と呼ぶに相応しく、しゃべらず、落ち着きなく、木刀風の棒を振り回したりする。

看守と自称する四十歳少し前の男も、なかなか筋道よく話すが、私の周りの仲間と根本的に違うのは心卑しいと思われるところだ。この男と比べると、我々仲間は何とさっぱりして、欲望にこだわらず、悪意なく、美しい心の持主であることか。世の中にこのように汚れた仕事をする男もあるかと考えこむ。人夫たちを疑い蔑み、汚い言葉で罵り、犬馬より低級な生き物と思い、おそらく人夫たちから見れば鬼より悪い悪党であろう。やはり俺たちは美しく花の如く生き、パッと散って潔く、長生きは出来ないが、こんな連中より千倍も生きている甲斐がある、と思った。もっとも、この考えに中川兵曹は難しい顔をしてウナルだけであり、半渡は二～三度目をパチクリして返答に困る様子であった。

結局、一週間後の物々交換取り引きは失敗し、三月終わり頃、我々ペア三人に揃って内地帰還の転勤命令が来た。

「これがショートランド勤務の勲章だよ。陸さんから感状貰うよりずーんと良いだろうが」と掌飛行長は感状に執着した私をまた笑った。「でも感状を持って内地に帰ればもっと良いのに」と思いつつ、いやいや掌飛行長式に欲望には淡々としておかないと長生きできないのだ、とまあ思った訳である。

内地帰還は大和に便乗することになり、砲術学校高等科に入学する兵科の若い下士官、通信科、主計科の兵各一名、と我々三人は内火艇で送ってもらう。私は内火艇の低い舷側に立ち、見上げる巨大な鋼鉄の構造物である本艦が、私の心安らぐ安住の場であったことを想い、父の如くまた母の如くあった妙高と、この二年半、青春の喜びと憂いを共に分け合った乗組の仲間とに別れを告げた。

戦艦大和

大和の前部露天甲板はすでに数十人の兵、下士官がそれぞれ荷物と共にあちこち分散し、乗員の出航用意作業を見物している者もあった。舷門から上ると半渡を伴い、主砲二番砲塔の日陰に行き衣嚢を降ろし、遠慮した半渡は立ったまま、私はそれに腰を降ろした。砲塔は要塞のように聳(そび)え、巨大な鋼鉄の塊だ。表面は荒削りのままで、並の戦艦のように仕上げがしてない。世界の三大馬鹿が造ったと言われるが、その通りだと思う。

各艦から続々と内火艇が着舷し、それぞれ勤めを終えての帰国という気楽さもあり、あちこち構造物の日陰に集まった兵、下士官は、私のように荷物に腰を降ろしたヤツもかなりおり、とにかく出港を待ちわびていた。

山本長官は今ラバウルに進出しておられるが、大和に乗っておられた頃の大和の出航は、後甲板の軍楽隊が「抜錨」のマーチを吹き、艦首の錨穴から径三十センチもありそうな水流がほとばしり出て、揚がってくる錨鎖を洗い、勇壮で見た目にも意気あがるものであった。

今、長官不在の大和出航に軍楽隊が演奏するはずはないが、鎖を洗って動きだし内地への航海を始めればどんなに楽しいだろうか、と私は思う。他の連中もそう思っているに違いない。

ところがそうたやすく楽しくはならなかった。

「貴様たちここでゴロゴロするな。後部兵員室に降りろ！　早くしろ！　デレデレするな！」

とお定まりの裸足の甲板士官が現われ、怒鳴り、叫んだ。思いがけなかったので驚いたが、考えると大和は戦場を駆けめぐる訳ではなく後方勤務だから、こんなことに厳しいのは当たり前だ。妙高だって開戦前は軍紀厳正であったものだ、と気付き、私も荷物から立ち上がった。

甲板士官は一番砲塔の陰から追い立てを始めた。荷物を担ぎ、あるいは両手に提げた便乗者たちはゾロゾロ私の前を通って、後部へ移動を開始した。羊の群れの如く温和な集団だ。甲板士官は己れが打ち振る棒先で兵たちを追い立てるのを楽しんでいるのだ。「コラッ！早くせんか。ボヤボヤするな！」と前がつかえて急がれない者を棒で小突き、荷物を叩いてどなり散らす。シェパードは群れの後尾でマゴマゴする羊の後脚に噛みついて気合を入れ群れを追うと聞くが、それと寸分変わるところの無い光景だ。私の心の中にムラムラと燃えあがるものがあった。

「俺も、そしてこの従順な下士官兵の集団も貴様と同じ帝国海軍軍人なのだ。貴様が考えておる羊でも牛でも、また征服された奴隷でもないのだ。俺たちを棒の先で小突いて追い立てると」と。

ちょうどその折、突っ立って動かない私の面前に彼が躍りこんで来た。

「貴様ァ、何マゴマゴしてるッ！　さっさと行けッ！」と怒声もろとも棒を振り上げ、今にも振りおろそうと威嚇した。真正面に正しく私に向かって振り上げられた棒と、居丈高な面付きが、燃える炎に酸素を吹きかける効果があった。私は自分の顔面が憤怒の形状物凄い顔になってるんじゃなかろうか、と思うのだが、もはや自力では脱出できない。私の前をみなは後部へ移動する。服従の習慣で私も彼らと共に行かねばと思うが、「動くなッ」と命ずる炎の心があった。私は動かず、遂に、

「その棒を俺に振りおろしてみろ！」

と彼をハッタと睨みつけることになった。実にわずかな、本当に微妙な心のスキとも言える瞬間の動きの結果である。心の隅っこで、「これは何だか大事件になる予感がするぞ」と警戒するところがあったが、ならばなれ、負けてたまるか、と燃え上がるものの方が強い。

「貴様のような戦争せんヤツが、俺を威嚇するとは何事だ。殴るなら殴ってみろ」

と開き直ってしまった。『騎虎の勢い』とはこのざまであろう。

「貴様ァ、なんだ、なんだその眼は、貴様ァ抵抗する気か」

と彼は絶叫し、近寄らず、棒を己れの脇に下ろした。私の全身を一瞥し声を低め、俺について来いと先に立った。

ラッタルを降りるとすぐ一次士官室だ。ガンルームと言い、候補生、中少尉公室だ。彼が

先に入り何か言ったようだが、私はそのあと入室した。悪びれず、恐くもない。ところが実に意外にも、十人を越す青年士官がどやどやと集まり、私をグルリと取り巻いた。「何だ、こいつ」と言うヤツもおり、みな、私を睨みつけている様子だ。『何だこいつらは。俺という若年下士官を一人で扱いきらず、集団の力で料理しようというのか。よかろう。負けることはない』と余裕が出来た。

「貴様はなぜ俺の言うことを聞かなかった？　なぜみなと一緒に後部に行かなかったか？」

正対した甲板士官が、怒鳴る声ではない鋭さで尋ねた。私は何をぬかすかと気が進まず返事しない。

「返事しろ。貴様、何とか言え！」これは甲板士官ではなかった。私は声の方へ向き、一人の少尉に眼を据え、睨み、

「私は牛馬ではありません」

「それがどうした。何だそれは！」

私より大きい声で少尉がどなった。私の眼には憎悪の炎が燃えたぎっていたに違いない。

「棒の先で追い回されるいわれはありません！」

負けず大きい声を彼に吹き付けた。

昭和18年11月、海軍飛行兵曹長に任官した著者。当時重巡熊野乗組

「何をっ！」

突嗟に彼はなぐる態勢になり、私もすかさず脚を両側にずらし、ついでに十センチほど彼の方へ前進し、充分なぐられて良い態勢をとった。なぐってみろ、この俺を。口に出さないだけで誰の眼にも私がなぐられる用意を完成し、待つ態勢になったのは明白であろう。なぐれ！　力一杯なぐってみろ。なぐられる用意で私の心はシーンと冷静になり（これはすでに習性となっているもので、訓練のたまものと言えよう）、次いで周りを見たくなった。が、顔を動かすのは危険であるから辛抱し、少尉に眼を据えたままジーッと待つ。

さめた私の心に『この野郎が俺をなぐり倒したら、今日以後俺は飛ぶのを止めるぞ。どんな手を使ってでも俺は飛ぶのを止めるぞ。止めて見せてやる』と唐突に、まったく思いがけなくこれまで考えたこともない決意が腹の底のあたりから起きてきた。残忍な笑いに似た感情が湧きあがってくる。なぐられて耳が痛いと言って頑張るんだ。高度三百になると耳が痛くて辛抱できないと言って着水して帰ってきてやる。騒ぎが大きくなれば貴様たちとの対決になる。それまで死んでも飛ばんぞ、と。

時間は過ぎ、彼の腕は一ミリも動かず、他の十数人も音もない。なぐられないなら顔を動かしても危険ではない。大和ガンルームの不動無言の男たちを一人ずつ面を眺め渡す暇があった。

『俺を不遜不敵と言うのか。俺は牛馬ではない。貴様たちの棒先で追い回されてたまるか』

こいつたちは甲板で俺を棒で威嚇した元気はどこへやら失い、今や冷静と狡知を取り戻したのだ。上官抵抗を試みる不埒な小男の上飛曹をブンなぐってあとどうなるか、を考えためらっていたのだ。

大和がトラック環礁に錨泊し多量の重油を無駄に浪費している間、ソロモン群島では文字通り屍を乗り越え、海軍陸攻隊、戦闘機隊、機動部隊、飛行機隊の死闘が繰り返されたのだ。それを考え、こいつらがまだ正体不明の一搭乗員をなぐる気が消え失せたのだろうか。『貴様が羊犬の真似して羊どもを追い立て得意になっている間に、俺は貴様たちの何十倍も祖国のために闘ったのだぞ』と思い、私は舌打ちした。静まりかえった室内に私の卑しい舌音が隅々まで行き渡ったと思うが、彼らは動かなかった。これ以上の言動は危険である。敵に乗ぜられるに違いない。

「お前、言いたいことは言ったようだな。帰っていいぞ」

と興奮しない声がした。

立ちならび私を包囲した列の後方からの声のようだ。発言源は低い椅子に座っているヤツだ。私は動かない。残忍な心で私は動かない。『帰っていいぞ、くらいで帰ってたまるか』と。

そこに聞き馴れた大きな濁み声がして、この場の対立劇は終了した。

「うちの安永が来てますか」と。

青年士官たちの包囲の列が動いてほとんど解散し、私は我が掌飛行長と向かい合った。

「何だお前」と私を見、「さて」と彼らをずーっと見渡し、「何か失礼しましたか」と裸足の甲板士官に眼を止めた。甲板士官は返答をせず、空気は再び気まずくなるかと思われたが、先刻私に帰っていいぞと言った同じ落ち着いた声が、「別にそういう訳ではありません」と応答した。間髪を入れず「じゃぁ連れて帰りますよ。来いよ、安永」とさっさと出ていった。私は向きを変え今の声の主は、と見ると、緊張していない顔の中尉がそうらしく、そちらに軽く上半身を傾け、他のヤツの顔は見もせず外に出た。

小川少尉は「半渡が心配していたぜ。お前、変な騒動を起こすなよ」と私に注意したが、まんざらではない顔だ。

今、俺をつれ出した一幕の何と鮮やかであったこと、と私に感嘆の眼をもって見上げられ、『これが俺の流儀さ』とご満悦でおられたのではないだろうか。

こんな具合で艦隊暮らしと縁を切った私は、残念ながら六ヵ月で再び重巡熊野に呼び出され、決戦に備えて今度は艦隊と共にリンガ泊地に進出したのである。

第四章　重巡筑摩水偵隊——落日の連合艦隊

転勤はブイ・ツー・ブイ

昭和十九年三月、リンガ泊地にて、重巡熊野から筑摩へ転勤を命ぜられた。

熊野では飛行長、嶋大尉のおかかえ操縦員であり、同僚の田中正次郎飛曹長（甲三偵）とも仲良く、喰うか喰われるかの大作戦もなく、暮らしよい数ヵ月であった。

嶋大尉とは昭和十八年四月からの博多航空隊で分隊長と先任教員の仲で、私が以前から熱中していた佐世保港の散髪屋の娘との絆を告白すると、「よし、俺が貰いに行ってやる」と佐世保まで出かけてくれた。

残念ながら、帰ってきて、「お前、あの女はあきらめろ」と不首尾で、私は「ハイッ！」と答えたものの、大いに落胆した——といういきさつもあった。

長身（たぶん一・八メートルくらい）、色白、髭そり跡青くなかなか男前で、繊細に動く感情を持つ人であった。髪をごく短く刈って青い頭の大尉は、長髪の私が用心して飛行帽を脱ぐのを、「お前のオシャレにいちゃもん付ける気はないが、ウットーしい頭だなぁ」と、『坊主頭になればもっと大事にしてやるぞ』という風であった。

リンガ泊地に熱帯の太陽がまだ斜めに光線をそそぐ午前中、熊野の内火艇から筑摩の舷梯に飛び移る。隣りのブイからでもあり、セレター基地から大急ぎで帰艦したばかりでもあり、防暑服、飛行靴の出で立ちだ。

筑摩飛行長町田大尉は、嶋大尉より二期は先輩であろう、とかねて見当をつけていた。いつも屈託の無い顔で明るく、コセコセしない指揮官である。

町田大尉に従い艦長室に伺う。若い私から見れば、老紳士といった風の筑摩艦長（則満宰次大佐）は、「お前、いくつだ」と厳しい顔をくずさない。「二十四です」と答え、あとを待つ。そうビクビクすることはない。艦長への新着任挨拶はニラミ付けられて終わった。飛行長は艦長の恐い顔などヘッチャラな様子で、私に二号機の機長を命じ、艦長の許を辞した。

私の同僚として今井飛曹長（甲三偵）が翌日乗艦し、私の偵察員も新しく乗艦した上飛曹で青木兵曹、偵察練習生四十七期。温厚な人で、ペラペラ軽口をたたくタイプではない。喜怒に激し易く興奮型の自覚がある私は、この温和・常識的人物との組み合わせを大いに喜んだ。

各艦の搭載機は、センバワン、テンガー、セレターで訓練をしていたので、私もさっそくシンガポールのセレターに向かった。シンガポールは若い私には毎日が目新しかった。

軍人軍属立入禁止

セレターに来て二週間も経った土曜の午後、私は一人でシンガポールの街を歩いた。ここにも、だいぶ詳しくなり、「新世界」と地図の一画に見える悪名高い立入禁止区域に向かうことにした。繁華街の一角だ。

往き交う群集と同じ服装、風采の私に、特に注意する者はいない。ブラリとやってきた一人旅の青年の気楽な散歩だ。だれも私を日本人と気付かないのも冒険めいて楽しい。

自転車の後ろにピッタリ身体にくっつく服を着た若い女性を乗せた、現地人青年が、時々私を追い越す。

若者の背に胸を任せ、回した片手で彼の胴を抱く彼女と、あり余るエネルギーでペダルを踏む青年に、戦争の影はまったく見当たらない。ただ、ただ青春の性と小さい平和を楽しんでいる、と見える。遥々と長い戦場の旅を経て、今また次の戦場を間近く待つ同じ青年の私が衝撃を受け、心乱れるとしても、不思議はない。

狭く小さい荷台にスカートの腰を横向きに落とした少女がチラリと私を見て通り過ぎる。チェッ、〝これ見よがし〟とはこんなものを言うんだ、と知る。同じ年頃の私に、この経験は残念だが一度もない。だいたい自転車の二人乗りが禁じられた国から来ているのだ。私は彼女らの露わな腕の奥からどんな蠱惑的体臭が流れ出ているのだろう、と気を回し、俺たちの国の法律は焼き餅焼きの老学者が作ったのだ、と決めつける。

灯ともし頃に近い街中の雑踏が乱れ、人々が避け、街路の端に寄る。そして、街頭での出来事に異様な注意をそそぐのに気付く。すでにこのあたりは現地人たちに限られた遊歩区域らしく日本陸軍兵士の姿はまったく見えない。彼らの視線は、小型で、やや古びた乗用車と、たったいま降り立った様子の中年の夫婦、もう一人は若い娘だ。身なり良い裕福な層の華僑であることが分かる。日本陸軍の憲兵二人が何か咎めている。

憲兵たちが周囲の民衆に注意を払う様子はまったくないので、私は歩く人々の中に混じり事件の場に近付く。気が付くと、問題の、小さい乗用車の向こうに「軍人軍属立入禁止」と書いたえらく大きい看板が見える。一字ずつ、二メートルほどの板に書いてあり、遠くから見えるように高く取り付けられている。

憲兵の先任者が「来い」と鋭く叫んだのを聞き、ハテ何事かと訝る。その時、若い女性の歪んだ驚きの顔付きが私から真正面に見えた。なんと絶望的で蒼白な顔であることか。伍長の襟章が見える、彼は左手で腰の軍刀を押さえて、歩き出す。いかにも重大な行動をとりつつある態度である。この一見平和な家族は何をやったと言うのだろう。

伍長は「こやつらを再び街に出し放つことは無いぞ、貴様たちもよく見ておけ」と宣言するような歩き方だ。

私は日本人であることを忘れ、周りの群集と同じ心になり、二人の凶悪無頼、猛々しく粗暴な日本憲兵を心から憎んだ。

軍人立入禁止の大看板をチラリと見上げながら、私はその立入禁止地域に踏み入る。遠からず海に果てるのだ。何のこれしき、との意が心底にあってのことだ。

少年期数年を過ごした博多、筥崎宮放生会に詣る庶民の雑踏に似た人なかを歩くうち、裸女の看板を揚げた小屋に出会う。軍港の場末の町角に立つ小屋に似ている。褐色の肌をしたマレーらしい青年二人に従って切符を買う。彼らが無言で切符を受け取るのを見て、私も同じように入る。

十人ほどの客と、うす暗い内部、五十センチほどの台上に等身大の木箱。中の鏡に裸女が映り、音楽の調子が変わると、一瞬電灯が消え、裸女が骸骨に変わる仕組みだ。〝何という子供だまし！〟とあきれる私に、さっきの褐色組の一人が「馬鹿にしてやがる」と叫んだ様子で私に笑いかけた。ヘッ！　俺を同人種と見たのだ。まあこれなら、暗殺団のテロにやられる心配はない。テロを恐れて「軍人立入禁止」になっているのだ。

次は、一応劇場の造りで、芝居と踊りが呼び物であり、内部は明るく舞台で数人の若い踊り子が西洋風に踊っていた。ここもテロの心配はない、とやや前方の席に着く。

十分ほども観て、外をも少し歩こう、と立ちかけた時、不意に無遠慮な闖入者が数人現われ、通路を無言で前へ進む。何と、また憲兵たちだ。半袖シャツの腕に憲兵と書いた腕章を巻いている。間違いない。

椅子最前列で反転した彼らは、客一人ずつの顔検分を始めた。不躾なヤツらだ。

ムッツリして不機嫌な私の前を二人の検分者が通り過ぎ、五人か六人の日本人が連れ出された。見たところ、軍属か船員か、そんなところだ。

騒動は終わり、場内は休憩になり、私は一団の人々に混じり外へ出る。劇場前広場は、まだ憲兵たちと男どものやり取りが終わっていないのを見て、私は左へ彼らを避けて歩き出した。

あいつらに用事はない。道路の雑踏に入ったところへ軍靴の音が追って来て、半ズボンの憲兵軍曹が私の前に立ちはだかった。そうか！　俺の歩きっぷりで分かったのだ。

彼は私を連行するという。「そうはいかんよ、軍曹」と言いはしないが、私は開き直った。「私は艦隊の者だ。今夜、基地に帰っておかんと、明朝の出発に具合が悪い。ここも見ておいて安心したよ」と言い、ジーッと彼の眼に見入った。ごく短い睨みあいで、彼が諸状況を勘案し、「連れてったって面白くはない。艦隊からの電話一本でことは終わりだ」と判断したらしいのを見て取り、「座ってたの分からなかったかねえ？」と尋ねてみた。私を見過ごしたことを頷いた彼は、「鍛練された歩き方は独得です」と言い、急に柔らかい顔になった。

この近くの海に集結し、最後の力を振り絞って滅亡への決戦に出かける悲壮な日本艦隊に敬意を表し、多少のお上手を私に言ったのだ。

三年前の佐伯港夜間着水事故の後を遺し、私は右足を引き摺って歩く。鍛練も長く続いた怠惰な艦内暮らしで帳消しになって消え去ったはずだ。

「有難う」と私は言い、踵を合わせ軽く姿勢を正した彼と広場を後にした。

新世界の探検は終わり、まあ目的を達した、と満足した私は、次の瞬間には、艦隊搭乗員の心に還った。

戦艦大和に撃墜された松岡孝

騒動の新世界からセレター基地に帰る道すがら、スタンフォード通りの灯の下で思いがけず、松岡孝とめぐり会う。空母乗組の彼は艦攻か艦爆搭乗員のはずだ。防暑服に白い日覆を掛けた士官制帽を被り飛行靴をはく。これからセンバワン基地にバスで帰ると言う。「俺がタクシーで帰るからお前も乗れ」と話は決まる。「タクシーか」と不思議がるのは、空母飛行機隊では街への外出回数が少なく不馴れなせいだろう。彼らは数が多いから「士官送り（迎え）」のバスが出るのかも知れない。

お互いに乗っている艦の名を尋ねることもしない。彼が瑞鶴に乗っていようと、新鋭空母大鳳であろうと、さしたる違いはない。この時期に至ってはどちらでもよい。

敗亡する祖国に殉ずるため、今我々は準備をしている。殉ずる、と言えば演説口調で馴染みが薄いが、要するに「俺たちの番が回って来た」と言うことだ。

誰かお前の他にいるか？　とも、もはや尋ねる気は起こらない。残存するわずかばかりの空母に同期生が他にそんなに乗っていようとは思われないのだ。何回かの機動部隊海戦で艦上機組はほとんど死んでしまった。

とにかく最終回の出撃をする日本艦隊に乗ってるのはお前と俺だけだ。そして今度こそ俺たちも一巻の終わりだ。俺には分かるんだ。と松岡は考えているに違いない。幾度もの修羅場を生き残った彼はアメリカ機動部隊の強さを最もよく知っている。

新進の搭乗員たちも、そして攻撃には飛ばない飛行長、飛行隊長、航空参謀の指揮官たちも、彼ほど切実には知らないのだ。今日の平静な物腰は、温厚、おだやかな彼の内なるものが現われた自然な態度。と、私には受け取ることは出来ない。

敵と味方の戦力を身をもって体得した彼が、千に一つの僥倖さえ期待出来ない今度の戦闘に絶望した静けさなのだ。

「水上機乗りのお前は、少しだがチャンスは残っている。たとえ艦隊は壊滅するとも、お前は生きろ。この次まで生きろ」と松岡は考えているだろう。

私は昭和十七年、まだ日本艦隊がトラック根拠地に健在であったころ、トラック水上機基地で出撃を明日にひかえた徳永（延彌）が「お前、いいなあ、重巡で」と突然呟いた時の心の当惑を思い出した。彼は伊十六潜とかの大型潜水艦が積む複座小型水偵の偵察員だった。

彼も幾度かの出撃で敵と彼の潜水艦との相対的戦力を知りつくし、出撃前夜、気楽な様子の私に、心の大切な部分をツイ打ち明けたのだ。自分の運命を予知した徳永は、翌日、正午少し前、基地の沖、五百メートルの海を北水道へ向け航行する潜水艦内にいた。

狭くともチャーンと露天甲板はあるのだ。なぜ、長い航海への出航らしく甲板に乗員が立ち並び、陸上基地の我々や在泊各艦船の見送りを受けないんだ。飛行機搭乗員の徳永は一分間でも、たとえ一秒でも、空と雲の見える甲板にいたかったであろうに。

黒に近い濃灰色の長い船体はヒタヒタと海水に洗われるほど低く、その前甲板には小さい水偵を分解して格納する格納庫を備えている。私はまるで不吉な棺桶を持ち運んでいるみたいじゃないか。何のために潜水艦に飛行機を積むのだ。おかげで艦体はあれほど大型になり、駆逐艦や駆潜艇の探信儀に引っ懸かりやすくなるんだ。空で死ぬのを敢えて厭わぬ搭乗員が、水面下百メートルの艦内で爆雷攻撃に散々怯えた挙句、水圧に圧し潰されて死ぬなんてことになるんだ。残念だなあ、徳永！

俺たち搭乗員が海の底で死ぬなんて恥辱もいいとこだ。お前の潜水艦が敵と遭遇せず、生きて帰港するよう願うだけだ。功績なんかこれっポッチもいらないんだ、と心の中の憂さを並べ立てた。

滑走台上の私は潜水艦の右舷後方から見送る位置になる。ディーゼルエンジンの排煙がうす青く艦尾にたなびき、凝視する私の眼に艦の輪郭は青い煙と共にゆらめき幽霊船を思わせた。

今度、お前が生まれかわり、育ったら「海軍航空士官募集」などという無責任な甘言に騙されぬよう気を付けろ。見送る俺も残念だ。

徳永の還らぬ潜水艦を見送った一年後の十八年秋、生き残り組はようやく准士官になり、現在、松岡は艦隊攻撃機隊の小隊長を務めるはずだ。

もはや「お前、いいなあ、水上機で」と呟くことは出来ない。トラック根拠地に大艦隊を擁し、戦争の帰趨に不安を覚えながらも、「なあに、何とか逆転する望みはあるんだ。俺たち下ッパは心配しなくていいんだ」と切羽つまる気になるのを避け得た一年前とは状況はまったく変わってしまった。

大艦隊がソロモン海に向けて出撃し、米艦隊と互角に近く戦い、また敗退しては帰ってきて安住の隠れ家としたトラック泊地は、十九年二月に徹底的に米空母機群に破壊されて根拠地の機能を失った。我が艦隊は再びトラックへ還ることはなくなった。完全に米海軍の制圧下に入ってしまったのだ。

来襲する米機動部隊と戦うのを恐れてトラックを逃げだした我が連合艦隊はパラオに入港した。トラック環礁の竹島陸上飛行場の新品の零戦など数十機が、ことごとく燃えてしまったと聞き、腹を立てる元気もなかった。

入港したパラオ環礁では、南洋庁本部前の広場、コロール島内の公園、道路脇空地など、あらゆるところに、軍需物資が小山のように野積みされ、ケンバスがそれらを覆っていた。私は高度三百メートルから、この美しい南海の珊瑚礁の小島を見て、「何だ、この島はまだ後方補給基地のつもりでいやがる。すぐそこまで戦場は来ているのに」と思い、私は我が民族の戦争準備の悪さにあきれた。

「ウンと偉い奴らがさぼってやがるんだ。俺たちばっかりコキ使いやがって！」とアラカベサン水上機基地に降りた搭乗員たちはヤケッパチで叫び合った。

艦隊は、ここも危ない、と逃げ出した。そして、トラックと同じように敵空母機が大襲撃し、膨大な量のなけなしの戦闘用物資はいとも簡単に灰塵と帰した。

今、私と松岡は、この、勝に乗じた常勝米艦隊に立ち向かう最後の戦闘に出て来たのだ。もう「お前、水偵でよかったなあ！」なんて、松岡が言う訳はないのだ。

今頃、空母組は酒宴のさなかであろう。酒を飲めない彼は脱出して来たのだ。そうだ、飲めぬヤツが無理しておつきあいする必要はない。俺たちの持ち時間はもう残り少ないのだ。

「おい、お前と歌を歌おう。東京の歌、どうだ」ということになり、松岡と……雨が降る降るアパートの……銀座は暮れ行く、ネオンが濡れるよう……なんていう歌を、タクシーの後席で声を合わせて歌った。

世が世なら「松岡、お前、音痴か」とからかうところだ。次の東京ラプソディを彼は歌わず、貧弱な音量の独唱を私がやった。私が歌う故国の歌を松岡は別れる人を考えつつ、黙って聞いていたに違いない。

セレター基地正門まで二百メートルの、貧しい集落の辻で、タクシーの後席の松岡と私は別れ、再び顔を合わせることはなかった。

正確には、この一ヵ月後、彼の乗った機は、サイパン島、西方三百数十浬の海上で、戦艦大和、武蔵の主砲に誤って砲撃され、灰色の煙を引いて海に墜ちた。私はこの悲惨な同士討ちで墜ちてゆく三機を、重巡筑摩飛行甲板からこの眼で見たのである。

その時は、その中の一機が松岡であったとは知らない。

これが分かったのは戦後、その折の戦闘詳報を手に入れた時であった（もちろん、戦闘詳報に「味方が撃墜した」などとは、一言も書いてはいない）。

数十機の第一次攻撃隊は、攻撃に成功することなくほとんど全機未帰還。日本戦艦群に撃墜された艦爆三機だけが、駆逐艦に拾われて奇しくと生命をまっとうしたのである。運命はあざなえる縄のようなものだ。松岡が出会った信じ難い生還は、とりも直さず我が海軍高級指揮官たちの戦史に残る恥辱的な射撃命令のお蔭なのだ。

この海戦後、彼は何くわぬ顔で夫人の許へ帰り、顔の絆創膏を「チョット不時着してなあ」といったような顔でテレていたそうである。

次の週が終わり、五月初めに艦隊飛行機隊はセンバワン、テンガー、セレター、の三基地から一斉に撤収、それぞれの母艦へ引き揚げた。

一部の米海軍の無線通信が、ピタッと沈黙したそうだ。作戦開始前の無線封鎖は日本艦隊もやる。

撤収直前に、セレター軍港に近い海軍病院の看護婦宿舎二階の窓に痴漢が登り、窓から身体半分を入れたところで気丈な看護婦がサッと窓を閉め、はずみで痴漢は地面に落ちて死んだそうだ。と、聞き、ヤケッパチの艦隊搭乗員では？　と、十分に可能性があることを認め、「占領地に来たら日本女性も気が荒くなるんだ。でも窓から突き落とせば、死ぬことは分かっていただろうに」と看護婦を「情を解せぬ」と悪く言った。ところが、死んだのは工廠で働く現地人工員だった、と聞き、「日本女性の許に忍び込むとは不埒なヤツ。さすが、日赤看護婦さんは気骨がある」ってことになった。勝手なものだ。

将来はいざ知らず、今、現在、この地では我々が戦いに勝った占領者である。シンガポールの街角を、うすいグレイの格好良い制服に身を包み、背すじを伸ばして濶歩する彼女たちを現地の男たちは道をよけ、貴人に対する礼をとる様子があった。

今、我らの軍事力を背景に彼女らの誇り高い散歩をこの地の民衆は容認するが、数年後、戦い終わった後は形勢逆転するに違いない。

俺たちが威張れるのはここしばらくだ。

敵潜水艦、泊地侵入中

五月五日、艦隊にお節句行事があるはずはないが、番兵に起こされ夜明け前の飛行甲板に上がる。海からの水蒸気は冷たく、星明かりの海にこちらに艦尾を向けた僚艦「利根」が黒々と浮かぶ。仔細に見れば、飛行甲板右舷前部の一機が試運転中で、青い小さい焔がチラチラ見える。

暗いうちに、艦橋の、吹き流しを掲げる索に鯉幟をくっつけておけば、夜が明けて艦隊の男たちが喜ぶのだがなあ、と思う。全艦鯉幟を掲げて出撃したらどうだ。いつもいつもZ旗ではいかにも能がないのではないか。

五時発艦。対潜哨戒と航法通信訓練だ。昨夜から浮上航走していた敵潜水艦が早朝の海でウロウロしているのを発見、爆撃せよ——と命令を受けている。

北東へのコースなので、六〜七十浬も飛ぶと前方水平線が少し明るみ、ガスが立ち込める彼方からの朝の太陽が上がるのが見え、大変爽快だ。水平線が橙色に輝くのに、眼下の海はまだ暗く、黒い波が動いて生きもののようだ。この頃合が私は好きだ。

午前九時少し前、全コースを終え泊地へ帰ってくる。間もなく着水。揚収してもらえば飯だ。と、眼を細めて飛んでいる前方に、突然奇妙な飛び方をする一機の零式水偵を見つけた。味方識別法に従い、我が機は泊地南端にコースを取っている。機首前方約二千メートル辺りで水偵は大きく翼を傾けて急な旋回をしている。我が機は高度三百メートル（泊地進入時に厳守すべき味方識別のための高度）より少し高く、四百メートルくらい。おそらく零式水偵に許される性能ギリギリの急旋回だ。もちろん海上である。ハテ！……何事？一瞬の後、青木兵曹と私はまったく同時に叫ぶ。「潜水艦だ！」間髪をいれずエンジンを増速し、まっしぐら。青木兵曹が弾庫扉を開けるわずかな衝撃が操縦桿に伝わってくる。ウム、爆撃準備は完了だ。あの機の下で敵潜水艦が泊地に潜入しつつあるに違いない。勇ましいヤツ。まるで冒険物語だ。少年時代の『少年倶楽部』に、海中に張り巡らされた防潜網を切り破って敵軍港に進入する潜水艦の勇壮な口絵があった。胸躍る科学冒険小説だ。なんと！あそこに小説の中の英雄がいるのだ。

みるみる我が機は接近し、前方の機は右急旋回を止めない。何をボヤボヤしてるのだろう。いつまでもグルグル回りやがって。フロートと胴体に巻いた赤い幅広の帯から見ると、四戦隊の愛宕機か。

上空に薄いガスが拡がり、中天に輝く太陽は輝度を減じ、ギラギラ照りつけない。上空のほとんどを覆うガス状の雲が海面に映って反射し、海底への視認をひどく妨げる。この状況では浅い角度で、いくら眼をむいても海表面の下は見えない。海表面の波の動きに空からの光が乱反射するのだ。

ここぞと思うところで機をウンと傾け、直下の海を覗きこまないと海面下の物体を見ることは出来ない。つまり海中に潜む潜水艦を我が眼でシカと捉えるにはかなりの経験と熟練を要するのだ。前方の機は依然として旋回を続け、海底の不審物体の確認をしつつある。

発見から十数秒後、我が機は先発の機に従い右旋回に入る。そう右急旋回をしさえすれば見えるってもんじゃない。私は海面の色を見ながら浅く右に回る。ここだッ！　と思い切り翼を下げ、ほとんど垂直の下を見る。必死の視線だ。「いたッ！」青色がかったほの暗い海中に一際黒く、巨大な鰻の胴の一部のような船体が一瞬見えた。そう深くない。二十メートルか。駆逐艦ほどの幅。そしてその二倍ほどの長さ。あとは海が光って見えない。ウーム、正しく航洋型潜水艦の大きさだ。アメリカ海軍には六百トン程度の小型潜水艦の手持ちもあるはずだが、今、垣間見た奴はたぶん大型に入るに違いない。千五～六百トンならピッタリだ。そして、奴さんのコースが良い。正しく泊地へ進入中の船体の向きだ。我が方の潜水艦である訳はない。付近行動中の味方潜水艦はいない。今朝出動前、飛行長に聞いたばかりだ。海中に見えた船の方向は充分に私を喜ばせた。

「爆撃する！」低い声で後席に決意を伝え、もう一度右旋回に入る。

「ハイ、爆撃する」青木兵曹復唱の声も低く平静。先発機が右斜め前方を旋回中だ。「アッ！今、彼から見えてるはずだが」と思う。彼はそのまま旋回を続け降爆姿勢に移らない。呼吸を計り思い切りよく機首をひねり海底に正向する。見当通り機首前方に海底の敵は墨で描いた巨鯨の如く横たわっている。動かない。船の向きも先刻とほぼ同じ。さては海底に沈座して難を逃れんとしているのか。

機首を目標にセットし、低く舞い降りて爆弾投下。海面スレスレから上昇旋回。ムクムクと海面が動き、海の中が緑色になったと思ったら海面が破れ、気泡とも水柱とも見える海水の塊が海面から二〜三メートル盛り上がった。次いで薄茶色の砂を巻いた水が躍りあがり、そして平らになった時、直径一メートルほどの大気泡がゴボゴボと跳び上がって来た。続いて一つ、また一つ。

「命中ですねッ。電報打ちます」と青木兵曹。「我敵潜水艦を発見、之を撃沈す。泊地南方入口付近、〇九一〇。すぐ発信しろ」と平野兵曹に命じている。平静な聞き取り易い声だ。興奮しない性質らしい。電文に文句はない。

大きな泡のあと、直径二十センチほどの空気の柱が海底から連なって上がってくる。これはいつまでも続く。

そこへ先発機が降下して爆弾を落とす。再び海底の水が煮えたぎり、渦を巻いて湧き上がってくる。電報を打ち終わった我が機は泡立ち騒ぐ海面に着水する。木片・布地らしいものなど、浮遊物が浮き上がり、潮に乗って流れ始めた。

ウーン、これは本物だ。電信員平野二飛曹が「生まれて初めて見ました」とか言ったらしく、青木兵曹が「俺だって初めてだよ」と言っている。

ウーン、これは快感。絶えて久しき勝利の美酒の酔い心地だ。勝ち戦さは楽しい。

我、水中聴音機破損

いつまでも海面で楽しむ訳にはいかない。離水する。味方駆逐艦が三隻、おッ取り刀で走ってくる。彼らを現場に誘導する仕事がある。青木兵曹が投じた航法目標弾（アルミニューム微粉体。海面で拡がり、約四メートルの白く輝く目標となる）に殺到して付近一帯に爆雷を落とす。その必要はなさそうだが、念には念を入れろと言うからいいだろう。爆雷の水中爆発は強力で、六十キロ爆弾二発とは比べものにならぬ。たちまち辺り一面の海は揚子江の如く濁ってしまった。

帰艦した艦橋で、私の簡単な報告に艦長は黙ってうなずき、飛行長が「ご苦労」と一言いってくれた。私はこれらを当然と思い、さっさと降りる。が待てよ、艦長が俺をニラミつけるのは乗艦の挨拶以来変わらないが、今日は少し眼が柔らかだったと思うのだが……。あるいはヤンヌルカナと俺の拙速戦法にお誉めをいただけるのでは……などと考え、いや事情は複雑だから、と私はこれ以上考えないことにした。何事もさらりと受け流し、こだわらないのが俺たちの得意芸ではないか。

最初の発見者は私でなく、あとから割り込んだ私が撃沈電報をさっと打ち、獲物を横取りしたのだ。フェアプレイとは言い難い。それを充分自覚して報告したのだ。私が押しのけた相手は中尉だ。ヤレヤレと心重いようでもあり、青木兵曹が「機長は『愛宕』の中尉だそうですよ」と言い、顔見合わせて快心の笑いを発したい心境でもあるのだ。

二〜三日経ち、果敢な爆雷攻撃をした駆逐艦群は海の深さが浅過ぎたせいで、水中聴音機が破損し、各艦ともシンガポールに修理に行かなければならないそうだ、と聞く。何と、万才みたいな話ではないか、と搭乗員たちはあきれた。

艦隊司令部が潜水夫を入れて米海軍の暗号書を引き揚げることになり、期待と興味が全艦隊にうずまいた。少し大げさか――。

准士官室で誰彼に「暗号書が出たら殊勲抜群が一つ増えるじゃないか」とおだてられ、「そんなもの沖のかもめにくれてやりますよ」などと応対しながら、心密かに「『ヤンヌルカナ』とはこんな心境だろうか」、とシャレた言葉を使ってみる。

さて、問題の潜水艦は、進攻作戦当時沈没した味方の小型貨物船であった。「筑摩」二号機の誤爆であった。との通報が入り、私は「調子が良すぎたからなあ」と少し反省し、艦長・飛行長の男前を少々引き下げて一件は終わった。

さあ、あとは俺が真っ先かけて索敵に飛ぶであろう米艦隊との最後の大会戦だ。こんなことをいちいち覚えていられるか！

決戦前夜のリンガ泊地

リンガ泊地で水偵隊を揚収した各戦艦、重巡群は、五月十一日に出航して、五月十四日の午後おそくタウイタウイの泊地に入り碇泊した。

ボルネオ北部とフィリッピン、ミンダナオ島の間を小さい島々が飛石状に列をなしているおよそ中央部にあるタウイタウイ島は、高さ五百メートルほどの山がある熱帯の島で、礁湖側に現地人の小屋が見える。飛行場はない。艦隊根拠地としての施設などまったくない。環礁のところどころに低い、珊瑚礁の小島があり、椰子林がある。環礁に縁とられた礁湖はリンガ泊地の数分の一ほどの広さである。全島ジャングルに覆われたタウイタウイ島は、ソロモンのガタルカナル島に似て陰気だが、珊瑚礁の小島は明るく絵のようだ。

西側に環礁が切れて深い水道があり、連合艦隊泊地に選ばれた訳が分かる。海図を見るまでもなくボルネオのタラカンまで百数十浬だ。つまり油が近い。

空母群が逐時（ちくじ）姿を現わし、九隻の空母が集まる。筑摩の乗組員たちは甲板に上って飽かず眺めた。この空母群は、連合艦隊全乗員にとって希望の星なのだ。

我々搭乗員から見ると頼りになるのは瑞鶴、翔鶴の二隻だけだ。新造の大鳳は寄せ集めの練度不足搭乗員だそうだし、煙突が外側に傾いた隼鷹、飛鷹は商船改造、もう一隻の見馴れぬ空母も改造空母で、鈍速、その上ブリキで造ったようなもんだ。千代田、千歳は水上機母艦改造。瑞鳳と同じく、小型で、甲板に天山艦攻が置いてあると、主翼の幅と、甲板の幅が余り違わない、だいたい何機積めるのだ？

泊地周辺の哨戒に飛ぶ時の艦長命令の中に、「泊地付近、他の島との交通を厳重に禁止してある。禁を犯す舟がいたらただちに撃沈せよ」と言うのがあった。

新泊地に来て一週間ほど経ち、哨戒中の私は一隻のカヌーが艦隊から南に離れた環礁近くを西へこっそり帆走するのを見つけた。日本艦隊の所在を敵に知らせるスパイ船か？ 青木兵曹は、艦長命令を実行する気である。即座に機銃の射撃準備を平野に命じた。平野兵曹は「射テッ」と言うのを待っている。私は迷った。カヌーの傍らに着水して調べる手がある。が、カヌーにもし自動小銃を持ったヤツが乗っていれば、愛機は穴だらけになる。平和に暮らす現地人たちのカヌーで、戦争と関係はないのだ、とも思う。潜水艦が珊瑚礁の向こうから覗けば、ここは狭いのだから泊地に居並ぶ艦隊は一目瞭然だ。艦隊を追尾した敵艦がいて、もう敵には分かってるのではないか！ 等々。

一瞬の躊躇のあと、「艦長の命令だから……」と、それを理由に、青木兵曹を振り向いて私は頷いた。

機銃弾数十発がカヌーの周囲に着弾し、飛沫をあげ、カヌーは止まった。羽子板の羽根を並べたような飛沫だった。着水した愛機を私は慎重に操縦し、青木兵曹は平野に機銃を構えさせ、翼の上を歩いてカヌーの上に行き、現地人の男が差し上げた紙切れを取った。幸か不幸か一発の弾丸も当たっていない。カヌーの現地人たちは無事だ。

一斉に眼をあげ私を見つめる。生殺与奪の要(かなめ)は私にあることが分かるのだ。

平野兵曹に「眼を離すな」と鋭く命じて青木兵曹は紙片を私に示す。

ノートの紙を半分に切り、鉛筆で「××島ニ往ク事ヲ許可スル。××憲兵大尉」と書いた紙だ。私たちは顔を見合わせ、あやしい許可書だ、と顔を見合うが、女一人、子供一人を交えた七人ほどの彼らは、恐怖におののく青ざめた顔をしている。

青木兵曹が私に眼くばせし、私はもう一度小さく頷いて彼の意向に同意する。

紙片をカヌーに返す彼に、現地人の男が一房のバナナを捧げた。アッ、喰いたい、と私は反射的に思ったが、彼はそれを押し返し、「島へ帰れ」と東の島を指で示して戻ってきた。

蟻の一穴で崩れた大堤の話を私は考え、俺の行動は敵スパイを助けてしまったのか、と心重い部分もあったが、艦橋での報告に艦長は「ウン」と頷くだけで、私のカヌーの銃撃の一件はあっけなく終わった。

どうして、艦長はスパイ船に興味を示さないんだ、と飛行甲板で不服気にしていると、鍾馗髭の今井飛曹長（甲三）が「昨日、外に出て発着艦訓練をやってた千代田か千歳が敵潜に雷撃されたんだ」と教えてくれた。なあんだ。敵にはもう分かってるのだ。してみると、今日のカヌー一家には気の毒したなあ。と私の心の重荷は一応消え失せた。

今井飛曹長は、さかんに「外海に出たあたりに敵潜は待ち構えてやがるんだ。二機か三機で一晩中制圧したらどうだッ、浮上して空気を吸うのにも、よそへ逃げ出すにも、スクリューを回さねばならないだろう。その音をうちの駆逐艦はキャッチ出来んのか、水中聴音器の研究、俺がやるのだったなあ！」

と口惜しがる。

私は、この声を聞きながら、『平野よ、お前わざと弾丸を外したのか、良かったなあ！　当たらなくて。あの中に一人でも血塗(まみ)れで死んだヤツがいたら、俺たちも今度の作戦で駄目になるとこだったぞ』と心で、呟いた。

しかし、それにしても泊地が狭くて空母の発着艦訓練が出来ないなんて、何という不用意だろう。空母機の操縦員は大部分が練度不充分な新乗組員である。一週間も飛ばなかったら勘が落ち、ただでさえ難しい着艦の操作が乱れ、事故に繋がることは搭乗員ならば誰でも分かることだ。

熟練者は一週間、二週間の空白を恐れる必要はない。その先輩たちがいない今、艦隊搭乗員の名を受け継ぐ新搭乗員たちは毎日でも飛ばねばならないのだ。

事実、我々の飛行時数五百時間、六百時間の頃は、連日、そして日曜日も加えて訓練に飛び、月の終わりに、今月は七十時間増えた、八十時間飛んだ、と飛行時数累計の増加を楽しみ、技倆だって……、と心の誇りとしたものだ。

私より後に飛び始めた若い後輩たちを気の毒がった私は、すぐに愕然として我が心の甘さに気付く。今の彼らに、こういう喜び、誇りなどまったく縁はないのだ。今や彼らは発艦出来さえすればいいんだ。『俺が帰ってきて着艦するなんてことあるものか。ここまで来たらジタバタしないぞ』と考えているに相違ない。

彼我戦力の差を切実に感じとり、最も正しく把握し、判断しているのが彼らなのだ。

二年前のガ島作戦で、米上陸軍は三週間足らずで、たちまち陸上飛行場を造った。これに驚いた日本海軍なのに、その後もこれを真似る力はなかったのだ。だから今、タウイタウイの島は切り拓かれることなく、一面のジャングルだ。敵、アメリカならば、訓練飛行場はとうの昔に完成しているだろう。

タウイタウイ集結以来約一ヵ月後の六月十三日、艦隊は遂に錨をあげ、ギマラス泊地に向かった。

最後の海戦……と思って。

ヘッピリ腰の艦隊

六月十八日早朝、私は第一段索敵に飛んだ。敵は見えない。しかし同時に飛んだ下士官ペアの一機は還らなかった。戦いは始まっているのだ。

六月十九日昼前、今朝の索敵から帰らない今井飛曹長機を待つ我々には、飛行甲板に立ち、高度約三百メートル、艦隊針路とほぼ平行、右舷約三千メートルあたり。縦長の隊形で飛ぶ味方艦上機群に強襲の成功を祈る熱い視線を送っていた。

残念ながら詳しい情報を我々は持たない。だが仲間の水偵索敵機が報告した敵機動部隊位置までの、攻撃距離は三百浬をかなり越す大遠距離であること、そしてこの遠距離攻撃こそ、艦隊司令部が希望をかけた、今次の海戦の特徴だ、ということを我々は知っていた。シンガポールで、空母の艦上機搭乗員は同島テンガー、センバワンの両飛行場で訓練飛行を続け、これはセレター基地の水上機組にも伝わっていた。「そんな遠距離を攻撃して、またはるばる帰ってくるのか」と我々は不審に思う。熟練者を失った空母搭乗員の年齢、素質、練度のほどは、開戦当時に比べて若く、低いことはすでに周知のことだ。

激しい戦闘を経たあと、どうやって帰って来るんだ。航法の出来ない戦闘機もいるじゃないか、と。我々は頭をひねり、苦肉の策、ってヤツかな。必勝の作戦ではない。おっかなびっくりのヘッピリ腰作戦だ、と決めつける。

ヘッピリ腰と言えば、スラバヤ沖海戦の重巡妙高、羽黒が主砲二十サンチ砲の有効射程ギリギリの二万五千とか二万七千メートルで、敵重巡一隻を一時間も追いかけ回したのがそれだ。敵は二十サンチ砲六門。こちらは両艦で二十門。三倍以上の優勢砲力を持っているのに、遂に突撃をせず、ヘッピリ腰で終始遠距離砲撃をやった。「帝国海軍のオエラガタは、そういう素質があるんだ」と兵学校出の士官のいないところでは大っピラに冴えない話が横行した。

その第一次攻撃機隊だ。おそらく海兵出の若い大尉が指揮官であろう。指揮官自身訓練は不充分であるに違いない。どうして、米海軍のように、中佐クラスの筋金入り歴戦の指揮官が率先、先頭に立たないんだ。最後の海戦、天下分け目の海戦と、司令部は俺たち下ッパにハッパを掛けるが、自分たちの仲間にこそ、それが必要なんだ。
祖国の運命を決する最終、最後の大海戦で少佐、中佐の指揮官が何人死んだっていいではないか。このあと、これだけの大海戦はあり得ないのだ。何のために彼らを温存しようとするのだ。亡びる帝国海軍に将来の提督はいらない。それとも彼らはもはや飛行機搭乗員ではないのか。三十歳とか三十三歳とかの少佐、中佐は第一線で闘う気がないのだ。俺たちは米軍の三十三歳の中佐が率先、編隊を引き連れて飛んでくるのを知っている。

たぶん、同僚の今井飛曹長は帰ってこないだろう、と思いつつ、そしてそれを気にしていないのに気付く。これまでの作戦時とは違うのだ、と思う。高級士官たちに言われるまでもなく、今度の海戦は最後の機会だろう。この後に再び回り来る『機会』はない。甲板上の私は乾いた心を持ち続けた。私には好(よ)くしてくれた今井さんの未帰還を、私はさして悼(いた)まない。

アメリカ大遠征軍団を迎え撃つ海の戦場には、我々個々の下級戦闘員の生死など浮遊する塵(ちり)の軽さしかない切迫した重々しい空気があった。

友よ、我が海軍は死んだ

味方攻撃隊を見送っていた我々の目の前で、突然全艦隊の主砲が火を吹いた。
まず大和の四十六サンチ主砲群が、一発で一トンを越す新型砲弾を斉射し、続いて他の戦艦群、重巡群が主砲と高角砲を撃ち始めた。一瞬にして米艦隊へ向かう我が一次攻撃機隊を炸裂する弾幕で包み込んでしまったのである。

ご自慢の三式弾の燐煙を曳く数千数万の弾子が我が飛行機隊に降りそそぎ、アッという間に二機か三機が白煙を曳いて斜めに海へ墜ちて行くのが見えた。私は、何だ！　これは殺戮だ。皆殺しだ、と眼を覆うこともせず、必死で見つめた。

本艦の主砲斉射は正横から少し後ろへ向けられ、二十サンチ砲八門の燃える爆煙と大気を引き裂く爆声に身震いした。私は脚を踏んばり、艦橋に向かって「止めろ、味方だ。止めろ」と絶叫したが、そんな声を圧殺して眼前の連装高角砲が砲身を低く倒し火焔を吹き出し、鋭い砲声が我々の身体を覆った。

おそらく筑摩主砲群は一斉射ほどで沈黙を取り戻し、戦場の海には奇妙な静寂が訪れた。

ああッ！　日本艦隊の敗けだ。今度も敗けに決まった。

艦首方向の眼前に二十五ミリ連装機銃があり、水平に向いた長い銃身を斜め向きの定位置にもどし、銃側の装弾員は興奮冷めやらぬ面持ちだ。この二等水兵の眼にも、たった今行なわれた殺戮は信じ難い白昼夢と映ったに違いない。かつて、中学校、国史の授業時間では水鳥の羽音に算を乱して逃走した平家軍団の昔話を臆病、腰抜け武士の標本として嘲笑したが、それと寸分違わぬ高級指揮官たちの臆病、逃げ腰、の不様(ぶざま)さだ。今や我が艦隊はこの負け犬どもに指揮されているのだ。どこを、どう間違えば、味方攻撃機隊を敵と見誤るのだ。

情報に乏しい下ッパの我々でさえ、索敵機の敵艦隊発見、敵の位置、発進する味方攻撃機隊が現われる方向、その時間などは充分に推察出来た。腕前が下がったから、隊形が長く、前後に伸びて不恰好になったなあ！　『精強』とは見えないが……、など思いつつ、生きて還ることのない機上の仲間に、襟を正し、若い死が無駄にならぬように念じ、願っていたのである。

飛行機隊はまったく予想もしなかったであろう味方前衛艦隊の猛射に耐え、前進を続けた様子だ。弾幕から抜けだすと、高度を下げた何機かが機首を上げて編隊を追い、編隊から脱出し、高度を高くとって三式弾を避けた数機が、機首を突っ込んで自分の位置に復帰するのを見ることが出来た。

俺の肉眼でこれだけ見えたのだ。砲術長の十二センチ双眼鏡で見えなかったとすれば、いや、お話にならない。

負ける軍隊の指揮官は常にこんなものだろう。

痛々しく無残な攻撃機隊の列だ。到底これで敵の精鋭部隊になぐりこめる訳がない。

私は怒りを忘れて、大部分がもとの隊形に戻り、高度を上げつつ艦隊右寄りの上空へ点となって消えてゆくのを見送った。

「何機か墜ちたなあ、青木兵曹」と私は彼に話しかけ、悲しみを分かった。かつて空母の艦攻隊が精強であった頃の艦攻搭乗員であった彼は、私と異なった感慨を持ったに違いない。

友よ！　我が海軍は遂に死んだ。

お言葉ですが、帰ってきません

六月十九日、日没を少し過ぎた蒼茫の太平洋で、我が艦隊は米機動部隊からの空襲を受けつつあった。空母群からやや離れた位置の筑摩に敵機は来襲せず、本艦は乗員を戦闘配置につけたまま、針路を北西に取り、空襲から避退しつつあった。

飛行甲板から降りると准士官室は無人で、異様に熱く、主機械高速回転の轟音が耳を圧して休むどころではない。が、発艦前の煙草をやめる訳にはいかない。いつもの手続きを変えたらロクなことはない。私の経験則だ。

吐き出した煙は、艦体の震動を伝えて脈動する乾き切った空気に乗って乱れ、脈打ち、少し昇るとたちまち飛び散ってしまう。

苦い煙草だ。長かった一日は間もなく暮れる。朝からの戦いに敗れた我が艦隊に間もなく逃走の夜が来る。太平洋の暗黒がそれを助けるに違いない。現在、日本列島へ立ち返る航路上にあるのだ。

戦況は我々に知らされぬまま、午後おそく、町田飛行長が索敵に飛び出した。残存空母機で夜間攻撃を仕掛けるための索敵だ。もはや、それに望みを繋ぐ者はいない。敗北は第一次攻撃機隊を味方が撃ち散らした時から決まっていたことであり、夜間攻撃という高度の戦法がいまどき成功すると期待する者はなかった。夜間攻撃隊を引き連れて効果のある突撃をするべき練達の指揮官はすでに引退し、若年寄りになっているからだ。

町田大尉の孤独な発進に引き続いて、我がペアは、夜間索敵攻撃の命令を難しい顔の艦長から受ける。

「残存する各艦水偵は敵部隊を捜索、発見して攻撃せよ」この命令のあと、艦長は「任務終了後は機長判断で行動せよ。この海域の各基地に行ってよろしい。艦隊に帰投したら揚収する」と言葉を継ぎ、「艦に帰ってきたら揚収してやる」と再度付け加えがあった。

最後の繰り返された言葉がやや柔らかい声であったのを聞き分けた私は、

「ご苦労だが、任務を終え、無事帰ってこい」と言っておられる、と受け取る。こんなこと初めてだ。

私は艦長を強く見つめた。が、『お言葉ですが艦隊には帰ってきません』と口の中で言い、挙手の手を降ろした。

夜の機上から目視出来る海上の範囲はごく狭いものだ。二十隻を越す艦隊でも、普通その直上を近く飛ばないと見えない。

二十浬の彼方から艦隊を識別出来る昼間でも、八百浬の洋上飛行後に帰艦するのは、技術的にもなかなか難しいものなのだ。今夜、我が機の飛行中、艦隊は毎時二十浬以上の速さで北へ、つまり我が機の反対方向へ転位する。七時間後には約百五十浬、現位置から日本列島へ向け航走する。

もし、勝ちに乗じた米機動部隊が夜間攻撃をしかければ、夜の太平洋を右往左往する日本艦隊が予定コースを走るはずはない。艦隊が会合予定地点にいないのであれば帰投する水偵は夜の太平洋上の迷い子になる。艦をうまい具合に見つけても、夜の洋上着水があり、着水、転覆、暗い海を泳いで救けを求めることになる。こんなのは、私の性に合わない。サイパンやグアムでアメリカの上陸軍に追い立てられるなんて、真っ平だ。残る手は一つ。海面から何メートルしかない珊瑚礁の小島ヤップ島を目指そう。思案することはない。

心が決まったところで、「さあ、俺の一日はこれからだ」と私は独り言を言う。そして、ニヤリとする。辺りに人影はなく、完全に私は独りである。だがここで、他人が見ていないからとショボッとした面をする習慣はない。「さあ、いくぞ」の区切りを付けるためにも私はニヤッ、とする。畏敬する今夜の『運命』に向かって、俺は笑いかけるのだ。

何だか良い運がツキそうな気になる。

先刻敵空襲の少し前、例によって出発前の酢っぱい海苔巻きを喰っていた私に、たまたま降りて来た浅間掌通信長が「これから飛べば一晩中だねえ」と笑わない眼を私に向けた。敗戦の詳報が逐一分かる通信室の重苦しさから出て来たせいだけではない、重い顔付きだ。一瞬私は海苔巻きの味を忘れる。そうか、今夜は夜通し飛ぶことになるのか。あるいはガソリンのある限り、夜の太平洋を彷徨することになるのかも。キザな言い方だが、生と死の狭間を縫って夜通し飛ぶんだ。

私は「ハア、でもまあ何とか」と曖昧に言い、彼の眼に笑いかける。まあ、何とか、この言葉はこのような時に使うと、えらく便利の良いものだ。

与えられた任務は何とかやってきます。命ぜられたコースを飛び、もし敵空母群と遭遇したら一矢報いてきましょう。文字通りたった一本の矢ですから、精鋭、巨体の敵にとってさして痛くはないでしょうが、連戦連敗、それも今度は完敗して逃げ帰る我ら搭乗員のやりきれない消沈の心に一抹の清涼剤になるではありませんか。

でも、これは千に一つの兼ね合いにも足りません。旗艦の艦橋に屯する威張りくさった臆病老人どもにはクソッ喰らえですが、乗組の仲間たちのために、万に一つの僥倖を試してみます。そう心配して下さらなくても大丈夫です。と、これだけのことを略している。

最初は「さて、どうかな？　強張った不自然な笑顔になるのでは？」と、いささかの危惧を持って笑いかけた私の眼は、速やかに笑うことに馴れ、多少の高揚した心をも伴う。不自然に頬が突っ張ることはない。たった今、暗闇の太平洋でガソリンが切れ、果ては海に墜ちるか、と抑え切れない恐怖心が頭の中で主人公になっていたことは、もう忘れてしまう。

彼の眼は、これに応えず、むしろ暗い影が深まるようだ。一瞬私は元気づく。憐愍心が彼に起こったのだ。彼は若い私が負う今夜の任務を苛酷と思い、私の生還を「望み少なきもの」と見て、私のために悲しんでいるのだ。

私は私の顔に笑みが残っているうちに、と、

「じゃあ、行ってきます」と軽い敬礼をして通路に出る。

これまで幾度も繰り返した出発の情景だ。私はさりげなく、陽気に、そして送り出す側が笑わず、顔を引き締めている。

搭乗員同士はこうではない。空母と違い重巡では搭載水偵全機が一斉に飛びだすことは少

ない。「やあ、行っておいで」「じゃあね」と、至って軽やかに出発を送る。「お前さんが今日、死のうと、生きようと、俺にとってどうってことはないんだ」と、あいつらは思ってやがる。いい気なもんだ。出発する方はこう思って飛びだす。

だが、この型が最も気楽で戦場に適したやり方なのだ。不人情のようだが、この軽薄さが我ら索敵機搭乗員の士気を保っているのだ。

一機発進するごとに、映画のような出撃風景——死をもって任務を達成します、式の出発搭乗員。貴様一人は死なさない。俺たちも後に続くぞ式の残留搭乗員——を演出していては残り組の身体はもたない。


苦い煙草をやめる寸前、掌整備長・安井整曹長がウエスで手を拭きながら入って来た。陽に焼けた中年の顔をニコニコさせて、

「おお、安さん、準備出来たよ。ところで今、お前さんの電信員は機銃の弾倉を降ろしていたようだが」と、私の眼を見る。弾倉の予備はいらんから降ろせ、と私が命じたかどうかを尋ねているのだ。

「今夜はいりませんからねえ」と私はニヤリとする。爆弾、機銃など兵装は彼の職務だ。弾倉を取り外すのを見て、無関心であることは出来ない。

今夜、与えられた索敵攻撃の任務を終えた後、夜の太平洋に不時着する可能性は大きい。そのためにも、あちらで二キロ、こちらで三キロ、と重量を減らしておくのだ。

安井掌整備長が受けた命令書には、六十キロ爆弾二発、燃料五、六番タンク各二百三十リットル、他タンク満載、合計一千三百三十リットル、と書いてあったはずである。私が受けた命令がそうだ。だが、私は五、六番の両タンクを燃料満タンにするつもりだ。命令書のガソリン搭載量は、爆弾二発に相応する重さの燃料を減らし、零式水偵の全重量を安全域内に保ち、安全確実な射出発艦を期すためである。

つい先刻、私は飛行甲板に立ち、空と海と甲板を眺め渡していた。

右舷後方約千メートルに、戦艦大和の聳え立つ前檣と巨大な前部主砲群が見える。水平線近くにある太陽は、西の空一帯を覆う密雲に遮られ、大和の巨影を照らさないが、それでも大和は灰色重苦しい空のどこからか降りてくる光を集めて輪郭鮮やかに、ほの暗い海に浮き出し、重厚な艦首に波を嚙み、高速航走中だ。

こんな役にも立たない馬鹿でかい艦(ふね)を造りやがって、と、今朝の誤射事件を思い出して、いまいましい。

太平洋は暮れかかり、波濤は暗い。西の空に積乱雲がムクムクと幾重にも積み重なり、ふり仰ぐ中天の高さまで濃灰色の暗い雲の山だ。雲の頂きは横に連なり、まるで大きな山脈だ。太陽はこの大雲塊の彼方、水平線近くに沈んでいるだろう。

西方を埋めつくす入道雲の、その向こうが青空であるか、暗雲であるかは、今夜西へ飛ぶ私にとって死活の問題である。

そうか、残念ながら今夜の西を目指す夜間飛行は星空に恵まれる可能性は無い、と覚悟する。

西から南へかけて雲は密集してその下の悪天候を暗示し、私の心を重くするが、雲の下縁と遥かな水平線との間にはホンの少し明るい橙色に染まった狭い帯の位置を示している。明るさは左と右、両方へ行くにつれ光度を減らし、果ては模糊として夕闇に消え失せる。わずかだが水平線は空いている。

つまり望みはあるのだ。南西の海の彼方、九百浬にヤップ島が浮かぶ。その後は運に任せよう。これよかろう、決めた。いくら考えたって、分ることは少しだ。その後は運に任せよう。これまでだって運に任せてやってきたのだ。

燃料満タン、装薬増量はナイショ

試運転が終わり射出機上の我が機から柴田二整曹が降りて来たのをつかまえ、顔をくっつけて、「五、六番タンクを満載したい」と伝える。

一瞬たじろぐ気配を見せるが、彼がこれを断わることは不可能だ。死地へ赴く操縦員とその整備員である。彼がわずかにうなずくのを見て「有難う」と言う。男同士の契約は三十秒で終わる。すぐ私は第二の人物を眼で探す。

柴田兵曹は「あんたの頼みは俺が引き受けた。爆弾二発に燃料満載は、俺の経験では初めてだが、あんたの言うことだ。あんたの腕前を信用するぜ」と全身で引き受けてくれたのだ。

次に兵器倉庫でカタパルト射手小柳二整曹をつかまえ、「薬莢に入れる装薬の量を許容最大限まで増して欲しい」と申し込む。装薬は当日の飛行機の重量に応じ増減するのだ。近頃は見なくなったが、開戦前の艦隊訓練時射手は磨いてピカピカ光る薬莢の内部を掌整備長に見せて装薬の数量を申し立て、許可を得た後に、薬室に装塡したものである。

装薬は一個ずつ萌黄色の布袋に細長く包んであり、薬莢開口部から一見して分量が分かる。したがって布張り軽量の九五水偵と全金属製零式水偵では一目瞭然、詰まり方が違う。爆弾二発、燃料満タンの超過重量の愛機には、装薬量の増量は不可欠だ。さりとて、火薬が多過ぎてはカタパルトの薬室は破裂し、射手と搭乗員は死を共にする。

「ヤップは遠過ぎて、行くのはうちだけのはずだ。うちは青木兵曹がしっかり者だし、それに」とまで言って、私はニコニコする。それに、あんたが信頼できる射手だから、と私が口に出さなかった言葉を彼は受け止める。俺たち三人の生命はあんたに預けた、と同義だ。承諾した彼の眼に気の毒そうな気配が滲(にじ)む。

この真面目で働き者のカタパルト射手小柳整備兵曹は、あんたたちを夜の海に残して俺たちだけ日本に帰るのは気懸かりです、と、言外に言っている。ともあれ、彼は掌整備長の許可なく装薬増量を実行してくれることになった。私は軽く頭を下げ謝意を表し、ついニコニコ顔になる。この人の心の痛みとは関係なく、私はシメシメと思う。

愛機からペアの二人が降りて来て、青木兵曹は私に図板を見せる。

サイパン西方百浬余りの地点へ索敵線が引いてある。二百浬をだいぶ越すようだ。先端から南西へ長く、やけに長い直線が引いてある。

「何だ、行き先はヤップか？」と私が尋ねる側になる。彼の口は動かないが私と見合った眼は落ち着いて微笑している。

彼の横で熱心な眼を向ける平野二飛曹に、曰く「自信あり」と。私はうなずく。

「と、言う訳で決まった。どうだ」と告げる。

「ハイ分隊士」と即座に、そしてえらく歯切れが良い。いつもこんななかなあ？　と頭をかしげる私に、

「分隊士、タンクの口までガソリン積みました」と辺りはばからぬ声を出す。

なるほど命令書以上に燃料を積んだので後席二人はご機嫌なのだ。ご同業の他機より一時間は余分に飛べる。今夜の立役者青木兵曹はガソリン満タンを知り、そんならヤップまで行ける、と長いコースを引いたのだ。平野兵曹ともすでに話はついているのだ。

「オイ、内緒だぜ。それは」と私が声をひそめると、それがおかしいと二人で笑いだした。

私もニヤニヤせざるを得ない。

ようし、超過分のガソリンを頼りに三人でヤップに行こう。

昨日、今日と艦隊の戦いは大敗北だが、今夜俺たち三人の闘いは、負けそうではないぞ、と例によって出撃寸前の心の交歓を喜ぶ。

さて、もう一つ、と右舷から軽くラッタルを駆け上がり艦橋に入る。

あるべき位置に艦長は立っておられるが、視線が合うと「何事だ」とまた睨まれそうなの

でそちらは見ない。顔見知りの若い中尉に横から「航海士」と呼びかける。「私の機は夜間航法の用具類を多く積み重量オーバーで超過荷重になっています。風を二メートルでも三メートルでも、多く欲しいのですが」と、いつもの発射とは異なった事項を説明し、お願いする。

一呼吸おいて「ハア、分かりました」と承諾してくれた彼に敬礼をしつつ下士官一人をおいて艦橋中央辺りに立つ航海長が顔をわずかにねじって目の隅でチラリと私を見たのに気付く。承諾の親玉はこちらだ。航海長に向かいパッと敬礼する。彼が向きを変え、うなずき、かつ答礼したのを確かめ、「成功、成功」と私はラッタルを駆け降りた。

遠くに灯りがチラチラと敗走の艦隊は夕闇にまぎれ、母国への航路を急ぎつつある。航法目標灯、着水照明炬火、吊光投などが定位置に定数あるのを青木兵曹に聞き、「平野兵曹、機銃をおろせ」と命ずる。今や何人も私のこの処置に文句を言う者はいない。操縦席から見ると、どの方向を見てもすでに水平線は暗闇に呑まれ、何も見えない。

艦は反転して風に立ち、主機械高速回転の震動がカタパルト上の愛機にも伝わって来る。

艦橋を見上げるが暗い中の黒い影だ。あそこで航海長がお望みの二八ノットだ。要心して行け、と気に懸けているに違いない。

射出直前、艦のローリングで海面へ向かって一度下がったカタパルトが、ほぼ水平まで上がって来た時が射出の好機である。

頭部と肩、背、腰部は射出時のGで操縦席後壁に押し付けられまったく動かなくなる。が、右腕と手首はGに耐えて、動く機能を保持したまま必要な操縦桿の細かい操作をする。誰にでも出来る芸当ではない、と熟練者たちは考えている。事実、カタパルト射出を新しく練習する操縦員は、前方計器板から紐を出して操縦桿に軽く一回巻き付け、その末端を操縦桿と共に握っておくのだ。

カタパルト上を走り出して無意識に操縦桿を後方に引っ張らぬための予防法だ。普通一年くらいで紐と縁を切り、己れの意志を手首に伝えて、手首を自由に動かす。二年経っても紐を使う方が安心、という慎重派も決して少なくはない。

前方、少し右の闇を小灯火が斜め左に動く。約二百メートル。同僚索敵機だ。

我が機はエンジン全開。同時に繋止を解かれ走り出した。さあ！　矢は放たれた。重量超過とは思われぬ走り出しだ。今カタパルトの半分。操縦桿を少し前後に動かす。手応えはない。離れる直前に操縦桿を引く。うん、舵は利く。よかろう。あと五分の一秒で空中だ。眼をつむる。装薬の燃焼で火焰が夜の暗黒を白熱の輝きに変え、眼をあけていたら、瞳孔は暗と白色の明かりとの急変に対応出来ず、当分回復不能の打撃を受ける。目をつぶる前、左前方に先発機の灯が見えたのを記憶する。

一瞬をおかず機はレール先端を離れた。少し機首を下げ海面へ向かう。昇降舵は利く。機首を水平に戻そう。眼を開ける。視野は褐色だ。一瞬後褐色は消え、真の闇になる。

「七十ノット」

青木兵曹の声がする。まだ私の眼には波が見えない。七十ノットなら少し機首をあげよう。

「七十五ノット」

と青木兵曹。ようやく暗黒に順応した私の眼に眼下の海面が見え出す。黒いうねりの上の白い波頭だ。海面スレスレだが危険はない。

眼を計器盤に移し、各計器を視る。可愛いエンジンを少し絞る。あと九時間の夜間飛行が控えているのだ。

「左後方一機同航します」と平野兵曹。そうか戦艦のヤツだろう、振り返るまでもない。

「さらば、日本へ帰る艦隊よ」

緩やかに上昇を続けながらコースに乗るためにコンパスの指度を読む。

「宜候（ヨーソロー）」青木兵曹に定針したことを報せる。そこで外を見る。何も見えるはずはないのだが……。幸い前方水平線は海と雲の色がわずかに異なり、漆黒の海の上に濃灰色の空というべき部分が見える。当分は機の姿勢を制御するのに困難はない。

オートパイロットに切り換え、フットバーから足を抜き、座席の中で座り直す。自由で、くつろいで緩やか、実に心もちがよい。前途に何があろうと、その時はその時。今は、俺が俺自身の大将だ。

誰からも抑えられず、命令されず、縛られない。

どうだ、超過荷重での俺の発進ぶりは。今夜飛んだ十機ばかりの索敵機で、燃料満タンは俺だけに違いない。丁寧に飛んで見事ヤップ島に到着して見せるぞ。などと、調子の良いことをブツブツ独りで言っているうち、突然、真っ暗い前方に灯火が見えた。

実に意外。数十隻の日本艦隊はとうの昔にこの海を去り、厳重に灯火を消してヒタ走っているはずだ。米艦もいるはずない。たとえ存在するとしても、灯火を点けてのうのうと航海する訳がない。ハテ？　私の暗算では、サイパンの西、三百数十浬だ。

私には太平洋上のこの怪しい灯火の正体を確認する義務がある。コースを少し右にひねって、不審な灯へ向かう。暖かい灯の色だ。暗闇が私を護ってくれるので、私はまだゆったり座ったままだ。

往こか戻ろかオーロラの下を……というシベリアの歌に〝遠くに灯りがチラチラと……〟の文句があったのを思い出して歌ってみる。私の母が小さな私に歌ってくれた、たぶん大正時代の流行歌だ。

今夜海で死ぬとしたら冷たいだろうが、あれは幸福な家庭の灯火のように暖かそうだ。

双眼鏡をのぞいていた青木兵曹が「分隊士、燃えてます。船でしょう、たぶん」と言う。夢は一瞬にして消え、自動操縦を外し、高度五十メートルに下げて、眼の色を変えて接近する。「油槽船です」と青木兵曹。そうか、味方の油槽船だ。敵機にやられたのだ。発艦までに聞いたことなかったが、随伴した油槽船団の一隻と見ればすべて理屈に合う。千メートルほど離して通過する。火災は末期で、沈没は眼の前と思われる。これも負け戦さの産物の一つだ。

中型、約一万トン。かわいそうな日本の船、こんな淋しい海で一生を終わるのか。燃え尽きんとする焔の油槽船を何度か振り返るうち、点となり、見えなくなる。後はまた真っ暗の海と空だ。オートパイロットで高度三百メートルを保ちながら飛ぶ。暗い海上の視野は左右千メートルくらいの艦の航跡を見分けられる程度だ。

生命がけで飛ぶにしては効率の悪いことおびただしい。二浬離れた海に大輪型陣の米艦隊がいても、夜の索敵機からは見えない。電探に代表される電波兵器の研究をやり直し、もう一度改めて戦争をやり直さねばだめだ。

変針点は思ったより早く到来した。敵は見えない。爆弾を捨て軽くなった途端、どうしてこう負け戦さが続くのだろう。死ぬ前に一度でも勝って死にたい。提督とか幕僚とかいう老人どもが腰抜けだから負けるんだなどという戦争への執着、想念の一切は消え去り、満二十三歳の一冒険青年となる。

さあ、ヤップ島への長丁場だ。俺たち三人だけのための闘いだ。

あちらは天国だ

私はヤップ島へ向かうことを、艦隊と同僚索敵機に知らせたいと思い、青木兵曹に相談する。航法、通信は彼の所管だ。「いいでしょう。平野、〝我敵を見ず、ヤップへ向かう〟と電文作っておけ」と命じた。

おそらく三十分ほどで、前方は連なる雲の壁に遮られるであろう。日没時の西から南への雲の山脈からそう予想する。

二十分も飛ぶと、朧に水平線と見当をつけていた辺りは、黒一色になる。無気味な様相になる。前方の、真っ黒く塗りつぶされた壁を上へ、もっと上へ、と辿れば、天を覆う上空の雲との境目が眼に入る。天の雲はわずかに暗黒の色が薄いのだ。

二分、三分、と進むにつれ前方の黒い壁はますます高く、遥か上まで聳え立つ。私を圧しつぶしそうに圧迫する。このまま飛べば、間もなく前方暗闇の壁の中に我が機は吸い込まれてしまい、一巻の終わりになる。

機首を下げ漆黒の壁、真っ黒い雨雲の底めがけて一直線に突っ込んでゆく。文字通り奈落の底へと。度胸のいること、いや、他に方法が無いから、小心者の俺がやるのだ。

「これぞ、冒険」と口で言って、カッコ付ける。暗黒そのものが広がり、いくら眼をむいても闇以外は見えない。闇の壁は急速に近付きつつある。さらに暗闇の底へ突っ込む。

少し気流が悪くなった。雨の滝は近くなった。篠つく雨が海面に降りそそいでいるに違いない。明るかったら沛然たるスコールだ。高度計が零に近くなる。もはや高度計は当てにならない。

突然雨の匂いが操縦席に満ちてくる。眼玉も飛び出さんばかりに前方の下を見る。見えた！　雨の脚だ。海面へ激しくたぎり落ちて、夜眼にも白くしぶきの列が海にできている。躊躇なく右翼を下に傾け、右へ回り、しぶきの列を左眼下に見ながら飛ぶ。機が揺れる。

振り返ると今来た方は、おぼろながら明るい空の色だ。あそこは雨が降っていない。ああ、天国だ。あちらは天国だ。が、引き返すことは出来ない。

暗黒のカーテンが海に触れる辺り、わずかに白っぽく見える雨脚の飛沫の列に沿い、斜めに右に飛ぶ。高度はたぶん二十メートル。我が機の左は悪魔が造った暗闇の壁、右方はややわずかに明るい。十浬も飛ぶと明るかった右方も漆黒の壁になり、完全に闇の壁の間にはさまれたことが分かる。それでも我が機は飛ぶ。雨脚の白い列が少しでも見える限り、大丈夫だ。今夜は、たとえ天が裂けても、その裂け目に沿って孤立無援の単機飛行を続けねばならないのだ。

雨脚に沿い暗闇の海を右、左、と変針しながら五十浬、六十浬と西へ飛ぶ。西へのコースではヤップから遠くなるのだが、何とも致し方ない。ふと針路前方二浬かその辺りがボーッと少し明るくなった。ハテ？　そう簡単に雨域から脱け出せる訳はないんだが。

左の雨脚がスーッと遠くなり、前方は運動場に似た海面がポカリと見えて来た。左前方に弧を描いて垂直な黒いカーテンが天からくだり、右前方は左方ほど、はっきりしないがやはり天からの黒いカーテンだ。

見上げる天は少し明るく、星空の銀河のように、針路前方に続いている。神様が道を作って下さったようなものだ。暗いながら、前方は運動広場だ。海の運動広場をつき切って進む。

さあ、どこまで続くだろう。

二千メートルか三千メートルと見えた空の運動場は、進むにつれ前方に拡がる。夜の広場は約三十浬も続き、再び暗黒に閉ざされる。

このままガソリンがなくなるまで西へ飛び続けるのだろうか。

「青木兵曹、左に変針する隙がないなあ！」と私が弱気になると、「まあだ、まあだ、大丈夫です。これから艦隊にだって帰れますよ」と流石、我が機の最年長者だ。冷静、そして自信。

「平野お前なんだ寝てるのか、コイツ」と突然青木兵曹が言う。何と、この生命の瀬戸際に寝ているのか。意外さに驚く。だが『生命は、あんたたちに預けました。私は寝て、来るものを待ちます』と彼の考えはつつ抜けに分かる。

ウーム、私はうなる。眠れ、平野よ。望みはあるのだ。

ヤップと出会うか、出会わぬか？

両側にそそり立つ暗黒の崖に挟まれた海の道は二百メートルくらい先までは見える。地獄から脱けだす道と考えればピッタリだ。そして私たちには他に行くべき空間はない。

空の小道に迷い込み、二十浬ほど飛ぶと、辺り一面が小雨になり、行く手も周りも暗黒になる。だが、気流は静かで、暗さも希望の持てる暗さだ。だいたい、雨域はこれくらいで終わりそうだ。静かに闇を飛ぶこと三十浬ほどで、サーッと明るい空の下に飛び出した。

依然として全天曇ではあるが雲は薄く、海はやや明るい。一秒も猶予せず「ハイ、左旋回」と青木兵曹に知らせ、八十度ほど針路を左へ。たぶんヤップ島はこの辺だろう。そしてたぶんあと四時間かそれくらい。

さて、天は高く、星は見えないが、先刻までの暗黒の世界と異なり、海も空も灰色だ。風は左から、ほとんど正横から、六メートルくらいだ。追い風を受けて快調に飛ばす、という訳にはならない。

煙草が欲しくなる。あとは青木兵曹の航法に生命を託すのだ。さて、平野兵曹は？「お前起きてるのだろう、何とか言え」と青木兵曹が催促すると、「天気いいですねえ」とか言ったらしく「さっきの雨の中はずーっと寝てたのか、ヘエー」と青木兵曹があきれる。

途中スコールを一つ、右に迂回した他は、ただひたすらヤップ島へ向けて飛ぶ。一、二、五、六番タンクはすでに空になり、三、四番タンクが四分の一ほどの残量になった。

三時過ぎ、「ボツボツヤップです」青木兵曹の推測航法ではこうなる。私は座り直す。平野兵曹も眠気は吹っ飛んだであろう。

ヤップと出会うか出会わぬか？

すべての海が光り輝く

海面から百メートルに満たない高さの小島だ。この夜、十浬離れた海上からの発見は不可能だ。

夜の太平洋約千浬を飛び、ヤップ島での誤差十浬以内になる可能性は極めて小さい。しかも三分の一は雨の中を右往左往したのだ。もし前方に発見するとすれば僥倖だ。沈着、熟練の青木兵曹といえども、二十浬、三十浬の誤差は当然である。

「予定地点で島がなかったら、海上に不時着して夜明けを待ちましょう」と平野兵曹が提案する。平野兵曹が言うまでもなく、たぶん青木兵曹も、そして私もそう考えている。「ウン、そりゃ良い考えだ」と青木兵曹が調子を合わせて賛成する。

ガソリンも大部分を消費し、爆弾、機銃もない機はグンと軽い。風も弱いから夜の太平洋上の着水は、まんざら出来ないことはない。俺がやるのだから、と秘かな自負心が盛り上がってくる。

必死の八時間、悪天候下夜間飛行の後、月光に輝く白銀をいただいた高さ四千メートルの島一番の高峰が見えてきた、などと言えば、まるで映画だが、と思う。

高度を二百メートルに下げ（現状況下、水平線の見え具合が最も良い高度）注意深く飛ぶ。私は秘かに我が先祖の霊に祈願し、成田不動さんに精神を一点に集めて、島が見えますよう、と祈る。

そして、まず左から、と、これまでの習慣通り、左斜前方の暗くおぼろな水平線に眼を向け、しかと焦点を合わせる。その瞬間、微細な灯り！　と思われる光が左横に見えた。サッと左を見る。暗い海に変化はない。空に星一つなく、海もただ、暗いだけだ。

俺の気のせいだ。だが念のために、

「左横に灯りを見たと思うよ。青木兵曹」と呼びかける。

「じゃあ、それがヤップですよ」とこともなげに言う。まるで呉から柱島泊地に飛んだのと同じ言葉の調子だ。

何だ！　もっと劇的な声を出したらどうだ。実に生死が分かれる瞬間なのに。ヤップかどうか分かるはずないのだ。灯火を見たのではなく、見たような気がしただけなのに。

ともあれ左旋回のあと、灯りを見たと思う方向へ機首を向ける。五秒、十秒、前方は暗い海。何も見えない。今の灯りは幻だったか、気のせいか。さらに三十秒。我ら三人はただ黙って飛ぶ。約五浬飛ぶと、飛び出すほどに見開いた私の眼に、水平線に黒い横縞が出現した。

まだ分からん。青木兵曹に知らせるのもはばかられる。気のせいかも知れぬではないか。更に三十秒。黒い横の線は厚みを増した。前方に横たわる何かがあるのだ。気のせいではない。事実だ。伝声管を切り換え、

「平野、お前、何してるかっ」と怒鳴る。

「前を見てます。分隊士」こいつもわざとらしい平静さだ。俺一人が興奮しているのか。

更に一分。疑うべからざる黒さだ。遂に望みの島だ。平らな島だ。

灯火管制で一つの灯りも見えない。島の北側海岸線の白い波を一気に飛び越す。

「ヤッタア！」後座の二人が叫ぶ。ヤップは眼の下だ。

青木兵曹が着水照明炬を海に落とし、風は町から海へ四メートルくらい、と分かる。

南側、環礁の上から高度を下げ着水コースに入る。着水直前、高度三メートルほどになった時、突然、愛機の前方左右のすべての海が一斉にパッと光り輝き始めた。輝く緑と銀色だ。

海表面が白く光るのは左翼に付いた二千燭光の着水灯のせいだ。その下の海の底がギラギラと輝く。銀とうす緑に輝く物体が海面下にあるのだ。見たこともない美しさ。生まれて初めてだ。白銀の輝くものは速く後方へ走り去る。一瞬の後「珊瑚礁だっ！」と心に叫ぶ。港内、海面スレスレに平たい珊瑚の棚が出来ているのだ。緑色に輝くのはこれだ。潮が満ちていようと引いていようと珊瑚の集団は海面下だ。海表面は銀色に光っている。すでに速力は落ち、やり直すには遅すぎる。

ままよ。エンジンを絞る。フロート後端は静かに柔らかく水面に着く。滑走する。引っ懸かる物は無い。やはり珊瑚礁は海面下だ。エンジンスイッチを切り緑の海の上を一直線に走る。その途端、前方に異変が起こった。愛機左翼の着水灯の光の中に、ニョキッと海面から大きい棒が飛び出したのだ。前方百メートル。正しく進路正面だ。急回避の舵を取れば衝突は免れても機はもんどり打って転覆する。

わずかに、かろうじてホンの少し左へ避ける。一瞬後このポールは右翼端をかすめて後方へ飛び去る。「ウワァーッ！」平野兵曹が大声をあげる。続いてもう一本。右へかろうじて避ける。コンクリートのポールだ。礁のあり場所を示す航路標識に違いない。

アッという間もなく、緑色の輝きが消え、暗く深い海になる。機速は徐々に落ちる。

思い切り機首を上げ、身ぶるいして愛機は港内に停止した。機首が下がり前方の海が見えてくる。まだ岸壁まではだいぶある。

見えない。静寂。シーンとした海だ。ああ、心安まる港の海。さて、エンジンを回してどこかの浜に安着しよう。ところが今度はエンジンがかからない。タンク内のガソリンの残量が少なく、機首上げの姿勢でタンク内ガソリン面が傾き、パイプが空気を吸い込んでガソリンがキャブレターに来ないのだ。

タンク内残量が減ったら要注意なのは分かっているのだが、計器を見れば五十リットル余りが三番と四番タンクに各々残っている。とにかく、三回試み、更にもう一度やってみてからない。しばらくバッテリーを休ませる時期だ。慌てたってどうにもならん。

ひと休みしてから、と手足を伸ばした時、ハッとした。愛機が流れる。どんどん沖へ流れる。私は座席内で跳び上がった。風は町から秒速二メートルか三メートルだ。風下側の沖は環礁に白波が巻き上がっているはずだ。今夜、そこに流れ着いたら、生命はなかろう。環礁を越したら、たった今、別れてきた太平洋が待っているのだ。

舵を極限まで左に回すが、機尾はまだ外洋を向き、機はその方向へ流れる。後席の二人を左主翼の先端近くに座らせ、機を左に傾斜させる。左フロートが水中に没し、抵抗が増え、したがって機尾は左へ少し回る。後方三百メートルの海に突出した小岬があり、その端っこに、どうにか引っ懸かりそうだ。

そこへ機尾から十メートルほどの闇に、突然コンクリートポールが躍り出したように出現した。舵を取るが避け切れない。先刻、着水の時かろうじて避けたヤツだ。左翼端で若い平野兵曹が身を乗り出して、ポールに取り付く態勢だ。しかし、狭い翼端部で、見るからに危なっかしい。海に落ちたら大変だ。

「いいから放っとけ。それより海に飛び込まんよう気いつけろ」と平野兵曹に命ずる。と、意外にも反論する。「駄目です。この飛行機で内地に飛んで帰るんです」ポールに抱き付いて、まるで泣き声だ。

「そうか、そりゃ俺が悪かった」私も舵を放りっぱなして翼端にとんで行く、ちょうど間に合い、三人力を合わせてポールを押し返す。

エルロン後縁、翼端、後縁を少しガリガリやった程度で危機は去った。

わが機は岬の最先端、マングローブがそこだけない珊瑚の浜にザザーッとフロート後部から乗りあげた。あと五メートルでヤップ島よさようなら、と流失する分かれ目であった。何と、今夜のツキは最後まで良い。

三十分ほどで救助隊の声が近付く。分からないらしい。「信号拳銃で位置を知らせよう」と、青木兵曹が銃口の大きい拳銃を引っぱり出し二発撃つ。向こうの声が聞こえるのだから、こちらも呼べば向こうに分かる、と思うのだが、彼はえらく拳銃に執心する。上空へ二本の火箭（かせん）は赤黄色の尾を曳いて百メートルほど上昇して消えた。彼はしてやったり、とニコニコして喜ぶ。うれしいはずだ。救助隊の大発艇に曳航してもらう。

ヤップ島——長居は無用

浅いひと眠りでヤップの港の朝が明けた。生まれて初めて見る蚊の大群が蚊帳の外で毒々しい示威飛行をする。まるで野蛮人の島だ。せっかく助けてもらったが、いやなところだ。一刻も早く逃げ出さねば。

朝の士官食堂で戦艦金剛の二号機機長、角少尉（二十四期偵）と会う。彼は満面で笑み、両手を広げて私に飛び付いて来い、と誘う。まさかいくら嬉しいとはいえ、抱き合ってはあとあとカッコ悪かろう、と思い止まる。彼は一昨日第一次索敵に出て、当地へ来たという。私はその折は、筑摩に帰った。

「ところでねえ、安さん。ここも安住の地じゃないんだよ。ここの司令は俺たちを索敵に飛ばすつもりなんだ。艦隊の不時着機は基地指揮官の指揮下に入れって、GF司令部から命令が出てるんだ」

「じゃ脱出しましょう。早速」と私。

「それがねえ、命令違反になるんだ」温厚、几帳面で人間味豊かな彼の悩みだ。

「出発は私が手配します。大丈夫」と、これは私の仕事だ。

早速主計長を訪ね、サッと敬礼する。彼が私から欲しいもの、それは戦況だ。そして、これからの見通し、等々。実は私も頂戴したいものがある。

まだ戦争を知らない大学出身主計長から見ると、私は歴戦の戦士であり、情報を知る偵察機機長だ。知っている限りの戦況を説明する。敵はサイパン、グアム、テニアンをおさえておけば、このヤップなんてホッタラかしにしておくでしょう。上陸しに来るはずありません、と。

ここで酒一本を頂戴して、これぞ、と目当てを付けた整備下士官に持って行く。「明後日、朝食後に出発出来るように翼端とエルロンの修理をしておきましょう」と話は決まった。試運転とガソリン補給はもちろんだ。「郵便物は持てるだけ積んで帰り、内地でポストに入れましょう。小包みだって積めますよ」これは私が与え得る便宜だ。

「角少尉、出発は明後日朝食の直後。パラオまでひとっ飛びです」と言う私に、「基地の司令は許可せんのじゃないかねえ」と彼らしいことを言う。

「司令に言うものですか、黙ってサヨナラですよ、私にまかせて下さい」

すべて予定通りに運び、ヤップを飛びだしてパラオへ。俺を命令違反と責めるお偉方が現われたら、味方攻撃機隊を撃ち落とした戦艦の指揮官と刺し違えて私も死にます、と言う積もりだ、と青木兵曹に洩らす。「ヘエー、私の考えないことを考えますねえ」とニヤニヤする。「起こり得ないこと」と彼も私もたかをくくっているのだ。もはや日本海軍上層部にこの程度の命令違反を取り立ててとがめる気力は残っていない。

サイパン沖の第一次攻撃隊誤射の責任をいったい誰がとるのか。おそらく提督たちの間では責任の「セ」の字も話題になることはあるまい。ザマのない話だ。

パラオは約二時間の南である。滑走台にフロート前部を接岸して、まず私がフロートの先端から、コンクリートの斜面にポンと飛び降りてパラオ、アラカベサン基地に第一歩をしるす。

開戦の五日前、ここにこうして来た時、同期生も二十人余りが「オー、安、来たか」と歓声を挙げてくれたのに……。もう、みな死んでしまい寂寞たるものだ。

角少尉は機の整備のためパラオに残り、私は長居は無用と翌朝滑走台を離れた。整備の諸君は愛想よく出発に手を貸してくれた。


マニラ湾入口の手前三十浬辺りで、高度三百メートルの我が機から海面で泳ぐ人物を発見する。岸まで二浬はあり、付近に船はいない。高度を百メートルに下げて接近すると、両手で水面を叩いて、所在を示した。手は長く、たくましい男のようだ。ハテ、何者？　この海域独得の長く大きなうねりと、風の方向が交差して、人一人を収容しての離水は困難だ。そのまま現場を離れる。極めて後味が悪い。

キャビテ軍港の水上基地での夕食後、現地の人が曳く人力車に乗る。行き先は応召、年輩の、さる二機曹がちゃんと用意してくれる。

主計長は紳士

キャビテ基地の午後、基地隊本部に主計長を訪ね、「私の給料の前借りをお願いしたいのですが」と恐る恐る申し上げる。戦況その他ご説明はもちろんだ。

「そうか、望みを託した新鋭空母大鳳は戦う前に沈んだか」と、彼は独り言を言い、「そうだ、連合艦隊司令部にこの金は請求しよう」と言って金三十円を出してくれた。

私が所属する重巡筑摩の主計長に給料の前借りを申し込んでも、まず成功の算はない。いわば縁もゆかりもないフィリッピン僻地の部隊で私の給料前借りが可能なはずはない。私より何歳か年長の主計長は、たぶん一流大学出の紳士であろう。腑甲斐ない味方GF司令部高官への反感とは言えないにしても独得の感情を内に持つとしても不思議はない。GF司令部に請求する、と言われるのと、この感情とが無縁であるとは俺は思わないぞ、と勝手な、そして失礼な推量をする。

私の部下にマニラのビールを飲ませたいのです、と言い、日本に飛んで帰り、間もなく実現するでありましょう本当に最後の海戦に、もう一度出てご奉公します。と調子の良い文句が口から出ると、気障りなことを臆面もなく言ったものだ、と大いに気後れする。

そんなことなら発艦する時にお金を持って出たらどうだ、ということになるかも知れないが、お金をポケットに入れて戦場の海に飛び出すことはいやで、不快で、とても実行出来ない。

どこかで使うためにお金を持って戦場を飛ぶことは、生還を予定の中に入れることになる。生きて帰ってくることを希望することは出来るが、それを前提とし、予定することは不可能なのだ。

未帰還だって同じことだ。未帰還かも知れないが、決まってはいない。したがって出発前の飛行甲板で別離の言葉を発することはしない。どちらにも執着しない自由な心を持ち飛び出すのが最善なのだ。どちらかに執着した時に死が来るのだ。

当然私の部下であるペアがお金を持っていることもあり得ない。彼らもまったく同じ信条を信奉している。まして彼らは「なあに、その時は機長が何とかするさ」と、これも信念の一部だ。

サイパン沖の本艦に七・七ミリ機銃を降ろした我ら三人は、身に寸鉄をも帯びていない。拳銃を持って飛びだすことも許されている。艦には備品があるのだ。だが、コンパスが一度でも〇・五度でも狂う可能性がある。だから我々はこの鋼鉄の塊を愛用しない。吊紐で首から掛けると、私は直に束縛を覚え、何物にも執着しない自由な心を害される、と感じる。

まして「弾丸は一発でいい。万一の時の自殺用だから」となると、論外だ。そうなった時は、その時。俺は常にフリーハンドでいるんだ。

再び会うことはないであろう、見かけより骨っぽく男気ある主計長の許を辞す私は、この人と俺が持つ憂国の心は同質だ。戦艦大和艦橋の高官たちより、ズッと尊敬に値する、と敬愛の情を込めて敬礼した。

バナナは諦めるか

マニラ湾に沿う小集落の海近い広場で、現地の人々が盆踊り風に踊ったり、一隅の卓で飲み食いするのを見下ろす高床式小屋の露台で、我ら三人はサイダーと現地の酒を飲み、充分に旅人の気持になる。

広場の皮膚の黒い人々は我々に分からない歌を合唱し、我らの旅愁を誘ってくれる。良い夜だ。

「一時はどうなるかと思いました」なんて誰も言わない。これは冒険をしたことのないやつが言う言葉だ。我々は顔を見合わせて微笑み、そして笑う。快心の笑みがこみあげてくる。

褐色の肌をした女性三人が現われて酒を少量飲む。彼女らは、この青年たちと言葉は通じない、と初めから決めてかかっている様子があり、我々もごく気楽に、彼女らを無視して当方だけの交わりに終始する。彼女らは小声で話してクスクス笑ったり、小突き合ったりしている。見た目より若い女性らしい。

「ボツボツ寝よう。分隊士、私と寝ましょう。平野兵曹も一緒にどうだ」「いえ、私は一人で眠ります」という具合で、私は簡単な木製ベッド、青木兵曹は組立式キャンバスベッド(米軍が残したもの)、二人の褐色女性は隣室にニコニコして移り、平野兵曹が若い女性に導かれて階段を降り、すぐ隣りの小屋から「青木兵曹」と声をかけて来る。〝我ここに在り〟を示すためだ。

明日、マニラの街に出ようか、と相談すると、

「いや帰りましょう。ここも戦争臭い」と青木兵曹が明朝出発を主張した。

翌日の朝、我々は飛び立ち、翌々日の昼前に台湾南部の東港航空隊に着いた。

大艇二十余機が勢揃いした時期もあったと聞く大航空基地は、波静かで、古びた九七大艇が二機繋留してあるだけだ。

それでも指揮所には数人の士官が屯（たむろ）している。私は歩きながら見当を付け、立ち止まり、地上指揮官に向かって敬礼する。

「オイ、こっちだ、こっちだ。安永分隊士」と呼ぶ声に、誰が俺を呼ぶんだ、こんなところで、と見ると、驚いたことに、ニコニコ顔の筑摩飛行長町田大尉だ。

気取らない飛行長に呼び寄せられ、ヒソヒソ話の出来る近さに立ち、敬礼する。

機動部隊最後の一機となって飛びだした私の報告を詳しく聞きたいと、私は呼ばれたのだ。他の士官も耳をそば立て、敗戦と分かってはいるが、何がしかの明るい情報を、と指揮所全体が期待しているのだ。

ここで「皆さん、およろこび下さい。最後になって我が方が勝ちました」と言えたら、どんなに嬉しいだろう。

バナナが付く士定食堂の昼食に、同期生どころか、三期、四期生もまったく現われない。

明日、飛行長に従って内地に帰ることになり私の「俺（おら）が大将」の日々はこれで終結する。

敵機のいない空は久し振りだ、高度三千メートルの爽快な飛行で内地入りしようと上昇中、す。二千メートル近くで「平野が寒がりますから高度下げて下さい」と後席から言ってきた。すぐ降下に移って電信席を振り返るが見えない。発熱しているに違いない。座席でのびているかと思っていると、デッキに寝ているという。「エッ、バナナがつぶれるじゃないか、平野、起きて座席に座れ」と大声で叫ぶがすでに効果ない。

東港でせっかくバナナを買って積んだのに（電信席のデッキ一面に拡げ、積み重ね、内地では貴重品だぜ、と私は鼻高々だった）。その上に寝てやがるのだ。

呉までの四時間、四十度の体温で温め、かつ、圧力を加えるのだ。

あーッ、バナナは諦めるか！

重巡筑摩滅亡への旅立ち

呉軍港の中央部ブイに繋留された筑摩を見ると、我が家に帰ってきた安堵感が湧き起こる。艦（ふね）のヤツ、みんな驚くだろうなあ。と、ごく素朴な興味が起こる。艦橋上空を低く回って乗員諸氏をおどかした気になる。

飛行甲板でニコニコした陽焼け顔の安井掌整備長を見て、ああ懐かしい人だなあ、と敬礼するまでが体力の限度で、後は意識朦朧（もうろう）、座り込んでしまう。

これから七日間、高熱で眠るばかり。青木兵曹も私に次いで発熱し、毎日毎日唸（うな）ったという。遥かな戦場の島から風土病の種を運んで来たのだ。

高熱の一週間が済み、ようやくにして熱も下がり、俺たちのバナナ残っていないか？　と搭乗員室に青木兵曹を訪ねる。彼は鼻の脇に皺を寄せる彼流儀の笑い方で、「分隊士、バナナのこと、忘れましょう」と言う。

熱も下がり、食欲も出たこの日、午後四時「出港用意」のラッパが鳴り渡る。遂に眼前にある縁美しい、憧れの祖国の土を一歩も踏むことなく、因縁の発熱風土病を恨みつつ、再び悪疫瘴癘の地に向けて出撃するのだ。これが新鋭重巡筑摩と乗組員千三百人の滅亡への旅立ちであることを予感した者はいなかったであろう。

出港後、浅間掌通信長から巻き寿司の包みを「かあちゃんが持って来てくれた」と、頂戴する。

「七日ぶりの食べものが巻き寿司とは運が良い」と言って食べている私に、浅間さんは「あんた、まだ、悪いのじゃないかね」と、心配気に言う。上陸できなかった祖国との別離が悲しかったか、情ある寿司がうれしかったか、私は胸がつまっていたのだ。

重巡利根飛行長は小川古狸中尉

昭和十九年七月十五日朝、シンガポール、セレター基地指揮所の折りたたみ椅子に長々と身体をのばし、帽子をずらして顔にかけ眠っているらしい飛行靴の士官が小川次雄中尉であったのには驚いた。今頃、彼の他に指揮所でこんな座り方する横着者はいまい。新着任利根飛行科指揮官だ。

遠慮することはない。「飛行長、飲み過ぎですか」と挨拶する。少し動かした帽子の下で、ギョロリと眼を剝いた中尉が私を認めて座り直した。

一別以来まだ一年半もたっていないのだが、サイパン沖海戦を中にした私には、一生分にも等しい長い年月なのだ。二日酔いにしては、例の水っぽい大眼玉は活気に満ち、眼尻の皺も懐かしい。

戦場での再会に多くの言葉は必要ない。「私のペアです」と青木兵曹と平野を紹介する。「ペアです」の言葉に彼も一度激戦期一年半、私とペアだったことを想起したに違いない。

「お前、俺を追い越しそうな勢いだなあ」といささか真顔になる。

「とんでもありません。私が逆立ちしても利根飛行長に追い付くことはできません」

ここで顔を見合わせて笑い、旧機長との再会は終わった。「お前、挨拶もえらく上達したなあ」と古狸中尉が付け加えた。

もし私が利根乗組であるとしても指揮官小川中尉と先任分隊士の私がペアを組むことは不可能である。指揮官は一号機、私は二号機の機長であることは、利根、筑摩両艦の変わることのない不文律なのだ。

次の大作戦——日本艦隊にとって今度こそ本当に最後の海戦——も、さして遠い先とは思われない。来るべき海戦で小川機は偵察員機長、私は操縦員機長として索敵に飛ぶことは間違いない。艦隊司令部は僥倖を頼みに再びルンガ泊地を出撃し、我々も千に一つの勝利を渴望しつつ飛ぶのだ。

先のサイパン沖で味方第一次攻撃機隊を味方撃ちして撃墜した連合艦隊司令部が勝利者となり得るなど到底考えられないが、それでも我々は命をかけて飛ぶ。ひょっとしたら勝つかも……、と思うから飛ぶのだ。

艦隊はルンガ泊地に錨泊し、戦艦、重巡、新型軽巡の各水偵隊はセレター基地に集合して訓練が始まった。

利根飛行長・小川次雄中尉。写真は昭和20年４月中旬、鹿屋基地で芙蓉部隊の彗星艦爆分隊長（大尉）として沖縄方面作戦中のもの。妙高時代は著者の機長だった

艦隊司令部の説明はだいたい我々がすでに承知していることで、次の作戦はおそらく比島防衛であろう、との事。戦況が切迫していることは聞くまでもなく知っているのだが、我々搭乗員が騒いでどうなることでもない。したがってセレター指揮所の空気はさして以前と変わることなく、だいたいのどかなものであった。

海兵出の指揮官はごく少数になり、新しく各艦飛行科指揮官に着任した特務中尉方が指揮官席に仲間入りしたのが指揮所の変化だ。

以前は海兵出身大尉の専用で、特務士官は座り難い存在であったキャンバス張り折りたたみ椅子に、利根飛行長小川中尉が基地指揮官の中佐の面前でゆったりと身を沈め、長々と脚を組むのも一つの時代の流れである。

飛ぶことを止めた中佐が（癇性の強い指揮官として有名であった）同年輩、歴戦の士の小川中尉に一歩を譲った結果でもある。

小川中尉の気迫に比べると、他の特務士官方は温厚というか、下士官根性が脱けないというか、指揮官の前では、えらく遠慮する様子が見え、不甲斐なかった。

戦艦榛名飛行長の細谷少佐もほとんど飛ぶことはなく、もはや地上指揮官である。

今や艦隊水偵隊は重要度が低下し、海兵出身士官搭乗員は配置されなくなったのか、あるいは内地と戦場にえらく数が増えた新設飛行隊にバラまかれて、艦隊に配分される数の余裕がなくなったかだ。

しかし、艦隊水偵隊では少佐になったら、どうして飛ぶことをやめるのだろう。年齢からいえば小川中尉より二つか三つは若いのだ。年をとったから飛ばない訳ではない。理由は他にある。

ともあれ、だいぶ前から艦隊では海兵出身士官の指揮官先頭の文句は死んでしまった。三十歳未満か、少し越したくらいの少佐、中佐が老成した顔付きで地上指揮官席にへバリ付いているのを見ると、いかにも生命惜しさで飛ばないんだ、と見えて、終焉の近い日本海軍を眼前に見るような気がする。

かつてアメリカ海軍を仮想敵として艦隊訓練が行なわれた各基地では、指揮官は常に、飛行服を着て、指揮官席に立ち、我らと共に笑い、語り、苦労を積み重ねた。日曜日もない連夜の飛行訓練には、目的と楽しみがあり、二十歳の私には、言うべき不平不満などはなかった。

基地指揮官、各艦飛行長、飛行士などの海兵出身士官たちと我々は、苦楽、生死を共にするんだという連帯感を持っていたからなのだ。開戦をすぐ後にひかえた時期の基地指揮官、三沢少佐と周りの飛行長方にある豪毅、磊落、情のあたたかさなどを、あれが本当の海軍飛行機乗り気質なのだ、と敬い、憧れを持ち、むしろ身近の古参下士官搭乗員に多少の批判心を持つことがあった。

飛行作業のない午後など、指揮官たちがうれしそうな様子で「チョット早いが先に行くぞ、お前たちもあとからこい」といった風に夜の会合に出かけるのを、満腔の敬愛の情をこめ敬礼して送ったものである。

今や、それはない。

迫り来る最後の海戦を勝敗を決する最後の決戦、と考えている切迫した様子は、セレター基地にはない。

指揮官の中佐が各艦飛行科の指揮官たちを叱咤し未熟練搭乗員の練度を上げ、次の海戦に備える、といった空気もない。情報を多く知る中佐はすでに勝ち目のない海戦を諦めているのだ。もちろん情報に乏しい我々も、同じ考えを持つ。ただ、彼我艦隊の海戦が始まれば、我らは真っ先駆けて索敵に飛び、彼は艦橋で待つだけなのだ。

それだけの違いだ。

気性の激しいことで有名であったこの中佐も、眼光鈍く、我々の報告に、ただうなずき答礼するだけの地上指揮官になってしまっては、「あいつ、座して大佐になるのを待つほかに能がないのだ」と悪評であった。

墜落は操縦中尉の初歩的ミス

九月に入った月曜日、洋上航法訓練を兼ねた対潜哨戒に出る新乗艦のペア、二機を送り出した私は、指揮官席から離れ、風通しのよい、日蔭になった裏側のデッキに椅子を持ち出して、けだるい南国の朝の煙草に火をつけた。

青木が同じように座り、今夜の夜間飛行は月がないから着水照明炬で降りるか、などと話す。

そうだ、先週の夜間飛行は洋上航法から帰ってきた艦隊の水偵が、指揮所の沖千メートルほどに着水し、海上を走りだしたとたんに点灯していた着水灯が消えた、アレッと皆がいぶかった時、バァン！　と衝突の音がしてプッン、と音と気配が消えたあと静かになった。

救助艇が飛びだして漂流する搭乗員を収容した。事故原因は流木か何か浮遊物にフロートを引っ懸けた、と言うことになった。

着水照明炬を落とし、入念に着水海面を調べねばいけない。同じ東洋の有色人種でありながら、この地の華僑は油断ならない代物だ。悪意ある浮遊物が今夜着水海面を狙い漂流する可能性はある。

そのうち、当セレター基地の水偵が沖合からこちらへ向かって離水した。指揮所を東にわずか二メートルほど外し、我々の眼前で高度約五十メートルをとり、なお上昇姿勢である。先刻上がった艦隊の訓練機もだいたい皆こんなものだったが、もっと指揮所から離れ、遠慮して慎重に上昇する習慣である。

離水地点が陸地に近すぎたこの基地機は、エンジンを絞らずにバリバリと高速回転をさせながら上昇し、少し左翼を下げて左上昇旋回に移った。その瞬間、左翼がグラリ、と下がり、アッと声もなく驚く我々の眼前でガクン、と機首を下げた。機体は左に錐もみを始めた。

青木と私が立つひまもなくグラリ、グラリ、と翼が回り一回転する以前に岸から数メートルすぐ眼前の海面に機首から突っ込んだ。

鋭い飛沫があがり、ついで主翼が海面を叩いて低いしぶきをあげると同時にその半ばを海に没した。

機は姿勢を変え背面になって海に倒れた。白い翼の裏、胴の裏が波間に漂う。ひっくり返ったトカゲの腹を見るようだ。陰惨というか不気味というか。何と生命を粗末にするヤツだ。

沈んだ機はペナンに飛ぶため、電信席に整備兵一人を余分に乗せて離水したという。機尾がいつもより重いのを忘れた、ごく初歩的ミスだ。指揮所に向かって離水、ほとんど直上で上昇旋回なんて、艦隊の新参下士官操縦員が思い付く離水方法ではない。チヤホヤされて下手クソの自覚を持たない馬鹿中尉の思い上がりだ、と艦隊側ではボロクソの悪評であった。後席に乗った三人は運が悪かったとしか言いようがない。

ドイツ海軍水上機に驚く

次の夜、格納庫で映画があり、ウエスターン・ユニオンという題名の西部劇を見る。日本語の吹き替えはないが、だいたい分かる。骨っぽく勇敢で、気概にあふれるアメリカ人たちの物語だ。

終わって士官官舎へ引き揚げる道すがら、「俺たちこんな優秀な男たち相手に戦争しているのだ。手強い訳だ」と私が言い、青木は黙してしばらく答えなかったが、ややあとボソボソと、「こりゃ映画だぜ、小説と実物、一緒には出来ん」と言う。前を歩いていた郡谷飛曹長が振り返ってニヤリとしたので、私は大勢を悟る。みな青木と同じ考えだ。だが私は昨日見たばかりのドイツ海軍の兵器の精巧さを思い、ドイツとアメリカはまあ、同じ水準の工学技術、工作精度を持っているに違いないから、「俺たち日本民族の工業水準はずいぶん後れている、残念だなあ」と思いながら歩く。

昨日昼前に、ドイツ海軍の低翼単葉、双浮舟、我が零式水偵をひと回りかふた回り小さくした二人乗り水上機が一機やってきたのだ。

ペナンに駐留するドイツ潜水艦隊司令部が持つ水偵だ。指揮所前、二百メートルほどの海面に綺麗に、とても上手に着水した。水上機の着水という、デリケートで柔軟なカンと神経を必要とする操作は、白人たちより俺たち日本人の方がズンと上手なのだ。と常日頃思い込んでいた我々は、充分に速力を殺し、思いっ切り機首を上げて、フロート後端から美事にトン、と水面に降りた異国の可愛らしい型の小型水上機に舌を巻いた。

「えらくうまいじゃないか」こんな場合、率直な意見を言うヤツが必ず出る。

ともあれ同盟国の水上機だ。指揮所にはドイツ海軍士官二人が現われる。私より十歳は年長であろうと思われるイカツイ顔つきの方が操縦員で、どこで今さっきやってのけた柔らかい着水操作をするのだろう？　といぶかるほどのゴツイ大きい手を我が方の地上指揮官に差し出した。

フロート交換に来たと言うので、格納庫にドイツ機を移動し、整備員がドイツ海軍から預り保管していたフロート二個と支柱張線類を持って来た。

フロートも零式水偵より小さく「ズングリして不格好」と私は少しばかり優越感を覚えたが、大きい手の操縦員が、フロートを持ち上げた我が方の整備の兵たちに「チョイ上、もうチョイ上」と日本語で指示し、右と左は手振りとドイツ語で支柱上部の取付金具と胴体下部の取付部とを合わせた。そして、待ち構えた整備員がボルトを通す。次いで後方支柱、側方の斜め支柱、と片っ端からボルトを通し、見る間に二つのフロートは機体に取り付けられた。

当セレター基地の整備員たちはさして驚かないが、初めて見る艦隊の整備員、搭乗員どもは士官を含めて大いに驚いた。

おそらく我が零式水偵の双フロート交換に要する時間の十分の一で作業は完了した。右、左の言葉も通じない我が方の整備員を手先で指示誘導し、たちまち全作業は極めてスムーズに終了した。好奇心を抑えられず、私は前へ出て双浮舟の間に設けられた作業台に登り、「チョット貸せ」と整備兵の手からスパナを取り、新しいボルトの頭に触れた。

あんなにスムーズにボルトが入るからにはボルトと穴の間に少々のガタがあるのだ、と見当を付けたのだ。だが、ボルトはカチッと取付支基の穴にはまり、少しのガタもない。穴の内径とボルト外径は十分の一ミリ、あるいは百分の一ミリの違いもなく、カチリ、スパッと嵌合している。立派というか、見事というか、私の経験では考えられない精巧さだ。しかも、ボルトの材質がいかにも高品位鋼らしく緻密で色が良い。素人の私が見ただけで品質が違うと見えるのだ。

我々のフロート交換はもっと重々しく、大作業である。フロート前部支柱最上端の取付金具を胴体の取付支基に合わせるまでは、軍艦妙高のベテラン班長本永兵曹が指揮をとっても、ドイツの操縦員が指揮しても同じ手順と手間だ。

機体側に約十ミリの間隔をおいた二片の金具が並び、その間にフロート支柱の取付支基をはめ込んで、この合計三片の支基にボルトを通す。この作業でまず支障が出る。本永班長が「丸ヤスリだ」と叫ぶ。三個の取付金具にあけたボルト用の穴がピタリと合わないからボルトが貫通しないのだ。丸ヤスリで穴を合わせ、ボルトを押し込み、必要ならばハンマーでひっぱたいてボルトを通す。ハンマーがボルトの頭を叩く音で操縦員である私は身のスクム思いがする。無理にボルトを叩き込む時に、支基金具に微細な亀裂が入れば風浪高い日の洋上着水の衝撃でフロートがフッ飛ぶかも知れない。丸ヤスリで穴の内壁をけずる作業も操縦員にとっては気の滅入る、つらい数十秒である。削れば削るほど、金具は痩せ、まさかの時の強度は落ちる。

スルリ、スルリとうまくゆく嵌合もあるが、その時はボルトがガタついているのではないかと案じ、やはり心配の基である。

要するに工作の精度に、そして鋼鉄の材質にもあるいは格段の差があるのだ。それにしては、我が愛機の瑞星千二百馬力は洋上飛行で故障もせず良く回る。エンジンを造ってくれる工員諸氏と、フロート機体の連結金具を造る工員とは腕前が違うのだ、と私は自分で決めている。

生き残り連合艦隊の出撃

遂にフィリッピンに米遠征軍が現われ、十月十八日、艦隊はルンガ泊地を抜錨し、ボルネオ北西ブルネー湾に向かう。「大和」「武蔵」以下三十数隻だ。

ブルネー湾で重油補給を受ける油槽船に「日昌丸」と記名してある。ブリッジ前部の作業員に大声で尋ねると「出光の船だ」と言う。父の勤め先だ。接舷しているから油槽船のブリッジは眼の前だが舷側から飛び移れるほど近くはない。当直将校にお願いして内火艇を出してもらう。

ラッタルを上っても番兵どころか舷門の設備そのものがなく、そのまま後部にあるブリッジに歩いて行く。商船は気楽なものだ。甲板上構造物を見回すと、大きい送油管とデリックの辺りに数人の作業員がいるが、誰も私に気を付けない。長さは本艦より短く、幅は広い。総トン数一万五千トンくらいか。整理整頓は軍艦が格段に良いのは当然だ。乗組員がずっと多いのだから。

ブリッジに半袖開襟シャツの中年男性二人と白い制服の若い士官一人がいて私を迎える。目星を付け「船長」と呼び敬礼する。私も「筑摩」乗組員であれば一人の船乗りである。

彼は椅子から立ち上がり曖昧な礼を返し、「御用は？」と待つ。父のことを尋ねる。彼は、門司港で働く父のことを、「安永さんとは長いつきあいじゃが」と言い、大変懐かしんでくれた。

私は「重油をもらったらフィリッピンに行きます」と話し、おそらく不要になるであろう内地製高級煙草をテーブルに積み重ねた。コバルトも鮮やかな缶入りホープだ。

「日昌丸」ブリッジを去るに当たり、船長は十円札二枚を「小遣いにしなさい」と友人の息子にくれる態度で私に渡した。私は大切な煙草さえ、いらなくなりそうだから、と土産に差し出したのだ。金がいる訳はない。が、娑婆のお人にこの理屈は分かるまい、と有難く頂戴した。この金はその夜のうちにラブアン島（派遣された水偵用基地）で現地人の酒場兼マージャン宿を見つけ、内山・郡谷飛曹長（共に甲四）の三人で、船長と我が父、そして友人の子に小遣いをくれる美習慣を持つ日本人集団に感謝しながら使い果たした。

泳ぐ長官と参謀たち

十月二十二日、戦場へ向かう朝、艦長は各員の奮励努力を求め、「『大和』の前檣に鷹が飛来して止まり瑞兆である。この度の作戦は勝利だ」と立派な訓示をした。

乗員一同は「こういうの、何回も聞いたなあ」とさして驚かず持ち場に帰る。

明くる朝、鷹の瑞兆など一気に吹き飛ばして「愛宕」「高雄」「摩耶」が敵潜水艦にやられる。

郡谷飛曹長が対潜直衛に飛ぶので飛行甲板にいた私は右舷前方千五百メートルほどの高雄と愛宕の舷側に奔騰（ほんとう）した大水柱に我が眼を疑った。

幻である訳はない。この年月、船に乗った若い視力が魚雷命中の水柱を見誤るはずはないのだ。我が眼の前で、馴れ親しみ、私が心の誇りとした四戦隊重巡群は沈んだ。

十年前、少年倶楽部の口絵を繰り返し彩り飾り、満天下の少年に夢を与え血を沸かせた高雄型重巡は滅亡した。

俺の海軍入りだってあの絵のせいではなかったか。

これで今度の勝敗もついた。

リンガ出撃前、搭乗員たちと雑談中の郡谷飛曹長が、「こんなもんかい」と言いだした。
「司令部が『愛宕』に乗っているのはさっぱりせんなあ。小さくて目立たない「愛宕」
「大和」は巨大で敵の眼をひき、空襲が集中するだろうから、一撃で沈み、当て外
が旗艦になったのだそうだ、と説明する。その「愛宕」が真っ先かけて一撃で沈み、当て外
れの司令部は長官以下海を泳ぐ。何と意気地のない提督！　そのくせ「大和」の鷹は瑞兆だ
――など見えすいた小細工をして……。
「俺、戦争するのいやになった」と下に降りてベッドに寝た。

行け、健気なる若者よ

明ければ二十四日、シブヤン海は薄い朝のガスが漂い、左舷に遠くミンドロ島がかすむ。
乗組員より一時間早く朝食を食べる。例によって酢っぱい海苔巻きが美味しい。
艦橋で今夜の索敵飛行の命令を艦長から受ける。これからミンドロ島サンホセ海岸に飛び、
日没を待って比島東方海面に米機動部隊の所在を探すのだ。我が艦隊には最後の海戦であり、
搭載水偵には最後の索敵だ。
訣別と敬愛の意を込め出発の敬礼をする私に、艦長はわずかに微笑してうなずき挙手の礼
を返した。これまでの例による「索敵機機長の肩に艦隊の命運はかかっておる。任務は死よ
り重いぞ」ではなく、「さらば行け。健気なる若者よ」と言っておられる、と思った。
カタパルト上の愛機で準備が終わり、まさに発射の装薬が点火されようとした時、前方二

千メートルを走る駆逐艦が主砲を斉射し、次いで「大和」「武蔵」の主砲も護衛駆逐艦を包み込む大爆煙を吹き出した。スワ空襲。来襲する敵機影を上空に求める余裕は私にはない。発射される寸前だ。

「安さん、待つか？」

射出指揮官安井掌整備長が大声で叫ぶ。発進した我が機に上空から襲いかかる敵機の頑丈な頭部が一瞬心をかすめる。迷う間はない。本艦八門の二十サンチ主砲斉射の爆風に我が機は主翼を捩って震動する。

船の上で死んでたまるかッ。

「出まーす」絶叫して発艦する。

離艦と同時に私は右翼を激しく傾けて低空旋回をしつつ「ミンドロはあとだ」と青木兵曹に叫ぶ。即座に彼はその意味を悟る。「平野、いいかッ」と機銃準備を確認した。

カタパルト上を疾走しつつ、我が機の前方少し左の空にバラバラと我が方の弾幕が炸裂したのを見たのだ。敵機群はあの辺りにもいる。一秒たりとも直進は出来ない。

ミンドロの島影はたぶん右斜め後方。見るヒマは無い。高度十メートルで一路西へ。一秒も早くこの海域を離れるのだ。

振り向けば水道に散開した全艦隊はありったけの砲を撃ちながら、爆弾回避に必死だ。

「悲愴！」

最後尾に位置する駆逐艦の艦橋をかすめて飛ぶ。一瞬だけ見えた、ふり仰ぐ乗員の姿が心に沁みて残る。
「さらば、落日の我が艦隊よ」

整備員のいない基地で飛ぶ

ミンドロ島サンホセの砂浜は、広い湾に突き出た長さ二、三百メートルの砂でできた岬の根元にあり、先発二十機ほどが翼を休めている。

浜に降りた我が機に近くの誰彼が集まる。「艦隊は空襲を受けている」と言うと、「そうか」と解散した。良いニュースがあるはずないと、みな承知しているのだが。

平野兵曹がニヤニヤして「青木兵曹、腹減りました」と言う。彼が「ジャア、飯にするか」と、三人でジリジリする太陽をわずかに尾翼の蔭に避け、砂に座って顔を見合わせる。

間一髪、発艦が間に合った。と、それぞれの思いが我々を笑顔にする。

酢っぱい海苔巻きを三人でニコニコしながらパクついているところへ、ご存知、妙高以来の小川中尉が、例の如く日焼け、長身、茶色のサングラスのギョロリ眼で、

「オー、安（やす）」と現われた。

「相変わらず喰うことはひとに負けないんだなあ。俺たちゃー腹ペコだぜ」と笑う。何なら一つ、と勧める私に、

「馬鹿言え。俺がひとのものを喰うか」と手厳しい。これは私が百も承知の彼の性癖だ。熟練士官搭乗員の誇り高い彼が若い者のおにぎりをもらって喰うはずはない。と言って、勧め

ない訳にはいかない。食べ物の会話は難しいのだ。

「うちの松本少尉（特）が今着いた。お前とだいたい一緒に発艦したらしいが、グラマンに喰い付かれて危ういところだったそうだ。まあ松ツァンはベテラン操縦士だからな。それにしてもお前相変わらず逃げるの、早いんだなあ」と「逃げるのは早い」くだりで二人顔を見合わせ大笑いする。ここで彼の毒舌は終わる。彼はわざわざ、お前逃げるのは早い、っていうのを言いに来てくれたのだ。

『お前撃墜されないで良かったのう』と言ってくれているのだ。

たぶん腕に覚えの松本少尉（私が操縦練習生の頃、操縦教員。私の師匠クラスだ）は発艦後すぐサンホセにコースを取り、私はサンホセなんて後回し、とまず艦隊後方へ向けて飛んだ。という針路の違いで彼はグラマンと闘い、私は早い昼飯を翼の下で食べることになった。

「ここに整備員はいないのだから、エンジンの面倒は操縦員が見るんだぜ」と言い残し、彼は帰った。

可愛いエンジン

そうか、整備員なしで夜間索敵か、と心は重い。俺は常日頃エンジンを良く可愛がる、だからこれまで飛行中にエンジン故障がなかったのだ、とごく素朴な考えを持っている。

艦からのカタパルト射出は、まずエンジンを全開にし、轟々（ごうごう）たる全速回転の爆音の中で射出指揮官に出発準備の良いことを報じ、指揮官は艦の動揺（ローリング）を見ながら適時を狙って赤旗を降ろす。すると、射手が引き金を引き、装薬が爆発、機が走り出すわけだ。エンジンは少なくとも十秒かもっとそれ以上フルスロットルで全速回転を続ける。私はガソリンだって無駄になる、と思い、フルスロットル時期をズラして機が走り出したところでスロットルを開き、レール中央辺りで全速回転になるように操作するのを常としている。発進前からエンジンを全開し、全速回転のままカタパルト上を走って離艦する方が、理論上からもより安全であろうことは考えられる。しかし、零式水偵のカタパルト発進性能はなかなかよいので、俺の流儀で充分、と私はこれで通している。地上での全速回転の時期を節約するのは出来るだけ無理をさせまいとのエンジンへのいたわりだ。今夜も、そして明晩もエンジンよ無事回ってくれたまえ。

小島の陸軍伍長

ここで空襲されれば、浜辺の水偵群はひとたまりもないので、戦場から北へ離れたマシンロップの浜へ避退することになった。行程約百三十〜百四十浬、マニラの北だ。

昼過ぎに離水した我々は、各機単独で北に向かう。単機行動が普通の我々は戦場で編隊を組むことはない。

高度二百メートルで島の山峡を飛ぶ我が機に、左から一機接近してくる。赤い帯のマークから、本艦三号機、郡谷飛曹長だと分かる。操縦員は灘波兵曹。

ウンと近付くと三人ともニコニコの笑顔であり、双方とも手を上げ挨拶を送る。一瞬の後右翼を上げ翼の裏を見せた郡谷機はたちまち左へ離れ、四、五百メートルの辺りで定針したようだ。友愛の情を交換する空中の一儀式だ。

マシンロップは、ジャングルに続く弧を描いた無人の砂浜で、風がなくひどく暑い。緑の低木に木蔭を求めるが少しも涼しくない。私は流木を拾って主翼の下に置き、裸体になってそれに座る。後席の二人はコマメに歩いて椰子の葉を集め、やや大きい葉を持って熱帯の低木の上と下に置いて、その木の下に座る。そこも暑そうだ。操縦員の私は機を離れる訳にいかない。


午後四時少し前、カヌーで陸軍の兵隊が現われ、煮沸したというお茶と椰子の実を振る舞ってくれた。海軍側の要請とか、彼らの部隊本部からの命令で来たのではなく、飛行機が集まっている、との現地人情報で、「様子を見に出たら日の丸が付いていたから海軍と分かった」、などと言う。指揮者は伍長で私の年輩。我が方の劣勢もちゃんと承知し、「二ヵ月くらいでこの辺も戦場になりましょう」と淡々たるものである。立派なものだ。

飛行服の胸ポケットに収めている不時着用内地産煙草「光」を油紙を開いて出し、半分の五本を伍長に従う兵に渡す。「光」は艦隊でも一部搭乗員だけが持っていて、一般乗組員からは、「あいつら、真っ先に死ぬのだから煙草くらい高級品を吸わせておけ」と、その特権を認められている曰く付きの品である。

着るものにも困っているのか？　と思われるその兵は「死んでも心残りありません」と大

き い声を出す。「こんなたばこをもらって」と、本気で叫んでいるのだ。身体を固くした彼はまぎれもない真顔だ。

ハテ、ここに、逃げ場のないこの小島で死ぬと決まっている日本男子がいる。俺たちは死ぬと決まった訳ではない。私は心に感じるものがあり、残り全部を彼の合わせた手の中にさし入れる。

不思議なことに私はこのとき優越感に似た感情を心に持った。死ぬと決まった人を哀れむ心と優越心と同じであるはずはない。だが、私は非情にも優越する心を持ち、それ故に貴重な煙草を与えたのだ。複雑な心の作用なので私には説明できない。だが、これは事実だ。

暗い太平洋に飛び出すため俺が艦橋を降りる時、艦橋の高官たちもこの種の優越感を隠し持つのではないか? 今日こそこのおシャレな若者は海に死ぬのだ、と。

突然そこに樹の下から平野兵曹が出てきた。

「分隊士、ソレは……」と言いかけ、青木兵曹から何とか言って制止され、声が中断した。不時着用の「光」を問題にしているのは明らかだ。

「海に不時着して死ぬ前、ウマイ！ ウマイ！ と言って吸うんだ」とかねがね私が言い、言わば三人の共有物でもあるからだ。

伍長が私をじっと見つめる。緊張した眼が一種の気魄を発し、私は得意のニヤニヤ笑いが出ない。彼が一歩私へ向け踏み出すと、私は一歩退きたかった。彼は一言謝意を述べ、頭を垂れた。緊迫した空気に私は口ごもり適当な言葉が出ない。青木兵曹が「『誉』一箱、この通りあるんだ。不時着の時はこれで我慢しましょう。ねえ、分隊士」と半分ほど中身の入った「誉」の袋を顔の高さでヒラヒラさせ、この場の緊張を処理した。
「生きて日本へ帰って下さい」と頭を上げた伍長を真顔で激励した青木兵曹は真剣であった。
「うちの先任下士官です」と紹介する。伍長がパッと挙手の礼をして、青木兵曹が答礼する。何だか千両芝居を観ているようだ。

郡谷飛曹長の見切り千両

四時すぎ離水しサンホセへ。あと三十浬の辺りでサンホセ空襲中、の電報を受けたと言う。マシンロップには何もなかったがサンホセには無線機の設置があったのだ。整備員がいないので何の設備もないか、と思っていたが一応の基地設備はあったのだ。「だったら飯も大丈夫」と話しあう。これまで一度だって食事の心配をしたことのない艦隊搭乗員にとって情けないことになったものだ。

高度を下げ、山と山の間を縫って慎重に空襲警報を発した基地へ近付く。前方、岬のある海に薄い煙が一条あがり、サンホセ海岸が燃えていることが分かる。次いで高度百メートルほどの低空を微細な点が動くのが見えた。敵機だ。微細な点は二ツ三ツ見え、円を描いてブンブン動く。地上掃射を繰り返しているのだ。畜生め。

左に旋回して山の間に入る。うまい具合に高度七百メートルくらいの尖頭の山と、その周りをグルリと囲む丸い外輪山の輪を見つける。中央の山と周りの外輪壁との間はかなりの谷だ。外輪山を越え谷間にスルリと飛び込む。V字型の谷を右に回りながら翼を右に傾けてゆっくり飛ぶ。空襲の敵機が引き揚げるのをここで待つことにしよう。またとない避難場所だ。「郡谷分隊士が飛び込んで来ました。後に続きます」と電信席から言ってくる。そうか、俺だけ、と思っていたが、郡谷さんも眼を付けたか。

ところが、三十秒も飛ばぬうちにもう一人このV字の谷を避難場に選んだ人物とバッタリ顔を合わせることになった。

外輪内壁は急角度で落ち込んだ岩壁で中央部尖頭の山肌との間隔は約百メートルと少し。私はその真ん中を右翼を傾け緩やかに旋回していると、突然、まったく予想もしない前方に水偵が一機山陰から躍り出た。そうか、この谷を俺と逆旋回のヤツがいたのだ。何たる迂闊、と唇を噛むところだが、その間もない。無意識に我が機は右旋回をやめて左の岩壁に寄り、前方の機は右翼端をかすめて飛び去った。

「利根二号機」と青木兵曹が怒鳴る。練達の松本少尉だ。我が機は右旋回で飛ぶ。マゴマゴできない。すぐ前方にまた反航機は現われる。

一旦外輪山の外に飛びだし、反転してこの谷に飛び込もう。いやベテラン松本少尉だ。「ヤスのヤツ、マゴマゴしてやがるからあのまま右回りで飛ぶに違いない。ひとつ俺が反転してやろう」と彼が外輪の外に抜けだして向きを変え、飛び込んで来たらどうだ。また危機一髪。あるいは正面衝突だ。

二人とも反転するのはいかん。私はそのまま右旋回を続ける「郡谷分隊士、外に出ました」と電信席。私は自分の処置に自信があった。几帳面で真面目な松本少尉の気持を思えば松本少尉が反転してくれるに違いない。先輩が反転してくれるのだ。と思った瞬間、右前方の山陰から水偵が眼の前に躍り出た。ホンの二百メートルほど前だからウンもスンも言うヒマない。舵（かじ）を動かす一瞬前、右翼の向こうを光のように飛び去った。

「ファーッ！」

電信席から大嘆声が聞こえた。無理ない。生死の分かれ目だ。

名偵察員青木兵曹に相談する暇もない。愛機は岩壁をかすめて驀進（ばくしん）している。今度こそ松本少尉が反転してくれる。俺がここで反転したら正面衝突だ。用心のため少し外輪の黒い岩壁に寄って飛ぼう。その瞬間、まったく前回と同様、松本機は正面から形相物凄く驀進して来た。パッ、と彼の右翼が少し上がり、我々は翼を重ねんばかりにスレ違った。

これ以上辛抱出来ん！　灰色のゴツゴツした岩の峰をかすめて飛び越え外輪山外側の斜面に沿い機首を突っ込む。

なだらかな緑の谷に入ると「ヤッ、松本少尉、右後方、こっちに来ます」と電信席からだ。ナンテコッタ。彼も辛抱はこれまで、と噴火口の谷を見切って飛び出したのだ。だったら俺一人、ゆっくり回れるのに。それにしても郡谷飛曹長の逃げ方は上手だ。見切り千両と言うところか。

夜間索敵、右翼に雷さんだ！

サンホセの砂浜でその日が暮れ、夜間索敵に出る。進出距離二百四十浬。敵を見ず。

明くる二十五日、第二夜の夜間索敵も敵を見ず。帰投コースでは若い盛りの私もさすがに重症の疲労困憊（こんぱい）であった。昨朝発艦以来、昼夜通して約十二時間を飛び、三時間眠って後、今日昼間四時間、夜すでに五時間も飛んでいる。いくら何でもきつい。

月が落ちて暗くなり海面も水平線も見えなくなる。高度を下げないと暗夜洋上の船を発見出来ない。高度三百メートル。なお海面は暗くてよく見えない。水蒸気の濃密なガスが海を覆っているのだろう。

前方も黒漆（うるし）を塗ったような暗闇で、水平線の見当もつかない。眼を凝（こ）らして水平線のごく微妙な黒の色違い部分を探していると、スーッと視野が狭くなる。眼を開けているのか、つむっているのか、分からなくなる。前方遮風板の左と右を支えているフレームが見えなくなる。ハッと気が付く。眠っているのだ。驚いて座り直す。

一瞬のうちに頭、肩の血の気がスーッと下に下がってしまう。恐怖で身震いする。失速して墜落するか？　死に物狂いで走らせた視線に、速力計、旋回度計、水平儀の指数がおおむね正常に映る。ああよかった。

「青木兵曹、眠い。頼むよ」「大丈夫。おっこちる前に怒鳴ります」もし、不必要な左右旋回や機首下げ増速などをしたら、彼が大声で私の眠りを起こしてくれるはずだ。

「暗闇の中で眠ったら死ぬんだ。眠ったら冥土の海に真っ逆様だ。錐揉（きりも）みで三回旋らぬうちに海に突っ込むのだ」と呪文（じゅもん）のように唱えるが、緊張感も恐怖もついてこない。朦朧（もうろう）たる意識の中で、半ば無意識で操縦する。

機はユラリユラリと右に揺れ、左に傾く。よれよれと飛んでいるに違いない。青木兵曹も平野も疲労は私と同じはずなので、居眠りをして良い訳なのだが、おそらく眠気など吹っとんで、ユラリユラリと飛ぶ愛機が右への傾きを急に増して頭を下げそのまま右回りの錐揉みに陥るのでは、と手足を固くつっぱっているのにちがいない。それも夢うつつだ。切迫感がない。

突然、ドッドーン、ドッドーンと大太鼓の音が響き始めた。右側風房の外だ。右風房の外は、ただ暗く、右主翼が海の暗闇と少し異なった黒さで見えるだけだ。右翼のピトー管の辺りは闇に没して暗黒一色だ。

気が付くと太鼓の音は消えている。

「青木兵曹、ドッドーンって音が聞こえた。大和の主砲一斉射撃の連続みたいだ。右からだ」と異常を知らせる。あとで茶飲み話の笑い種にされようとかまうことはない。相手は我がペアだ。「いやあ、空耳です。エンジンは快調、あと五十浬で海岸線です」と断固たる声が私の意識に気持よく響く。そうか、あと五十浬か。

「分隊士、右翼端少し前に星が見えます。少し明るくなってきたでしょう」と電信席から明るい声が聞こえる。あいつ、カラ元気を出して叫んでるんだ。

「ウン、見えた。星二つ見えた」

注視すれば水平線らしい横縞が存在する。これでだいぶ楽になる。高度を六百メートルに上げる。

「分隊士」と鋭い声。ハッとする。「分隊士」と青木兵曹が私を叱咤する。一呼吸おき「静かに左旋回、ゆっくり左旋回」そうか、言われるまま静かに左に傾け、左旋回に入る。知らぬうちに右旋回を始めていたのだ。コンパスが回り始め、傾斜計もほどよい傾斜角を示す。

「ハイッ、戻せー、も少し静かに。そうそう」彼の誘導が続く。

しばらくして、雷さんが風房の右に現われた、暗い空に浮き出して見える。すぐ傍だ。ドンドン音もする。絵にある雷公とまったく同じだ。小太鼓の連なった輪を背につけている。

『ドン、ドン、ドン』私は「このヤロー!」と絶叫した。雷は消え、音もなくなった。へェー! 今のは幻か。いや、幻ではない。夢だ。一秒か二秒眠った間に夢を見たのだ。夢か、現(うつつ)か幻か、と言うが、夢と幻の間に境目はない。今度は青木兵曹に言いたくないので胸の中に収める。これは恥だ。

「青木兵曹、高度計が狂った。おかしいぞ」と声を出す。急に彼が頼り甲斐のある年輩の小父さんのような気がしてくる。暗い前方に島が二ツ三ツと黒く見えてきた。暗く灰黒色の海は我が機の百メートル下だ。黒い島陰は小さくてこれまで見たことはない。見馴れない姿で灰色のガスが表面を埋めた海から突っ立っている。そしてこれは幻ではない。ぐんぐん接近してくる。俺の気は確かだ。高度計示度五百八十メートル。それなのに海は約百メートルの下にある。あんな小さい尖(とが)った島は地図のどこにあるのだろう。とにかく高度計が変だ。

「いいえ、高度は約六百メートル、間違いありません。ハハア! 前方の下は雲ですよ。雲海です。雲から山が顔を出してるのです。海じゃあないのですよ。お分かり？」とえらくクドイ。そうか。海面は雲海の下五百メートルにあるんだ。

今夜も敵を見ず。午前二時半、タバコ基地に着水。基地と言っても椰子林に続く小さい砂浜だ。例によってマフラーで顔を包み手袋に入れた手で腰ベルトを摑み、砂の上に眠る。

朝、ダルイ体を起こして海に小便を飛ばそうとするが出ない。なぜ出ないのだ。パイプがツブレたか？

茶色に近い血尿が出る。生まれて初めてだ。

ブルネイ湾に筑摩帰らず

二十八日午後、ブルネイ湾に引き揚げてくる大和以下の艦隊が二百浬に近付いた海上で、わが機は対潜直衛のため出迎えた。

大和が一隻だけで相棒の武蔵がいない。まあ仕方ない、と後方へ飛んで本艦筑摩を探す。一隻しか見えない。嗚呼、こいつは利根だ。筑摩はいない。

全部で十隻余り、油を何条も曳き、それも長く長く曳いて、とぼとぼとわが艦隊は帰ってきた。

あらぬ方を向いたままの主砲塔、傾いたマスト、無残に鋼板がめくれ、大穴があいた甲板。

起こるはずのない奇蹟はやはり起こらず、最後の海戦はかくの如く終わった。

沈んだ重巡愛宕から大和に乗り換えた提督と参謀たちは、眼下を走る大和で生きのび、今帰ってきたに違いない。武蔵の代わりに大和が沈めばよかったのに……。

何度も何度も僚艦利根の上を舞い、遂に帰らない筑摩に惜別の想いを送る。

ラブアン島の若い白人捕虜

残存の艦隊はブルネイ湾に錨泊し、水偵隊は湾内のラブアン島に基地を取る。勝利を拡大するために来襲するかも知れない米艦隊の索敵哨戒に周辺海域を飛ぶ。士官の宿舎は英国が建てたホテルだ。

大和に将旗を掲げた日本艦隊最後の司令部は、棹尾（とうび）を飾るべき最後の突撃を、気おくれした提督と参謀たちが下令せず、玉と砕ける機会を逸し、敗退しておめおめと帰ってきたのだそうだ。

「俺たちの倍も長生きしてやがるクセに」とラブアン島の我々は罵った。

島には英国が造った陸上飛行場があり、ボルネオ統治の一つの要（かなめ）であったという。士官宿舎となったホテルはその付属設備の一つである。

朝食をホテルの食堂で食べ、椰子林を貫く一キロ余りの緩やかに海へ降る道を思い思いに歩く。

三日目の朝、海辺へ出勤の途中、捕虜の群れと出会う。三十人か四十人ほどで、大部分が白人だ。ノラリ、クラリとごくユックリ歩く。飛行場付近に作業場があるのだろう。疲れ果て、エネルギーを最小にするための歩き方と思う。

「食い物だって満足に喰ってないんだ」と内山、郡谷両分隊士が同情する。いささか体の異常を自覚する私は皆と一緒に歩くとひどく疲れる。郡谷飛曹長が先発して砂浜での作業指揮の任に着き、私は皆のあとからユルリユルリと歩く。新鋭軽巡能代の内山飛曹長が私につきあってくれる。大男で頑丈な彼は、必要とあらばチビの私を抱き上げて運ぶことが出来る。

ノッポの捕虜たちとスレ違う。我々は幅十メートルほどの立派な道の中央を、彼らは左寄りを歩き、お互いに相手を充分観察する。三回目ほどの出会いの朝、彼らの中の撫で肩といか、ホッソリした体型の青い目の色が他よりも薄く見える若者――俺より若い――が、何か早口の声を私に向かってかけ、彼の隣りを歩くヤツの背に両手をかけおんぶされる真似をした。彼の周りの二、三人が笑い、私も意味を了解してニヤニヤする。そうか、その大男に背負ってもらえ、と言っているのだ。私は立ち上がり、彼を見送る。

深呼吸をしたら胸の奥、左の背部が痛い。熱も少々あるようだが、私の乗艦筑摩がいなくては診察もままならない。ままよ、へたばるまで飛ぶまでだ。

次に彼らと会った時、私は遠くから彼を見つけ注視した。ヨレヨレのシャツを着ている私も家をなくしたのだから着替えに不自由する、が、彼よりましだ。カワイソウなヤツ。その次の出会いは双方ともに一日の作業を終え宿舎に帰る道すがらであった。列の中央辺りで、彼は私を探す動きのある眼で接近し、素早く彼を見つけた私と目が会うとニコリとした。少年の笑顔だ。魅力ある笑顔だ。

まぎれもなく彼は敵である。この疲れ果てて抵抗力を失った敵兵たちと、わが筑摩をレイテ沖に見捨てて、自分たちだけ逃げ帰った提督と幕僚と、どちらを憎むか、と問われれば、私はためらわず答える。

あいつたちだ。艦橋で威張りくさっている老人どもだ。

煙草がまったくマズい。さすがのシャレ者艦隊搭乗員も「誉(ほまれ)」を配給され、一般乗組員と同じになったせいもある。口の中がザラザラして煙草の煙でそれがひどくなる。煙草はあいつにやろう。

次に彼らのノロノロ歩きと会った時、私は斜めに横切って近付き、サッと横向きに跳び込んで眼玉の色の薄いヤツの鼻先につッ立った。彼らの縦隊行進はずいぶんルーズで、後尾まで約百メートルは伸びている。大男の内山飛曹長も、素早く私の傍らに来た。近くで見ると、空色の眼は透明で寒天に似ている。これで見えるのだろうかと頭をかしげて見上げる私を、彼が敵意あるヤツと判断するはずはない。

彼の顔は思いの外肌が荒れて、ところどころ皮膚がカサカサしてめくれている部分があり、首は赤く、大小の皺(しわ)がよっている。それでも二十四歳の俺より若い。ハンサムなヤツ。

素早く彼の左手に三個の「誉」を握らせ、サッと列外に出る。彼の後ろを歩く二、三人がそれぞれ少しばかりの微笑と片眼のウインク、そして軽く頭を下げた。最後尾を歩く二、三人の監視兵から一人が短い帯剣を押さえて走り寄ってきた。「何事ですか」と。「敵の面(つら)を近くから見たかったのだ。悪いかッ!」と私はその兵を不機嫌な声で一喝し、ハッタと睨んだ。不意打ちを喰らった彼は「ハッ」と姿勢を正し、挙手の札をして旧位置に戻った。

ピアノを弾く陸軍特攻隊長

士気あがらぬ艦隊水偵隊のスルー海索敵は、それでも連日続けられた。体調の悪い私は飛行を休み、砂浜との往き帰りも大儀となり、終日ホテルで寝ることになった。

ホテルに陸軍の特別攻撃隊指揮官という大尉、その他十人近い将校が滞在した。彼らが飛行場へ行かない時の昼食は私も末席に同席する。彼らは自分たちの任務について語らないが、レイテ飛行場に強行着陸して飛行場占領の端緒をつくるのだ、と海軍側には知らされている。搭乗員も一緒に手榴弾、機銃を持って闘う計画という。

我々の仲間では「搭乗員といっても陸軍の偵察員は海を渡る航法は出来ないし、電信員も海軍の操縦員程度のトンツー能力しかないそうだ。俺たちとは事情が違うんだ」と話す。「搭乗員が地上戦闘に仲間入りするなんて戦法は、陸軍だけのもの。俺たちは厭だぜ」と話し合う。

隊長といわれる大尉は、ピアノを弾く。彼のハンガリア狂詩曲を我々は少し離れて聞く。ホテルの若い給仕女たちはピアノの傍らで傾聴する。音が止み、ピアノから立ち去る彼を「あいつ俺たちより先に死ぬんだ」と我々は思う。私は陸軍搭乗員の飛行経歴、練度、つまり腕前について大いに興味があったが、彼らは決まってこの手の話題を避ける。厳重な箝口令が布いてあるのか、と疑うほどであった。

一人の准尉が現われて、中尉と作業の打ち合わせをする。三十歳くらいの准尉は、不必要かつ芝居じみた風でへり下り、私より若そうな中尉は、いかにも指揮官風で尊大に見える。一緒に死ぬ者同士にしてはギクシャクした間柄に見えた。あの中尉、えらく威張りやがって、と不愉快になった。

飛ばない指揮官

海軍側指揮官某少佐は三十歳くらい、率先陣頭に立ち重要索敵線を飛ぶ、といったタイプの指揮官ではない。各艦の水偵がこのように集結した際の地上指揮官である。彼が所属する艦に帰れば飛行長の職に付く。もちろん飛ぶことはない。この飛ばない実戦経験の貧弱な指揮官と、歴戦、そして腕に覚えのある生き残り搭乗員どもとの間には他人行儀な壁があり、我々は失礼だが「手心を加える」態度で指揮官に向かうのだ。

指揮所で飛行服を脱ぎ、たとえ疲れた不機嫌な顔のままであっても、私たちと同じように飛ぶ士官には、部下たちは眼を輝かせて報告をする。

飛行服を着ることのない指揮官は、我々から見ると路傍の石ころだ。型だけの敬礼をするが敬愛の対象になるはずはない。

これは分かり切ったことだ。そして少佐だって充分知っている。だが、一旦飛ぶことを止めた三十歳の海浜出身少佐は、再び搭乗員となることはない。飛ぶことは即、死ぬことにつながるからだ。

以前はこうではなかった、と私は嘆く。いや、私だけではない。開戦前の艦隊訓練を知る者みなが同じように口を揃えて、海浜出身指揮官たちの卑怯な空からの退避を蔑む。指揮官たちの堕落だ。

昭和十五年秋、艦隊に乗り組んだ私は、それ以前、つまり今の古参特務中、少尉方が兵、下士官であった頃の草創期と言うべき、古き良き時代は知らない。私の時期はすでに米海軍を仮想敵どころか、眼前の実存の敵として、開戦準備を急いでいた。例の日曜日抜きの訓練日課が艦隊にとって当たり前と考えられていた苛酷な日々であった。

水上偵察機三機を搭載する各戦艦、重巡には、海浜出身の威容あるベテラン大尉と、軍帽の整型用鋼線をヘシ折ったりして崩れた型の帽子を粋がって被った青年中尉がおり、数名の部下搭乗員と苦楽、いや生死の運命をさえ共にしたのである。

この隊長のためなら死すとも悔いない、といった陸軍調上下関係ではなく、否応なしに共に飛ぶ者同士の必然としての一緒に死ぬ仲であった。

私が当時の機長吉尾寅男中尉に満腔の敬愛の念をもって従い、彼の栄進と、提督になる日を期待したものもわずか三年前のことでしかないのだ。

今やまったくそれはない。

そしてこれが滅亡へ一日一日近くなる軍隊の姿なのだろう。

いまだ還らぬ一番機……

十一月に入って索敵哨戒に出た連中が、あと三機ほど帰ってくれれば「本日の飛行作業終わり、解散」となるはずの午後おそく、若い准士官と下士官搭乗員数人が指揮所のすぐ傍らでワイワイと軽い話題を楽しんでいた。それがヒョンなことから話は趣を変え、重大なものになった。立ち話が大儀な私は小椅子をテントの端に持ち込んで座り、哨戒に出た筑摩五号機の帰りを待ちながら、転換されたやや重くるしい話に聞き入った。

この手の、少しのことで大問題を引き起こすことになるかも知れない話を軽妙にやってのけるおしゃべり野郎が多いのは不思議なことである。搭乗員気質の一つであるに違いない。これは、

「艦が沈む時に、艦長が艦と運命を共にするっていう習慣はいつ頃から日本海軍にあるんだ?」から始まる。「習慣ではないのじゃないか。ミッドウェイで沈んだ空母四隻の艦長はみな艦と一緒に沈んだのか? 俺が聞いたのでは助かった艦長もいるっていうぜ」とごく若い声。空母の艦長がどう処置されたか私も知らない。

そういえばソロモン戦以後、片っ端から、と言って良いくらい次々に沈んだ駆逐艦ではどうだったろう。潜水艦に狙い射ちされて轟沈(ごうちん)した駆逐艦の艦長に沈没の責任あり、とは到底思えない。敵潜水艦の所在をまったく探知出来ない日本の低い科学工業の水準が原因なのだ。指揮統率能力に優れ、鬼神の勇ある名艦長でも海中に待ち伏せする潜水艦が潜望鏡を露頂することもなく精度の良い魚雷で攻撃すれば、これを防ぐ方法はない。艦を失い、艦長も亡くなる。これでは二重の損害だ。

我々にとって関心が薄いからであろうか、沈没艦艦長の情報は一般には知らされていない。

各艦長は例外なく海兵出身者なのだから彼らの仲間のうちでは語られているに違いない。あるいは、立派な人物だけが艦と共に壮烈な最後をとげ、その他の一般的艦長は脱出して生きているのではないだろうか。

もしそうだとすると、我々は「そりゃあないでしょう」と言わねばならない。

事情は海兵出身士官搭乗員の間でもまったく同じだ。勇敢で情があり、人格の優れた指揮官は陣頭に立って戦い、あらかた亡き数に入ってしまった。現在生き残り、栄進した、少、中佐たちは、ほとんど例外なく先頭に立って飛ばねばならなかった時にさえ、厚顔にも地上に残り、死を免れた指揮官ばかりなのだ。

かつて、十八年の終わり頃、トラック基地で陸攻隊の面々と同席した夜に、「貴様と俺とは……」の歌い出しで始まる合唱をした。四節目辺りに「いまだ帰らぬ一番機……」の文句で終わる節があり、それを何回も繰り返し、ワアワア泣きだした若い飛曹長がいた。未帰還になった海兵出の中隊長の大尉を悼(いた)み悲しんでいるのだ。

我々若い下士官搭乗員は、指揮官を好きになろう、好きになろう、とする本能的性癖があったのだ。今でもある。残念なことに、我々が共に死ぬことを誇りとし、敬愛した指揮官たちはもうこの世にはいない。

テント外のおしゃべり連は言う。

「今度の作戦だってそうだ。沈没艦の艦長が責任をとるのだったら、潰滅した艦隊の司令長官は、逃げ帰ったブルネイ湾に身を沈めて責任をとるのが当たり前じゃないか。腰抜け長官や参謀たちの代わりくらい日本海軍にはなんぼでもいるんだ。いよいよの時に逃げ出すのだったら俺だって出来る。いや俺は逃げ出さんぞ」

というのが軽口雄弁連の論旨であり、この砂浜で一般に語られてきたことの蒸し返しでもあり集大成みたいなものだ。

指揮所すぐ傍らの歯ぎしり談義は、指揮官某少佐を軽んじての立ち話である。途中で筑摩飛行長、泉山中尉が椅子から立ったので、これは大事になるか、と期待したが、彼は整備員が帰還機を待つ波打ち際へ行ってしまった。

搭乗員たちが、海軍少佐、中佐を別格扱いにしなくなり、少々軽んずる風潮が行き渡ったのはいつ頃からだろう。

『俺たちの方が肝太いんだ。あいつら、末は提督と思ってやがるから死ぬのを恐がるんだ』

と若い下士官搭乗員は自らは失うものは何もない、と威張る様子である。

私もうなずく。至極同感だ。

日本艦隊のツキは剝げ落ちた

重巡利根の搭乗員たちが艦に帰って集めてきた情報は腸煮えたぎるようなものであった。

十月二十五日、レイテ湾突入の朝、あと二時間半か三時間で米上陸部隊の輸送船団がワンサといるレイテ湾だ、という朝の六時すぎ、スコールが晴れると左前方水平線に敵艦隊のマストが利根艦橋から見えたという。逃げる敵を追い、空襲と闘いながら距離をつめ、七時すぎから利根も敵空母、軽巡などを射撃し大奮戦をする。敵空母群は追い風で逃げるので、飛行機の発着艦が出来ず、初めのうち爆撃に来ていた敵艦爆は爆弾の補給ができずに機銃射撃をやってくるようになる。追跡しながら刻一刻と目的地に近付く。あと一時間もしないで敵輸送船団泊地だ。さあ突撃だ、花と散るぞ、と皆が勝ち戦さ、実に久方振りの勝利を目前に、「勝つのだったら生命なんか欲しくない」と覚悟し、鉢巻きを締め直したところに何と、「各艦集合せよ」と長官からの命令がくる。この瞬間、攻守所を変え、日本艦隊のツキは剝げ落ち、無残な敗走が始まるのだ。

当然というか、すかさずというか、敵空母群は一斉に風に立って攻撃機群を発艦させ、新手の艦爆、艦攻が引き揚げる日本艦隊を襲う。沈没艦周辺で泳ぐ乗組員救助に従事する駆逐艦など放ったらかして旗艦大和は逃げ帰ったという。

沈んだ重巡筑摩の生き残り乗員を救助した駆逐艦野分は取り残され、単艦で脱出の途中、追跡する米駆逐艦群に撃沈されたらしい。筑摩も駆逐艦野分の乗員も総員戦死。ただの一人の生還者もないという。

敵空母群の向こう側、つまり南へ逃げる敵の東方には海を圧する大船団がレイテに向け航行中だったという。実に宝の山は目の前にあったのだ。こういうのを「戦運我に利あらず」と言うのだろうか。そうではない。せっかく、我が艦隊の終末を飾るに相応しい場を天から授かったのに、その好機を生かせずムザムザ後ろを向いて逃げ出したのは、運ではなくて「生」の未練を捨て切れなかった人の心の弱さが原因なのだ。つまり指揮官である提督が年齢をとり過ぎていたのだ。いわば老人の害だ。そんなまさかの時の役に立たない年寄りが司令長官の椅子で威張っていた、というのが日本民族の不運であったのだ。

もし将来、日本海軍が再建され大海戦をすることがあれば、昔の源義経のような若い武将を提督に抜擢し、全軍の指揮を委ねるのだ。腰抜けの老長官はこりごりだ。

やっぱりもう一度来るのは無理だ

十月十六日朝食後、皆からかなりおくれてホテルを出る。基地撤収の朝だ。朝食の例であるご飯の上の生チーズを好きになり、日本にはないだろうから、万に一つ、この戦争に生き残ることがあればこのホテルにやってきて生チーズを注文するんだ。妻である貞淑な日本婦人を伴って。たぶん、アメリカか英国の施設になっているだろうから、そんな時は英語を話せるように練習してくるのだ。

そうだ、今だって若い旅人の心になってホテルを出よう。なあに、も一度来るのだ。そう悲壮がらなくてもいい。

あいにく、椰子林の道に入るとすぐ遠雷の轟きに似た重厚な炸裂音が響き渡り、遠雷を四方から集めて来たようなどよめきが椰子の樹々をゆるがした。

私は、戦艦の主砲斉射と駆逐艦主砲、各艦の高角砲の射撃音を聞き分けることが出来た。

空襲だ。林に分け入って静かになるのを待つ。

二十五ミリ機銃の連続音がしないから、大型機の高高度爆撃だ。畜生ッ！　ここのホテルに、もう一度来ることはやっぱり無いぞ！　と、たちまち現実に立ち返る。

次に俺たちがやるのは内地での防衛戦だ。日本に帰っての戦いに、この俺が生きのびることはもう出来ない。

これまでは、死ぬと決まった訳ではない、ととぼけていた私も、内地での戦闘ではそうはいかない。我が国土が悲惨な戦場になり、女性、子供など非戦闘員が死ぬのを、戦士である俺が生きてこの眼で見る訳にはいかない。その前に死ぬ。私の死生観はこの程度のものだ。

第五章　最後の艦隊偵察隊——新鋭偵察機彩雲の死闘

若い中尉機長たち

比島沖海戦で沈んだり、大、中破した戦艦、軽巡の乗組搭乗員たちは、大和や他の残存艦に便乗して内地に帰り、大部分が木更津基地に集められた。

基地の士官食堂に集まると、開戦前の艦隊訓練当時から旧知の仲間も多く「お前、まだ生きていたのか」といった調子のひさしぶりの挨拶があちこちでかわされていた。

青木と私もその類で「やあ、お前もか」とニコニコして健在を喜び合った。われわれは、サイパン海戦がおっぱじまる以前の一時期、艦隊がリンガ泊地に隠遁、待機している間中シンガポールのセレター基地で瀟洒な旧英海軍士官舎の一室に二人で住み、朝な夕なの旅情を慰め合った仲であるから、サイパン沖、レイテの両海戦を中にはさみ半年ぶりの再会であった。

大部分の艦隊搭乗員はそのまま彩雲艦偵で編成されている偵察第十一飛行隊に組み入れら

れ、青木も私もずいぶんと馴れ親しんだ零式水偵と別れ、彩雲に乗ることになった。

彩雲は、零式水偵の三分の一ほどの薄い、そして小さな主翼、細い胴、長い脚とホレボレする肢体の別嬪（べっぴん）機で、スラット翼、ファウラーフラップ、エルロンフラップとこれまで見たこともない新鋭の装置を持ち、紫電改戦闘機にさして劣らぬほどの急上昇能力まであって、「今まで辛抱した甲斐があった」と、我々は上機嫌であった。

偵察第十一飛行隊の艦上偵察機彩雲。著者ら比島沖海戦の生き残り水偵搭乗員は、この彩雲隊に組み入れられた。写真は七六二空の所属機

十九年十二月に入ると、すぐペアが決められることになった。大変重大な決定である。遠からず始まる本土防衛戦を生き抜くかどうか。生き抜くとは、それほど大それた意味ではない。さし当たって次の作戦では生き残りたい、と思う程度だが、ともあれ生と死はペアの組み合わせでそのだいたいは決定する。誰とペアになり生死を共にするのか。隊員の大関心事であるのだが、我々は特に誰とペアになりたい、と分隊長に申し出るといった行動をあまりしない。おとなしく待つだけである。

一旦ペアの発表があれば、それで後の運命を共に

する相手は決定する。誰も異を唱える者はなく、恨み、妬み、怒りの波が立つこともない。一見命令に従う、易々として決められたことに服従する、と見える。命令と服従は軍隊の付きものである。だが実情はかなり違うのだ。

分隊長某大尉のペア二人は確かに十分に選抜された者である。技量、人物、練習生卒業成績などの良い者であるのはもちろんだ。しかし、やがて訪れる生と死を賭けた修羅場でこの二人が生き残るとは決まってはいない。その公算が大きい、とも言えない。

運命の前に、我々はほぼ平等に姿を暴露し、審判を待つのだ。わざわざ、誰それとペアにして下さい、と願い出て、希みかなったペアが共に真っ先に死んでしまったなどという話もある。

我々は命令に従順な訳ではない。それによって定まる運命に従いたい、と願っているのである。もちろん、強運であるよう望むのは当然だ。

決定は隊長によって決められ、先任中尉の飛行士がその実務に従う。

我が偵察第十一飛行隊は艦隊から上がってきた水偵搭乗員が主幹である。隊長武田茂樹少佐も艦隊出身で、昭和十五年の秋、私が初めて重巡羽黒乗組員になった時、彼も重巡摩耶か鳥海の飛行士に着任された。私がまる一年ペアであった吉尾中尉の海兵同期生だ。

十一月、学徒出身中尉が急に増え、たちまちお株はそちらに取られてしまう。朝、士官食堂の食卓に付く。艦では士官室、士官次室、准士官室の区別がキチンとあり、中尉と准士官が食堂でカチ合うことなど起こることはなかったが、陸上機基地では総員がゴチャ混ぜである。朝の食卓はズラリと中尉階級章の青年士官が座を占める。晴れがましく、きらびやかで、我らこそ日本民族最後の「民族の花だ」と若さ、そして美しさを誇示する。二十四歳の私と変わらないか少し若いと見える。何しろ彼らは同期生同士である。楽しそうな会話がはずみ、同期生なんぞ、ほとんど死んでしまった私は、ひがみ、妬む。

恋人同士の喋々喃々を嫉妬するモテない独り男だ。私は疲れ、顔色は冴えず、彼らは誇りと活気に満ちている。今更ここで私の方がみなさんより飛行時数が多く、これまでは艦隊にいたのですよ。なんて、言うも恥ずかしい雰囲気である。

「お早うございます」と私が朝の敬意を払うのは当然だ。彼らの返礼の中に、「オース」と言うヤツがいる。途端に私はムッとする。どの野郎だ、今オースなんて言いやがったヤツは？　その面、俺に見せろ、とばかり並みいる中尉たちを一人一人眺め渡す。まあ、それでも大部分の諸氏は「お早うございます」と返事を返し、ニコニコしているのだ。気を取り直して着座する。

朝食を食べながら、「この俺にオース、などと言えるのは今のうちだ。戦闘が始まったらお前たちは泣きベソをかき、俺さまはチョイト株が上がるんだ。戦争のコツ、教わりに来たらどうだ」と思う。そう考えると飯がうまくなる。

まさか、中尉の偵察員と俺が組み合わされることはあるまい。しかし海兵か帝大出身の素質の良い中尉を一人立ち出来るまでの間私に組ませる可能性はある。その手のペアを時々見る。

かつて重巡羽黒、妙高で私の機長であった吉尾中尉のように、理論の伴わぬ経験は長くても役に立たぬ、と言い准士官の掌整備長を怒鳴り付けた迫力を持つ中尉は、今はいない。頭が良く柔軟な考えを持つ中尉さんとなら話し合いが出来る。例えば、敵機動部隊発見時の処置はかくかくです。あなたがどのように習っておられようと、実戦ではこうです、といった具合だ。指揮官が当方の言い分に賛成するかどうかで、ペアの生死は決まる。

しかし、本当は名実ともに私が機長をしていないと緊急時の処置判断が遅れて機を失する。たとえ飛行回数は少なくなると言っても、飛曹長、特務少尉機長はことあるごとにやたらと飛ばされ、海兵出身中尉機は厚遇され戦闘に飛ぶ回数は格段に少ない。偵察席が飛行時数二百時間では、いかにも心許ない。未帰還になる公算はグンと増す。やはり願い下げだ。

分隊長某大尉は操縦員である。やや細身の身体、顔色も冴えず、神経こまかい型の人で、大声で笑ったりはしない。心優しいところがあり、私は好きであった。

彼が、隊長不在の指揮所で留守居役を務めている様子に敬礼した私は、「嶋大尉、ご存知でしょう」と話しかけ、傍らに立った。ホンの十日ほど前まで当基地にいた人だ。

「サイパン沖海戦の後、島大尉が操縦分隊長、私が操縦先任教員だったところに、軍艦熊野に二人揃って乗艦することになりました。転勤のため呉に着いた私に嶋大尉は、『お前が操縦をやり、俺が偵察員だ。ペアになる』と言うので、『でも、分隊長、操縦員でしょう』と言うと、『いや、俺は偵察もやるんだ。知らなかったか?』という具合でした。七ヵ月ほどペアでした。航法、お上手でした」と、かいつまんで話し、返事を待つ。

嶋大尉が操縦から偵察に転換、変身したのは、艦隊勤務というごく特殊な状況下であった。重巡熊野飛行長の任に着く彼が、カタパルト射出、洋上揚収、夜間射出、と新しく困難な作業をこれから習得する余裕は日本艦隊にはなかった。呉を出港すれば、ブッツケ本番の戦闘が待っているのだ。そこで、半年前まで重巡妙高で水偵操縦員であった私に声がかかったのだ。最も手っ取り早い選択であった。

だが、ここは陸上飛行場だ。たやすく離着陸は出来、艦隊の洋上揚収とは比べものにならない。

たぶん……、と予想はしていたが、分隊長はニッコリして「俺は操縦の分隊長でこの隊に来たのだ。嶋大尉も今度は彗星の操縦をやるそうだ」と穏やかな口調で教えてくれた。「彩雲の偵察席も悪くはないが……」と微笑した彼は、せっかく名機彩雲に乗れるんだ、自分で操縦をせんと生きてる甲斐がないではないか、と言っているのだ。まったく同感の私は、よしなき話を持ち出した失礼を詫(わ)び、指揮官席を去った。彼は強く私の眼に見入り、物言いた気であった。彼は「俺は今、まさに運命の岐路に立ったのだ」と、たったいま下した重大な判断の是非を計っていると私は感じた。

生死を分けるのは、まこと紙一重である。操縦者の心を貫いた彼は、私の同期生松岡孝敬をペア偵察員に選び、後日沖縄戦を戦い、松岡と共に不帰の人となった。

俺のペアにならんか

指揮所後部デッキで（下士官搭乗員控室、休憩室、作業場でもある）軽口の会話を楽しんでいた私は、ヒョイと思い付いた様子で「川島兵曹、俺のペアにならんか。案外頼りになるんだぜ」と、いわばプロポーズした。心中秘かに有難がって感泣しはしないか、と充分な自信を持っていたのだ。ところが意外にも、

「いやですよ、分隊士のペアなんて」と彼はあっさり言ってのけ、外へ逃げだしてしまった。何たること！　とアッ気に取られたが、たぶん俺が若い連中と一緒にドモリ、ドモリ下手なダジャレなどをとばして悦に入っているのを、軽率浮薄と見て、この軽い人物に生命を預けられるか、と断ったに違いない、と見当を付けた。

他の連中は見事振られた私を哀れに思ったか、気まずくなり、一人ずつ席を外す風なので

「俺が出て行くから変な気、使うな」と前部デッキへ移る。

その足で隊長武田少佐に川島上飛曹を私のペアに、とお願いする。隊長はいいとも、お前の好きなヤツを取れ、とばかりに大きく承諾の様子を示してくれた。

川島上飛曹は、甲九期、生意気で横柄、気性激しく、乙飛、丙飛出身者に遠慮する風もなく、喧嘩大将の観がある。だが正義を愛するというか、表裏の使い分けにブキッチョというか、いつも損をする立場に回るようで、とかく眼に付く存在である。

隊長は傍らの机に紙を展げた飛行士府瀬川中尉に、

「ちょうどいいじゃないか」と言う。やや意味あり気だ。

私はすぐその意を悟り「あいつ横着者だからでしょう？」と飛行士に尋ねる。「その通りです。ヒトクセありますからネ、どこの組なら収まりが良いかと……」

背丈高く色白、眉目秀麗型、紳士の風貌を持つこの先任中尉は、中尉の威をカサに着た言葉づかいをしない。頭が良いのだ。

川島上飛曹は重巡妙高の水偵電信員の配置にあったのだから熟練電信員だ。学徒出身中尉機の電信員としてより、もっと重要、重大な任務をこなす機の電信員に向くはずなのだ。分隊長、先任中尉ペアに好適の立派な経歴を持つのだが、あちら方にはもっと優等生らしい型のヤツが拾われるに違いない。甲飛先輩である私の申し入れをいともスゲなく断わる、というのがいかにもヤツらしい。だが私はヤツを好きなのだ。

結局、私の偵察員は乙飛出身で、川島より半年、進級がおそい中西上飛曹と決まった。一見温和型、しゃべったり、笑ったりを余りしない。機上作業は沈着、的確で充分信頼出来る。もともと陸上機育ちだ。私の希望は青木先任搭乗員だったが、まあいい。

落下着陸、パンク、故障

九九艦爆で木更津基地の慣熟飛行に飛ぶ。微熱というか、多少の熱がどういう具合か下がったので、十二月十日過ぎ、翼厚三十センチくらいありそうな頑丈な造りの旧型艦爆で離陸する。零式水偵の方がズーッと近代的だ。

着陸時の引き起こしが高すぎ、最後は二メートルほどの高さから失速を起こし、ドスンと大音響、大衝撃と共に地面に落下した。シマッタ！　同時に川島のヤツ何とか言うに違いない、と思わぬ失敗を悔いる。

間髪を入れず「ウワァ！　飲み込んだ、分隊士！」と彼は絶叫する。左脚のタイヤがパンクしたのだ。ゴトゴトと気味悪く走るのをかろうじて滑走路脇に停め、「どうした？」パッと振りむく。艦爆は複座なので偵察席は眼と鼻の先だ。彼は喉の下を叩いて「タマ、飲み込みました」と叫ぶ。一瞬、青島時代にゴミ焼きの中で暴発した機銃弾事件が甦った。「何を？口開けろ！」私は叫び座席から飛び出してヤツの顎を左手で摑まえた。いや、口を開けて弾丸が見える訳ない。すでに中に入って。と、そこまで思った時、川島がニコリとした。「大丈夫です。もういいです」と言い、私の左手を取って顔から離した。

彼の分厚い手が触れている間に、コイツちゃんと呼吸してるじゃないか、なんでこの俺がこんなに慌てねばならんのだ、ゴミ焼き場の機銃弾と何の関係があるのだ、馬鹿馬鹿しい、と気付く。あとしゃべる必要は何もない。二人それぞれバツの悪い顔で地上に降り、私はさて誰と誰にこの不始末の詫びを入れるのだろう、と考え、ウンザリした。

パンクをさせた次の日、早速彩雲の試飛行に飛ぶ。高圧油管の修理、整備をしたそうだ。彩雲の主翼面積は九九艦爆の半分と少しくらい。翼前縁は鋭くとがり、見ただけで高速機であることが分かる。巡航速度二百十ノットは水偵の二倍に近い速さである。高度四千メー

トルに上がったところで「酸素バルブ開けます」と偵察席から言ってくる。

高度六千メートルで、伝声管を切り換え「川島兵曹、呼吸してるだろうなあ?」とやる。当然だが「大丈夫」と答えが返る。タマはどうした、と言いたいところだ。酸素が通るゴム管を踏みつけて酸欠になり失心したヤツがいるそうだから、いちおう気を付ける。

高度八千メートルで電熱服の右脇下後部だけが異常に熱くなる。他の部分はほど良く温まり快適なのだが。熱くなる個所はニクロム線の石綿被覆が薄いか破れるかしているのだ。体をよじって服を少しズラせる。が、効果がない。左手をライフジャケットの下に突っ込み飛行服と電熱服を共に少しく移動させるが、すぐに熱くなる。

チェッ、俺のだけ調子悪いのだ、火傷するに違いない、とスイッチを切る。たちまち寒くなる。スイッチＯＮ、同じ部分が熱くなる。その時、実に意外な突発事態が起こり、私の全身を回る血は凍り付く。

突然速力計の針が、スーッと左に回り出したのだ。ヤヤッ、と仰天して辺りを見回す。エンジンはフルスロットルで回転中、水平線に対する姿勢

著者のペア電信員・川島上飛曹(左)。写真は昭和19年、妙高の艦上で接舷した最上の整備員(右)と写したもの。後方の水偵は最上の飛行甲板搭載の零式三座水偵

も水平飛行中だ。速力計は二百六十ノットを示していいはずだ。それがどんどん指度が減り、百ノットを割ってしまった。今、最も怖いのは失速だ。高度九千メートルで失速したら、と一瞬恐怖心が胸を締める。エンジンが全速で回り、機が水平姿勢であれば失速するはずないのに。

高度九千メートルの出来事で気が動転し、冷静な判断は出てこない。遥か下、灰色、いや青色の濃いガスの底の東京湾を見ると、いまにも失速して錐揉み（きりもみ）になり、クルリ、クルリと旋回しながら落ちそうな気がする。空気の稀薄な高高度の操縦席で活動の鈍い頭で考え、絶望だ、これで終わりだ、と思う。

速力をつけねば！と機首を下げた途端、グッ、グッ、グーと体に応える力が加わる。シマッタ！　と見回す。ヤヤッ翼後縁からフラップがズーッと出つつある。慌てて、試す術（すべ）もないうちフラップは全部出てしまった。機首が不安定に上下する。把柄を「収納」位置に動かすがビクともしない。機はエンジン全速で機首を突っ込んでいる。速力計が壊れたのに恐れをなし、必要以上に速力を上げている。フラップが四十度、それも他機が持たない複雑な構造のファウラーフラップを最大限に下げて三百ノットで突っ込めば、抵抗面積の大きいフラップはアッという間にフッ飛ぶに違いない。取付支基も保つはずはない。

一瞬の猶予（ゆうよ）もできない。サッとエンジンを絞る。下げた機首の前方に東京湾が展開している。ずいぶん機首は下がっているのだ、危ない。スティックを引く。たちまち東京湾は下に見えなくなり、前は青灰色のガスの層だ。いつもの例で速力計をサッと見る。機首を起こし身体に遠心力のGがグーッとかかると、速力計の針はスーッと動いてスピードは減る。ところが今日は動かない。針は五十か六十ノットあたりだ。確認するヒマもない。

　フラップが全量降りているから機首の上下安定が悪くフワフワ動いて一層心許ない。前後傾斜計という便利な計器が水偵には付いていたが彩雲はどうだ。そいつを見れば降下角度は分かるのだ。だが周章狼狽（しゅうしょうろうばい）の操縦士の眼にそいつは入ってこない。計器盤端っこにあるはずだ。いや、探すより目分量で行こう。幸い青いガスの中に水平線の見当は付く。これくらいだ。エンジン上部にガスの層を見ながら、フラップが壊れなくて実に幸い！と感謝する。案外丈夫に造ってあるんだ。

　高度がグングン下がり、耳が聞こえなくなる。ウットリした恍惚感（こうこつかん）が心に広がる。危機は乗り越えた。怖い故障が、新型高性能機にはあるものだ。さあて、速力計なしの着陸をやるぞ。川島兵曹よ良く見とけ！

　幸い高度計は作動する。海から左旋回で木更津の町の外側から滑走路に機首を向ける。高度二メートルくらいまで速力を減らさぬよう突っ込んで降下、エンジンカウリングに滑走路南端がかかった時スイッチを切り、あとはさしたる困難なく着陸する。よく見ておけ、などと気負う必要はなかった。拍子抜けだ。

川島上飛曹オイルパイプを切る

　士官舎の室割りは、整備の野口少尉、三十二か三歳くらい。背丈は高く、身体つきがしなやかで少年の如く柔軟に足腰が動く。色白で面長、男前だ、と私は思う。温和、柔和、ニコニコして楽天的で、操縦の大先輩と思ってもピッタリな人である。近藤少尉（甲一、偵）とも大変仲がよく、私が混ざりこんでもごく平和で居心地よい。

近藤少尉と私は酒が駄目なので、配給の酒はすべて野口少尉用である。この心優しい兄貴は、なおさらご機嫌がよいことになる。

速力計、フラップ故障の四日後、エンジン整備調製をした彩雲の試飛行に飛ぶ。

着陸する段になり、今度は主脚が充分出ない。だいたいは出ているが最後のもう少しの個所で止まり、カチン、とロットが締まり込まない。あとホンの少しだが。

一旦脚を収め、高度を取り指揮所目がけて突っ込む。今日は大ッピラで指揮所上空低空飛行が出来る。指揮所の外に人垣が出来て、みな俺を見上げている。高度二百メートル。ソレッ、と力を入れて引き起こす。ウーンとうなるほどの遠心力がかかり、主翼上面ジュラルミン板に微細な皺（しわ）が寄る。それを見計らって脚を出す。遠心力が加わって脚がサッと両側に開く。だが最後のカチン、がいかない。

それならば、と翼を傾け右と左に交互に横滑りをやる。風圧が脚を開かせるのだ。三十分も粘って繰り返す。このまま着陸したら、脚がクシャリと折れて、機は大破する。

さて、中間席の川島兵曹に「オイ、何かいいチエないか」と言ってみる。試飛行兼通信訓練なので新入りの若い二兵曹を電信席に、川島兵曹は中間席で指導員の任を帯びている。

「分隊士、どっちにしろ油圧で動くのでしょう。だったら油圧を零にしたらどうなりますか?」「ブレーキが利かなくなって、フラップも降りなくなる。でも脚はどうなるかねえ」と咄嗟には分からない。「ウン、よかろう、地上に電報をうって尋ねてみろ」と言うことになる。返事は「ユアツカン、セツダンシテ、ヨロシイ」とだけだ。

　整備の野口少尉が「安さん、物は試しだ、やってみろ」と言ってる顔が見えるようだ。

「川島兵曹、黄色いパイプを探して切れッ」彼は中間席にもぐり込み、しばしゴソゴソする。

「あった、あった」と言うから一安心する。「私の手は入りません。隙間が狭いのです。分隊士の手ちいさいから入りますがねえ」などと言う。

　若い二飛曹電信員に「小さいプライヤー持って来たか?」「いいえ」

「こんな時にいるんだ。いつも持って歩け」と怒鳴る。

　ここが駄目ならあちら、と場所を変えてパイプをいじくり回すこと約二十分。遂にプライヤーの届く個所があり、「パイプ切ります。どうなっても知りませんよ」「いいから切ってしまえ」ということで、パイプが切られる。高度を七百メートルまであげ、指揮所に向け突っ込む。こちらもウンザリだが指揮所もいやになってるに違いない。指揮所前の群衆が俺をふり仰ぐ。やるぞっ! グワァーンとGがかかり、翼端がビリビリッと震える。

　ポッと脚出し完了の青ランプが点く。さて川島よ、よく見ておけ、お前が断わった俺の操縦振りを。フラップはまったく下がらない。ブレーキもないので、飛行場東端の一番端にトン! と着地する。

　滑走路を走る。ブレーキはまったく利かない。まだ舵は利く。まだいい、と方向舵を踏んでいるうちに、速力が落ちるとあとは方向のコントロールは全然駄目になる。ただ走るに任せる！

最後は滑走路西の端の掩体壕に機首は向く。待ちかまえていた整備員が機と競走して走る。どちらも走る。機速が落ち整備員たちが掩体壕前に人垣を作り、そこでみなが主脚にしがみつき、尾輪、尾翼に鈴なりにくっつく。飛行機に取り付く隙のない者は、走るだけ共に走る。遂にあわや滑走路の掩体壕に衝突一メートル前でストップ。私の眼前に青い草や枯れ草の入り混じった土の壁が制止した。

アーア！　みなで大溜息をつき、顔を見合わせ、大いにニコニコする。たっぷり一時間は粘ったことになる。乗ってみると新鋭高速機は色々な故障があるものだ。自動車修理小屋のいなせな腕白坊主、川島兵曹はパイプから吹き出したオイルを顔に受け、自動車修理小屋の見習工みたいだが、本日の殊勲者だ。隊長の前では頭をシャンと上げておけ。お前にはそれが似合う。

「メリーと兵士」の物語

私は小学校五年か六年生の国語読本の「メリーと兵士」という題の短い物語をよく憶えている。学芸会に「メリーと兵士」の劇が上演され、隣りの組の級長で、美少女でもあった旭チズ子さんがメリーの役を少し悲し気に、美しくキリリとやってのけたので記憶鮮烈である。メリーの国は隣国と交戦中であり、父親は国家の求めに応じ兵士として戦場にあり、小さな家にメリーは祖母と二人で住む。ある日味方兵士が敵に追われて逃げ込み、メリーは咄嗟の間に祖母の着物と頭巾を彼に被せ、追手をごま化して同胞兵士の危急を救う。という荒筋だ。

こんなことが日本で起きたらどんなに困り、また悲しいであろうか、と小さい私は心配した。

その後、少年期後半を成長しながら、私の小さい心は幾度もこのシーンを想い出し、忌み怖れていた。

フィリッピン海で乗るべき艦、いや帰るべき母艦を失った私と仲間は、一ヵ月後母国に帰り着き、昼過ぎの木更津駅に降りた。その途端、遥か高空を飛行雲を曳きながら北西へ向かう四発大型機の編隊を見上げる羽目になった。

各機とも両翼端から白い飛行機雲を曳き、巨大な翼で、胴体下面は銀色に輝き、アメリカの強大な力量を見せつけている。

これこそ母国が戦場になる第一歩だ。いや、これからなるなんて悠長なものではない。すでに戦場になっているのだ。日本海軍屈指の大型基地木更津上空を、彼らは何の妨害も受けず思うがままに通過している。もう間もなく敵陸上部隊がやってきて、俺たちの国土は「メリーと兵士」の物語そのままの悲しい土地になるのだ。

俺の心配は杞憂ではなかった、と暗い予感が実現する悲しさに沈みこんでしまう。

同じく敵大型爆撃機大編隊を見上げる仲間のみなは、忌々しい気ではあるが、来るべくして来たものと受けとめている様子があり、それ以上の怖れを持つ者はいない。だいたい「メリーと兵士」が読方読本にあったと私に同調する者がいないのは驚きだ。まるで私の記憶が間違いか、と思うほどだ。

同年齢の近藤芳男少尉などは、「お前、少女倶楽部で読んだのじゃないのか」とまるで取り合わない。ところが俺は、あれの主題歌とも言うべき唱歌を今でも歌えるのだ。忘れ得ない、今や不吉な歌詞だが。

私はただ一人の異教徒のようになり、少年期の怖れを何十倍も増幅して民族の滅亡を憂えていた。

間もなく木更津基地で暮らすうち、この物語と型は少しく異なるにしても同質の悲壮、悲惨な戦闘を我ら搭乗員は経験する。

例えば、基地の士官食堂で夜のラジオ連続ドラマを共に聞いている二人の仲間が、煙草の火をもみ消して「じゃあ、行ってきます」と席を立つ。硫黄島に押し寄せた敵艦船爆撃に出るのだ。南に飛ぶ夜間爆撃の機上からは町の灯、港の灯、畑中の灯が見える。すると灯の下の団欒を思い描く。

そうだ、あのランプの下の温かい集いを護るため俺たちは戦うのだ、と思い付く。連戦連敗の責苦に疲労した戦士たちの心は、高揚することなくただ重く沈むばかりである。

勝つ見込みがなくなったのが歴戦の男どもの心を低迷させる大原因だが、内地での温かい生活から、直接ひとっ飛びで死の場所へ直行する形式が思いがけぬ重圧となって我々を苦しめるのだ。

この土地で、我々は青年の憧れ、欲望、快楽などと同居、同棲しているようなものだ。手の届く近さにそれらはあるからだ。そしてこれから、たった二、三時間の場所には死があるのだ。だから「無惨」なのだ。

川添少尉と時折り木更津の街に出かける。温厚、物腰柔らかで、大言壮語、大酒と無縁で心温かい。飛行経歴、人生経験、共に私より長く、戦前の艦隊からのつきあいだ。基地への帰り道、雄雌入り交じって群れ遊ぶ犬たちと会い「見ろよ」と私に眼で言う。そうか、彼は遊ぶ犬たちにことよせて、若い奥さんを思い出しているのだ。俺の独断、偏見かも知れないが。

家庭を持たない身一つの私が言う、

「こうなると、犬は良いですねえ？」

彼は答えず、微笑む眼に生気が蘇り唇が光る。彼女を思っている顔だ。「無残」である。

近日中に我が隊は移動する。この町の旅館に滞在された若い夫人は三日ほど前、基地の町を離れられた。

飛行機隊が基地を去る直前まで奥さんが留まり、離陸し、集合した部隊が基地の周りを別れを惜しんで旋回する、などというのは物語風でシャレたものだが、艦隊水偵隊の気風が主流をなす彩雲部隊にそれはない。

かつて日本艦隊が海上に存在した頃、根拠地を出撃する各艦が、気負い、力みかえり、あるいは悲壮感を漂わせて港と分かれる、なんていうことはなかった。勝たずば生きて帰らじ、などと誓うことも無かった訳だ。淡々と心を乱すことなく平静な心で戦場に向かうのが、再び生きて母国に帰るのに最も手近で、確かな方法であるらしいことを、我々乗員は知っていたのだ。

これは経験則と言うべきもので、出撃と帰還を幾度も繰り返すうちに乗組員が自然に覚えたことである。

出撃の前夜に、若く美しい妻と別れの夜を共にする、というのはいかにも未練たらしいではないか。そして、これこそ「無残」なのだ、と心の奥に囁く声があるのを我々は知っている。

調子の良い嘘っぱち

昭和二十年の正月すぎ、飛行作業を休み、宿舎で寝ていた私を吉野治男が訪れた。

「俺も彩雲に乗るらしい」とニコニコする。このハワイ空襲を初陣に、連敗の空を飛び続けた古き友は、少年期と同じように暖かい眼と柔らかい口振りを持ち続け、今日も何だか楽しそうだ。

空母の艦上機組が持つあけっぴろげの猛々しさ、言動の端々に光る鋭さなど彼ら独得の気風を彼は吹かさない。

軍港や、基地で会う空母搭乗員の多くから、水偵組は幾許の威圧を感ずるのが常である。たとえ、彼らから艦載水偵は戦争用飛行機じゃないよ、と決めつけられたとしても、馬鹿を言え、と喧嘩腰になれないものを持っている。

これを弱さ、卑屈さ、と言えば、いささか、実情と違う。索敵に飛ぶ水偵搭乗員は時として海に墜ち屍となることがあるのを、仕方がないと考えている。米機動部隊の所在を求め飛ぶ時、哨戒する敵戦闘機と遭遇すれば、不運の水偵にチャンスはない。構造上、対抗する方法はないのだ。「敵戦闘機の追躡を受く」と最後の電文を発して果てるのは運の良いヤツなのだ。大部分は無言のまま消え去る。速力が遅いから飛ぶのはいやだ、と断ることは出来ない。

扇型索敵線中の隣り合う線上の三機が共に帰ってこない時は、その付近に遊弋する敵空母群あり、と分かる。三機の犠牲を司令部は生かし切れず、退去して出直しを図る。ただそれだけのことも多い。残余の搭乗員たちがそれに腹を立て抗議する。なんてことは無い。もっとも、敵がいることが分かっただけでも、作戦上意義があった、ということにもなる。

このパッとしない仕事を本職とし、次々と海に消え去る男たちの望みは、ただ一つ、日本機動部隊の勝利。これだけなのだ。

勝利とは、索敵機たちの犠牲の上に所在を明かした敵に、殴り込みの攻撃をかける空母飛行機隊の面々によってしか得られないものなのだ。つまり、「俺たちはお前ら空母組が敵を撃ち破って勝利の勝鬨(かちどき)を挙げてくれることを願って索敵に飛ぶんだ」と、これである。つまり空母組と喧嘩するなどもってのほかだ。思えば、長い間勝鬨をあげて祝ったことないなあ。

吉野は腰から上の上半身をわずかだが前傾させ、腰を少し後ろへつき出して大股に歩く。歩く時、調子を取るように上半身が上下に動くので、頭の部分が波打って前進する。少々独自のスタイルで歩く癖も、激戦の空を経てきた今も変わっていない。

身体も大きいが顔がかなり大きい。温容という顔付きだ。そのせいであろう、吉野の言葉はやや歯切れが悪く、一語一語の切れ目も曖昧(あいまい)である。鋭い口調で迫る、という話し方の反対だ。

第二回目に夕食後、我が室を訪ねた彼は、二人の先輩少尉に敬礼のあと、いきなり「ヤス、お前ずいぶんひどい男だぞ。松枝って知ってるだろ。昨夜のうちの隊で出かけて松枝が現われたのだ。俺がお前の同期生と分かると、『安さんを連れてこい。安さんと会いたい』の繰り返しだ。百回は聞かされたぞ。お前、どんなことをアイツにしたのだ?」と言う。「松枝は司令部の誰かの想い者だそうだ。お前が出現して以来つれなくなったって専らの話だ。お前調子が悪いってんで飛行作業休んでるそうじゃないか。夜は毎晩松枝のところへゆくのか?」

こういうことになると私も抗議しなくてはならない。「馬鹿なことを言うな」と、事実無根に近いのだ。

近藤少尉が「司令部の誰かって本当だろうか。話が面白くなってくるじゃないか」と喜ぶ。整備の野口少尉も吉野の話に乗せられ、「司令部の誰かじゃなくて、うちの隊長でしょう？ ワシ、聞いたことある」と話は止まらない。

「こいつは空母の雷撃機乗りで生き残ったシタタカなヤツですから、調子の良い嘘っぱち話を平気で言うのです」と私は同室の温厚な先輩方に言い訳する。

鹿屋は俺たちを歓迎する

昭和二十年一月二日、隊長が私を呼び、「お前しばらく家に帰ってこい。引き入れって手続きじゃないが、俺が休暇をやろう」という。

故郷福岡で親戚の娘っ子と縁組み話が持ち上がり父から、我が家の血筋は絶やされんぞ、内地に帰ってきたのだから嫁女をもらえ、と命令調の手紙を受け取る。お下げ髪の盛装した写真を友人どもに回覧したので隊長の耳に入った訳だ。

近藤少尉は「この人、お前にはもったいない。絶対に良すぎる」と真顔で言う。無礼な言葉！ 許し難い。だが喧嘩の種としては不適当だ。時期も悪い。もしも生命があれば、後日何がもったいないのか釈明を聞こう。

一月十日すぎ、北西風強く、空気は乾き、青い空が高い日に木更津を飛び立ち、鹿屋へ向かう。沖縄への敵来襲は近くなったそうだ。そうなると鹿屋は戦場になる。だが、私にとって鹿屋は初めての土地だ。小バッグに旅装を整えて偵察席に積み込み、鹿屋には一度行ってみたいと思ってました、と言う川島兵曹に、「着陸したとたんに汗が吹き出してアツイアツイと悲鳴をあげるほど南の国だろうか」と尋ねる。破顔一笑の彼は「そんなこと、言っちゃあ駄目ですよ。だから、南洋ボケがなおってないって言うヤツがいるのですよ。冗談分からんのがウンといますからねェ」と言う。本気で言ってる顔だ。

吉野は「稀代の女たらし」と言うし、川島兵曹の仲間は「南洋ボケ」と判定しているらしい。まあいい。鹿屋で戦闘が始まったら、みなどうでも良いことになる。それにどちらも的を射ていない。

潮の岬から足摺へ、強い向かい風に高度五百メートルで逆らいながら海の香りを懐かしむ。海面の白い泡の線もキッパリと直線で、見て心地良い。そうか、考えてみると吉野の言葉も南洋ボケもまったくの見当違いではない。内地は女性がいるから楽しいんだ。鹿屋だって、と期待する。

間もなく修羅場になると思われる鹿屋の地に降り立つと、太陽は燦々(さんさん)と輝いて皮膚がアツくなり、春草の香りが飛行場を流れている。

「ああ暖かい！　鹿屋は俺たちを歓迎するようですね、分隊士」と川島兵曹がうまいことを言う。

「鹿屋は川島信雄の毒気を取り、川島素直男にした。どうだ川島兵曹」私の答えだ。

陽光を浴びながら指揮所へ歩く途中も顔を見合わせ大いに喜ぶ。何か良いことがありそうだ。近く始まる内地防衛の死闘を前にして、良いことがありそう、とは理屈では笑止千万ではあるが、四ヵ月後の五月初め、ほとんどのペアが姿を消し、惨として気の晴れぬ私は、ともあれ生き残ったのは川島素直男とこの土地を喜んだせいだ。地の霊があり、俺たちはその庇護を受けたに違いない。と思った。笑う門には福来る、とは少しく状況が違うのだが。

三日ほど過ぎた一月十五日、我が隊のではない彩雲が、指揮所を低空でかすめ飛び、続いて一機、また一機とやって来て、指揮所は満員になる。

何だ。坊主頭の中尉ばかりだ。面白くないヤツら！　と顔をしかめるところへ、長身長髪のハンサムなのが現われる。落ち着いた目で一人ずつ顔を見る。私に視線が来た瞬間、同時に彼と私はお互いを認識する。松岡孝敬だ。そこにご存知、青木が入室してくる。松岡と違い一人ずつ男どもの面を検分する気はない。よそ見せず空いた椅子へボソボソと進む。「オイ、こちらだ、青木」彼が私を認める前から満面ニコニコして待ち受ける。

「また会ったなあ、青木。うれしいぞ」

これは我が心に湧きあがる魂の声だ。

二十年一月といえば、すでに仲間の大部分は彼岸にあり、戦闘部隊で同期生に会う機会は、まあない時代であった。それが三人も一緒になったのだから、実に嬉しいことであった。

かくて我ら三人はくっついて離れず、飛ぶとき以外は常に行動を共にし、立ち小便に三人並んでつき合っては喜々としてうれしがり、作戦開始前のひとときの、そして束の間の平和を楽しんだものであった。

新婚の松岡夫人が鹿屋の町にささやかな一戸を構え、夕刻の夫君の帰宅と我々二人の来訪を待っておられた。

松岡が我々に気を遣って「今日は外出したくないぞ」などというのを「何をいってやがる」と二人で引っ張り出し、夫人の許へ送り届けたことが何回かあった。彼らの愛の巣は鹿屋川の土手に沿い、前のちいさい庭に野菜が植えてあった。

松岡孝敬の死

だいたい上層部の予想どおり三月に入ると米遠征軍は沖縄に来襲し、偵察第十一飛行隊は数機の陸軍百式司令部偵察機と共に、沖縄と、周辺海域、主に沖縄東方の太平洋の索敵偵察を一手に引き受けることになり、彩雲は連日出勤した。

百式司偵は、良く設計された飛行機であったが、「指定高度は六千メートルだから、我々はそれで飛ぶ。海上スレスレや高度百メートルとか二百メートルの索敵はやらない」とかいって高度五、六千メートルに雲がたちこめたらさっさと引き返してくるので、対機動部隊索敵にはさしたる戦力とはならなかった。

作戦開始前、我が隊の搭乗員は、三人一組のペアが二十数組、各機に准士官以上の機長が配され、艦隊水偵隊にしばしばあった下士官機長のペアは原則としてなかった。

毎日午後ややおそく、明日の出勤予定が指揮所に掲示される。それにはまず中尉の名札がズラリと並び、なかなか壮観であった。青木と私は常にシンガリに名を連ねる。

中尉諸官の大部分は学徒出身で、おしなべて飛行教育が短期間であった期であったらしく、下士官搭乗員諸君に比べ飛行時数、経験、ともに甚だ少ないので、索敵機機長としてどれほどのお役に立つかはやって見ないと分からない状態であった。もちろん米軍との戦いは初めてである。中尉諸官はご自分の技量の程度を知ってか知らないでか、歴戦の下士官搭乗員たちを整列させて文句をいったり叱ったりした。ペアの下士官二人をならべてなぐった中尉もいた。「仲の悪いペアから死ぬ」と、いい古された大切な飛行機乗り気質さえ知らないのである。

もし敵空母と護衛艦の群れを洋上に見つけても、艦隊が何ノットで走っているか、まず速力判定からして出来ないであろう。昨年二度の海戦で我々の艦隊は壊滅したが、その以前に日本列島近海からは姿を消していたので、新しい搭乗員たちは洋上を航行する艦隊を見たことがないわけである。

彼らはその成り立ちから気の毒であった。

海兵出身中尉は三人。明らかに学徒出身中尉に比べ優遇された。素質よく、練度の高い下士官が選ばれてペアとなり、彼ら自身の優秀さと相まって、一戦力であった。しかし、作戦が始まってみると、彼らが戦闘に飛ぶのは、学徒出身中尉に比べはるかに少なかった。温存するための海軍上層部の方針らしい、と一般に思われていた。

連日未帰還機が続出する中で、索敵開始後の第五日目に、機長某大尉（操縦）、松岡孝敬（偵察員）、某兵曹（電信員）のペアが九州南方、沖縄東方の太平洋索敵に出て、米機動部隊を見つけ、型どおりの発見電報を詳細に打ち、無事帰投した。立派な成果で、電文の構成要項も申し分ないと航空参謀に賞められる出来であった。

松岡が写した写真はすぐに現像され指揮所に到着し、指揮官席から中尉さんたちに渡り「ホウ、凄い」「こりゃ凄い」などといわれて回覧後、我々の許へ届いた。

私は写真を一目見るなり、怒りが胸の中に湧きあがるのを制することができなかった。なんと、一隻の空母が大きく中央に写っているのだ。これでよくも撃墜されなかったものだ。これほど近づいて飛ぶなんて、これは自殺のようなもんだ。なぜこのような無謀な接近をしたか。偵察機の主任務を忘れた行動である。

操縦桿を握った機長某大尉が、生まれて初めての米輪型陣を前にしてやってのけた一種のスタンドプレイではないのか。彼がこのあと、無事帰還できたのは、一つに彩雲の俊速のせいでしかないのだ。もちろん千に一つの僥倖が加わってのことである。

「この分隊長は死ぬ」不快な予感が走り寄ってきた。

興奮を抑え切れず大声で、

「松岡、こりゃ一体どうしたのだ。なんでこんなに接近したのだ。どうしてこんなに近づいたのだ。こんな馬鹿なことしておったら……」

と、ここで私は言葉につまり絶句した。『この次は帰ってこれんぞ』という言葉を飲み込んで代わりの言葉が出ないまま彼をにらみつけた。

中尉さんたちと話していた彼は、歩み寄り「分隊長がいくんだよ」と声を低め、ニヤッと笑った。彼独得のニヤッとした笑顔を私は大いに好きであったのだが。

「艦から撃ってきはしなかったか。高度もかなり下げたようだな」「俺はこんな無茶はしないよ」と青木のおだやかな言葉が、シーンとなった指揮所に拡がり、中尉さんたち十数人が、言葉を止めて聞いていた。

珊瑚海からミッドウェイ、第二次ソロモン、南太平洋と海戦あるごとに双浮舟、鈍速の零式水偵で、機動部隊索敵機の役目を務め、さんざん苦労した青木と私の言葉を、かの分隊長はどのように聞いたであろうか。

すでに敗色覆うべくもないこの戦場で、艦型識別が出来るような敵空母の写真を写したとして、いかほどの効果を戦局に加えることができようか。我々索敵機の任務は米空母群の位置と護衛艦群の状況、天候を司令部に報告することである。敵の位置が九州南部から二百浬あたりと近く、そして、天候が許せば、特攻機の群れが各基地を飛び発ち、敵機動部隊を目指すというのが基本的作戦であったからである。

遊弋（ゆうよく）する十数隻の敵空母の一つが二万トン級であるか、三万トン級であるかが問題になる時期ではなかった。

グレイの海面に、黒い影となって写った空母を見ると、おそらく分隊長は輪型陣外周の護衛駆逐艦を斜め下に見るあたりまで近接、それも機首を突っ込み、三百六、七十ノットの制限一杯の高速で、高度七、八百メートルを航過しながら、写真撮影を命じたに違いない。空母との距離は一万メートル以内であろう。

かつてジャバ沖海戦の折、私のペア浜野兵曹（甲三期）は、英重巡エクゼターが我が方の魚雷にやられた瞬間を撮った。その写真が、高度五千メートル、距離四千か五千メートルで撮ったのだから一万メートル以遠から撮影した写真とは思われないのである。

それから五、六日後の第二回目出動で、同じく沖縄東方太平洋を索敵に出た分隊長機は、ついに帰らなかった。

あの分隊長が松岡を殺したのだ。だいたい彩雲なんていう高速高性能機を、ちゃんと操縦できるほど飛んでいないのだ。一人前な顔してあんな派手なことしやがって。飛ぶだけで精一杯の技倆じゃないか。松岡のヤツどうして戦争したこともない操縦員とペアになったのだ。等々、私は理屈抜きに口惜しかった。

が、好漢松岡の消息は絶えてなく、未帰還が決定的となったある日、突然青木はトラック島に転出することになった。気が滅入っていたわれわれは「これでお前と、また会う日はなくなったようだな」と、言葉にはならなかったが、通じ合った眼を見合わせた。

指揮所を出る青木を送ったのは、鹿屋の桜が散ったあとの四月十五日であった。

俺のドモリに気が付いたか?

沖縄偵察は敵上陸開始の二日目に飛び、慶良間泊地を見下ろして「在泊船約百隻」と数えてくる。

帰っての報告で突然ドモリ出し、百隻のヒャクが口から出ない。モゴモゴ口を動かし、ヒャクが出んなら九十はどうだ、と試みる。九十隻はスラスラと出る。内訳を尋ねられ偵察員中西兵曹に「お前、書いただろう」と図板を取り上げ「大型約二十隻、中型三十隻、小型約五十隻」と読みあげる。「だったら計百隻じゃないか」と参謀金子中佐は意地が悪い。ハテ困った、と赤面する。だが同時にどうだっていいじゃないか、百隻だろうが九十隻だろうが、作戦に影響あるもんか。生命がけで数えてきたのだぞ、と心の隅っこで開き直る何かが起ってくる。我が機の東側を飛んだ彩雲二機は帰ってこない。どちらも学徒出身中尉機。

幸い隊長武田少佐が「そういちいち数えた訳じゃ無いだろう。どうだ?」と私に質し、一瞬返事を考えていると、金子中佐が「そうだろうなあ、まあご苦労」と片付いた。

「俺の百隻はでたらめじゃないぞ。だいたい合ってるんだ。おおむね正確だ。『いちいち数えた訳ではないだろう』『そうだろうなあ』とは何事だ。俺、気分悪いぞ。だがドモッたのはまずかったなあ」

と歩きながらブツブツ言う。

川島兵曹がのぞき込んで「分隊士、今日の偵察成功です。私は大成功と思います」と機嫌をとってくれ、そうだなあ、と二人でニコニコする。

隊長は俺の窮地を助けてくれた訳だが、俺のドモリに気付いてのことだろうか？

愛機「彩雲」のペア

作戦が始まってから昨日までの三日間、沖縄本島直上コースを飛んだ我が隊の彩雲は、結局一機も帰ってこなかった。

どこかでやられるんだ。どうやって墜とされるんだろう、と我々隊員は一様に頭をひねって考え、運が悪いだけではなさそうだ、と何か答えを探していた。

だいたい、高度九千か一万メートルあたりで、グラマン戦闘機と水平飛行で競争すれば、我が方に十ノットかあるいは二十ノット以上の分があることになっている。実例も少々あって、我々は彩雲の優速性には、充分自信があった。その上、ほっそりした胴体、スンナリした長い脚、と優美な姿を持っているので、私などは「こんな別嬪機に乗れるなんて、操縦員冥利につきる」と思いこんでいるくらいである。

ともあれ、連日未帰還機が続出し、どこか我々の飛び方に問題があることは確かであった。が、その鍵は敵戦闘機が持っていると思われ、我々には見当がつきかねた。

索敵出撃時の命令は、各機に振り当てられた索敵線を示されるだけで、敵戦闘機の行動範囲とか警戒の状態とかに触れることはなかった。実際に、上層部も敵の防空組織についての知識はたいしてなかったのであろう。何故に優速の我が彩雲が、かくもむざむざ撃墜されるか、が指揮所で表だって話されることもなかった。

各隊員は飛行歴、戦歴、技量がそれぞれ異なり、能力にもいろいろ差があるはずであるが、だいたい下士官搭乗員、特准、士官、と居住する場所が違うので、下士官は下士官の仲間と、特准は我々仲間で、と、この問題を話し合っては、よい解答に至らぬまま、『まあ飛んでみればわかるさ』といった空気で、未解答の空へ出撃した。

毎朝五機から七機ほどが索敵に出撃し、午後には帰ってくる機、帰ってこない機、と明暗を分けることになる。

ある日沖縄本島の直上航過コースから帰ってこないペアの名札が、のこったままの掲示板の前で、若い上飛曹が「魔の索敵コースですね」と話しかけてきた。なるほど、下士官搭乗員の仲間ではこんな言い方をしているのか。魔の索敵コースと。少年たちが好みそうなゴロでもある。「ウン、そういえばそうだなァ。ウーン」と私はうなった。それにしても軽薄な呼び方で私は好きではない。探偵ゴッコの呼び方ではないか。

「ところでお前ンとこの機長はどうだ」と訊ねると「ハア、真面目な人です」とごく尋常である。そこで、

「お前、索敵に出る時はねえ、離陸したらすぐ高度をあげるんだぜ。眼の色を変えて見張り

をしながら高度をあげるんだ。昨日俺はなあ、錦江湾の上で高度五千まであがり、そのままコースにはいったよ。低高度のまま佐多岬あたりまで飛んで行って『ハイ、航法を発動する。コース何度、ヨーソロー』なんて教科書の真似しよったら駄目だぜ。佐多岬あたりからボツボツ高度をあげるっていうのが、俺は一番気にくわんのだ。どうだ分かるか」と、いささか先輩らしい口をきくことになった。お前の機長にもそう言っとけ、とつけ加えると、「分隊士からそれを言って下さい」と真顔になって頼む。ウームと私はうなり、さてどうしたものかと考える。問題はここにあるのだ。

この上飛曹は、セレター基地にいた時も、私を認めると遠くから走ってきて敬礼をし、「この前の日曜日はシンガポールの街でチェリー（艦隊搭乗員にときどき配給された高級煙草）と皮の財布を換えました。もうかったと思いますが」などと近況をしらせたりした。

私も彼が基地から対潜哨戒などに飛び出す時は、できるだけ滑走台に見送りに行くことにしていた。操縦席の彼は私を見つけ、敬礼とも合図とも見える手を挙げて発進前の気負った顔をわずかにゆるめたものであった。夜間着水も上手、洋上索敵、洋上着水、何でもこなす歴戦の若武者である。ここでやっている三百七十浬程度の洋上索敵などお手のもので、中尉の機長に教えるべきものを豊富に持った上飛曹である。それが飛行服左腕に金モールの中尉階級章をつけた未熟な搭乗員に恐れをなし、私はよういいませんからあなたから言って下さい、といっているのだ。

かくいう私も、中尉にくらべ格段下位の准士官であるから、こちらから押しかけて「教科書通りやってたら駄目ですよ。かくかくしかじか」と申し上げるのはきわめて億劫である。彼の口から言えないのは当たり前だ。だが、このたびは、コイツのため、と指揮所から宿舎へ引き揚げる徒歩の区間に、中尉さんの列に入り、「あなたの操縦員にこういいました」とかいつまんで話した。ジッと彼の眼を見入る私に「安永分隊士は特准の中でインテリですなあ。私たちはそういっていますよ」という。これは私がたまたま申し上げた大切なことへの返事ではない。なぜはぐらかすのだろう。飛行学生で教わった通り佐多岬航法発動をやって、なぜ悪いのか、わからないなら尋ねたらどうだ。准士官の私から教わりたくない、とでも考えるのだろう。それほど海軍の階級にこだわるのか、この馬鹿ったれ中尉が、と腹が立ってくる。「俺はお前さんの操縦員が好きだからこうやっていいにきているんだ」と、ムッとしたまま一礼して特准の列に戻った。

　これもこの自負心高き学徒出身中尉個人のせいではなく、帝国海軍の制度、士官教育の賜物といわねばならない。

　昨日夕食前の士官食堂で食事を待っていたところに私の電信員川島兵曹が伝令の兵隊を連れてやってきた。明日は試飛行に一度飛ぶだけだ、と、緊張を緩めていた私は、川島兵曹の仏頂面を見ただけで、頭の毛が動いたと自分でわかった。俺たちの明日の任務飛行命令を伝令が持ってきたのだ。いつものことながら、ここで、顔をこわばらせては、著しく男前がさがる。命令書にサインをして「ご苦労さん」と平気な顔をして伝令を返す。入れ違いに偵察員が図板をかかえてやってきた。

同室の中川飛曹長が「お前さんとこ明日はお休みの番だろう。どうしたんだ」と声をかけ、図板を見て「おお、例のコースだハハアー、こちらにお鉢が回ってきた訳だ」と私をみてニヤリとした。

図板に見入った私に、川島兵曹がいつもの遠慮のない声で「分隊士、わたしャ電信機なんてホッパラかして、見張りしますからねェ、後方見張りは大丈夫ですよ」とまかせとけとばかりに言う。そうだ、明日の小難しい索敵行に一番必要なことはこれである。電信席からの後方、後下方の見張りだ。操縦員の死角から追尾、襲撃する戦闘機をいち早く見つけることだ。それにこの男は遠眼が利く。私に異議はない。「ウン、頼んだぞ」と大いにうなずいていう。温厚、口数の少ない偵察員の分まで「あんたは偏流測定なんかせんでもピタリ沖縄を通りますよ。見張り、見張りです」と。当の本人も「ハア大丈夫です、分隊士」これもまさしくこの通り。私に異存はない。ウン、頼むよ、と大きくうなずく。

彼らに注文することは他にはない。

「ホナ、これで帰ります。ああ、分隊士の弁当私が持っていきます」

「ウン、ありがとう」

パッと軽い敬礼をして二人は食堂から消えた。

「要領のいい奴らだ、うまいこと言いやがって」と、私はしばらくニヤニヤして機嫌が良くなる。

落ちろ！　増槽タンク

「分隊士、左旋回、沖縄に向かいます」と偵察員中西兵曹のいつもの声を聞き終わると、私はゆっくり左翼を傾けて旋回に入る。

ここは沖縄の西北西、約百二十浬の東シナ海上空、高度約八千メートル。鹿屋基地を今朝九時過ぎ発進し、南西諸島の東シナ海側を南下した我が機の重要な第一変針点である。

これから沖縄上空を航過し、付近海上の敵水上艦艇、輸送船群、泊地、上陸地付近などの偵察が本日の任務である。

高度が落ちないよう細心の左旋回をしながら、新しいコースとなるべき東方の水平線辺りに眼をこらす。行く手の空と海には模糊として灰色のガスがかかり、はっきり見えるのは眼下の海面だけだ。

敵の電探が何十浬ほど有効か、どれくらいの距離で我々はキャッチされるか、を日本海軍は知らない。が俊足の彩雲がこれほど撃墜されるからには百浬やそこらは利くのではなかろうか。そうであるならすでに我が機は電探のスクリーンに映され、指令が出されて邀撃戦闘機が出動しているかも知れない。

よし、高度を一万メートルにあげよう。燃料コックを切り換え「増槽を落とす」と、後席に伝える。ガスの中を見張っていた眼を計器盤の隅に移し、落下タンクの投下把柄をグイと引く。ハテ、手応えが違う。タンクは落ちていない。この手応えでは落ちていない。サッと前方、左右のガスを見渡して敵機影のないのを確かめ、も一度力一杯引く。落ちない。ワイヤーが何かに引っ懸かり懸垂フックの開放装置が動かないのだ。操縦桿から手を離し、両手で力一杯引く。

私の姿勢が崩れ、愛機は揺れ動き傾いた。急いで把柄を離し、操縦桿を握り、機の姿勢を正してハッと外を見渡す。こんな時、奇襲されるのだ。近くのガスの中に機影はない。増槽は落ちないまま機の腹の下にくっついているのだ。ドラム缶三本と少しを連ねた大きさだ。落ちると機はヒョイと軽くなりスーッと速力がつく。すぐわかるのだ。高度計、七千七百メートル。投下把柄とつきあっている間に高度三百メートルを失った訳である。生命の安全高度だ。米戦闘機どもに勝るのがこれである。すでにスロットルは全開。これ以上エンジンは回らない。心を静めて操縦桿に手をそえる。昇降度計がわずかに上昇を示し、愛機は失った高度を取り戻すため、少しずつ上昇する。

高度八千二百メートル、速力二百五十八ノット。本日、我が機の性能ギリギリの数字である。タンクが邪魔して、高度で約千五、六百メートル、速力で約三十ノットが落ちているようだ。敵戦闘機と遭遇すれば、都合は良くない。

ためらう心が起こり、引き返して再来を期すか、と考える。機体故障で引き返すのは誰にはばかることもない。まして行く手は名にし負う沖縄上空。不完全な状態の機で突っこめる空域ではない。引き返すのが常道だと思うのだが、どこか心の奥の方でこれを邪魔するヤツがある。さあ、どうするか。この一瞬も我が機は薄い灰青色のガスが漂う高高度の大気を引き裂いて驀進する。一秒の遅滞も許されない。が、引き返す気が起こらないからには行くだけだ。そうだ、これまでも引き返さなかったではないか。

心が決まると、すぐ慎重な右旋回にはいり、二十度ほど針路を右に振った。

まずは偵察員に伝えねばならない。

「増槽は落ちない。沖縄を三十浬ばかり南にはなして飛ぶ。針路知らせ」

「ハーイ」と後席の二人がそろって返事を返してくる。彼らは増槽が落ちないのを知り、さて機長はどうするか。今日の生命がもつかもたぬか、これで決まるのだ、とかたずをのんで待っていたに違いない。

が、索敵続行の決意に、彼らの返事は至極明るく、くったくのないものである。一瞬私の心は和み、温かいものが胸の中を走る。

極度の緊張のうちに、我々は東へ飛ぶ。刻一刻、沖縄へ接近する。

ふと、気がつき電信席に、

「川島兵曹、雲を引っ張っていないか？」と聞く。

「飛行機雲ありません。でも振動はかなりあります」

そうか、振動か。なるほど、操縦桿を握った私の右手に、いつもはない振動がわずかだが伝わってくる。脚にもフットバーから連動して小さい振動があがってくる。構造上、電信席は操縦席より振動が大きいのは当然である。もちろん振動の原因は落下しない増槽である。

この機体振動はいささか重大な意味を持つ。機首を下げ、高度の下がるのをいとわず、増速して敵の追跡を避けよう、とする場合に、つまり緊急な最後の行動の折に、速力の増えた分だけ振動が増し、あるいは三百ノットを二、三十ノットも超えれば、振動が大きくなり過ぎ機体がもたない。空中分解して、我々は空中に放り出されることになるかもしれない、ということだ。空中分解しなくても操縦はコントロールを失し、速力を落とさざるを得なくなるに違いない。

着陸時のショックで増槽が動き、予想外な空気抵抗がもとで滑走路から跳び出して大破した彩雲もあった。

しかし、沖縄は目前だ。高度と速力が不足し、振動が増してきてもすでに引き返す時期は過ぎ去った。もはや、直進あるのみ。などと考えていると、左下のガスの中から島の一部が見え、ハテどの島かなと思ううち、十浬ほどの南東に駆逐艦らしい艦が、北へ走っているのが見えだした。速力十四ノット。

慶良間諸島の中にある泊地群の警戒艦であろう。我が機は直進する。

空中に敵機影のないまま、沖縄南端をかすめて太平洋側にとびだした。八十浬ほど東へ離れ左に変針し、九州への帰路に向かう。これは命ぜられたコースである。

徳之島の東方あたりからガスが薄くなり、海上約三十浬は視界内に入る。

視界のよくなった前方空中に、小さい黒点を発見した私は眼の色を変える。点は動く。飛行機だ。高度はわが機よりかなり低い。五千か六千メートル。

速い速力で左へ、ほぼ沖縄の方向へ。明らかに戦闘機の速さである。敵か味方かはっきりしないが、こちらはすぐ右旋回にはいる。数個の黒点は左主翼にかくれ見えなくなった。浅くゆるやかな旋回を終え針路を東にセットする。

とにかく離れねば。遠くて彼らの機種を分からないが、味方とは思われない。我が方の攻撃部隊は、九州南部の基地群にあって待機し、我々偵察機の敵機動部隊発見の報告を今も待っているはずである。

電信席から「七、八機いたようですが見えなくなりました」と後方が見えない私に知らせてくる。

喜界ガ島が昨日空襲され、かなりしつこく銃撃されたらしい。今日もその可能性がある。充分島から離れて帰ろうと思い、更に六十浬ほど東進し、南西諸島から充分離れた地点で左変針、九州に向かう。

更に更に機動部隊発見

偵察員が指示した帰りのコースにだいたい針路を合わせた時、まったく唐突に左前方の眼下海面に艦隊の一団を見つけた。帝国海軍に機動部隊が存在しないからには、これは敵だ。ほぼ中心近くに空母が二、三隻見える。詳しく数えるひまもなく右旋回。旋回しながら、「下におるぞ。空母を含む機動部隊だ。十二、三隻だ」

と、後席の二人に知らせる。

「電報打ちます」と、反応は素早い。旋回中の偵察席から下の艦隊は見えない、が私の声だけで充分だ、彼らが空母を数え、護衛の戦艦、重巡、軽巡を数える必要はない。

我、空母を含む敵機動部隊発見、に始まる型の定まった暗号文がちゃんとあるのだ。針路、速力、あと位置と天候と時間を入れさえすればよい。

敵艦隊を左尾翼の辺りに見るところで旋回をやめ、周りの空中を見渡す。敵直衛機の姿はない。ガスにぼやけて艦隊は淡く、海の色に溶けこみそうだが、明らかに空母と見えるのが二隻、艦型不詳大型艦二隻、重巡かとも見えるのが二隻、あと駆逐艦が五、六隻。簡潔な輪型陣だ。ありし日の我が機動部隊より戦艦、重巡の数は少ない。気のせいでもあろうが、近代的な力あふれる輪型陣だ。

「川島兵曹、写真写せ」ただちに彼が風防を開けた風圧が操縦席に舞いこむ。「ウム！」私は独りでうなずく。アッという間に彼はすでに電報を打ち終わっているのだ。艦隊仕込みの早さとでもいうか。重巡妙高がレイテ沖でやられた後、本隊へやってきたベテラン通信員である。後席を振り返ると偵察員は見張りの最中でニコリともしない。落ち着いた眼の色だ。

顔を前に向けた私はアッと眼を疑った。右前下方、薄いガスの中に一かたまりの水すましの集団が白い航跡を曳いてまっすぐこちらへ走ってくる。

「おーい、右前方にもおるぞ。空母二、三隻、あとウジャウジャおる。さっきのより二、三隻は多い。右三十度、三十浬だ」彼はまたも海面を見るひまはない。一秒も早く電文を発信せねば。その前に撃墜されては索敵機搭乗員の恥である。

左へ変針しながら注視した敵機動部隊は、えらく長いウエーキを曳いている。三十ノット近い速力だ。そうか、発着艦作業の最中か。我が機とほぼ反航だから針路は北西。各艦、長い長い航跡を曳いて一斉に高速運転中だ。これは迫力がある。敵艦隊を右後方に置いて旋回を止め、定針。周りを仔細に見渡す。かなり空中の視界はよいのに敵戦闘機の影は見えない。とにかく、前方、左、右、我が機にかかってこれる範囲内にはいない。

「川島、写真だ」彼が風防を開ける。

「遠かったですよ。写ったかな」と川島兵曹。

「遠くてもかまわん、上等上等」

二、三日前、遂に帰ってこなかった松岡孝敬をチラッと思い出す。あいつ、あんなに大きく空母を写してきやがって。生命がいくつあっても足りる訳ないじゃないか。機長で操縦員の分隊長が初陣だったから、あんなに接近しやがったんだ、畜生。と今や右後方にずっと離れた先刻の輪型陣を思いだしつつ腹が立った。

ところがまたしても私は右斜め下に第三の水すまし集団を見つけたのだ。ウワァー、まだおったか。

「更に、更に敵機動部隊発見、敵は空母二隻を含み……」定型通りの電文を川島兵曹が全文まとめて読むのを聞きつつ、はて、今日はだめかな、とチラリと鹿屋の指揮所を思い出す。沖縄作戦開始以来、「更に、更に敵に機動部隊発見……」と米機動部隊三群を見つけて電報を打ち、その後、基地に生還した索敵機は、未だかつて一機もなかったのである。

鹿屋彩雲指揮所に、「更に、更に敵機動部隊発見。敵は三群よりなり、第一群は空母二隻……」と索敵機が打った電文がもたらされ、司令部参謀、隊長、士官たちと回される。

みなさり気なく次に回す。が、指揮所内の空気はいささか複雑微妙である。索敵機が敵機動部隊群を発見するのは抜群の功績である。各基地から待機中の攻撃部隊が一斉に出撃し、敵空母群を粉砕する機会となり得るのである。一種の羨望に似たため息が、若い中尉さんの中から起こるのは当然である。が、みなが想う。この機は帰ってくるだろうか、これまでの例では未帰還、と相場が決まっているのだが、と。

何だか、まずいことになったなあ。

「分隊士、写真、三枚撮りました。もうヤケクソです」と電信席からいってくる。（こちらだって、ヤケクソだ）よかろう。俺のやりたいようにやる。

機は西風を後ろから受けて東南方へ、九州と反対方向に全速力でフッ飛ぶ。敵戦闘機は、九州との間に網を張って、我が退路を襲うに違いない。太平洋のド真ン中に向けて愛機は飛ぶ。六、七十浬はきたと思う辺りで、おもむろに反転して、九州の方に向ける。

「帰るぞ。針路は？」と後席を振り向くと、偵察席の中西兵曹と眼が合う。えらくニヤニヤしている。

「針路をいえ」と請求し、グズグズするな、といいたいところで、ハハア、と思い当たる。彼は「さらに、さらに敵機動部隊発見。敵は三群よりなり、第一群は空母……云々」の重々しく、迫力ある、戦史に残るべき大電文を作成した張本人として、極めて満足し、まだ興奮気味なのである。索敵機偵察員としては一世一代の晴れ舞台だ。

佐多岬まで百五十浬です、と知らせてきた。ソロモン海域での索敵の帰路、二機連れだった敵艦爆の索敵機とバッタリ出会い、鈍速水偵と侮られ、追われたのを思い出す。

　この三群の空母群は南九州の我が基地群との間に橋をかけ、攻撃機隊を往復させているに違いない。そうなると米飛行機隊とバッタリ遭遇の可能性がある。

「中西兵曹、もっと右を飛ぶぞ」と、機首を右へひねる。

　緊張の時が過ぎる。

「左前方に陸地が見えます」と偵察員。薄紫色のガスの中はモヤモヤして操縦席からは何も見えない。彼の航法によると、日本列島に帰り着く時間になっているのであろう。

　四国が前方に横たわっているかなと思いつつ眼をこらす。ハッと気が付くと、右前方と、そして左にも海岸線が見えた。真下は海だ。ハテ、四国にこんな深い入江があったろうか、と操縦員の私は不思議がる。が、右下の海に延びだした細い半島、左下の湾と円い半島を見て、「見たことがあると思ったら、豊後水道に帰ってきたな」と偵察員に言えば「そうです」と平気な声が帰ってくる。チェッ、四国の高知あたりと思っていたのに。

「高度を下げる」と後席の二人に知らせて機首を突っこむ。振動が増える。機速三百ノットで増速を止め、エンジン全開のまま降下に移る。高度六千メートルでエンジンをやや絞り、依然として三百ノットのまま高速降下を続ける。

　はて、前方を見る。視界の右端で何かキラリと光る物があった。注視すると機影数機。戦闘機らしい。我々より約千メートル低く、高度三千五百くらい。陸軍の上空哨戒機か。左に眼をうつす。九州の陸地を背景に二、三十機。編隊ではなく、バラバラだ。おかしい。スロットルを開き増速する。過給器のブースト計が零を指す。よかろう。少し左へ変針して陸地へ入りかけた時、川島兵曹が怒鳴った。

「後方戦闘機！」

さあ、おいでなすった。振り向いて尾部を振り、垂直尾翼のかげの敵機を視界内に入れる。二機か三機。その後方に何機かいるがこれらは遠い。前方陸地を見渡す。

右下に海岸線。遠く右前方は本州。左前方に九州内陸部の山々。千メートルを越す山なみのはずだ。その右にも低い山々がガスの中まで続く。左の山の間に飛びこもう。なあに何かなる。尾部を右に振り少しく接近した敵機を川島兵曹の七・七ミリが撃てるよう態勢をとり、静かにエンジンを全開する。ブースト計がレッドゾーン深く傾き、増速の手応えが身体に伝わってくる。途端に川島兵曹が撃ち出した。そうだ遠くてもかまわん。撃て、撃て。敵が撃ってくる、と直感し、右へさっと愛機を滑らせた。ビビビッと、振動が増え操縦桿が音を立て、振動した。その瞬間、曳痕弾の真っ赤な束が我が機のまわり一面、ところきらわずゴーッと通り過ぎた。前方遮風板は数千個の悪魔の舌が千切れて飛び去るように、真紅の点に瞬間包まれた。まずはうまくいった。パッと振り向き身軽に左翼をさっと上げ、機首を右へひねった敵機を一瞥した私は、それではと、左へ機を滑らせた。右翼の辺りを曳痕弾の束が、と期待したが、敵は撃ってこない。遠すぎるのだ。

川島兵曹の七・七ミリが間断なく撃つ。素早く振り向いた時、敵機は身をひるがえして右へ、私の視野から去った。

偵察席から「二、三番機も引き返しました」と少しはずんだ声が報告してきた。

陸軍飛行場に不時着

エンジンを絞り山峡の農地の上へ低く降り祖国の土の上だ、と思う。右に上部を掘り、切り取った異形の山が見える。香春岳だ。故郷の山、香春岳だ。セメントを造る材料の石灰岩を切り出している。そうか、福岡だ。

気が落ちつくと前方に飛行場が見える。田の真ん中で。左手に煙が二条、三条と上がっている。ハハア、今のヤツらが爆撃しやがったな。素早く辺りを見渡すが、機影はない。格納庫のない不時着場クラスの飛行場だ。脚を引っこめたまま、猛然と超低空高速で滑走路上を飛び抜ける。チラリと見た小さい指揮所の前に、吹き流しと数人の人影を見る。サッと反転し脚を出して着陸。

どうですか陸軍さん。最短時間着陸の見本です。

「ドンピシャリ、ドンピッシャリです。分隊士」と川島兵曹が大きな声でほめてくれた。上空を見張ってくれ、まだおるぞ、と若い二人に気合を入れ、滑走路を急いで離れる。指揮所に陸軍将校団が立ったり座ったりしているのが見え、整備の兵隊が車輪止めをしてくれたところでエンジンを切った。

地上に降りたつと改めて我々はニコニコ、ニヤニヤして一呼吸入れる。デレデレ歩く私のそばで短気な川島兵曹が、

「俺たちゃ先に走ろう。分隊士待っとったら間に合わんぞ」と中西兵曹をせきたててパッパッと走り出した。

陸軍の指揮官の前で姿勢を正して待っている二人が、相変わらず疲労した歩き方の私を「早く早く分隊士！」とせき立てる。最後の十メートルほどを走り、止まり、中央の小テーブルのところにいる指揮官に挙手の敬礼をする。

任務飛行の帰途であり、機体の調子悪く、燃料を使い果たしたことを申し上げ、写した原板の現像をお願いする。

陸軍の将校方は、飛行帽を脱いでシャレた長髪に櫛を当てたりする、キザな海軍飛曹長に極めてつれないので、指揮所の一隅、下士官諸氏のベンチに座らせてもらい、三人で弁当の巻き寿司を食べることになった。

「途中でグラマンと会いましたか」と話しかけてきた軍曹に、返事をする孫は川島兵曹だ。敵味方不明の小型機二、三十機が下を通り抜けた話、グラマン十数機があっという間に集まってきて、追ってきた話、彼らの発進源、機動部隊の上をゆうゆう飛んだ話、等々。陸軍側の質問も要領が良く、なかなかな交歓場となった。

「お茶をどうぞ」と大きな湯のみでもらい、ようやく咽喉が乾いてピリピリしているのに気づく。

それにしても、当方の川島上飛曹を取り巻いた十人余の陸軍下士官が、我々と同じ搭乗員とは、思いにくかった。飛行機乗り独得の何かを、例えばひとを笑わせるシャレた陽気さ、どこともなくにじみ出るふてぶてしさ。外に出ないが、強く高い誇り、等々を彼らは持っていないように見受けられた。いわば、歴戦の先輩と、学校出たての若年後輩との違いか。

写真が出来上がってきた旨の知らせがあり、二人を促して指揮官席へ行く。

指揮官は立ち上がって、私に礼を返され、数人の将校方は眼で私を迎えてくれた。

さて、とキャビネ判二枚分ほどの大きさの印画紙に焼き付けられた数枚の写真から一枚を取り、米機動部隊を見る。一面、灰色に仕上がった昼下がりの太平洋の海面は、ある部分は濃くあるいは淡く、そして明るい空を映じて白く光る部分と暗く翳った部分と、微妙に分かれて写り、一見、「戦場の海」の迫力があった。が艦の姿はどこにも見えない。空撮しもあるのだろう、と思い別な一枚を机上から取り熟視するが、艦影はそれにもない。上から三分の一あたりに少し斜めになった水平線があって、海と空を分かち、泡立つ暗い海の中央部は雲を反射して白っぽい。艦は見えない。

はて、大いに首をひねり、左後方に控えた川島兵曹に黙って手渡す。彼は呼吸を止めて注視すること約二秒、「これです」と画面の中央を指さす。この写真撮影に生命をかけたにしては柔らかく、気負いのない声だ。どこにどこに、と一斉にみなの頭が集まった中で、アッ、おったおった、と私は声を出し、眼にも見えない微細な艦影を示すため、膝にゴムベルトで留めたアルミ製記録板から鉛筆を取り出した。鉛筆の芯の尖端で、波濤の真ん中に、同じく鉛筆で点を打ったかに見える黒い点を指し示し、「アメリカの空母です」画面左下隅の辺りに艦首を向け航行中で、長いウエーキを曳き、後方にも一隻空母と見える点がある。その上方、つまり空母右側に、重巡あるいは戦艦とも見える上部構造物のついた点が見える。他にも、重巡、軽巡と思われる点が二、三。周囲に配した駆逐艦群は波と区別つき難いが、かろうじて識別出来る点であり、輪型陣は明瞭に姿をなしている。

「明瞭とは申しかねますが」と逐一説明をする。最初の一枚も鉛筆の点と思って探せば、点々とあり、上部構造物のない点と、ある点の区別もつき、空母らしきもの三隻、重巡、軽巡らしきもの四隻、泡立つ波をかき分けた航跡を見ると艦隊速力は十四ノットか十六ノットと思われた。更に、

「ここに敵空母群が飛行機隊を発艦させておるか、着艦収容しておるか、どちらかの最中と思われる写真があります。各艦の航跡が他の写真、十四ノットくらいに比べ格段と長く伸びて、高速航行中（たぶん二十八ノット）であることが分かりますし、空母と空母の距離も延びて離れており、護衛艦も、間隔を開き輪型陣が大きく拡がっておると思われます」と説明した。

これらの写真を撮るのにどれくらいの時間、敵空母上空に滞空したか、と問われ、滞空するどころか、全速力で飛び抜けただけであり、二、三分ごとにまるで手品のように米機動部隊は現われました、とありのまま返答する。

七隻も八隻も空母がいたのに上空で戦闘機と会わなかったのはなぜか、との若い中尉殿の質問に、私は返答に窮し、彼らは実に興味深げであった。

おそらく八分間か九分間は敵艦隊上空にいたはずであるが、その間戦闘機になぜ会わなか

ったかは、当方で尋ねたいくらいだ。

　私は特に遠眼がきく、という訳ではなく、むしろ遠眼は自信が乏しい方なので、今度も、遠距離の敵機は見落としたに違いない。「敵は飛行機隊の発着が頻繁で、たくさん飛行中のヤツがいて、単機の我が機はその中に紛れこみ、敵の電探が区別し得なかったのではないでしょうか」と答える。陸軍の諸氏は米機動部隊など見たことのない人々であろうが、この私の推測は無視され、何の反応もなかった。

「鹿屋の海軍司令部もこの写真を早くいるのじゃないかね」と指揮官。つまりお前さんが撮ったこれらの写真は作戦指導上重要な資料であろうから、これを持ってはやく鹿屋基地に帰れ、と指揮官はいっておられるのだ。

「敵状は電報で報告してあります。この針の先ほどの空母の写真は重要ではないと思います。エンジン、機体の状態を見て、夕刻、空襲のない時間帯を見計らって鹿屋に帰ります」と申し上げ、指揮官もこれを了解され、我々は整備員に任せた愛機の許へ行く。

　土塁が高く積みあげられた掩体の中で華奢な体つきの愛機は、鋭くて薄い翼を休め、トラックの荷台のドラム缶から手動ポンプでガソリンを積んでもらっていた。

「どうも御苦労様です。すまんですなあ」と丁寧にお礼をいう。振り返ったトラックの兵隊はムクんだ顔付きのおじさんであった。

　主翼の上で作業衣の下士官が立ち上がり、油が漏れていると注意してくれた。油冷却器の後方、カウリング後縁から操縦席の下にかけて薄くオイルが拡がり、地面に垂れた跡があった。

まずオイルがどこから漏れるか調べようと大きいビス回しを借りてエンジンカバーを開け始めた。すぐに若い整備員が「私がやります」と代わりにきてくれたが、星二つの一等兵さんは心許なく見えたので、好意を謝し、自分で作業を続ける。カバーの中に収まる誉エンジン二四型ル二千馬力は最新鋭、高性能で気難しく、この若くオドオドした兵隊に扱ってもらいたくなかった。悲しいことにエンジン本体は複雑巧緻で、どこから油が漏れているか分からなかった。

が、たいしたことはない。各部を丁寧に拭きとり、問題の増槽も調製点検して飛び上がることにした。

離陸前「我エンジン不調、整備後明朝基地に帰る予定」と電文作っておけ。整備後、なんていう暗号文があるのか」と川島電信員に訊ねる。「エッ、今日は帰らないのですか。もう決めたのですか。あります、あります。ウワァ……凄い！」と極めて率直に喜ぶ。

午後五時離陸。エンジンをいたわりながら高度千メートル。電文を発信するとすぐ着陸、掩体に入れて油漏れを調べる。ベットリと黒い油膜が拡がり、触ると温かい。鹿屋までひとっ飛び、帰れば帰れると思ったが、すでにその気なく、ともあれあとは明日のことだ。

夕食を一緒に、と搭乗員の中尉殿にさそって頂いたが、好意を謝し、下士官の卓に三人並んで座りこむ。年をとった兵隊さんがお茶をついでまわっていたが「髪の長い方は、民間の方ですか」と私を眼差して尋ねる。二人の上飛曹は「ウワァー分隊士は民間の操縦士だそうだ」と大いに喜び笑いころげる始末である。「雀ども、何を騒ぐか」と私は独り温かい気分一杯で甘美な夕食を頂戴した。

今宵泊めてもらう宿舎に、顔を覚えた老兵さんが案内してくれるという。クリーク沿いの馬車が通れるくらいな道を歩きながら「下士官殿はいくつになりますか」と尋ねられ二十、二十一、二十五、と三人それぞれ返事をする。「二十歳を一期として亡き数に入ります」と川島兵曹がおどけ、我々はカラカラと笑う。俺がさっきいったのをもう真似する。私はおかしかった。応召の兵は笑わず、いうべき言葉を思いつかぬ風であった。

案内されたところは立派な門構えの大きい農家で、天井高く、欄間があり、広い座敷が私の寝る部屋と決まった。

床の間に隣り合わせて押入れがあり、お客用ふとんが入れてあった。主婦であるおばさんがふとんを出してくれ、私が敷くと「向きが反対ですよ」と注意され、二人で端を持ってくるりと半回転する。見ると枕を置く部分に木綿糸で△のしるしがあった。アァッ俺んとこのふとんと一緒だ。おふくろが縫いつけ、俺が朝夕見て親しんだ△マークだ。としゃがみこんで糸をなでた私は、一瞬のうちに頭の調子が変になってしまった。すぐ近くに俺たちの小さい家と、おふくろと……。ああ俺の母。と思うだけで他のことは頭から無くなり、△の糸の他は何も見えなくなってしまい、熱く圧力の高いものが喉から頭へ走り昇った。

水鼻を腕でこすり取って、向きを変え、おばさんに背を向けて上衣を脱ぐと、おばさんは大きい紺色の木綿の掛けぶとんを置いて出ていってくれた。

私は「不覚にも」という言葉を思い出した。今のを不覚にも、と言うのだろうか。いや少し気が緩んでいたのだ。悲しかった訳ではないのだから。寝ると掛けぶとんは厚く重く少しカビ臭かった。

隣室からふとんを引きずって二人が現われた。一緒に寝ましょう、という。「ウン、チョイト淋しかったところだ」かくして三人枕を並べると、

「今、ここのおじさんが、一緒に寝たら叱られはしませんか。というので『いいや構うものですか』と移動をし始めたら、『陸軍さんとはだいぶ違いますなあ、将校さんと一緒に寝るなんて考えられんですなあ』とツイ今さきまで頭をひねっておられました」という。

真ん中に寝た私は、主従三人枕を並べて討死の……という講談本の文句を思いだし、俺たちを主従と言うだろうか。何だか縁起の悪い文句だなあ。だが少し違う。主従ではないぞ。などと思っているうち眠ってしまった。

朝食に歩いていくと、卓上に大きい木の箱がいくつも並び、紅白の餅が一杯つまっていて「陸軍特別攻撃隊皆様へ　○○婦人会」と立派な字が書いてあった。

餅をよけて歩きだした我々の前に、昨日の老兵おじさんがニコニコして「海軍の特攻隊の方にといって別にもらいました。昨夜の家の奥さんが、夜中に見に行ったら、みなさんは三人で頭と頭をくっつけ合って眠っておられました。見ていたら涙が出てしようがなかった。

というておられました」といい、お盆に山盛りのアンコ入り餅を出してくれた。これはまったく思いがけないことであった。ありがとう。おいしいアンコ餅ありがとう。

第一太刀洗基地からそれぞれ派遣されてきた本職の整備員に、増槽のケーブルのひっかかりを直してもらい、投下テストをすると、極めて好調。午前十時であった。

指揮官に出発のご挨拶を申し上げ、ややうち解けてきた中尉さん方のところに行き、心のこもった敬礼をして「今日帰れば明日か明後日はまた沖縄か敵機動部隊へ飛ぶと思います。私どもの方が先に行きそうですが」と、お世話になったお礼を言うと、「死なないで頑張って下さい。死んでは駄目ですよ」など激励してくれる。

これで胸が熱くならないヤツは男ではない。

午前十一時離陸。天気も気流もよい。上昇しながら「我ただ今より鹿屋へ帰投する。基地上空状況知らされたし」の型通りの電報を川島兵曹はうち、折り返すように「基地上空、空襲警報発令中です」と知らせてくる。空襲されている基地へノコノコ帰る訳には行かない。一撃のもとに撃墜され、敵に名を成さしめるだけだ。

「着陸する。電信機のスイッチを切れ」と私の意を二人に伝え、スロットルを一杯絞った。着陸までの二、三分前に基地から呼びだされたくなかったのだ。そのまま一気に着陸し、指揮官にこの旨報告、指揮所を出る。

十二時三十分前だ。

「昼飯は博多で食うぞ。こっちの方角だ」と急行電車の駅へ歩きだす。戦闘中だから作業衣の上に飛行服を着て、外出用着替えなど持つはずはない。飛行服の右腕に二十センチ角ほどの大きい日の丸を縫い付け、裏毛のついた飛行帽と飛行靴だ。高度一万メートルを飛ぶための飛行帽と靴で晩春の筑紫平野を歩くには不適当で、飛行帽を脱ぐと頭から湯気があがった。

クリークを前にひかえ、長い白壁の、大きい家のある集落に入った。庄屋さんの家かなあ、と私はつぶやくと、川島兵曹が「造り酒屋ですよ、分かるでしょうが」と訂正する。そうか、酒を造る家か。どっしりと大きく、やや古びて、でも美しい建物だ。もう一度きたいなあ。

電車が博多に着き、駅隣りのデパートの玄関で、私のおさな友達の幸子嬢と、本当にバッタリと出会ったのである。彼女と同じ年頃の女性と二人は、通りの多い玄関で呆然と立ちすくみ私たちを見ていた。私はどうして今日はこう具合の良いことがおこるのだ、と大いに喜び「幸子ちゃん、お金持っとる?」と故郷の言葉で率直に借金を申しこんだ。事実、飛行服の胸ポケットの中の非常用資金は、三人の散財には心許なかったのである。これは天佑だ。彼女らはおそらく持ち金の全部を手にのせ私に差し出した。何枚かの一円札と十円札が一枚あった。

「俺、返せないかも知らんが」と本音をはき、そうだ、お袋から返してもらえばいいと思いつく。

彼女の手から金三円也をつまみあげ、大いに安堵した私はペアの二人を紹介し、我々は決して特攻隊員ではなく、もっとのびのびと戦争しているんだ、と川島上飛曹の援けを得て説明したが、さしたる効果はなく、少女二人は悲し気であった。幸子ちゃんのおかげで三人とも満腹できるよ。「太刀洗まで飛んできたので、昼飯を食べにきたのだ。俺たちは運がよかった。ありがとう。ありがとう」と本当のことをいい、周りに人垣が出来て、通行の邪魔になり始めたのを機に、とにかく食堂に行ってきます、とその場を辞し、最上階に上がって行った。

「博多の街に外出した話を帰ってしゃべっていいですか」と心配気なのが中西兵曹。「ちっともかまわんよ。仕事はちゃんとしたじゃないか。堂々としとけ」と機長は格好が良い。

新緑には少し早い晩春の筑紫路を南下する帰りの電車の中で、五、六歳の色白、髪の黒い端整な面立ちの美しい少女が、われわれの相手になってくれた。

少女が変なポケットとかいって膝ポケットに手を入れて内容物を引っ張り出したり、首から絹紐で吊った航空時計を自分の細い首に掛けたりするのを二人の上飛曹は喜々として手伝った。

少女は靴を脱ぎ、図体の大きい川島兵曹の膝によじ登り、チョコンと座った。そこで乗客みなの視線を集めていることに気づき、頬っぺたを紅くして気取った風をした。それが美少女によく似合い、我々も大変満足だった。

降りる駅が近くなり、私は少女の靴を床から取り上げて履かせた。小さい運動靴は古びて小指の外側とおや指の先端がすり減り、皮膚の一部がピンク色にのぞいていた。「ああ、買ってやりたいなあ」と悲しかった。

土を盛っただけのプラットホームで、飛行帽を振りながら電車がカーブして向こうの森かげに入るまで、我々は見送った。

あの美少女のために俺たちは戦争しておるのではなかろうか、と私は思い、そう言ってみたかったが、川島に笑われると思って黙っていた。


かくて我がペアの落ちない増槽を抱いての索敵行とその付随事項は終わり、翌朝早く鹿屋へ帰投した。

留守中に新しく未帰還機三、四機があり、士官食堂の中央部は今やがら空きとなり、私がそこに座ることになった。

遺品を妻に残す

中村中尉という師範学校から来た、私より少し年長らしい人が午後の指揮所で私に近寄って来た。私と二人になる機会を待っていたのであろう。秘密の話、と思う。

「明日、初めてですが索敵に飛びます。帰ってこぬ時は表書きの旅館に泊まっている私の妻にこの品物を渡して下さい」と言う。最も不吉な会話の前半分だ。彼は自分の死を予見し、私もこの中尉は明日死ぬだろう、と考える。

これまでの、そう長くはなかった私の海軍暮らしでも、今日たった今、眼前で行なわれた明日帰りこぬ人との訣別の儀式は、これまで何回も見聞きしている。

俺に遺品を妻に届ける役を頼むぐらいなら、なぜもっと早く索敵偵察のコツを習いにこなかったのだ。いや、私が「コツ」を教えるとは適当な言葉ではない。だが、役に立つことはできたはずだ。

例えば、「私が明日帰ってこなかったら」なんていう凄い執着を生に持ってはいけない、とか……。

わざわざ遺品を妻に残す、というのも搭乗員はやらない。現世にすさまじいばかりの執念を残すことになる。それでは戦いに生き残ることは出来ない。

だが、彼が彼の同期生でなく私を執行人に選んだことに対し、私にはなさねばならぬことがある。

「ペアの二人を呼んで下さい」私から頼む。

上飛曹の操縦員は陸上機の操縦教員をやっていたという。

「中村中尉、佐多岬から航法発動、というような教科書通りの行動はいけません」もちろん、なぜ悪いか中尉が知るはずがない。

操縦員の先輩として私は若い上飛曹に眼を据え、

「いいか、毎日、毎日一機か二機未帰還機が出る。だいたい中尉機長の機だ。操縦員は素質が良くて充分役に立つヤツばかりだ。お前だって八百か九百時間飛んでるだろう」

彼はうなずく。少し不平そうだから千時間はいっているかも知れない。

「たぶん偵察席に座っている中尉の機長がヘボイから、みな帰ってこんのだ」と。

「いいか、明日の索敵では、中村中尉の見張り能力はゼロと思え。お前が偵察員の分まで外を見張るのだ。コンパスがコースから五度や十度振ったって気にするな。速力だって五ノットや十ノット増減したってかまわん。外を見るんだ。ご本人の前で悪いが、飛びあがったら機長の眼は節穴だと思っておけ。その訳はお前も、中村中尉も、この俺も、今更言う必要はない。海軍がよく訓練もしないで彩雲の機長にしたりするからだ」

「佐多岬を高度五百メートルで通り、『航法発動、偏流を図る』ってのは、中川さんも俺もやったことない。俺はまず霧島の山に飛んでゆき、引き返して錦江湾上空で高度五千メートルまで上がり、そのまま索敵コースに向かう。佐多岬なんてスッポ抜かし、七十浬か八十浬先でコースに乗るんだ。

高度六千メートルでコースに乗るまでは、お前が機長だ。偵察席は延長教育に来たばかりの練習生と思って、お前がしっかり見張るんだ。後席は俺よりだいぶ偉い中尉が機長でいるのだ、などと思って頼ったらだめだぜ」

「教科書通りのどこが悪いか、お前、分かるか?」彼は分からないと言う。彼も、中尉の階級章を買い被って、機長に万事を任せているのだ。習慣通りの「航法発動」に疑いを持つ必要がないのだ。私は中尉に向かい、

「偏流測定作業中の操縦員の見張りは、五分の四減です。五分の一しか見張り能力はないの

です。あなたの見張りは全然ゼロです。『風を測る』とか言って六十度変針するやり方をたぶんされるでしょう」

中尉はうなずく。すでに手順がそう馴れているのだ。その間の十分近い間、敵戦闘機に対する警戒はないに等しい。

「ヤンキーってヤツは、俺たちの常識にないことをする、と聞いたことあるでしょう。あいつら佐多岬沖の四十浬か五十浬あたりに戦闘機をバラ撒いてる可能性がある。もしそうだとしたら、『航法発動』から『ハイ偏流を計る』そして、次に『右変針六十度。〇〇度ヨーソロー』など一連の習慣づいている作業を、少し念入りにやってたら、気が付いた時は『もうあかん』ってことになってるんですよ」

『測風』がすむと『高度を徐々にあげろ』と機長が言うはずだ」中尉はウム、とうなずく。

「上昇中の彩雲は、戦力が低下し『撃墜して下さい』と頼みながら飛んでるようなもんだ」

中村中尉はこれもまったくご存知あるまい。

「高度をあげよ」と命令する中尉機長は、出発して三十分も経ってないところでグラマンが待ち伏せしていよう、など思いも付かないのだ。

つまり訓練、教育ではそれが定石、常識だったのだ。

上昇姿勢では、操縦席から前方下は死角だ。かなり広い死角だ。そこからグラマンが上がってきてみろ。お前が打つ手はない。

アメリカ海軍の電探が、どの範囲まで利くか、俺たちは知らない。とても大事なことなのに、誰も教えてくれない。帝国海軍も知らないのだろう。

「中村中尉、索敵線のどの辺りで高度七千メートルにし、どこまで行ったら高度九千メートル、そして高度一万メートルにするかは、誰かが教えましたか？」答えは「いいえ」彼ら中尉たちの間で研究して、まあ、この辺で高度八千メートルならいいだろう、ここで一万メートルならいいじゃないか、くらいなものだと言う。

私は驚愕する。だが、私も教えてもらった覚えはない。もちろん規則もない。だから私はまず戦場と反対方向に高度をあげるため飛ぶんだ。それでも燃料は帰還するまでは十分だ。

「敵機動部隊は、もう遠くの海上で発見するようなものじゃないんだ。気が付いたら眼の下にいたってことになるんだ。

敵機動部隊発見の時も、さあどうするか、と機長の命令を待ったりするな。一瞬も猶予せず反転して敵から離れるんだ。離れながら双眼鏡で機長が空母がいるとかいないとか確認すればいいんだ」

「敵戦闘機を見つけた時もまったく一緒だ。自分で決めてその瞬間に逃げるのだ。俺が機長だと自覚しとけ。結局それがペア三人を救うのだ」

「俺が言ったこと、二〜三度思い出して頭に入れとけ。お前の操縦なら充分、帰ってこれる。何しろグラマンより速いんだから」

「俺は撃墜されるヤツの気が知れんよ」と、最後の一言は考えたこともない文句だが、締めくくりに必要だから敢えて入れた。

索敵海域上空、高度八千メートル、九千メートルの平均的風をいくらでセットするか聞いておられますか?

中尉は、「だいたいこんなものだろう、と我々同士で話しています」と答える。生命を懸けた怠慢だ、と私は心で思う。

先任搭乗員の青木貢上飛曹にお尋ねになって出発されたらどうですか、と言いたかったが、朝夕食堂で顔を見合わせる俺にさえこれまでは一度も質問しなかった中尉が下士官に教えを乞うとは思われないのでやめる。

明くる日、中村中尉機は帰ってこなかった。

新しい試みは冒険の度が過ぎて、航法に自信が持てず、習慣に従って佐多岬から命ぜられたコースに乗り高度をあげたのではないだろうか。敵戦闘機乗りに名を為さしめただけではなかろうか。他人事ではない、私は虚しいだけだった。

敵機動部隊を求めて出撃する偵察第十一飛行隊の彩雲。時速600キロを超える高速を誇る本機も、連日の索敵に未帰還機を増やしていった

に着けばいいんだ。

すべては運か

中村中尉未帰還の明くる日、彼が目指した海へ私が飛ぶことになる。中尉に託された小さい紙包みは私の居住区に置いたままだ。小さく鹿児島市云々と旅館の宛名が書いてある。今日俺が帰ってこなくても、こうこうでしたから、と誰かが持っていってくれる。夫人の手許に着けばいいんだ。

出撃の朝、掩体壕から誘導路を三百メートルも走り、飛行場に入る手前で航空廠に出勤する大勢の若い女性たちの列と交差する地点があり、たちまち我が隊の名所となる。立ち止まり、道を譲った彼女らの熱心な瞳に見上げられ、機上の若い戦士たちは戦いに出動する。物語の中の一枚の絵だ。

若い搭乗員たちはたちまち日の丸鉢巻きを飛行帽に巻き、大きな日の丸を袖に縫い付け、シャレた姿になる。我がペアの川島兵曹が五十センチほどの細竹に「南無八幡大菩薩」と墨書した白布を付けて幟を作り、右手に持って、電信席に立ち上がる。なかなかな若武者振りだ。「目立ちたがるヤツ」と思うが、まあいい。中尉や古参少尉の機は機長に遠慮があるらしく、こんなことをしない。川島兵曹は「俺だけだ」と鼻をうごめかしているに違いない。

高度九千メートルで南南西へ。私の暗算では出発点から二百浬くらいだ。何かと出会うぞ、と眼を配る。

青いガスに包まれて頭の上の空も周りの水平線の辺りも、そして肝心の海も、とりとめのない不確かさだ。水平線はもちろんガスの層にへだてられ、今日のガスの色は灰色か青か分からない。速力計、コンパス、高度計、その他の計器を一瞥（いちべつ）。すべて異常ないのを確認して水平線に眼を投げると、ハテ、俺の眼は、今どの辺りにピントが合ってるだろう。無限大にまず合わせねばならんのだが、と変な調子になる。

　三百メートル先も、三万メートル先も、ただボヤーッとした灰色のガスの集まりだ。三千メートル辺りに両眼の焦点を合わせる。水平線より上を見る必要がないのは幸いだ。空気圧が低く、稀薄なので、眼を調整する神経がうまく働かないんだ、と鈍くなった頭で考えた時、「戦闘機、左横」とまたしても川島の声。

　サッと頭をひねり一回り眼を走らせる。見えない。川島兵曹を見る。左を向いた彼が右手で指さす。主翼のすぐ後ろ、斜め下だ。彼に切迫した緊張はない。遠い。二千か三千メートルくらい離れてるのだろう。そして敵の高度が我々より低い。

　丁寧に、慎重に右に三十度ほど機首をまわす。いま慌てて手軽に右旋回すれば、旋回が終わった時には高度は五百メートルを失う。敵パイロットを喜ばせることになるだけだ。

　敵が見えだした。左主翼中央部の後方に濃灰色の頑丈な点々がある。高度差約二千メートル。大丈夫だ。

「他にいないか？」尋ねるまでもなく彼は他方向を探しているはずだが。「見えません」と答える。

　前方右を注視する。立ち込める灰色のガスの中に異常物が見えないのを見てとり「右変針」と偵察席に知らせ、慎重な緩旋回を始める。「敵は五機」旋回する我が機から双眼鏡で機影を追う偵察員が軽く告げる。五機の敵が私を認め追跡して来れば、索敵線から離れねばならない。

「電報打ちます」「ウン」電文を彼が読み上げ機長の許可を得る、なんて手続きは我が機には最初っからない。その間の数秒で生死が決まることがあるからだ。川島兵曹に眼を付けた私が電文を彼に任せるのは当然だ。恐らく「我敵戦闘機五機の追躡を受く」であろう。

受信した司令部は、拡げた海図で空母群があの辺にいる、と判断し、金子中佐が『あのドモるヤツ、逃げ切るかな？』と思うはずだ。

三十浬近くコースを外れて後、原コースに復帰する。索敵線尖端で左折し、側程を飛んで帰路につけば、ほぼ間違いなく、先刻左から現われた戦闘機の発進源、空母群の上を飛び抜ける芸当をやる破目になるであろう。

私はフト、敵空母群との遭遇を前に、川島のヤツ、例の戒名札を拝むのではないか、と思い付く。だが、拝むにしてももっと後だ。早々と帰りコースでの出来事を心配しはしない。電信席で、「なあに、俺が乗っているのだから、墜ちはせん。俺がこの機の守り神だ」と嘯ぶいているに違いない。

高度を一万メートルに上げ、帰りのコースを要心して飛ぶ。予期した水すまし集団を海に見ないまま、志布志湾から陸地へ高度五千メートルで飛び込む。

この日我が機の右隣りの索敵線（右側、南西諸島寄り）は帰ってこない。ハテ、水すまし

ども は沖縄寄り、我が往路の右側だったのか？　深く思い煩わない癖が付くはずだ。

戒名札なしで飛ぶのはイヤ

四月九日、敵機動部隊の所在を求め索敵に出る。錦江湾の上で高度を上げる。二度ほど振り返るが、いつ敵戦闘機が現われるか分からないのに、電信席は頭を下に突っ込んだままだ。遂に大声で「川島！　お前、何やってるのだ」と、怒鳴りつける。偵察席から、「川島兵曹は戒名がなくなったのです。細い木に書いたアレです」と言う。ナニッ！　と、もう一度どなりたかったが、思い当たるフシがある。指揮所の隅で何人かに囲まれ、細い板切れを見せびらかす風の奴さんを見たことがある。そうか……。

私は操縦席のデッキに目を走らせる。ない。

「分隊士、あれ、なかったら私、気が落ちつかんのです」と川島兵曹が情けない声をだす。「二人とも、外を見ておけ」と言い捨て、頭を座席の下に深く突っ込み、奥の隅々を覗く。あった。なるほど、

「故海軍上等飛行兵曹川島信雄之霊」

と書いた幅三センチ、長さ二十五センチ。薄い木片だ。「川島のバカヤロー」と怒鳴りつけ後席に渡す。「分隊士、有難うございました。これで大丈夫です。あーあ、くたぶれた」と。コイツメ。

この日、敵を見ず。帰途、機体のあちこちに氷が付着して難渋する。高度を上げたり下げたり何回も繰り返し、「あーあ、俺もくたぶれたぞ」と二人に告げる。

参謀は凡庸?

一日おいて我が機が出撃するコースは、東シナ海から沖縄を航過する例の索敵線だ。「どうして俺たちばかりがこのコースなのだ。たまには偉い機長のとこが飛べばいいんだ」と黒板の前で川島兵曹が、我が温厚な偵察員を相手に大きな声でブスくれる。もちろん私も大いに不服である。偵察員中西兵曹が同じ思いであるのも当然だ。死ぬ率は格段に高くなる。中尉機長の機が何機か配置されたが、ことごとく帰ってこなかった。

不思議なことだが、強運は何となく歴戦組に付いて回る。沖縄東方の太平洋に隣り合わせで数機が扇状に飛び出せば、洋上索敵に馴れたペアは「敵を見ず」で帰還し、初陣の中尉機が敵機動部隊発見の「ホ」連送を打電し、行方を絶つ。もちろん毎回こうとは限らないが。

そもそも航空参謀と隊長武田少佐が索敵線の割り振りを決める際、この海域この地点には米機動部隊の存在可能性大、と判断した場所には、有経験組、操、偵、電、三人を合わせて飛行時間五千時間余りのベテラン組を飛ばせ、敵はいないと思われるコースには、中尉機が割り当てられるのである。皮肉というか失礼というか、参謀、隊長が最重要コースとして熟練ペアを当てたところに敵は不在で、最も端っこの、常識ではいそうにない海面に敵は三群もの空母群を放っていたりする。不運で未経験な索敵機をまず血祭りにあげ、ついで九州地区に大空襲をかけてくる。

といった場面が時々、あるいはたびたび現出するのであった。

だからといって第五航空艦隊の航空参謀金子中佐が凡庸で、米海軍にしてやられる、という訳ではないかも知れない。かつての珊瑚海海戦だって南太平洋海戦だって、重要度の高い主索敵線を飛ぶ索敵専門の水偵群は会敵せず、念のため、と出された二次索敵の空母の艦攻が油漕船を見つけて「空母発見」と誤報を出したり、変な失敗をしたりしたものだ。

ともあれ川島上飛曹があたりはばからぬ声で主張することは正論である。日本海軍は、役に立たぬ人を中尉で遇する無駄をやめ、川島上飛曹級の有用な下士官を抜擢(ばってき)進級させ少尉に任じて機長をさせればいいのだ(こんなことは日本海軍では通用しない空論であることは百も承知である)。

戦闘飛行の技術的能力が格段に中尉方より勝るのは艦隊経験の前歴からごく当然であるが、この優れた戦闘能力こそ戦場では最優先さるべきことなのだ。

敵と渡り合って力の足りないのが死ぬのは昔から相場の決まった鉄則である。実力のない中尉機長が連日帰ってこないのは当たり前なのだ。戦闘に強い歴戦の下士官を機長にした方がズーンと良いに決まっているのに、我が海軍はそれをやらない。素質だって、さほどの差はないと思われるのに。

学徒出身中尉も帝大出身のピンから、失礼だがキリの御仁だってワンサとおられるのだ。

禁忌の言葉

朝八時二十分、鹿屋を離陸した途端、いや掩体壕でエンジンを起動した瞬間から我々三人には今日の戦闘が始まる。誘導路をコトコトと走るところを山蔭から現われた敵機に狙い射たれる可能性が近頃はいつでもあるのだ。

離陸と同時に脚、フラップを収めながら右へ旋回、基地北方の低い山地をかすめて霧島山地を目指す。我が機出動のこれが流儀だ。いささか、他機と異なる。もちろん後席の二人とは了解ずみだ。

大多数を占める中尉機の出動法は、基本的であり、画一的である。彼らの出発の情景は手にとるように分かる。

彼ら中尉機長は、岬の海岸線を少し沖に離れ、押し寄せる白波のさなかに屹立し、潮の飛沫で岩肌を黒く光らせた独立岩礁を闘う男と見立て「我も彼の如く雄々しく戦い、祖国の防波堤たらん」と別れを告げる。これは二回目の索敵行で行方を絶った某中尉の述懐であった。第一回目の洋上索敵から帰還し、興奮を言葉の端々に残した彼に、初めての索敵で帰ってこられたのは立派です、とお祝いの言葉を述べた私は、簡単な初陣の感想を聞いた後、「今朝の出発は？」と彼のやり方を尋ねた。予期した通り佐多岬を高度千メートルで航過した中尉の所懐は学徒出身士官らしく知的で若々しかった。しかし彼は知らないが古い搭乗員が忌み疎んじる言葉を中尉は使用し、私は彼のため不安と危惧を感じた。
禁忌の言葉とは、立派な文句、烈々と胸を打つ調子の語句などである。特攻隊員出撃時の遺言は別である。一般搭乗員が民族の難に殉ぜんとす、と言えば、死期を予感したらあんなことを言いたくなるのだ、と聞く方は考える。

もちろんこのように人眼をひくことなど一言も言わず、出撃し帰ってこない男も多い。「我祖国の防波堤たらん」など、歴戦、疲労した熟練組は、頼まれても言うことはない。「そんな小難しいことを言わなくても、俺たちはこれまでその防波堤役は多少やってきたんだぜ。さしてお役には立たなかったらしいが」と思うのだ。

翌日夕食が終わり、私は中尉を食堂の端っこの卓に誘った。私は誠意をもって私の航法発動の流儀を説明した。「先任下士官青木兵曹は艦隊生き残りのベテランですが、高空の雲を見て風向風速を決め針路を修正するそうです。そんな器用なこと、真似る必要ありません。昨日飛ばれた時の風を今度飛ばれる前日から図板に入れ、修正針路をあらかじめ地上で書いておき、当日は、空中では航法をせず、見張りだけに集中しなくてはいけません。帰投点は豊後水道です。いくら誤差が出ても九州か四国か、どちらかに上陸できます」誤差は必ず出るに決まっている。いずれにしても私の計算ではガソリンは足りるのだ。燃料欠乏を無暗に恐れてはいけない。

私は彼がこまごました注意事項を熱心に聞き、私の友情と、第二回目索敵も帰ってこられます。あなたの人柄に天運がツキます。と私の言わんとするところを彼が汲み取り感謝の気を持つに至ったことに充分気が付く。

「そうです。あなたが下士官搭乗員たちを学問をしたことがない部下としてでなく、『俺がもたない戦闘体験』を身に付けた敬愛すべき友人、として遇するやり方を私は好きなのです。あなたがやや神経質で線の細かいお人であるのも私は好意を持ちます。荒々しくたくましく『我こそ男』と振る舞う人に、私の知る限りでは航空戦での真の勇者はいませんでした」

締めくくりというか、終わりにこんなことを言った。

「出動の前夜酒を飲み、『怖れを知らぬ男』の如く振るまうのも、未帰還への近道です。私は前夜は早く寝ます。そして多少周りが騒いでいても眠りに入ります。大きい呼吸を繰り返しているうち眠ります。私は気が弱く、小心ですから早く寝て明日に備えるのです。恐いから眠って忘れるのです。朝まで浅い眠りが続き、熟睡はできません。出撃の朝の目覚めほど惨めで低い気持の時はありません。そして、出陣の朝酒の臭いをさせるヤツも、強いて気を引き立てているのが分かります。自分自身予感しているのでしょう。だいたい帰ってきません」と。

彼と私が仮に戦いが終わるまで、生を保つとすれば、あとの一生を心許す友人として共に過ごせたに違いない。

四月中旬、第二回目索敵に出て彼は電報を発することもなく帰らなかった。

彼は私の流儀を理解したはずだが、目的地に背を向けて飛びつつ高度を上げるやり方に賛成出来なかったのだ。佐多岬を避け、志布志湾、坊の津あたりを高度五千メートルで酸素を消費しながら発進するのを冒険、不必要な準備動作と判断して、燃料、酸素の無駄遣いと考えたのだ。

もちろん私が怖れる佐多岬から数十浬か百浬あたりで上昇中を待ち伏せの敵機に狙い射たれた、と考える理由もないが。

いつもいつもお前の勝ちとは限らんぞ！

霧島山の右端、高千穂は頂上に逆鉾があるそうだ。

今日の戦闘も生きて帰るのだ、と充血した眼を見開いた私は、あの山が天孫降臨の場だなんて荒唐無稽だと思う。

喰うか喰われるか、の戦場に神話が出しゃばる余地はない。開戦前、俺たちが頼みとした「神風」だって、吹くどころか、敵を利するために、吹いたことがあった。下らぬものを頼みにしたものだ。だが、先刻から、見る角度は刻々と変わるのに、高千穂峰の麗姿は変わらない。どこから見ても端麗な山だ。

サッと後方を振り返る。後席は二人とも見張りに徹している。霧島山塊の上空高く全天を雲が覆う。厚く幾層もありそうだ。高千穂の峰を右少し上に見上げつつ緩旋回、左へ。

華奢（きゃしゃ）で骨細、軽量のわが機は左に方向を変えつつたちまち霧島の山々の高さを抜き、振り向けば高千穂の峰だけが尾翼の下に尖峰を突っ立てている。ガスの下で南九州の山地は灰色の色濃く、海へ続く川だけが雲を映して明るい。神話の峰は後下方でもう見えない。

「国破れて山河在り」の山河を上空から見下ろす。残念ながら、何の感慨も湧かない。

酸素マスクを付け、高度五千メートルで吹上浜の長く美しい弧状の浜を突き切って海へ出る。さあ、東シナ海だ。浜に寄せるえらく長いうねりが、海の皺に見える。万里の彼方から寄せる波濤は流石（さすが）に長い。

五十浬も浜を離れるとこちらも全天を雲が覆い、行く手の雲は低い。今日は駄目なら引き返せばいい、気楽にゆこう、と気を落ち着ける。百式司偵隊はどこかに去ったが、指揮官の陸軍大尉が言った言葉が妙に引っ懸かる。「陸軍の索敵は立ち込める雲の下を飛ぶことはしない。優速性が生かされないから」と、まさしくその通りだ。三百ノットで薄い雲を突き切り、なお低い雲の下を目指す。

高度四百メートルで雲の下に飛び込む。あたりを見渡せば、アチコチに高さ二百五十か三百メートルまで雲が下がったところもあり、四百メートルより高い場所もある。進路上空に百メートルも上が空き、ずっと向こうは垂れ下がった雲が動いている。百メートル上空の雲の下縁からグラマンに狙われたら雲に飛び込む以前に弾丸の束に包まれそうだ。

機首をあげ雲の下縁に沿う。たちまち視野は暗くなり、灰色の気体の中に入る。時々パッと下が開けて海がチラチラッと見える。いやな高度だがこれで行こう。

　垂れ下がった雲の中を二分か三分飛べば雲が高くなって海面が青く見える。灰色の視野がなくなって見る海は鮮やかな青色と映る。雲の下を覗いてサッと見渡す。数百メートルは眼がきくから、敵機がとびだしても衝突することはない。あと百メートル下げて飛ぶのは自殺飛行だ。沖縄まであと百浬か百三十浬。私の見当だ。

　雲がこのまま低く、状況が変わらない時に、沖縄をどうやって通り過ぎるか、これは課題だが、今は第一変針点まで到着することが大事だ。

「戦闘機左ッ。左後方！」言葉ではない、吠える声だ。私は左を振り向く前に操縦桿を引き、上げ舵の感触を確かめると同時に渾身の力を一点に集めて左後方をパッと振り向いた。

　敵機は尾翼のすぐ外側に大きい頭を私に向け、まさに跳躍の寸前だ。彼の機銃発射の紅迸る炎を見たい誘惑を感じた時、すでに灰色の濃厚な幕が掻き消した。

　跳び上がった機首を押さえるため、すかさず前を向いた視界の下辺をきらめく小片が二ツ三ツ飛び去った。漠々たる灰白色の静かな世界の中で、今日の曳痕は輝いて、流星のようだ。ハテなあ！と考えると愉快な心が湧いてきた。一杯喰わせたからなあ！と。

　濃密な灰色の空中では雲が渦巻いて流れているらしく、愛機は機嫌が悪い。

　さあて、針路このままで雲中を直進し、そのあと雲から姿を出せば、獲物に逃げられたヤツが先回りして待っているにちがいない。

「右に変針する」と後席に伝え、右翼を下げる。高速機独得の鋭利な翼前縁に切り裂かれた雲の粒子が割れ、砕かれて白く光りながら翼表面を滑り去る。

ゆっくり伝声管を電信席に切り換え「お前、いま前を向いているか！」と尋ねる。「ずーっと後ろ向きです」「そうか。お前の眼は豹(ひょう)の眼だなあ」

川島の声が一秒おそかったら、こううまくはいっていまい。私の褒(ほ)め言葉が気に入った彼は「敵も神出鬼没ですが、分隊士、その上行きますよ」と返してきた。気分の良い会話だ、と雲の中で私はニヤニヤする。

いつまでもこうやっていたら平和だが、と奇妙な考えが起こる。まさか、ガソリンがなくなるじゃないか。一瞬間で考えの遊びを止め、「高度を下げる」とゆっくり言葉を吐(は)き出して決戦の空に顔を出す。

高度三百メートルで雲の下縁だ。雲も低くなり視界も悪くなった。海上の見える範囲は三浬か四浬だ。物は試しと高度を二百メートルに下げて見る。

さして違いはない。上の雲との間に空間が出来るだけ俺の損で、敵には具合が良い。すぐに高度をあげる。

後席から「第一変針点まであと七十浬」とちょうど私が聞きたくなったことをちゃんと伝えてくれる。

フト、直進が不安になった私は左翼を下げ左へ旋回した。これまで見ることが出来なかった前下方と後下方をそれぞれ見ることが出来る。何しろ千メートル先は見えないのだから、勝負は一瞬で決まるのだ。

しばらくして右旋回。下げた右翼の先にガスに包まれ朧(おぼろ)に見える機影がある。その後方にも一つ。こちらに斜めに向いている。

今度は三人同時に見つけた訳だ。川島と顔を見合わせ、いつもいつもお前にやられるとはかぎらんぞ、と言いたいところだが、それほどの時間はない。静かに機首を上げ、再び雲の世界へ没入する。

雲の中で座り直した私は、もう一度顔を出して天候が悪くなっていたら、今日の戦争は取りやめだ、と決意する。敵戦闘機のたび重なる出現に厭気がさしたのだ。

命ぜられたコースを五十浬も外側に離れているが、第一変針点へ向かう。計器飛行だ。気流は依然として余り良くない。

高度を下げ雲から脱け、更に海面へ近付く。高度百メートルで細い雨滴が前方遮風板を流れる。前方上空は、明らかに乱雲の特徴を持つ雲が覆い何よりも暗くて暗澹（あんたん）たる前途を暗示するようで前進の気をそがれる。

緩やかな旋回をしながら「帰りの針度は？」と、おもむろに尋ねる。

指揮所で天候不良を報告する私に、金子中佐は「おかしいなあ、陸軍特攻隊は泊地突入に成功したそうだぜ」と不服顔だ。

チェッ、胆の小さい指揮官だ。俺が嘘を言ってるとでもいうのか、とむくれる。もっとも、高度を海面近くまで下げ、細雨が視界を狭めて暗黒めいた乱雲が壁になって前方を閉ざしたところまでで引き返したのだから、私の報告の調子も弱かったのだろう。

「俺の引き返しが気に入らぬなら天候偵察を一機出したらどうですか。中尉機長では何機出しても帰ってきませんよ」と口の中で言う。

隊長武田少佐は「陸軍は島沿いのコースでしょう。艦隊からあがった機長です」とやや重々しく参謀に言ってくれた。私が飛んだ東シナ海は、海が嫌いな陸軍側は避けて、島を伝うのだ。金子中佐も当の私もそこで気が付く。

天候のことだけを問題にした航空参謀と違い、戦闘機との出会いを報告した電文で見たであろう隊長は（私の指揮所での報告は「天候不良、引き返しました」だけの簡単なものである。任務を中途で引き返した場合、ツベコベ言い訳しないのは習慣だ）「敵戦闘機と会ったのだな。聞きたいヤツがいるのじゃないか」とニヤニヤし、中尉さん方と話したらどうだと取れる言葉を付け加えた。

府瀬川中尉がニコニコして誘う様子であり、隊長の一言ですっかり元気を取り戻した私は「府瀬川中尉、ご意見聞きたいことがあります」と彼らの席に行く。

「第一の敵機は沖縄から百三十浬くらい北で、お互いに雲の下スレスレでした。第二は八十浬あたりです。高度三百メートル敵は二百メートルくらい。

たまたま哨戒してたヤツと遭遇したにしては手際が良すぎます。敵の電探に私が映っていて、あっち行け、こっちだ、と誘導されたヤツと出会った気がします。敵の電探、どれくらいの距離利くのでしょうか」

もちろん彼が知っていようと期待しての質問ではない。「これほどでなくてもいいが、我が海軍もちゃんとした電探が欲しいですねえ。せめて海上からの奇襲を三十浬あたりでキャッチ出来るヤツを」との希望をこめての話題である。

「有効距離がいくらかはハッキリしてないそうですが、哨戒戦闘機を誘導する使い方はすでにやっているらしいですね。我々のはまだまだですなあ」と彼は私と共に残念がった。この先任中尉は頭が良く、心広いというかキャパシティが大きいというか、他の海兵出身中尉に比べても傑出した指揮官である。

神雷部隊の出撃

三月二十一日の神雷部隊の出陣は、絵物語の如く美麗（と言えば不謹慎であろうが、残った方も間もなく後を追うのだから許したまえ！）であった。指揮所に向かって場外の道を歩いていた我々をトラックに部隊名を書いた大きい幟（のぼり）をはためかせて彼らは通り過ぎた。我々を後に続く同じ搭乗員と認めた荷台上の彼らは口々に「頼むぞォ！」と叫び、訣別の手を振った。

今や満開の桜花の小枝の二本か三本を彼らは擁し、風から守っていたが、二片四片（ひら）と飛び散った花弁がトラックの後流に乗り、舞う。

紅潮した彼らの顔が見えなくなると我々はお互いを振り返って確かめあった。彼らと同じように我々も紅潮した顔と若い血潮をたぎらせているのだ。日本の歴史にこれ以上美しい若者の出発は未だなかった、と私は信ずる。フィリッピン海で生命惜しさを天下に公表し、部下たちを見捨てた日本海軍の提督と幕僚たちに、「後を頼むぞォッ！」と叫ばせたい。そして俺たちより先に死んでしまえ。

神雷部隊は一旦放たれると砲弾の如く前進するだけで帰還装置を持たない、いわば、不完全な小ロケット機と、それを吊り下げる母機とからなっているが、鹿屋を飛び立った彼らはことごとく滅亡し、ただの一機の母機も（ロケット機はもちろん）還らなかった。

指揮所では発進した神雷部隊についてあれこれ話すことはまったくなかった。例えば「ただでさえ速力の遅い中攻が一トンとかの重い桜花を抱いてるんだ。目標までとても近付けまい」とか、「今日のように十何機も出すのだったら日本中の戦闘機をカキ集めて援護に付けたら良いのに。戦闘機をあとに残したって、どうってことはありゃせんのだ」ということだ。つまり、もうアメリカとの勝敗はついているんだ。せめて「桜花」が敵艦を道連れにパッと砕け散れば、あいつらも〝ヤッタゾォ〟と叫んで死ねるんだ、と思う。また、「中攻にはかなり古い人が乗ってるのだなあ、俺が練習生の時の教員が少尉でおるんだ」などと。

しかし、話題にはしないクセに、みなで時間の過ぎるのを計っているのは明らかである。

金子中佐も隊長も目標たる米機動部隊の位置をしかとは知らないのではないだろうか。海図も何も広げていない。敵との距離が三百浬として（この遠さは並の特攻隊、例えば旧型零戦、九九艦爆、あるいは白菊などには遠すぎる。行って行けない距離ではないが）百四十ノットで飛べば、ざっと二時間だ。とうにその時間は過ぎている。

普通、母機である中攻が発する最後の電文「我、敵戦闘機と交戦中」は、航空艦隊司令部では受けても彩雲隊までは直ちに知らされることはあるまい。先刻から隊長が電話機を取ることもなく、書類搬送の伝令も来ていない。

駄目と思いつつ、待ってはいたが、神雷はやはり不発だったのだ。宿舎に帰り、近藤少尉、中川飛曹長と気を許した仲間内では、「まるで嬲り殺しだ。辿り着けんのは承知の上で飛ばしたのだ」とだけ言う。他に言うことはない。言えば言うほど彼らが哀れになるではないか。だが、トラックの頬紅い隊員と、彼らが持った桜花の小枝とは絶妙の取り合わせであった。散りかけの、はかない花ビラの幽かな温かさと柔らかさ。もし俺だったならば、母とも思いまた妹とも思ったであろう。彼らもそうだったに違いない。しかし、私の心の奥のどこかに、散る桜花に酔いきれないものがあるのに気付く。

若い頬っぺたの彼らは無駄に死ぬ無念さを「頼むぞォ！」と叫んだのではなかっただろうか。彼らは彼らの死が無駄であることを知っていたのだ。命令を出した高官たちも十二分にそれを知っていたにちがいない。

彼らはまさしく無駄に滅びた。だが日本海軍はもう他に打つ手を持たないのだ。後日何十万の人によって「冥福を祈る」なんて言われても、彼らの魂が安らぐ時なぞあるものか。だが、花ビラと共に海に墜ちて肉体を滅した彼らの魂は、散った桜花と共にヒラヒラと暗いどこかを舞いながら果てのない旅をしているのではないだろうか。

こう思いついた私は、ようやく腹を立てたって仕方ないのに、と、いつもの落ち着きに帰りつく。

「あいつら、良い季節に死んだものだ」彼らはあの小枝から一輪、二輪の花を丁寧に外し、胸の小ポケットに入れて飛び去っただろう。

さて、俺の番が回って来たら胸ポケットに何を入れよう。彼らと一緒に永遠の旅をしそうな気がする。

そうだ。目白の胸の小羽根はどうだ。緑色の柔らかい羽毛だ。ちっちゃい脚で俺の手の平を必死で蹴とばしたから、俺はお前を逃がしてやったじゃないか。十三年ほど前、五島、奈良尾の椿咲く山での出来事だ。

お前が迎えに来て、お前を連れてどこかを舞いながら、遠いところへ飛んで行こう。

そうだ、やはり戦争の無いところがいい。

明日死んでもかまわん

索敵から帰った私は、指揮所へ歩く途中、川島兵曹が道端に座り込み動かなくなったのを、相変わらず一風変わったことをするヤツだ、と眺める。少し様子が変だ。そこに中西兵曹が「川島兵曹は心臓が悪くて休業になっています」と言う。エエッ？　聞き返したかったが川島の様子を見れば聞く必要はない。そうか、迂闊だった。自分のことばかり考えて……。川島の病気になんて気も付かなかった。

「だったらなぜ休まないんだ？」不機嫌な声で詰問する。これも海軍の習慣だろう。

「そう言ったたって分隊士もでしょう。それに俺が飛ばなかったら分隊士、死ぬんだ」

言い終わる頃は独り言の泣き声だ。

「馬鹿言え。お前が飛ばんでも！」とまで声になり、あとは後ろ向きになり指揮所の吹き流しを見詰めたまま私は黙った。俺がいつ死ぬかは分からないが、生きている限り、今の川島を忘れはしないぞ。俺の残った一生のうちで今の言葉ほど胸疼く言葉を再び聞くことは絶対ない。もう明日死んでもかまわん。

軽薄、臨機応変型を自認する私は、友情についてさえその場その場の出たとこ勝負的ものを持つに過ぎない。その俺に、お前さんと一緒に死のう、と言う、この過ぎたる友。ああ戦争にはこんなこともあるんだ。戦争でなければこんな目には遭えない。

立派な訓示はもうたくさん

川島上飛曹を病室に送り、彼より二期若い神橋（暁）一飛曹が我が機の電信員になる。これまで、府瀬川中尉のペアだったから定めし優等生だろう。紅顔の美少年だ。色白だから紅顔はあてはまらないが。

新ペアで一度だけ索敵に飛び、それが最後で、我が彩雲隊は沖縄戦の終末を待たず、消耗と疲労に耐えかねて四国、松山基地に移駐した。

新隊員が多勢転入し、訓練の期間が始まる。

戦争に飛ばなくなり訓練部隊の姿になった途端、指揮所正面付近に綺羅星の如く並んだ凛々しく若い声の中尉さん方が隊の中心になり、小数の特務中、少尉、准士官は見る見るうちに影薄くなってしまう。

動乱の革命期に活躍、勇名を馳せた人々が騒ぎ収まり安定期に入るとたちまち存在は色あせる、と聞くが、俺たちの周りもそんなものだ、と分かる。

補充された新顔の学徒出の中尉方は、次々に戦死した諸氏と同期十三期予備学生であろうが、海兵出は一期若くなったようだ。

府瀬川中尉の後の新飛行士は一回り若く、生意気、威張り型で一般隊員に嫌われる。彼がやって来るとみなソッポ向いて取り合わない。

府瀬川中尉は一度もしなかったが、課業始めの整列時に一場の訓示をする。気合が足りないとか動作が鈍いとか、敬礼の仕方がルーズだとか、そういったいかにも次元の低いものだ。

時折り彼が、「我々彩雲部隊が奮起して、態勢をたて直すのだ」などと熱弁を奮うが、下士官一同はポカーンとして注意を払わない。

「貴様たちの眼は死んでいる。心がだらけているからだ」と彼は怒鳴り、興奮する。私はレイテ島に向け出撃する最後の連合艦隊で、長官の訓示を筑摩後甲板で艦長から聞いた時、乗組員の中で「いつもと同じだな！」との声が出たのを思い出す。艦隊の出撃訓示は、皇国の興廃此の一戦……云々の日本海海戦の真似ばかりであった。

昭和十六年十一月末、寺島水道を第二艦隊の艨艟が出撃した際もマストにZ旗が上がり、この「皇国の興廃云々」の訓示が我々に伝えられた。東郷元帥の艦隊もこの寺島水道から出撃したのだ。縁起も良い。と兵科、主砲分隊居住甲板で聞いた私は、急ぎ搭乗員室に走り帰って早耳情報を披露したがすでにおそく、誰も注意を払わなかった。

山本長官が大和に乗り、トラック根拠地を出撃した時、軍楽隊が甲板で「抜錨」とかを吹奏し、動き出した大和からは、大礁湖を渡る海風に乗って華やかなラッパ類の音がわずかに聞こえてくる。序列順に出口の北水道に向かうため、大和も私の乗った妙高も相対位置が変わるので音が大きくなり、また小さくなる。大きく聞こえる時、飛行甲板に並ぶ仲間と私は、望みを達したように喜び、ニコニコした。

Z旗と「皇国の興廃云々」はすでに神通力を失い、海を渡る太鼓と色々なラッパからの音の華美さに比べると「虚仮おどし」的であった。

つまり我々下っ端は訓示には「もうたくさん」と反応する癖がすっかりついてしまったのだ。

飛行士よ、もう早口でしゃべる言葉は威力を持たない。指揮官が先頭に立ち、敵勢の真ん中に突入することだけが部下に対し効果がある。隊員の士気を高めるのはこれだけです。戦闘が始まったら勇敢に、今の訓練期はあなたの先輩府瀬川大尉のように穏やかに、効率よくやられたらどうですか。

ここ松山で新編成ペアが受けている基本的訓練が充分に行なわれることはない。時間の余裕もなく、飛行機も不足。ガソリンさえ足りない。そして皮肉なことに最も訓練を必要とするのが中尉方なのだ。とりも直さず最も飛行時間が少なく、練度は低く、使いものにならないのが、機長の中尉さんたちなのだ。

そしてご本人たちがこれを知らない。これを誰も教える者がいないのは、どこか日本海軍の中に大きい誤りがあるせいなのだ。

指揮所前に整列した下士官搭乗員たちを一人ずつ仔細に検分する機会は常にある。十七歳か十八歳かと見える少年は電信員だ。

甲飛十三期、乙飛十八期生が我が隊に在籍する最若年層である。少年電信兵出身者も何人かいるそうだが操縦分隊士の私に必要はないので一人一人の出身別は知らない。しかし、我が隊に配置される電信員でひどくヘボいヤツは一人もいないそうだ。

艦隊の水偵隊もそうであったが、司令部付偵察機隊の電信員は電信員中の花形である。通信手段なしでは、操縦、偵察両人の生命をかけた苦労は実らない。飛行時数はどれくらいだ、と気にする必要はない。充分に熟練している。

操縦員の私から見ると彼らはみなひとかどの電信技師である。我が機の川島上飛曹のように、空母を含む敵機動部隊発見、に始まる使用頻度の高い暗号文は丸暗記しており、たちどころに「敵は空母三隻、戦艦二隻を基幹とする輪型陣、合計十一隻、針路……」といった作戦緊急電報は司令部に到着する。艦隊あがりはだいたいこのクラスだ。

下士官は、戦前の艦隊訓練からの名操縦士、中川飛曹長をウナらせるほどのカンの良いヤツがゴロゴロしている。艦爆、艦攻、夜戦、水偵の各隊からさしあたり特攻隊に指名するには惜しい熟練操縦員を司令部が集めたとの話である。

沖縄戦の開始前もこうであった。操縦下士官は「実戦にはとても覚つかない」と思われるようなヤツはいなかった。上級者である中尉を評価するのと違い、下士官連の腕さだめは遠慮会釈なく批評できるのだ。

だが、作戦開始後の結果は無残であった。艦隊の鈍速、非力な三座水偵で幾度もの索敵に生き残った強運の歴戦操縦員が次々に未帰還になった。

中尉だ。問題は中尉の機長だ。あいつらが未帰還の原因を造るのだ。と中川飛曹長と私は意見が合うのだが、果たしてどのように？ となると分からない。一から十まですべての点で「適」の水準に達していないのだから。あらゆる場面でヘマをやったことになる。

中川飛曹長も私も電信機を取り扱う術はまったく知らない。ところが偵察員がやる仕事は出来るのだ。飛行艇の主偵察員は千五百浬も、あるいはもっと遠く飛ぶとき正確な機位を出すため天測をする。これは私たち操縦員の手には負えない。だが、沖縄戦で彩雲がやった索敵程度の推測航法は出来る。だから、偵察席に座る中尉機長の腕前も容易に見当がつく。

未帰還の原因は無数にある。こんな役に立たない未熟練者を機長にして彩雲を任せるのは一種の利敵行為なのだ。この重要な錯誤を後日、日本の歴史は裁く機会を得るであろうか。

操縦員の誇り

松山基地の初夏の一日、新しい彩雲の試飛行出発を前にエンジンがかからない。給気が濃すぎるようだ。しばらく休んで出かけよう、と座席で身体を伸ばす。そこに、新飛行士S中尉が上って来た。

「スロットルの手を放せ」と言う。

操縦席の左側に立つ彼は私を見おろす姿勢だ。ハハア！　俺の手を放させ、自分でかけるつもりだ。だが手を放せ、と言った命令調が私の心に不快感をもたらす。黙って一旦彼の顔を振り仰いだ後、レバーを放した手を機外に出し横に振る。「いいからそこを退け」を示す手振りだ。何だか大人気ないが、と憮然たる気持だ。しかし搭乗員として守るべき一線を俺は守る。

今度は大きい声で「スロットルレバー放せ。安永少尉」とやってきた。身をかがめた彼の顔は私の左肩上にあり、彼を睨み付けることは出来ない。

かまわず右手を伸ばしセルのスイッチを押す。その一瞬の際に彼は私の左手をレバーから外し、自分で握った。右手を計器盤に持って行ったあとの左手は無防備だったのだ。

チェッ、先手を取られた。ではセルを回して起動はコイツに任せるか、と元来粘りが足りない私はあっさり後退した。損得の勘定では先任中尉との争いは損に決まっている。

ところが、充分にセルモーターが回転する少し前、私の顔に彼の吐く息が生ぬるくかかった。パッと上を向いた私のすぐ左のヤツの醜悪な面があった。勝ち誇った顔だ。

形勢はその瞬間に変わった。憎悪の念が右手に集中したに違いない。この手でスイッチをONにすれば争いは起こらないのだが、とも思いつつ、セル把柄を離した手で、ムンズとスロットルを持つ中尉の右手を握る。同時に左手も加勢し、アッと彼が驚く間もなく、彼の手はスロットルレバーからむしり取られた。素早い反撃だ、と私は自讃する。

さあ、これから喧嘩だ。操縦員対操縦員の誇りについての争闘だ。同じく中尉もその決意のもと、右手で私のスロットルを持つ手を強く握った。が、今度は隙を作っていないから、たやすくは離れない。

私は右手で彼の右手をもう一度握り、力一杯引いた。

全身の力を一点に集めての力争いになるが、私は態勢が充分に優勢であることを知っていた。例えば高度差千メートルの優位だ。彼が立つ主翼付け根は後下方へ傾斜し、高速機の翼表面だから滑らかですべり易く仕上げてあり、彼は左手で風防のフレームを握り、辛うじて体の安定を支えている。右手に集中できる力は少ない。

私は両足を踏んばり、背部を椅子の背に圧着し、左手でスロットルレバーを握る。レバーは頑丈に出来ている。自由な右手で彼の右手を引く。渾身の力を込めるまでもなく、彼は握った私の手を離し、争いは一旦終了した。

彼は機外にあり、右手でストレート攻撃を我が飛行帽に与える位置にある。彼の面を見上げ睨(にら)みつつ右手を伸ばし計器盤のセルスイッチを押す。

貴様が俺を殴れば、ためらわず俺は反撃する。全力を集めて両の手で貴様をそこに押し倒してみせる。倒れた貴様はズルズル滑って主翼後縁から地面に転がり落ちる。貴様も足場の悪い不利を充分知っているようだ。どうだ、やるか。

私は燃える眼で、彼が情勢を怜悧に測っているのを見てとる。そうか。エンジン起動に俺が成功するか否かを待っているのだ。

チェッ！　好かん野郎だ。

幸いエンジンはかかり、私は愁眉を開く。さして気は晴れないが、とにかく試飛行に出発しよう。後のことは帰ってきてのことだ。

プロペラが回り始めると、その後流に曝されて中尉の立場は急に悪化する。

私が両手を左右に少しでもパッと開けば、地上の整備員はサッと車止めを外し、機は前進を始める。俺はお前をそこに乗せたまま走り出してもいいんだぜ。

「あとで俺のとこへ来い。安永少尉」と言い捨て、彼は降りる。何をヌカすか。その気はない。

一件の後、二日、三日経つが気分が直らない。起動を三回、四回とミスしたのは俺が悪い。しかしエンジン自体機嫌の悪い時があるものなんだ。上がってきて、俺と分かっていて、レバーから手を放せ、とは何事だ。単独飛行を許されていない練習生が錐揉みからの回復に失敗した時（このままでは地面に激突し二人とも生命はない）教員が命ずる言葉だ。「スロットル放せ」も同じように使われる。たとえ相手が練習生であっても、操縦者からその操縦手段を奪うことは重大である。操縦者の誇りは深く傷つく。

軽々しく口にして良い言葉ではない。

あいつ、何でも彼でも等級で片が付く、と信じてやがるんだ。少尉より中尉が偉い、だから俺が教えてやる、という論法だ。それも傍系少尉と、貴族的中尉という海兵出身士官特有の優越意識と、片や戦線で飛べばそんなものいちころで吹っ飛び、飛行時間百九十時間の貴様なんか真っ先に逃げだすんだ、と思っている歴戦者意識との喧嘩である。

軽く考えれば若気の至りと言えるかも知れない。思わぬ反抗に出会ったあいつも気分悪いに決まっている。

あいつが辛抱してるのだから、俺も堪えて気分転換をせねばならん、という理屈になる。だが私の身体の一番奥で燃えているもの、今や我が全人格の、いや人格などと言えば気恥ずかしいが、行動全体の基をなしているであろう、あるものが、この常識的収拾を拒むのだ。

俺は潜在的に、この一線は譲らないぞ、と秘かに決めているものを持ち、それにたまたま彼が無雑作に踏み込んだ、という訳であることは分かっている。

譲り得ない線とは？　何にかえてでも護りたいと考えるものは？　二日や三日で出来上がったものではない。

海軍にヒョンなことで入隊し、以後七年の間に積み重なって出来たものだ。ヒョンなことで海軍に入った、とは生き残っている甲飛出身者の何期までかは知らないが、四期とか五期とか、数の少ない期の連中にとってある種の感慨をもって共感できる言葉ではなかったか。

すでに死んだ仲間の誰彼にとって、ヒョンな具合で甲飛予科練に入ったのが、そもそもの悲劇の始まりではなかったのか。

十六年十二月の開戦から一年半前に私の期は飛行練習生教程を卒え、実施部隊に配置された。米国への宣戦布告まで一年半の訓練期間があったことを、甲飛制度を案出した海軍上層部が「ピッタリ間に合った」と自讃したかどうか知らないが、ハワイ空襲で六人の同期の戦死者を出し、俺たちは下士官のまま一生を終えるのか！　と「航空士官募集」と書かれた美麗なポスターに軽はずみに応じ、ヒョンなことで入隊したことへの計算書きが、このように重大かつ非情な形で来たことを遅ればせながら大いなる人生教訓と思い知ったのである。

敗退する戦場で幾度か新兵器出現の夢を見た。銀河陸爆が空を覆う日がくる。それからが逆転だ。マッチ箱くらいの爆弾で一機動部隊を全滅できる、などと。

銀河はサイパン迎撃戦で出現するはずだったが影も形も現わさず、マッチ箱は敵アメリカが特殊な爆弾として使うらしく、我々は完全に勝利が幻想であることを悟ったのだ。

私はS中尉との揉みあい事件のあと不愉快さに抗しきれず、府瀬川大尉に身体の不調を申し出て、試飛行に飛ぶのをやめ、次の週の月曜日、煙草も飯も少しもうまくない、と言って医務室に薬をもらいに行き受診した。

明くる日松山基地隊の軍医大尉は、「彩雲で一万メートルも飛び上がる身体ではない。入院の手続きをしてやろうか。入院したって進級は変わらないのだよ」と言われる。「木更津でも鎌田大尉と言われる先生からそう言われました。でも病院で肺病がひどくなって死ぬのいやでしたから」と申し上げる。「ほう、そんな迷信があるのか、驚いたね」と言う。私は

「ご厚意有難うございました」と言って辞し、「隊長には私から言っておく」と軍医の先生は権威のある言い方で送り出してくれた。

私は飛行靴を引きずって歩きながら、気分だけは高揚し、なぜか、村の鎮守の神様の、今日は楽しい村祭り……、と歌いながら指揮所に帰った。

そうだ。今後どうしても腹に据えかねる事件と出会ったら、俺は病院に行くんだ。俺の愛機が彩雲じゃあないのなら、とうの昔に入院しているんだが、と考えながら。

脚上げレース

水上機からあがった仲間の中川飛曹長と私は、主脚を引き上げてシュルシュルと格納するという水上機にない行程を珍しがり、大いに興味を持った。問題は引き込む時期だ、と意見が合い、滑走路を疾走し、離陸速度に達した彩雲の主脚タイヤが地上から離れる瞬間を待ち受けて、「離れたッ」と間髪を入れず脚上げ把柄を引く。

滑走路から一メートル車輪が離れたかと見える時、脚は動き始め、引き込みを開始する。他機に類を見ないスンナリ型、長く美しい脚を内側に折ってスルスルと主翼下面に収める滑らかな動作は見た眼に大変優雅で、スンナリと美しい鶴の舞姿を想わせる。

操縦員にとってはフルスロットルの離陸時、長い脚の空気抵抗が収納によってなくなるのだから、体に感ずるほど推力が増加し、速力がつく。すかさずフラップを収め、いかにもすばしこく上空に消えてなくなる。非常に格好良いことなのだ。

この彼と私の脚収納レースに下士官操縦員の中で腕に覚えあるヤツどもが参入してきた。

飛行時数七百時間、九百時間、といったあたりにエラくカンの鋭いのが二人いて、車輪が地上から浮くか浮かぬかまだ分からないのに、スーッと脚は上がり始める。ヤヤッ！ と驚く。驚く間もあらばこそ大きく広げたご自慢のファウラーフラップが上がり始める。危ない！ 早すぎる！ 叫びたいのをグッとこらえ、私は溜息（ためいき）をつくことになる。

中川飛曹長と私が早いと言っても、まだ重さがかかっている主脚を引き込む、なんて芸当は出来ない。

これは危ない、と思ったので、目ぼしいヤツ数人を指揮所一隅に呼び集め、年長で苦労人の中川飛曹長が、

「俺より彩雲操縦の上手いヤツが出て来たので本当に驚いている」

そこで一息ついて私の顔を見る。彼がニヤニヤするから私も同調する。聞く側も敏感にこの空気に反応して、何とはなしにニコニコする風情（ふぜい）だ。こうなるとこの場は名操縦員をもって自認する鼻高野郎どもの談話会のようになる。

気鋭の新進スターたちを取り扱うには、それに適したルールに則（のっと）るのが最も効果的、と少々くたびれた先輩どもは知っている。つまり、俺より上手いのがお前たちの中にいる……から始めた説話はこのルールにピッタリなのだ。

彼らはごく素直に「脚上げ」の時期を各自二秒ほどこれまでよりおくらせ、フラップ収納をしかるべき速力、高度を得て後に発動することを了承し実行を約束した。

彼らが謙虚に先輩の話を聞こう、もっと話して下さい、とする態度にすっかり気を良くし、調子に乗った私は、

「索敵偵察からの帰途、高度を一万メートルから七千メートルに落とす時も、また、七千メートルから地上近くまで降りる時も、三百ノットほどの高速でやるんだ。基地に帰り着いたから、と安心して、みなの目の前で撃墜されたのもいるのだ」

と、例をあげて説明する。彼らが興味を示し、うまい質問をするので私は一層上機嫌になる。

しかし、これにもかかわらず、我が彩雲隊の脚上げは、共に駐留する紫電改戦闘機隊に比べ断然早く大変シャレたものであった。

女運が良い時は勝負運は悪い

隊長から休養を許可されて五日目の朝食後、基地の周辺を歩くうち水蜜桃畑につく。広い地域らしく、枝の下を覗くと果ては見えない。畑と畑の境界らしい二メートルくらいの空地帯がずーっと直線で向こうまで伸びているところに着く。

道路ではないが踏跡がある。好奇心抑え難く足を入れる。なあに、物欲しそうな顔をしないで真っすぐ歩けばいいんだ。

頭上は両方の畑に属する桃の木の枝と枝の間の空間が開け、窓が見える。

三歩も行くと左側の枝の下に動く気配があり、立ち止まると五十歳くらいのおじさんが現

われた。私を珍しそうに見て笑う。悪い人とは思われないから「お早うございます」と愛想よく敬礼をする。土地の人にサッと挨拶するのは水偵時代から馴れている。それに相手は俺のおやじほどのお年寄りだ。

向こうさんは聞きたいに決まっておるのだから、と私はかいつまんで来歴を話し、今頃ブラブラしているのは軽い肺病のせいですと付け足す。俺がこの小道に踏み入る頃からジッと見ていたのだ。キョロキョロせず正面向いて歩いてきてよかったなあ。

「桃たべるかネ」「ハア好きです」「そんならうちに寄りなさらんか、すぐ近い」と話が進み、畑を横切り水路の土手を歩き、数軒の農家の集落に着く。秘かに期待した物語風なたたずまいではない。当たり前だ。

先刻の畑の中は甘い匂いが漂い大変豊潤な環境であった。基地と境を接する近さに、これほど広い桃生産地があるにしては、俺たちの口には未だ入ったことがない。航空食として搭乗員だけにでも時々食べさせてくれないかなあ、と思う。きっと桃の値段は高いのだ。

しかし、高価な桃の畑をあれほど持っているにしては一見質素な暮らしと見える。

私は岬村という玄界灘に沿った集落の小農家で生まれ少年の一時期を育った。杉林の傍らの畑で、祖父が数本の木を指し、アメリカ葉蘭夾(はらんきょう)という木だ、試しに植えてみたが、と言う。仰ぎ見た祖父の顔は苦労の跡が刻み込まれ、厳しい表情のままであった。五歳か六歳の私には実がなる木、食べたらおいしいであろうアメリカ葉蘭夾は夢の木であったが、祖父の顔から、何か状況が悪かったのだ、と子供心に分かり、もっと植えてくれるよう頼みたいのを我慢した。

祖父の家と造りは同じようです、と言って招かれるままに縁先から上がり、板張りに座る。小母さんに桃とお茶をもらい、小父さんの関心事である戦争の行方に、大本営発表の真似をする必要なかろう、とだいたい率直に知っていることは話す。私に分かるはずはないが、四国のこの辺りが陸上戦闘の戦場になるとは思われない。竹槍で戦うなんてことがあるものですか。そうひどいことにはならないでしょう、と知ったか振りをした。

席を立ちたくなった時、土間の向こうから着物姿の少女が現われ、軽い会釈のあと小父さんと私の間に座った。近々と女性を観察する機会はないに等しいし、あったとしても得意ではなく、しげしげと見入るのを失礼と心得ていたが、この少女はどこか普通と違う、と私はジッと顔を見つめた。

皮膚が薄く、頬骨の上に直接皮膚がかぶさっているように見える。柿色の大きいガラ入り着物を着たその人は、働いたり勉強したり動いている感じがしない。そうか、病人なのだ。顔の色が真っ白い訳ではないが、外の陽にまったく当たらない白っぽい皮膚と見える。髪を編んで静かに寝ている人だと思う。

母が入院中、この人のように髪を編み左右にブラ下げていた。ニコニコして、小父さんと私を交互に見てうれしそうなその人に、思い付いた私は「その着物モスリンて言うんでしょう」と話しかけた。

「どうしてモスリンなんて知っていますか」と小父さんが代わって言う。

「僕の母は裁縫を十年も十五年もしていました。自然に覚えました。虫が喰うでしょう」と答え、門司の小さい家と母を思い出し、モスリンの着物をきた娘さんを親しく思った。彼女が左手の袖をまさぐり、

「コレ、虫がたべた穴」と言って私に見せる。

私は「ああ、何という幸福な時間だ。俺が待ち望んでいたのはこの瞬間ではないだろうか」と彼女の親し気な仕草に我を忘れ陶酔した。

間もなく私はこの少女が発揮するたくまざる親しさの表わし方に我が心が敏感に応じ、手を伸ばせば届く近さに彼女が来たことを自覚する。今日が初めてだ。長居はすまい。早々に暇（いとま）をして、縁先の飛行靴に足を入れる。ここしばし、生命がけの暮らしに馴染んだ靴はたちまち私を戦う搭乗員の心に引き戻す。

そうだ、女運の良い時は勝負運が悪くなる。

俺もこれの信奉者だ。数限りなくこの言葉は実証されたではないか。日本の空に俺はもう一度勝負を賭けるのだ。

たった五分前傍らに座った人に心を許す親しみを覚えるのは普通ではない。さあ、女運がツク前に勝負の世界へ帰ろう。それに薄いモスリンの布に包まれたホッソリ型の肢体がむやみに気になる。

庭を横切り集落の道に出ると、送って出た彼女は、

「航空隊の岐（わか）れ道まで行く」といって私と肩を並べた。

これも初体験だ。肩の高さは私とほとんど変わらず、いや、少し彼女が高い。二センチくらいか。肩に馴れた薄い布が示す細いカーブは可憐で物語風だ。初めて許された単独飛行も心躍る楽しさと未知、未経験、不測の事故を怖れる不安とに満ちたもので忘れられないのである。あれに似ていた。

道沿いの庭から柿の若葉が、群れ咲く小さい白い花か分からないが、植物の香りが漂ってくる。

小路が突き当たる先の一帯は荒れた野原で道沿いは竹藪になっている。竹の繁みを背に記念碑に似た石塔がある。土と草に埋もれた石の台に乗っかり、前に花を押し入れる陶器と、お供え物を置く場所がある。ここを左に行けば基地の隊門だ。これから基地へ帰るのだ。時間を限って、何時何分までに帰隊せねばならない、と決まってはいないのに、分岐点に着いた私はすでに潤いある心を失っていた。

短い言葉と小さい笑顔のあと細い身体の彼女は道を引き返した。去り難く、私は見送る。こう急いで帰っても別に何ってことはないのに、と思うがすでに後の祭りだ。

五十メートルほどで右に小道が分かれ、その先に小農家が一軒数本の柿らしい木と共にある。そこで彼女は歩を止め、少し間を置いて緩やかに私を振り返った。美しい姿だ、と思う。

その先、百メートルほどで左に曲がる小道は、葉をまるまると繁らせた木々にかくれる。まだ俺の声が届く範囲だ。小父さんが「リツ子、リツ子」と呼んでいた少女の名を呼びたかったが、吃りそうな予感がするからとためらい、「オーイ」と大声で叫ぶ。暖機運転中の整備員に呼びかけるほどの声が出る。

これほど、大きい必要はないのに。心の平静を欠くから、声の調整がうまくゆかないのだ。帽子を脱いで打ち振り、たぶん明日も来る、と小さく独り言を言う。

緑の繁みの向こうに彼女が消える時ひどく小さく見えた。俺より少し背が高い彼女が、あんなに小さいのだ。俺が、百五十メートル離れたら、あれよりもっとチビに見えるのだ。格好悪いなあ、と気が滅入る。

酒の隊外持ち出しを引き受ける

松山基地、医務室の某看護兵曹は三十歳を何歳か越した召集兵の小父さんだ。私は与し易し、と判断し、彼が入手した酒を隊外に持ち出すことを頼みに来た。先週のことだ。私が「ワカモトをくれ、足が重いから脚気らしい。何かくれ」とか、転んで擦り剝いた肱が化膿し、「リバノールの方がいい。ヨーチンはいかん」などと行くうちに、「分隊士、お願いします」てことになった。

「俺の配給煙草をあんたにあげよう」と言って彼を訪ね、実は、と、あの娘の話を打ち明ける。

奥さんと子供二人が近くの農家に間借りしている彼は、

「息子が陸軍の下士官で出征している家でしょう。あの娘はもう半年も寝ていて、肺病らしいです」と状況を知っている。

「分隊士と同病です。美人ですか。どのくらい痩せてますか。頬っぺたが紅く、上気した顔に見えませんでしたか。毎日午後はたぶんそうでしょう」などと言う。

ビタミン剤と肝油粒をくれて、半分は私に飲めと言う。

「同病ってのは便利ですなあ。分隊士に出したことにしておきますから」と事は運ぶ。

一日おいた土曜日の早い夕食後、（士官食堂はガラ空きで搭乗員で居残りは私一人である）看護兵曹が都合してくれた自転車で隊門を出る。荷台に酒ビン入りバックを縛り付けたのは彼なので、航空隊前バス停で待ち受ける彼が私に敬礼し、代わって彼が自転車で自宅に帰る。

水蜜畑の小父さん夫婦はまだ畑作業中で、彼女が前回と同じく土間の向こうから花のように現われた。どこが違うのか、とジッと見るが分からない。だが今日は綺麗で花のようだ。

土間の向こうは倉庫か物置でコンクリートの床がやや広い。その二階が彼女の住まいだ。

小さい階段の上は、私の田舎でいう納屋の二階で、嫁をもらう前の青年部屋だ。窓が小さく天井も低い。小さい鏡台と壁に着物が掛かっている。先日のモスリンの着物だ。

そうなると今日の着物は朱色で、花のよう、と私が感じた訳はそこにある。

この小室の女主人は不慣れらしく私が座って落ち着き、お客さんの気分になる段取りまでなかなか進まない。

そこへ大声で訪れる声がして、母屋の土間に看護兵曹が現われ、エビオスの小さい箱を「お見舞いに」とくれる。予想もしない訪問だが、別に下心があってのこととも思われず、素直に彼の好意を受けることにする。

この顔の大きい応召の小父さんは気の良い人なのだ。そしてエビオスのお見舞いは松山基地の看護兵曹と一少尉の問題ではなく、妻子を養う中年男性と秘かに愛人（?）を持つ一青年との世間にありふれた友情のやり取りなのだ。

礼を言って少女へのエビオスを受け取りながら『女を持つ』とはこんな気持なのか。まだ俺には似合わないことだ。だが、ここの華やいだ気分はいい。妻を持っているような錯覚も覚える。

エビオスは先刻私自身が自転車で運び出したものだそうだ。そうか。まあいいではないか。いささかの軍紀違反も俺が本土防衛の決戦場に飛び出せば帳消しだ。それも遠い先のことではない。ゲリラ的夜間雷撃に飛び出すのだ。防禦砲火の真ん中に飛び込んだりしないで、端っこの小さい目標を捕らえるのだ。と、たちまち現実に引き戻される。

看護兵曹は少し難しい顔で土間を退出し、私はそれを気にする。

入れ代わりにこの家の小母さんが満面の笑顔で帰ってきた。看護兵曹に顔を見せなかった少女が姿を現わし、私の傍らで寄り添う形になり、小母さんはその私たちを見て涙ぐまんばかりに喜ぶ。少女が私と並び、頬を染めて微笑むのがこのお母さんはこれほど嬉しいのだ。私はこの場の空気に巻き込まれ同調し、ついには感激の余り『この娘さん、私の嫁さんにもらいます』と言うべきだ。どんなにこの働き疲れたお母さんが喜ぶだろうと思う。

もし私が酒飲みであるなら隊から酒を持って来て小父さんと酌み交わすことになるのだが、この家の夕食前三十分ほどを少女の部屋で過ごし、帰隊して寝る。習字が好き、と言う彼女は、お正月の書き初めを何枚も貯めている。私よりずーっと上手で筆勢強く、男のような字を書いている。

自転車で遠くまで行くのが好きだった。また行きたい、と言う。聞く方は悲しい。

「あんたも僕も良くなって、自転車旅行に行こう。パンク修理はお手のもんだ。坂はキツイから海沿いにしよう」と私が言い、少女は坂を押して登り、降り道をブンブン飛ばすのが好き、と言って喜ぶ。

もしも、（可能性のほとんどないたとえ話だが）戦争が終わるまで俺が生きていたら、この家を訪ね、リツ子を自転車に乗せよう。薄幸の少女がその時生きているだろうか。

七月二十六日、寝ると警戒警報が出た。次いで「敵編隊は、こちらに向かっている」と放送があった。その夜、松山市の中心部一帯は焼け野ガ原になった。

隊では夜間飛行訓練が始まり、四国沖太平洋に米機動部隊出現の報があり、早速彩雲隊では索敵に飛び出したが発見出来なかった。

一週間ほど間を置き、夕食後一抹の危惧と後ろめたさを心に持ちながら、リツ子を訪ねた。おそるおそる開けたままの表ガラス戸から土間に入った私は、納屋への戸口から出て来た年輩の医者と出会った。先生は懐かしそうに笑って「ああ、航空隊の……」と言葉をかけてこられた。ハイ、名を名乗る。

先生は近寄って、私がチビであるのが以外だったか、長髪が珍しかったか、あるいは飛行機乗りの青年そのものと初めて会われたか、一瞬驚いた眼を私に向けたが、すぐ温かな顔つきになり、「発見の時期が少し遅かったですから……」と言って、私への視線を強め、黙られた。私は、ハイ、と了解し、教えてもらった礼を言う。

先生は少し声を落とし「ボツボツ他人(ひと)にうつる病気だってことも?」と言われ、「ハイ、知っております」と答えると大きくうなずき、敬愛の念を込めた私の敬礼を受け外へ出られた。司令長官より偉い人に会った気がする。

納屋の二階で布団に座った彼女はニコニコして私を迎え、持参のキャラメル(航空糧食と紺色の箱に赤い字で書かれたおやつで、歯にくっつかず、森永ミルクキャラメルより材料が良くて栄養多く一個は町のもの五倍ほどの大きさがある。甘味が少なく機上で疲労した時食べる)をとてもオイシイと言う。小母さんがそれを大変喜び、下に降りた。

リツ子は悲しい顔など少しもせず、私のおしゃべりを興味あり気に聞き、微笑み、時々手を伸ばして私の膝に置き、ケラケラ笑ったりした。

四十分ほどで、また来る、と言って小さく急な階段を半分降りた私は、独りでこれからの毎日を病気と闘う少女の淋しさを思い、立ち止まった。これほど残酷なことがあろうか。このまま立ち去ってはいけない。俺の熱い胸を伝えるのだ。彼女の生命の糧になる。

急いで、引き返し、布団に寝た彼女の手を取り、「俺なあ、必ずここに帰ってくる。戦争で死にそうになったら、肺病だと言って戦争なんかやめて帰ってくる。リッちゃん、病気に勝つのだよ。毎日病気と戦争して、少しずつ勝つのだ。分かるか! 俺の言うこと」

これだけを言い終わり激情に占領された私は階段を駆け降り、母屋の土間で引き留める老夫婦に頭だけ下げて外に跳びだした。たそがれが野を包み、風は止まり、煙の臭いが鼻についた。

木を燃す煙はたぶん風呂を沸かしているのだ。急に私の興奮は和み、祖父の家では井土端の傍らに風呂小屋があり枯れ松葉を燃すので煙かった、と思い出す。この家の風呂は納屋とは反対方向、母屋の向こう側にあるはずだ。五右衛門釜に違いない。

いつかリツ子を風呂に入れ、俺が木を燃してやるんだ。絶望してはいけない。これまで俺が生き残ったのは、この楽天的空想のお蔭なのだ。たとえ痩(や)せてコツンコツンしていても、俺が沸かした風呂ならば、きっと喜んでくれるにちがいない。

笹原上飛曹、手練のブレーキを踏む

夜間飛行訓練は突然発表された。薄暮から始める離着陸の訓練である。数名の下士官操縦員が練度不足のせいでまず除外された。古川、松本の両特務中尉も搭乗割に無い。これは、両熟練操縦員には今さら夜間着陸の訓練など必要ないのだ。極めて当然である。

私の名はチャーンとあり、それも殿(しんがり)だ。まあ、松本中尉と俺が同格に扱われては松本先輩の気分が悪いであろうから、ごく妥当なところである。

搭乗割からおろされた下士官操縦員たちは、あと二ヵ月も彩雲に慣れれば夜間着陸などへッチャラの腕になるであろう。艦攻、艦爆、水偵で夜間訓練は充分経験を積んでいる連中である。

先日、レバーの手を放せ！　と、私を指導しかけたS中尉は飛行服を着ることなく、着陸地点付近や着陸指導灯設営地などを点検したりして、準備を指揮し、多忙である。除外された下士官操縦員と同じく今夜飛ばないのだが、同じ練度不足といっても事情はだいぶ違う。もちろん訓練不足で腕が未熟なのは本人のせいではない。帝国海軍がそんな中尉を生き残りの古手操縦員の集まりである彩雲偵察隊に配属したのが、そもそも半年早すぎたのだ。それでも本人が空威張りせずに実力相応に振る舞っておれば、我々も先任中尉として敬意を払うのに。

この夜、中尉は雑用に走り回り、私は疲労した足を持て余しながら、座って順番を待つ。

下士官操縦員も私も一様に彩雲の夜間離着陸は初めてである。だいたい艦隊水偵隊からあがった下士官たちは、私も含めて陸上機の夜間着陸そのものが未経験なのだ。

まったく目分量の水上機の夜間着水と違い、陸上飛行場には赤と青のランプを連ねた着陸指導灯が設置され、降下する操縦員は、両色のランプを横一直線に見通して降りれば、降下する愛機はごく安全な状態で着陸点に接近し、艦尾灯（陸上でもこう呼ぶ）通過と同時にエンジンを全閉すればスーッと機体が沈んで、定着点に主車輪を同時に、つまり三点着陸をするようになっている。

もちろんスロットル全閉後機体の沈みに応じ機首を適度に上げたり、機尾を着地する鳥のようにふわりと地面におろすのは、昼間の着陸で充分習練したテクニックである。

水上機は着水点を目測で決め降下をするのだから、最初の決定が狂っていると数百メートルも離れた地点に着水することになり、もし海上に未発見の邪魔ものがあれば極めて危険でもある。

機首を五度六度と水平より上にあげ、速力を落として毎秒降下率一・五〜二メートルで降下する操縦席から進行方向の海面はエンジンが邪魔してまったく見えない。

陸上機も、機首正面は見えない。機首を上げた姿勢であるのは水上機と同様である。しかし、頭をチョッピリ傾ければエンジンの左側に赤青ランプが見えるそうだから、そう心配することはなさそうだ。


誘導コースを飛ぶ彩雲がたそがれの空にとけこみ、左翼端の赤いランプが動く。最初の第一回目の着陸はまだ明るかったが、着地は三十メートルほどオーバーして、接地時の大きい落下をカバーするために吹かしたエンジンに引っ張られ機体は軽々とジャンプした。今回は、この着陸でいささか面目を失した上飛曹の第二回目の着陸だ。

赤いランプの機は、誘導コースが滑走路に少々近過ぎるようだ。操縦席は前回の失敗原因を考え、いかにしてピタリと着地するかと、たった今も全能力を集め考えているに違いない。

青みがかった灰色の空を流れる赤灯もそう考えると少しもロマンチックには見えない。

みなが見守る中でやや急な降下旋回を終えた彼の青い右翼端灯がピカピカ瞬きだした。

パスに乗った彼は安定した降下を続けるように見えたが、地上五メートルほどの高さで急に降下が早くなり、それを修正しないまま、「ガチャーン！」と主脚緩衝装置の衝撃音を大きく発して接地した。着地点も十メートル余りのショートだ。

指揮官席の周囲に木のベンチを運び入れて居並ぶ搭乗員にとって、操縦員の上手、下手は一目瞭然だ。

次に暗闇の中、降りて来た彩雲は定着点まで約百五十メートル、高度約一メートル余り。突然エンジン右側後方、三ヵ所の分割排気管が青く小さい焔を鋭く噴出した。ボーッとそこだけ闇の色が薄くなる。

操縦員が自分の意図より早い降下を嫌い、パッとエンジンを吹かしたのだ。一瞬のあと排気管の焔は消え、元の闇に戻る。同時に機尾が下がり、わずかな緩衝装置圧縮の音と共に接地する。着地は上手。定着は十メートルオーバー。誰の目にもなかなかうまい、と映る。

夜の着陸は拡げた翼の後縁をヒラリと降ろし、音も無く舞いおりる鳥の優雅さなど微塵も無く、火花散る緊張感、死と紙一重の緊迫した瞬間を生きる青年たちの活劇の晴舞台である。

定着点にピタリと着陸した笹原上飛曹が、おそらく五十数ノット（時速約百十キロ）で、疾走する彩雲のブレーキを手練の早業で思い切りよく踏めば、ギギーッ！　と、夜空をつんざく怪鳥の叫びを百倍にも増幅した奇声が暗闇の飛行場を貫いて響き渡る。観客席の我々はこの冒険の危険さに酔うのである。

あれほど鋭い金属摩擦音を発するブレーキの効果は、十分の一秒、いや、百分の一秒の誤操作でもその機はもんどり打って覆り、三人の搭乗員は死以外のものを選ぶいとまは無い。彼にとってこの瞬間の成功感こそが生き甲斐であることを我々の全員が知っている。ブレーキの叫び声が、遠く鈍くなって自動車が走るほどの速力に落ちれば、我々は緊張を解き、握った手を開くのである。

笹原兵曹は二十三歳、（乙十期）軽巡矢矧からあがって来たカンの鋭い操縦員だ。温和型で私のペアの川島上飛曹と仲が良い。同県人でもあり、矢矧でも一緒だった。自然、私も彼に会うとニコニコする。

沖縄戦末期の鹿屋基地で、心臓の疲労で病気休業になった川島兵曹が戦列に復帰し、もちろん私のペアに返り咲いた。

日没まで四十分か、もう少し時間がある。最初の離着陸に飛ぶ連中が彩雲に乗るため出発した後、指揮所はややざわめき、士官、下士官それぞれの定位置に向かう。このとき、「艦尾灯かわりました、は私が言います。そしたら分隊士、エンジン絞って下さい」と川島兵曹が私に言う。大きい声だ。

私は初体験には違いないが、着陸指導灯なんていう便利なものがあるのだから、と今夜の夜間着陸をさして困難とは思わず、ただ幅広く地上に描かれた白いライン、つまり定着点から二十メートルも離れて降りたら格好悪いなあ。どの辺りでエンジンを絞るのだろう。と頭をひねる。しかと分からぬので、まあ出たとこ勝負で行こう。艦上機から来た連中が先にやるんだ。何しろドン尻だから、前のヤツを見よう。とたかをくくっていたところであった。

「そうか！　艦尾灯。なるほど！　分かった」とごくあっさり、艦尾灯施設の件を初めて聞いたことを白状することになった。

彼は艦上機から来た仲間に聞いたであろうが、私は未だ誰からも聞いていなかった。松本、古川両中尉は水上機あがりなのであるいは私と同じくご存知なかったかも知れない。ただ一人の艦上機組の井上福治飛曹長が、少尉の私に教えに来る訳はない。うっかりして私が教えを乞いに行かなかったのだ。なるほど、中尉さん方と俺たち仲間との関係はまさしくこの通りだ。

搭乗員室はゴチャゴチャ入り混じっている分だけ、情報交換量も多いのだ。

艦隊にいた頃、私には未知の空母着艦は大きな関心事であった。後席の偵察員が「艦尾かわった！」と間髪を入れず知らせ、操縦員は「あとは野となれ山となれ」と念じてスパッとエンジンを全閉する、との話は何度も聞いていたから、状況は充分理解できる。

「ヘエー、そんな仕組みか。うまく出来てやがる」と本音を出してもう一度感心し、フト気付いて周りを見回す。何人かが興味を示しているのが分かる。

チェッ、川島のヤツ大きい声を出すから、みんな成り行きを面白がってるのだ。彼とて、日本海軍最高速機彩雲での夜間着陸は未経験であり、みなが終わったあと最後の一機で定着の上手、下手を衆目い曝すのだ。多少の緊張と気負いから、周りの注意をひく程度の声になったのだ。だが俺が艦尾灯のことを知らないのがどうしてヤツに分かったのだ。

私はニヤニヤして「何しろ俺は初めてだからなァお前、しっかり摑まっとかんと大ジャンプをするぞッ」とやる。川島は「ウワアッ！　俺、病室から出てくるの早過ぎたァーッ！」と叫び、飛行服の群れの中へ分け入った。

今年の正月、木更津基地の指揮所で「お前、俺のペアになるか」と言った私に「いやですよ」と言い置いて逃げ去った川島兵曹と私のやり取りを面白がった連中はすでにいない。みな新顔ばかりだ。この分だと、あいつと俺もそう長くは無さそうだ。と迫り来る最後の時を一瞬思う。が、あいつと一緒なら……、と温かいものが心に沁みて来る。

私の離陸は九時を過ぎ、この分だと宿舎に引き揚げるのは十時半か十一時だ。もし俺が「やり直し」でもやらかしてマゴマゴしたら更に一時間くらい遅れ、非難は私に集まる。たまったモンじゃない、と上昇しながら思う。それでも滑走路と反航する誘導コース上では一切の雑念は消え果て、第三旋回点の選定に思考とカンの全能力を集中し、操縦することの快感に陶然となる。

赤、青の着陸指導灯を見通し、降下のパスに乗る。生まれて初めてだが、とても都合がよい。水偵の夜間着水で味わう「やり損ねたら死ぬんだ」との異様な緊張感はない。青、赤のランプは安定して一線に並び、ケーブルカーで降りるようなものだ。着陸指導灯がすぐ眼前に迫る。高度五メートルか三メートルだと判断した途端にパスが高いのに気付く。同時に「艦尾灯かわりました」と言ってくる。意外に生真面目な彼の声だ。

そうか、パスは少し高すぎるが、スパッとスロットルを全閉し、ままよ！　とスイッチO

FF。

さあて、あとは風まかせだ。スーッと機尾が下がり、慣れた水上機の洋上着水よりは格段に荒っぽく「ガチャーン」と音をたて接地した。

機首を充分に上げた水上機、フロートの最後尾、魚の断面に似た水中舵を大きいうねりの背にサッと着ける、女性的滑かさとは比べられない荒い落下着陸。車輪はゴトゴト回り、機は滑走を始めた。

落下着陸にしてはパンクもせずジャンプもしなかった。これは快感の第一歩だ。車輪を地につけ、機は機首上げの姿勢で疾駆する。

よかろう。では、ブレーキを！　と右ブレーキを踏む。鋭い軋み音は操縦席には小気味よい快音だ。音の全エネルギーは広い飛行場を覆う闇の空へ放出され「ギギーッ」と大音響のはずだ。

右車輪にかかった制動で機首が荒々しく右に向きを変え始めた途端、右ブレーキを外し左を踏む。間髪を入れぬブレーキが利いて右に向かった機首は左に。わき上がる怪鳥の大叫声は操縦員に殺戮と征服の快感を教える。勝利の快哉を心に叫ぶ。

今や五十ノットで疾駆する愛機は、私の思うままに華奢で長い二本の脚に制動をかけ、右と左、交互に小回頭を繰り返しつつ、速力を落とす。しばし私は快感と恍惚の絶頂を味わう。

帰着を報告し隊長の前から作業終了の整列位置に歩き始めた私を、新分隊長府瀬川大尉が呼び止めた。隊長席の斜め後方のはずだが、と眼をこらす。

「暗夜にシギの降りる如く……」

と、まったく意表を衝く言葉だったので一回では理解出来ず、「ハア？」と私は聞き返した。

「闇夜に鴫の舞い降りる如く。静かに、音もなく。でしたねえ」と明るく柔らかい声がややゆっくりと私に向かって飛んできた。

「ハイ」声の主に向かって姿勢を正す。鶴ではなく鴫か。なぜだろう。夜の海辺をタッタッタッと走って回る脚の長いヒョロヒョロしたヤツだ。「有難うございます」と言って敬礼する。重く飛行服の私にのしかかり、ツイ先刻まで歩く脚が痺れるほどだった疲労は、もうない。

「今や星の空へ飛び去った」と呟く。

闇夜に鴫の降り立つ如く、か。ヘエーッ！　詩人の表現だ。

整列の位置に着いた私に後ろから井上飛曹長（ハワイ空襲に空母の艦爆で行ったのだから貴重な生き残り組だ。操縦員）が、

「あんたのブレーキ音、ひどかったなあ。ヒックリ返らんか、と楽しみにしてたのに」と小声で言う。咄嗟にうまい返事が出ないので振り返ってニコニコする。聞いてうれしい言葉だ。

隠し絵のような秘密基地

七月に入り、梅雨の晴れ間を利用して大分市の南、戸次基地に部隊は移動する。

戸次川の川辺を整地して滑走路が作ってあり、孟宗（もうそう）の竹林に彩雲を隠すという。取っておきの秘密基地であり、米上陸軍をここから飛び立って迎え撃つのだ。

河川敷にある滑走路は短いから、ブレーキを上手に使わねばハミ出すという。恐いところだ。

私の後席には飛行士と海兵同期生鮫島中尉が乗り、電信席は川島兵曹。先発として戸次基地に向かう。

出発時の隊長命令は「彩雲の着陸は初めてだ。降りられぬはずはないが、先に行って調べてこい。本隊は明後日、全機移動する」

私は電信席に伝声管を切り換え「川島兵曹、ペアが変わって飛ぶんだから、お前頼むぞ」と声をかける。ペアの一人が交替するのは「不吉」なのだ。彼も充分知っている。だが同乗の若い指揮官は向こうに行ってアチコチを走り回る用件を持ち、彼のペア操縦員での戸次着陸を隊長は不安と判断して、この組み合わせが出来たのだ。

要心して行くとしよう。「ハアイ」と彼の返事は機嫌よい。

海に向かったまま長い脚を収める。桃畑は左後方だ。彩雲離陸の滑らかな感触に満足する私の左胸を細い痛みが突き刺して過ぎる。振りかえる暇はない。フラップを上げる。速力が急に増し、身体にこたえる。

これは大きな快感だ。

たちまち高度計は二千メートル。全天を雲が覆っているが上空の雲はもっと高い。あと五百か六百メートルはありそうだ。敵機の常用通路、筑後水道は眼前にある。のんびり飛ぶ訳にはいかない。「高度下げます」と偵察席の中尉に報じて機首を突っ込む。エンジンを絞らないからたちまち空気と愛機の摩擦音が鋭く高くなり、キューンと耳を圧する。たぶん聞き分け得る最高の音に違いない。半分は可聴域を脱し、聞こえないまま、耳を圧迫しているのだ。

速力計の針は三百ノットを少しオーバーした。念のために後席を振り向く。中尉は頭を前に倒して図板の整理中だ。大分まで航法をする必要はない。几帳面は美徳ですが、今は図板記註はおやめ下さい。日本列島上空だからといって頭を突っ込み見張りを怠るようでは生命はありませんよ。生死はホンの数秒で決まります。中尉さん。「左上空機影。双眼鏡で見て下さい」私は言う。さっと振り向く。図板から顔を上げた彼が私を見る。厳しい目で私は彼を睨む。ハッと彼は気が付く。私の不機嫌な眼光の意を理解する。

危険から未然に逃れる法を私が教えようとしているのを彼は気が付く。エンジンを絞り、機首を下げる。後席を振り返る。機首がガクンと下がったのでは彼は何事ならん、と双眼鏡を外し前に眼を向ける。ニヤリとする私に、「一機しか見えません。敵ではないようです」と言われる。

「ハア、そうでしょうねえ」と賛成し、口の中で、でも油断はいけません。もしあいつが敵で、右に回って真上の雲の中から舞い降りて来れば、当方は処置なく、撃墜されます。だから用心のため急降下して、右に離れます。と呟く。

高度二百メートルで機首を上げ、周りと上空を素早く注視する。下を見る必要がなくなるから効率はよくなる。

海上は三メートルか四メートルの北東風が吹き、時折り、白い波頭が砕ける。スワ、潜望鏡？ と私は眼を剝く。鳥の群れが海面を這うように九州南部へ目指して海を渡る。小魚を食いながら旅をしている連中だろうか。たぶん疲れたら海面に降りて波の動きに従いながら漂泊し、時間に拘束されない自由を持っているのだろう。のんきなヤツらだ。国東半島は六百メートルの中心部の山頂から放射線状にV字型の谷が周りの海に向かい、尾根も谷もすべて深い緑がへばりつき、覆っている。

半島南側中腹の海へ向かって傾いた小尾根の幾つかをかすめて九州陸地に飛び込む。

終のすみか、と言うが今度の戸次基地で俺の一生が終わるのならここが、終の基地だ。「秘密基地」と名もいわくありげだ。などと少々イキがって飛び出したのだが。何だ！ この河川敷の滑走路は！ これで米偵察機の眼から隠した積もりか！ とあきれる。「秘密基地」なんて少年雑誌の口絵にしかないのだ。

それでも曲がりくねった戸次川の大きく曲がった辺りに思いがけず滑走路は出現した。川原の川岸を画する土手と土手の間隔は約四百メートルと見え、その中を曲がって戸次川の水は流れる。滑走路が造ってある付近は竹林が波打つ。今日は風が吹いていないから波のように動きはしないが、辺り一面の孟宗林は勢い盛んで堤防を覆っている。周りの草地と少し違って砂礫の多い部分に機首を向け降下する。滑走路の上流側から回り込み、上空から見分けた。周りの草地と少し違って砂礫の多い部分に機首を向け降下する。ローラーで輾圧したところと、自然のままの川原とは区別が付く。念のために、滑走路の端から三十メートルほどオーバーして「トン」と接地する。夏草の子供みたいなのがもう一面に生えている。思い切ってブレーキを踏む。砂利と砂で出来ているらしい滑走路は固く締まり、たぶん埃も立っていないだろう。

疾駆する機上から素早く周りを見渡す。低く丈夫そうな草、背の高い草が混じり合い、まるで大草原の真ん中だ。

スピードが落ち、右前方に小型吹き流しが見え始め、やっと飛行場に降りた気になる。

小型吹き流しのところで降り立つと、整備の野口茂雄少尉（佐賀の人）が、「一番乗りはあんたが来たか。どう？　気に入ったでしょう。ここの降り具合」と言う、「ハイ。いいところですねえ。滑走路の走りごたえ、とても良いです。お世話になります」と、これで私の身の振り方は一安心。川島上飛曹を振り向くと、嬉しさを隠し切れぬ笑顔で「分隊士の世話、せんでいいですねェ。私のことは自分でやります」彼の喜びは、兵舎も鉄条網も、隊門もない自由の地に一歩を印したことにある。そして今日一日彼を拘束し命令を与える上官が誰もおらず、自由に羽ばたけるのだ。ニコニコと嬉しがるのは当然である。もちろん彼ほどではないが、私もそうである。

野口少尉が川島兵曹の飛行服の記名を読みながら、「あんたも安さんとのペア、長くなったねえ」と話しかける。「アッ？　私の駄目な面、覚えておられますか」「木更津でオイルのパイプを切ったじゃないか」と持ち前の笑い方で、若い上飛曹のかつての活躍を評価し懐かしむ。この対応は、おだやかな野口少尉の人柄そのものだ。

お褒めにあずかった川島兵曹は調子に乗り、夕方村の中心部の農業組合近くの食堂で酒を飲み、一番乗りで着陸した高性能決戦機搭乗員として村の小父さん方から大歓迎を受ける。おそらく飲みに飲み、限度を越してのびてしまったのだ。

顔色蒼白、手足、身体の一部が時々痙攣を起こし、並の酔いつぶれではないから、と心配された村の人から整備の兵隊に知らせがあった。様子を見に行って来たという中年の一等下士官が日の暮れる少し前、鎮守の杜に私を訪ねて来た。

お籠もり堂に寝て、もらい風呂に行くため、野口少尉の帰りを待っていた私は、酒飲み野郎の処置一切はこの頼もしい整備兵曹に頼み込もう、と即座に決心する。

「酒飲み過ぎで死ぬようなヤツじゃないですからもうしばらく寝せておいて下さい。眼が覚めて暴れるような馬鹿ではありません。あんた、ひとつ世話してくれませんか。責任は私が持ちます」と辞を低くしての頼みと、責任は私が……の締めくくりで、たぶん野口少尉のお気に入りであろうキビキビした整備兵曹は気持よく引き受けてくれた。

整備員に、操縦員の私が低姿勢で頼みごとをするのは艦隊で身についた習慣である。たとえ今日の相手が整備の一等兵であったとしても、同じ態度でお願いする。これまで私の愛機のエンジン不調が一度もなかったのは、これのせいかも知れない、と思ったりする。

私は寝たまま『お前がまあ一杯、まあ一杯、と村のみなさんに酒を振る舞われて遂に酔い潰れるまでの様子が眼で見るように分かっているぞ』と独り怒鳴ってみる。

だが、お前が村の人に好かれるのは当たり前だ。お前のように情厚い快男児は他にいはせん。それにホラ吹くのも俺より一枚上手だ。と独り言を言い、ニヤニヤする。

赤道の向こうまで攻めて行ったなあ！

翌朝、愛機のご機嫌を伺おうと、滑走路から里の小道を三百メートルも左岸に入った竹林で丈高い孟宗竹十数本を天高く束ねた格納庫（？）に行く。華奢な脚、鋭い主翼の別嬪機は二人ほどの整備兵の手入れを受けていた。

今朝、吹き流しは収められ、わずかな風に竹の幹がゆれ、サラサラと葉の擦れ合う音がする。

孟宗竹の高い葉先を見上げると、青い夏の空と少しばかりの雲がある。雲量三、フワフワの雲は高度六百メートルくらい。まぎれもない日本の空だ。

赤道の向こうの島々まで攻めて行ったなあ！……。

と、椰子の梢に区切られた南海の空を思い出さぬ訳にはいかない。

日本の雲はフワフワして饅頭のようだ、その蔭から黒い影が躍り出て下に降ってくる。機首はこちら向きだ。逞しい頭は見誤るはずのないグラマンだ。次々に数は増える。逆さまに落ちてくる。いかん、俺の彩雲が燃やされる……。

ここで私は悪夢を振り払う。

幾十回も繰り返した背すじの凍る悪夢だ。これまでの夢は操縦席にある私への奇襲だ。今日のは地上にある私と愛機への襲撃だ。戦況に応じて変わるのはごく当たり前だ。そして次には夢ではなく眼前に実現するはずだ。戸次基地の私の悪夢が現実となる頃、日本の飛行機工場はみな、破壊され、俺が乗る飛行機はなくなる。

それで俺も終わりだ。

なるほど、こんな風に戦争は終わるのだ。戸次に来て初めて思い付いた終末の絵図だ。愛機の隠れ家に戻ると若い指揮官鮫島中尉、野口少尉、昨夜の整備兵曹、ニヤニヤ顔の川島兵曹とお揃いだ。サッと朝の敬礼をする私に、川島兵曹が一秒早く挙手の手を発動する。悪夢から醒めると、まわりは俺の大好きな男ばかりだ。

彼女のための「帽振れ」

予定より一日おくれて彩雲全機が飛来したが、来てみるといろいろ不便なので、大分基地に移ってしまう。ここで特准組に一週間の休養が許され、市木少尉、小松崎飛曹長、私の三人は別府鉄輪温泉の常盤屋に泊まった。

玄海灘に沿う、故郷の海に突き出た岬の尖端に、「シクアン様」と我々が呼ぶ神社がある。先頃そこで私と結婚式を挙げた（私の写真を相手に）親類の少女が常盤屋に現われた。血統を絶やしてはご先祖に申し訳ない、と父が主張し、それを実行したのだ。

髪の先をクルクルと曲げ、ニキビが頬と額を覆っているが、眼の光が強く、我ら三人を見てもひるむことなくニコニコしている。恥じらうことなどない、と考えているのだ。

二日ほど経ち、海軍式洗濯の仕方を彼女に教える。小さい洗濯物を押し揉む力さえこの少女は持たないだろうか。それほど力が弱いのだろうか。信じ難いことだ。自分の小さい洗濯物の処理もなし得ないのを「恥ずべきこと」と考えている様子もない。

四日後、十八歳にあと二ヵ月というこの私の妻は、駅で我ら三人の見送りを受ける。

駅は主に陸軍の兵隊と家族で混雑し、三人の海軍士官と少女の組み合わせは特異な風景のようだ。彼女は来た時と同じく処女のまま実家に引き揚げるのだが、少しも気にかける様子はない。

我らは帽子を脱ぎ、彼女のため「帽振れ」の儀式を演じる。彼女はニコニコした顔のまま小さくなり、見えなくなった。

昨夜三人で湯に浸かった時、小松崎飛曹長が「嵐の前の静けさですねえ」と呟いた。別段暗い顔をしている様子ではない。いい湯ですねえッという面もちだ。長く脚をのばし窓外の雨を見ている。だが彼は禁忌の言葉を口にしたのだ。三人とも、幾度か作戦開始前、束の間の平和を、心を引き立てつつ、楽しみ味わった覚えがあるはずである。さし迫った修羅場を目前にひかえ、それはまさしく嵐の前の静けさだ。しかし、みなそれを口にすることを怖れ、忌み、明日を忘れて今の生を楽しむのが常であった。

五ヵ月前、近づく沖縄作戦を待ちつつ、松岡、青木と共に私は晩冬と早春の鹿屋を貪り楽しみ心満ちていた。

寝る前には、

「いい日だったなあ、今日は」

「ウン、まあ良かったよ。お休み」

という言葉を青木と交え眠る夜もたびたびあった。そして現在は松岡、青木ともにいないが、状況は当時の鹿屋基地と寸分違わない。作戦開始直前の「最後になるかも知れない束の間の平和」のさなかにある。

隊長武田少佐から与えられた湯宿の一週間を、嵐の前の静けさ、と思うことなく、楽しむのも、チョットした技術がいるんだ。思ってもいいが、そのせいで気を滅入らせては、実も葉もなくなる。これはタブーなのだ。

三人は一瞬の間に、覚束ない本土決戦の勝算、真っ先駆けて索敵に飛ぶであろう自分自身の運命に思いを馳せ、暗澹、悲痛の気に打ちのめされる。

俺のツキも今度は……と、市木少尉は考えたに違いない。もちろん、我らはすぐに、「なあに、その時はその時だ。今から案ずるのは愚の骨頂。シロートのすることだ」と心の打撃から身を翻して顔色を明るく整える。

一瞬の間ではあったがあの折の重苦しさに比べると何とサバサバした明るい別離であるこ

とか。まるで初めての任地に向かう女学校出たての代用教員を送る駅頭だ。最近映画でそんなシーンを見たのを思い出す。

沖縄の米軍が姿勢を整え、一歩足を踏み出せば九州上陸になることなど彼女の頭にはないのだ。再びこの三人の若い搭乗員と会う日はないかも知れないなどとは、考えつかないのだ。しかし、彼女の巧まざる笑顔を主役に、いわば、あっけらかんとした別離のお蔭で、駅に残った我ら三人は顔を見合わせて大いに笑い、さて、休暇は終わったか、と帰るべき大分基地へと歩き出したのである。

宇垣長官の出撃

特殊爆弾が広島に落ち、その数日後大分に大型機が空襲に現われた。我々は、広島と同じ爆弾が落ちて来るぞ、と顔色をなくして走りに走って飛行場を離れた。指揮所から西南、基地の外れにある村の集会場まで走って力尽きた私は、座り込んで空を睨んだ。おくれて走って来た戦闘機隊の整備員たちが私の周囲に着いた時、彼らを追うコースで大型機編隊が空を圧して見え出した。何だか俺の真上を通りそうだ。いかん、ここにいたらバラバラに打ち砕かれてしまう。しかし、もはや走る力は私にない。私は土に座したまま、「みんな、立っとらんで伏せろ。うしろを自分の眼で見てみろ」と怒鳴りつけた。

基地の南にある工場、倉庫地帯に通常爆弾が落ち、辺り一面の地にひれ伏した基地整備員たちと私は、もういっとき寝ときたいなあ、などと言って顔を見合わせた。

ソビエトが参戦し、ウラジオストック偵察に彩雲が飛ぶことになった。搭乗割が発表されないまま日が経った。どんな戦闘機が飛び上がって来るのだ。畜生ッ！　と私は気が落ち着かなかった。俺が飛ぶと決まった訳ではないのだ、と例によって思い直すのだが、今度はウマくゆかない。なぜだ。これを悪い予感とでも言うのだろうか。これまでにあったことのない、とてもいやな気持だ。

こんな時の私は、艦隊の鈍速三座水偵で機動部隊索敵に出る前によくやった空想の中に入り込む。

「俺が日本で第一番にウラジオ上空を飛ぶんだ。沖縄戦劈頭（へきとう）、上陸点付近海域を近藤少尉（甲一偵）が写真に写し、それが天覧に供されたという例があるではないか。俺のウラジオ港と周辺飛行場写真だって立派なものだ。ロシヤの戦闘機はアメリカより悪いのだ。アメリカの旧式機をもらって独ソ戦をやってきたくらいだ。

ここらで若い中尉さん方をアッと言わせせんと、折り合いつかんではないか。名にし負う鈍速水偵で辛抱した俺だ。人も羨む優速のベッピン機に乗るんだ」と、こんな空想で気を落ち着かせる。

八月十五日、杖をついての散歩から宿舎に帰ると、近藤少尉が、「ヤス、どこへ行っていたのだ。ウロウロして。戦争終わったのだぞ！」と私を叱りつける。

へエーッ！　驚くのみ。「もう一度言って下さい」と静かに尋ねた。

近藤少尉は細かく教えてくれ、「ところでお前、飯、まだだろ」と機嫌の直った声で言ってくれた。

午後おそく、宇垣中将が彗星で沖縄に突っ込むから出発を送りに行こう、ということになる。

飛行帽に日の丸鉢巻きをした下士官搭乗員がキビキビと彗星に乗り、機上から見送りの私たちに短く手を振った。何のため、誰のためにこれから死にに行くのだ。私の周りは彩雲隊の士官、下士官入り混じった搭乗員集団だ。誰も手を振って応えず、身動きもしない。事の成り行きが良く理解できないこともある。お前たちが沖縄で死んでも、敗けた戦争が勝つことになる訳ないではないか。と、これは私だけの考えではない。

宇垣中将が重たげに翼にはい上がり、鈍い動作で偵察席に乗り込んだ。彼は飛行服を着ていない。立った姿のまま身体をねじって指揮所方向に集まった群集へ顔を向けた。おそらく指揮所前に、司令部の高級士官たちや、各飛行隊士官連が集まっているのだ。

地上から一斉に訣別の礼を送ったらしく、長官は緩やかな動作で挙手の礼を返した。周囲のみなも私も呼吸を止めて長官を見詰めた。今、彼は立派だ。死を目前に、覚悟を決め尊敬すべき提督だ。

だがしかし、俺たちの仲間を道連れにするとは何事だ。戦争が終わり、長い戦争に疲れ果てた我ら下ッ端の戦闘員は、ホッと一息ついているのだ。彗星隊搭乗員の大部分は長い戦歴を持たないであろうが、ホッとした事情はまったく同じはずだ。ようやくにして生きて戦い終える日を迎えた十九か二十歳の若者を死の旅に誘うとは武士の情を知らぬ匹夫のやり方ではないか。

落城を前に、部下の生命乞いをして、自らは生命を断つのが日本武将の常ではなかったか。

私は長官を睨(にら)み付け、憤りを声なき声で叩き付けた。

あんたは沖縄に飛んで行くの初めてだろうが、俺たちはもうアキアキ、ウンザリなんだ。彗星組だってスッカリいやになってるに違いないんだ。あんたの幕僚たちは沖縄に行っていない。彼らこそあんたのお供に最適じゃないか。

前の晩から芸者遊びで朝帰りした参謀が、そのまま手も洗わないで指揮所で出撃命令を下した、なんて話を聞きあきるほど俺たちは聞いているんだ。

機上の宇垣中将が身体を回して我々の方に向いた。少し距離があり、半ば逆光でもあり顔は見えない。見えなくても、どんな面(つら)しているか分かりすぎるほど分かる。

死んでみせるぞ、俺はこれから死ぬのだぞと気張っているに違いない。

あんたが死ぬのはあんたの勝手だ。たぶん当然だろう。その面で俺たちを感激させ、奮い立たせることは出来ない。今、そこで、短剣を喉に突きさせば話は別だが。

「オイ、こっち向いたぞ」と私の斜め後ろで若い声がする、「あいつ、独りで死ね！」と応じた声がある。そうだ。俺もそう思うぞ。

長官はこちらを向き動かない。我々の敬礼を受ける気だ。待っているのだ。一秒、二秒。私は無論敬礼をする気はない。ところが、私の周りの集団が妙に静まりかえってしまった。誰も挙手のため手を上げないのだ。宇垣中将その人が我らの眼前数十メートルの出撃する機上から我々に相対したのだ。サッと敬礼して送り出すのは我々の習性だが、我々はこれに従わなかった。

特攻出撃前、乗機を背に記念撮影する第五航空艦隊司令長官・宇垣纏中将。写真の中津留達雄大尉機以下11機の彗星が大分基地を出撃した

特准と言われる連中は、もっとも海軍生活が長く、したがって敬礼の習性も一段と強いのであるが、今動かないのはさして驚くに当たらない。

この場所に来る途中、考え方が似ている近藤少尉と私は、宇垣長官が今になって飛び出すのは、陛下のご意向に反してまで戦争を続けようというほどの大それた意図ではなく、立場上死なねばならないので、部下搭乗員どもにお伴をさせて死にに行くのだ。拳銃自殺よりは航空艦隊の長官らしくパッとした花道が欲しいのだ。

この彗星隊殴り込みで、アメリカが腹を立て戦争を再開するなら、宇垣長官は不忠者、国賊ではないか。年寄りだから自分一人で死ぬのが恐いのだろう。

だったら搭乗員ではなくて参謀たちを連れて集団自決をすれば良いじゃないか。などと話しながらやって来た。

だいたい幼稚な話の筋だから、下士官連中も同じことを話したに相違ない。予備中尉諸氏はもっと知的に、中将を批判したであろう。

二人か三人の少数の海兵出身中尉は、当然海軍中枢の意識から、予備中尉、特准士官が指揮所から離れた位置に並ぶのとは自ずと異なり、指揮所に行き、参謀、隊長方の次に位置している。海兵出身中尉が我々といっしょなら、あるいは状況が変わったかも知れない。

我々搭乗員の左に整備員集団がいて、我々の代わりに敬礼をしてくれた。それはそれでいい。

艦爆群は北に向かってバラバラに離陸し、そのまま左旋回をして、九州中央部山地を背景に、低い山に沿って高度を上げ、西南のまだ明るい空の彼方へ消え去った。

宿舎への帰り道、最早長官の悪口を言う者はなく、ただ、

「一緒に飛んだやつら、可哀想だなあ。沖縄に着く頃日は暮れ暗いのだ。編隊組んで行くのではないから、列機の搭乗員は引き返して喜界ガ島で飛行場にでも不時着したらいいじゃないか」「じゃあ、お前なら、やるか」と言うと「ウーン、でも不時着は格好悪いなあ」「やっぱりやれないな」「そん時は、運が悪かったと諦める」と例によって二人か三人の若い連中が軽口でふざけるのが耳に入る。

川島兵曹が立ち止まって私を待ち、

「分隊士と私ならチョット考えますねェ」と話し掛ける。

「ウン、ピッタリ意見は合うと思うよ」

「もういい。言わぬが花です」そうだ。お前と共に死ぬのは厭わぬが、今の長官のお伴は真っ平だ。俺に任せろ！　と言えば、ウンその気です、と筋道は決まっている。宇垣長官の彗星隊員が川島兵曹と俺のようであったとは到底思えない。

畜生ッ！　幕僚と長官は一芝居打って攻撃隊員の燃え上がる感激性を利用したのだ。狡猾な老人たちのしそうなことだ。だが、あの幕僚たちは死を決した長官に対して、どのような態度をとって自らの生命を守ったのだろう。長官は、

「お前たちはまだ若い。これからの日本のため……云々」の決まりきった文句で、別れを説き、幕僚たちは内心、これ幸いとホッとしたに違いない。

八月十五日の日が暮れた。明日の飛行予定はもちろんない。近藤少尉、中川飛曹長、私の酒を飲まない三人組は寝そべって、夢にも考えられなかった『戦争終了まで生き残った』夜を迎えた。いや、小説より奇である。

長官の彗星隊が沖縄島に着く時間だが、誰も口にしない。さすがの近藤少尉も電信室に行ってみるか、と言わない。開戦からソロモン海戦にかけて、通信料に足繁く通って重巡妙高の人気者の情報源であったが、そのうち負ける電文ばかりになったので、取りやめたのだ。

彗星の偵察席で長官に押しつぶされるような姿勢の偵察員（乙八期、飛曹長）が電信機の

キイを叩けるかどうか分からないが、わざわざ出かけた長官の名誉をかけ、「我○○に突入す。皇国の再興を念ず、云々」といった調子の名電文が発信されたに違いない。自分独りで死ねば良いのに、若い部下たちを引きずり込んで死にに行くほどの人だから、花道を飾り、歴史に残るほどの名電文を発信したはずだ。もしそれがなければ、早めに撃墜されたことを示すだけだ。

我々はそれに関心なく、明日は航空記録を焼き捨てよう。お互いに住所など聞かずに別れよう。アメリカ軍が上陸してきたら、俺たち搭乗員を眼の敵にするに違いない。などと話して少し不安になる。しかし、この搭乗員狩りを米軍がやるだろうというのは、昔元軍が壱岐、対馬を占領して残忍な殺戮した折の絵（福岡市東公園に今も聳え立つ日蓮上人の大銅像の基部を飾る銅板にも彫刻したそれなどがある）や、映画で見たアフリカから大西洋を渡る奴隷船内の惨状、近くは支那を転戦、占領した日本陸軍の伝え聞く便衣隊狩り、などからこんなだろう、と類推した勝者と敗者の姿であり、根拠はない。あるいは流言、風評に過ぎないかも知れない、とも考えてみた。

ハッキリ分からないのに、今から心配してもつまらない。

八月十六日。

学徒出身の若い整備科の中尉が自殺したことが伝わる。生命を粗末にする人だ。だが、純真で立派な人だったのだろう、という評だ。これまで死ぬような目に遭わなかった人だからだ、という意見にみなは賛意を表し黙る。俺たちの反対だ、と思いながら。

学徒出身中尉たちは明らかに顔色が良く、希望をもっている様子である。学校に帰るのだろうか。

身体がひどく重いので、午後は寝る。

次の日、近藤少尉が、「俺たち、復員することになるらしい。軍隊は武装を解除し、兵隊は復員する、という条項があるそうだ」と再び情報係らしくなる。

私は、長髪を刈り、煙草をやめ、少尉の襟章を外し、大分駅行きのトラックに乗った。

さようなら、
空と雲、
そして我が青春。

単行本　平成十四年四月　光人社刊

NF文庫

サムライ索敵機　敵空母見ゆ！

二〇二〇年一月二十四日　第一刷発行

著　者　安永　弘

発行者　皆川豪志

発行所　株式会社　潮書房光人新社

〒100-8077　東京都千代田区大手町一-七-二

電話／〇三-六二八一-九八九一(代)

印刷・製本　凸版印刷株式会社

定価はカバーに表示してあります
乱丁・落丁のものはお取りかえ致します。本文は中性紙を使用

ISBN978-4-7698-3151-8　C0195

http://www.kojinsha.co.jp

NF文庫

刊行のことば

第二次世界大戦の戦火が熄(や)んで五〇年——その間、小社は夥しい数の戦争の記録を渉猟し、発掘し、常に公正なる立場を貫いて書誌とし、大方の絶讃を博して今日に及ぶが、その源は、散華された世代への熱き思い入れであり、同時に、その記録を誌して平和の礎とし、後世に伝えんとするにある。

小社の出版物は、戦記、伝記、文学、エッセイ、写真集、その他、すでに一、〇〇〇点を越え、加えて戦後五〇年になんなんとするを契機として、「光人社NF（ノンフィクション）文庫」を創刊して、読者諸賢の熱烈要望におこたえする次第である。人生のバイブルとして、心弱きときの活性の糧(かて)として、散華の世代からの感動の肉声に、あなたもぜひ、耳を傾けて下さい。

＊潮書房光人新社が贈る勇気と感動を伝える人生のバイブル＊

NF文庫

陸軍軽爆隊 整備兵戦記

辻田 新

飛行第七十五戦隊インドネシアの戦い

陸軍に徴集、昭和十七年の夏にジャワ島に派遣され、その後、チモール、セレベスと転戦し、終戦まで暮らした南方の戦場報告。

戦車対戦車

三野正洋

最強の陸戦兵器の分析とその戦いぶり

第一次世界大戦で出現し、第二次大戦の独ソ戦では攻撃力の頂点に達した戦車——各国戦車の優劣を比較、その能力を徹底分析。

ペリリュー島戦記

ジェームス・H・ハラス 猿渡青児訳

珊瑚礁の小島で海兵隊員が見た真実の恐怖

太平洋戦争中、最も混乱した上陸作戦と評されるペリリュー上陸と、その後の死闘を米軍兵士の目線で描いたノンフィクション。

父、坂井三郎

坂井スマート道子

「大空のサムライ」が娘に遺した生き方

生きるためには「負けない」ことだ——常在戦場をつらぬいた伝説のパイロットが実の娘にさずけた日本人の心とサムライの覚悟。

原爆で死んだ米兵秘史

森 重昭

ヒロシマ被爆捕虜12人の運命

広島を訪れたオバマ大統領が敬意を表した執念の調査研究。呉沖で撃墜された米軍機の搭乗員たちが遭遇した過酷な運命の記録。

恐るべき爆撃

大内建二

ゲルニカから東京大空襲まで

危険を承知で展開された爆撃行の事例や、これまで知られていなかった爆撃作戦の攻撃する側と被爆側の実態について紹介する。